Anne Labus

Der kleine Wollmarkt im Winterglück

ANNE LABUS, Jahrgang 1957, lebt mit ihrem Mann in der Nähe von Bonn. Nach ihrer Ausbildung zur Bankkauffrau arbeitete sie unter anderem als selbstständige Fitness- und Pilatestrainerin. Die Autorin entspannt sich beim Kochen, liebt Bergtouren und lange Strandspaziergänge. Inspirationen für ihre Romane findet sie in Irland und Italien oder auch auf Spiekeroog.

Bei More liegt bereits ihr Roman »Die kleine Taschennäherei zum Glück« vor.

Das idyllische Busby in Aufregung: Reifen quietschen, ein lauter Knall, dann das Splittern einer Scheibe. Kathy kann es nicht fassen. Ausgerechnet in ihrem Wolllädchen landet ihr Exfreund Peter sturzbetrunken mit seinem Wagen. Doch das ist nur eine der vielen Verwicklungen, in die sie in der Vorweihnachtszeit gerät, die an sich schon turbulent genug ist. Denn nun hat sie nicht nur den aufdringlichen Peter am Hals, der ihr seine Liebe beteuert – obendrein kommt ihre Jugendliebe Steve mit seiner kleinen Tochter aus Neuseeland zurück und scheint in Irland bleiben zu wollen. Doch wo ist die Mutter des Mädchens – und warum scheinen Kathys Gefühle auf einmal verrückt zu spielen?

ANNE LABUS

Der kleine WOLLMARKT im Winterglück

ROMAN

more
Immer mit Liebe

FSC www.fsc.org
MIX
Papier | Fördert gute Waldnutzung
FSC® C083411

ISBN 978-3-98751-008-3

More ist eine Marke der Aufbau Verlage GmbH & Co. KG

1. Auflage 2022

Umschlaggestaltung Grit Bomhauer
graphische Adaption www.buerosued.de, München
unter Verwendung von Motiven von
© Bogdan; Be-Art; MattStrauss; Natolich by Getty Images
Satz Greiner & Reichel, Köln
Druck und Binden CPI books GmbH, Leck, Germany
Printed in Germany

www.aufbau-verlage.de

1

Reifen quietschten, dann ein lauter Knall und das Geräusch von splitterndem Glas. Das Haus zitterte und ächzte. Die gespenstische Stille, die darauf folgte, jagte Kathy einen eisigen Schauder den Rücken hinunter. Vor Schreck fiel ihr das Schiffchen aus der Hand und landete unter dem Webstuhl. Mit zitternden Knien öffnete sie die Tür zum Verkaufsraum. Für einen Moment blieb ihr Herz stehen, und ihr Atem stockte. Der alte Dielenboden war übersät mit Scherben.

»Wer zum Teufel hat das …?« Sie ballte die Fäuste und stürmte zur Ladentür. Da erst bemerkte sie den grünen Sportwagen, dessen halbe Schnauze mitten im Schaufenster hing. Auf dem Fahrersitz kauerte Peter und starrte mit weit aufgerissenen Augen in den Wollmarkt. Sein Gesicht war kreidebleich. Er blutete an der Stirn. Kathy riss die Fahrertür auf. Wut machte sich in ihr breit. »Das Schaufenster demoliert, die Auslagen zerstört. Was hast du dir nur dabei gedacht, in diesem Tempo durch Busby zu rasen?«, schrie sie ihn an. Sie zerrte an seinem Arm, stupste ihn in die Seite, doch er reagierte nicht. »Sag etwas, Peter«, flehte sie besorgt.

Aus Peters Mund kam nur ein undeutliches Lallen. Er stank, als hätte er in Whiskey gebadet. Blut tropfte von seiner Stirn auf das Lenkrad. Verzweifelt versuchte Kathy, ihn aus dem Wagen zu ziehen, sah schnell ein, dass sie Hilfe benötigte. Als sie mit eiskalten Fingern das Handy aus der Hosentasche zog, schob sie jemand sanft zur Seite.

»Lass mich mal ran«, sagte Fergus. »Der ist zu schwer für dich.« Der Wirt des Pubs schaute ihr fest in die Augen. »Du bist ganz blass um die Nase. Kipp mir bloß nicht um. Hock dich auf den Boden, und ruf den Doc an.«

Kathy nickte nur, lehnte sich an die Ladentheke und wählte Jacks Nummer. Der Dorfarzt wohnte nur einige Schritte vom Wollmarkt entfernt über seiner Praxis. Zehn Minuten später eilte er mit der Arzttasche an die Unglücksstelle. Nach einer eingehenden Untersuchung versicherte Jack, dass Peter bis auf die Platzwunde über dem Auge unversehrt sei. Kathys Lebensgeister kehrten zurück. Längst war die Sorge um ihren Ex der Wut gewichen. Peter saß mit hängenden Schultern auf einem Stuhl im Webraum und ließ sich geduldig von Jack die Wunde versorgen, während Kathy wie ein Bierkutscher fluchte.

»Weißt du, was du angerichtet hast?! Rast besoffen in meinen Laden und zerstörst die Arbeit von Monaten. Die schönen Pullover, meine Teppiche und all die Taschen!« Ihre Stimme überschlug sich fast. »Von dem Schaufenster ganz zu schweigen.« Sie stemmte die Fäuste in die Hüften und stampfte auf. »Das wirst du mir Cent für Cent bezahlen.«

Peter hob den Kopf und schaute sie mit glasigen Augen an. »Sorry, Darling«, lallte er. »Aber ich liebe dich doch.«

»Nix *sorry Darling*! Du bist ein verantwortungsloser Mistkerl!« Fast tat er ihr ein wenig leid. Im hintersten Winkel ihres Herzens hatte der Mann, der sieben Jahre lang ihr geliebter Herzensmensch gewesen war, immer noch einen Platz belegt. Auch wenn er sie belogen und betrogen hatte und längst mit einer anderen zusammenlebte.

Als Kathy eine Hand auf ihrer Schulter spürte, zuckte sie zusammen. »Lena, gut, dass du da bist«, sagte sie erleichtert und gab der Freundin einen Kuss auf die Wange. Bereitwillig ließ sie sich von ihr aus der Webstube ziehen.

»Wir haben schon mal das Gröbste aufgeräumt«, erklärte

Lena und deutete in den Laden. Das halbe Dorf hatte sich inzwischen dort mit Besen und Eimern versammelt.

Mittendrin Claire, die resolute Wirtin des Pubs. »Scherben in diese Eimer«, kommandierte sie und lächelte Kathy aufmunternd an. »Sieht schlimmer aus, als es ist. Den Wagen haben die Männer schon aus dem Schaufenster gezogen. Er steht auf dem Bürgersteig.«

Aus dem Hintergrund ertönte die sonore Stimme von Pfarrer Donnelly. »Bist du okay, Kathy?« Mit dem Handrücken wischte er sich über die verschwitzte Stirn. »Mann, hat das geknallt! Im ersten Moment dachte ich, die Kirchturmglocke wäre runtergefallen.«

Kathy wurde von ihren Freunden umringt und von jedem in den Arm genommen. »Wollt ihr mir helfen oder mich erdrücken?«, wehrte sie halbherzig die Umarmungen ab. Tapfer schluckte sie die Tränen hinunter, straffte die Schultern und schaute in die Runde. »Ich denke, ich koche mal eine Kanne Tee für meine fleißigen Helfer. Am besten mit einem ordentlichen Schuss Whiskey drin.« Dann drehte sie sich rasch um und rannte die Treppe hinauf in ihre Wohnung.

Niemand sollte sehen, wie elend sie sich in diesem Moment fühlte. Eine kaputte Fensterscheibe konnte man reparieren, aber ein gebrochenes Herz brauchte Zeit zum Heilen. Noch gestern war sich Kathy sicher gewesen, dass sie über Peter hinweg war, und hatte angefangen, ihr Single-Dasein zu genießen. Kaum tauchte dieser gut aussehende Typ hier auf, kamen die alten Gefühle wieder hoch. »Reiß dich zusammen«, ermahnte sie sich. »Nur weil du in einer Woche sechsunddreißig wirst, ist das noch lange kein Grund, den Kerl, der dich so verletzt hat, wieder in dein Bett zu lassen.«

Sie stellte die Teekanne, Becher und eine Dose Cookies auf das alte Holztablett und balancierte alles die Treppe hinunter. »Mitternachtstee!«, verkündete sie betont fröhlich und zauberte eine Flasche Whiskey aus der Tasche ihrer Strickjacke. Vorsichtig schaute sie sich im Verkaufsraum um. Anscheinend saß Peter immer noch in der Webstube und traute sich nicht heraus.

Lena schien zu spüren, was Kathy gerade durch den Kopf ging. »Du lässt ihn aber heute Nacht nicht hier schlafen«, flüsterte sie ihr ins Ohr.

Kathy wuschelte sich nachdenklich durch die Locken. »In dem Zustand kann ich ihn allerdings nicht auf die Straße setzen.«

»Der kann mit zu uns kommen«, mischte sich Claire ein.

»Nein!« Kathy klopfte mit der Faust auf die Ladentheke. »Er pennt bei mir auf der Couch. So kann ich ihm direkt morgen früh, wenn er wieder nüchtern ist, die Rechnung aufmachen.« Ihr entging Lenas fragender Blick nicht. »Keine Angst. Ich schließe meine Schlafzimmertür ab«, beteuerte sie. »Also, was ist? Wer hilft mir, den Kerl nach oben zu schaffen?«

Eine halbe Stunde später lag sie in ihrem Bett und starrte in die Dunkelheit. Nebenan schnarchte Peter, als gelte es, Weihnachtsbäume für das ganze Dorf zu sägen. So betrunken hatte sie ihn in ihrer gemeinsamen Zeit nie erlebt. Obwohl er in einer Brauerei arbeitete, machte er sich nicht viel aus Alkohol. Dafür hatte sie ihn immer besonders geschätzt. Wenn andere sich am Wochenende im Pub volllaufen ließen, gönnte sich Peter höchstens ein oder zwei Guinness. Warum hatte er sich diesmal so gehen lassen? Kathys Gefühle fuhren Achterbahn, und sie konnte nicht aussteigen.

Wenn es etwas gab, was sie wieder ins seelische Gleichgewicht brachte, war es ihr Webstuhl. Auf Zehenspitzen schlich sie an Peter vorbei. Im Flur griff sie nach ihrer dicken Strickjacke und schlüpfte hinein.

Der Novemberwind zerrte an den Brettern, die Fergus notdürftig vor das demolierte Schaufenster genagelt hatte. Es war saukalt. Durch die schmalen Ritzen pfiff der raue Wind des Atlantiks. Als ihre nackten Füße vor Kälte krampften, nahm sie sich ein paar dicke Wollsocken aus dem Regal und zog sie an. Sofort breitete sich eine angenehme Wärme über den ganzen Körper aus. Keine Minute länger wollte Kathy sich das Chaos in ihrem geliebten Wollmarkt anschauen. Dazu war morgen genug Zeit.

Sie öffnete die Tür zum Webraum, schaltete das Radio auf der Fensterbank ein und setzte sich an den Webstuhl. Im Schein der kleinen Stehlampe und zu den Klängen einer irischen Harfe setzte sie die Arbeit an einem Teppich fort. Schon als Kind hatte sie neben ihrer Mutter gesessen und gestaunt, wie man mit ein paar Schnüren, Balken und Fäden so wundervolle Dinge herstellen konnte.

Das gleichmäßige Klacken, das beim Weben erklang, war ihr Lebensrhythmus. Er gab ihr Sicherheit und beruhigte ihr unruhiges Herz. Unter Kathys Händen wuchs ein neues Stück irische Tradition, und in ihrem Kopf sortierten sich die Gedanken. Gleich morgen früh würde sie den Glaser im Nachbarort anrufen. Danach musste sie mit der Handelsschule in Sneem telefonieren und einen neuen Termin für die Werkstattbesichtigung ausmachen.

Sie überlegte, den Donnerstagstreff der Handarbeitsfrauen zu verschieben. Aber wie sie ihre Freundinnen kannte, würden die garantiert pünktlich um fünfzehn Uhr auf der Matte stehen, wussten Lena, Maura, Claire, Bella und Nora doch genau, dass jetzt jede helfende Hand gebraucht wurde, um die beschädigte Ware aus dem Schaufenster zu ersetzen.

Als im Radio die Sechs-Uhr-Nachrichten gesendet wurden, richtete sich Kathy auf und schlich zurück in ihr Bett. Vorsichtshalber stellte sie den Wecker auf acht Uhr. Kurz darauf sank sie in einen tiefen, traumlosen Schlaf.

Es war nicht das schrille Läuten ihres Handyweckers, das sie weckte, es war das Streicheln einer warmen Hand auf ihrer Wange.

»Tee und Toast für mein Mädchen«, säuselte Peter in ihr Ohr.

Das klang so vertraut und dennoch fremd. Irgendetwas störte sie daran. Kathy riss die Augen auf und starrte direkt in sein Gesicht. »Ich bin schon lange nicht mehr dein Mädchen«, zischte sie und stieß Peter unsanft zur Seite.

Er versuchte, sie an sich zu ziehen, aber sie entzog sich seinem Griff, rannte ins Bad und verschloss, so schnell sie konnte, die Tür. Weil sie vergessen hatte, frische Kleidung mitzunehmen, aber keine Lust verspürte, Peter im Bademantel gegenüberzutreten, zog sie kurzerhand eine getragene Jeans und ein T-Shirt aus dem Wäschekorb. Für Peter würde sie sich nicht aufbrezeln, so viel stand fest.

Entschlossen, sich keine weiteren Annäherungsversuche gefallen zu lassen, öffnete sie die Badezimmertür. Zu ihrer Erleichterung wartete Peter nicht am Frühstückstisch. Stattdessen dröhnte lautes Motorengeheul durch das gekippte Küchenfenster. Kathy mochte ihren Augen nicht trauen, als sie Peter mit rotem Kopf über die Motorhaube seines Wagens gebeugt sah. Statt sich um den Schaden zu kümmern, den er in ihrem Laden angerichtet hatte, dachte er nur an sein Auto.

Kathy kochte vor Wut. Sie rief die Polizeistation in Sneem an und informierte sie über den Vorfall. Im Vorbeilaufen schnappte sie sich Peters Koffer und schleppte sie die Treppe hinunter. Wütend knallte sie ihm die braunen Ungetüme vor die Füße. »Ich möchte, dass du verschwindest, sobald die Polizei hier war und den Unfall aufgenommen hat«, schrie sie ihm entgegen.

Von der anderen Straßenseite eilte Lena dazu und stellte sich neben sie. »Falls du nicht freiwillig für den Schaden aufkommst, hörst du bald von unserem Anwalt«, drohte die Freundin.

Kathy hob zur Bekräftigung demonstrativ die Faust, dann rannte sie zurück in den Wollmarkt. Wann würde dieser Mann endlich für immer aus ihrem Leben verschwinden?

2

»Mal schauen, wann ich einen Termin für Sie freihabe«, brummte der Glaser am anderen Ende der Leitung. Kathy trommelte mit den Fingern auf den Küchentisch. Jetzt half nur entschlossenes Vorgehen.

»Okay, frage ich eben bei Ihrer Konkurrenz in Killarney nach. Die freuen sich bestimmt über eine solvente Kundin«, erwiderte sie mit fester Stimme.

Der Glaser räusperte sich. »Was sagten Sie? Es handelt sich um eine Schaufensterscheibe mit Einfachverglasung?«

»Wieso?« Kathy verlor langsam die Geduld. »Ginge es denn schneller, wenn ich Doppelverglasung bestellen würde?« Der Mann hatte wirklich die Ruhe weg.

»Hm. Da ließe sich eher was machen. Könnten Sie die Rechnung bar bezahlen?«

Kathy war sofort klar, dass der Mann an der Steuer vorbei arbeiten wollte. »Natürlich kann ich das. Doch ich brauche eine ordentliche Rechnung für meine Versicherung.« Sie atmete tief durch. »Was ist jetzt? Kommen Sie heute noch vorbei, oder soll ich mir eine andere Firma suchen?«

Ihre Hartnäckigkeit schien sich auszuzahlen. Er sagte zu, das Schaufenster am Nachmittag auszumessen. »Wird aber ein paar Tage dauern, bis wir das Fenster richten.«

Frustriert zog Kathy ihren Parka an und lief die Treppe hinunter. Sie hängte das Schild mit der Aufschrift »Bin gleich wieder da« an die Ladentür und eilte zum Gemeindehaus. Zwei Stufen auf einmal nehmend hastete sie in den zweiten Stock, wo Lena ihre Werkstatt hatte.

Atemlos verharrte Kathy einen Moment vor der Tür und schaute voller Stolz auf das Firmenschild. »Kathys und Lenas Taschenmanufaktur« stand dort mit geschwungenen Lettern auf Messing. Was einmal als Hobby ihrer deutschen Freundin angefangen hatte, war inzwischen ein richtiges Erfolgsmodell. Ihre Taschen wurden nicht nur im Wollmarkt und in einem großen Hotel verkauft, sondern auch im größten Bekleidungsladen von Tralee.

Mit Schrecken dachte Kathy daran, dass Peters Wagen Lenas neueste Kreationen zerstört hatte. Mindestens sechs der aufwendig gearbeiteten Handtaschen waren sprichwörtlich unter die Räder geraten. Und genau über diesen Verlust musste sie mit ihrer Geschäftspartnerin reden.

»Guten Morgen, ihr fleißigen Bienen«, begrüßte sie die Mitarbeiterinnen. Sue, Sally und Josy saßen an den Nähmaschinen und nickten ihr nur kurz zu, danach konzentrierten sie sich wieder auf die Arbeit. Lena heftete einen ihrer neuen Entwürfe an die Pinnwand.

»Darf ich dich einen Moment stören?« Kathy zog die Freundin mit sich in die Teeküche. »So wie es aussieht, werde ich noch eine Woche mit dem Bretterverschlag leben müssen.«

Lena füllte zwei Becher mit Tee aus einer Thermoskanne. »Mach doch den Laden solange zu. Im November verirrt sich sowieso kein Tourist mehr nach Busby.«

»Daran habe ich auch schon gedacht. Ich würde die Zeit gern nutzen, um den Verkaufsraum zu renovieren.« Diese Idee war Kathy ganz spontan gekommen. »Frische Farbe für die Regale und die alten Holzdielen.« Nachdenklich schaute sie Lena an. Doch die schien mit ihren Gedanken längst wieder bei der Taschenproduktion zu sein. »Lena, hörst du mir zu?«

»Entschuldige. Mir geht gerade so viel durch den Kopf. Jack möchte am Wochenende mit mir nach Dublin fahren. Dabei habe ich eigentlich keine Zeit dazu. Erst gestern ging eine Bestellung für zwölf Weekender ein. Und du brauchst ja auch meine Hilfe.«

Ein bisschen neidisch war Kathy schon auf das frisch verliebte Paar. Lena hatte nach dem Tod ihres Mannes in Jack eine neue Liebe gefunden und war sogar seinetwegen von Berlin nach Busby gezogen. Aber sie gönnte den beiden auch ihr Liebesglück. Wenn, ja wenn sie selbst nur endlich den richtigen Partner an ihrer Seite hätte. Kathy sehnte sich nach einer Familie. »Ihr zwei Turteltäubchen reist nach Dublin. Ich kümmere mich um euren Hund und die Firma. Wozu sind wir Partnerinnen?« Mit der Teetasse prostete sie Lena zu.

Die strahlte sie an. »Am Montag helfe ich dir, den Laden aufzuhübschen. Heute Nachmittag weihen wir die Handarbeitsmädels in deine Pläne ein. Wetten, dass die mit anpacken?«

Als Kathy die beschädigten Handtaschen erwähnte, winkte Lena nur ab. »Mach dir darüber keine Sorgen. Unser Anwalt wird sich das Geld schon von Peter besorgen. Notfalls muss der den Schaden in Raten abstottern. Ein paar Modelle für dein Schaufenster habe ich noch im Lager.«

»Hoffen wir mal, dass das alles so glattläuft.« Kathy runzelte die Stirn. So ganz wohl war ihr nicht bei dem Gedanken, dass Peter ihretwegen auch noch Ärger mit der Polizei hatte.

Lena knuffte sie in die Seite. »Du hast jetzt aber kein Mitleid mit Peter? In den Schlamassel hat er sich allein geritten. Vielleicht kapiert er endlich, dass zwischen euch nichts mehr läuft, und lässt dich in Ruhe.«

»Ja, hoffentlich«, erwiderte Kathy halbherzig und verabschiedete sich rasch.

Schon von Weitem sah sie den Handwerkervan vor ihrem Wollmarkt. Ein stämmiger Mann lehnte rauchend an der Ladentür und redete lautstark in sein Handy. Als Kathy auf ihn zukam, schnippte er die Zigarette lässig in den Rinnstein. Funken stoben, als er sie mit dem Absatz seines Arbeitsschuhs austrat.

Kathy setzte ihr schönstes Lächeln auf und reichte ihm die Hand. »Wunderbar, dass Sie es so früh einrichten konnten, Mr Blank«, säuselte sie und schloss die Ladentür auf. »Darf ich Ihnen eine Tasse Tee anbieten?« Ihre Charmeoffensive schien zu wirken.

Er kratzte sich das stoppelige Kinn und nickte. »Verdammt kalt geworden«, brummte er und folgte Kathy in den Laden. Im Schein der Deckenleuchte schaute er sich um. Nicht dem demolierten Schaufenster galt seine Aufmerksamkeit, die dicken Wollsocken hatten es ihm angetan. »Darf ich?«, fragte er und griff sich ein Paar graue mit Zopfmuster aus dem Regal. »So was hat meine Mutter auch immer gestrickt. Gibt nichts Besseres.« Zärtlich strich er über die flauschige Wolle.

»Da haben Sie recht.« Kathy strahlte ihn an. »Besonders, wenn man in diesem zugigen Laden arbeiten muss.« Mit dem Kopf deutete sie zum Schaufenster. »Gott sei Dank regnet es nicht. Sonst würde ich auch noch absaufen.« Mit den Worten: »Ich koch schnell mal Tee«, ließ sie den Glaser stehen und eilte in ihre Wohnung.

Als sie mit zwei dampfenden Bechern und einer Packung Schokoladenkekse zurückkehrte, kniete Mr Blank im Schaufenster und kritzelte Zahlen auf einen Block. »Die Maße habe ich«, murmelte er und kletterte zurück in den Laden.

»Wollen wir den Tee bei mir in der Webstube trinken? Dort ist es gemütlicher«, bot Kathy an.

Bereitwillig folgte ihr der Handwerker und ließ sich schwerfällig auf einen Stuhl vor dem Fenster sinken. »Lange machen meine Knie das nicht mehr mit«, stöhnte er und trank einen großen Schluck Tee. Nachdenklich biss er in einen Schokoladenkeks. »Ich könnte Ihnen eine dicke Plastikfolie an die Holzbretter nageln. So sind die Ritzen dicht, und es zieht nicht mehr.«

Was eine Tasse Tee doch alles bewirken kann, dachte Kathy und eilte in den Verkaufsraum. Mit den grauen Socken, ihren »Irish Cosies«, in der Hand kehrte sie zurück. »Darf ich Ihnen ein kleines Dankeschön überreichen?« Sie lächelte verschmitzt und drückte ihm die flauschigen Teile in die Hand. »Sie sind meine Rettung.«

Die Socken verfehlten ihre Wirkung nicht. Mr Blank dichtete nicht nur das Schaufenster ab, er versprach sogar, den Auftrag vorrangig zu bearbeiten. »In spätestens einer Woche scheint die Sonne wieder in Ihren kleinen Laden«, verkündete er und klopfte Kathy zum Abschied kumpelhaft auf die Schulter.

Wenn sie auch keinen Freund fürs Leben gefunden hatte, so war sich Kathy sicher, einen verlässlichen Handwerker an ihrer Seite zu haben. Voller Tatendrang räumte sie die Regale leer und trug Pullover, Wollsocken, Schals und Taschen in ihre Wohnung. Dort stapelte sie alles hinter dem Sofa und schob danach die kleineren Webteppiche unter das Bett.

Als ihre Freundinnen am Nachmittag den Laden betraten, rollte sie gerade das Prachtstück ihrer Ausstellung, einen riesigen Wohnzimmerteppich, zusammen. »Gut, dass ihr kommt. Ich könnte eine helfende Hand gebrauchen. Der Teppich muss auch nach oben.«

»Ich packe mit an.« Claire schob Lena und Bella zur Seite und hockte sich an das eine Ende der Teppichrolle, Kathy hob das andere an. Ganz so einfach, wie sie sich das vorgestellt hatten, war es dann doch nicht. Das Ungetüm war für zwei Frauen zu schwer und vor allem zu unhandlich.

»Warum schiebt ihr ihn nicht unter den Webstuhl?«, schlug Lena vor. »Dort nimmt er keinen Platz weg.«

»Wenn wir dich nicht hätten.« Kathy küsste ihre Freundin auf die Nasenspitze. Mit vereinten Kräften bugsierten sie den Teppich in die Webstube.

»Hab schon von Lena gehört, dass du den Laden renovieren willst.« Maura stellte ein Kuchentablett auf den Arbeitstisch. »Beim Streichen kann ich dir nicht helfen. Dafür sorge ich gern für die Verpflegung«, bot sie an. Die Inhaberin der kleinen Teestube war mit zweiundsechzig die Älteste des Handarbeitskreises und so was wie die gute Seele im Dorf. Sie kümmerte sich um die alleinstehenden Rentner, kochte für sie oder begleitete sie zum Arzt. »Also was ist, Mädels?« Fragend schaute sie in die Runde. »Wer opfert am Wochenende ein paar Stunden und hilft Kathy?«

Bella hob schüchtern die Hand. »Sonntag nach der Messe hätte ich Zeit.«

Nora schaute auf ihre Schuhspitzen. »Für ein kleines Taschengeld helfen meine beiden Großen sicher gern mit. Ich bin natürlich auch dabei.«

Warum war sie nicht selbst darauf gekommen? Kathy ärgerte sich. Sie wusste genau, dass Nora und ihr Mann Tommy mit ihrer kleinen Schaffarm ständig Geldsorgen hatten. Dankbar nahmen sie jede Art von Nebenjob an.

»Ich zahle deinen Jungs fünfzig Euro für das Wochenende, jedem natürlich. Dann bereitet ihnen die Arbeit sicher mehr Spaß«, schlug sie vor und erntete dafür von Nora ein dankbares Lächeln. »Sollen wir die Farbe besorgen? Tommy und ich fahren morgen früh in den Großmarkt nach Killarney.«

Kathy freute sich über das Angebot. »Bringt mir bitte weiße Lackfarbe für die Regale und rote Holzfarbe für die Dielen mit.« In Gedanken sah sie den frisch renovierten Laden schon vor sich. »Wenn alles fertig ist, hole ich die Weihnachtsdeko vom Speicher. Diesmal wird der Wollmarkt besonders festlich strahlen.« Ihr fiel ein, dass sie versprochen hatte, sich um Scotty zu kümmern. »Was mache ich mit dem Hund, wenn wir hier mit Farbe hantieren?«

Lena lachte. »Um Scotty musst du dich nicht sorgen. Der wird brav auf seiner Decke liegen und aufpassen, dass ihr ordentlich arbeitet.«

»Und die Taschenproduktion?« Kathy bekam Bauchschmerzen, wenn sie daran dachte, was alles auf sie zukam.

Doch ihre Freundin beruhigte sie. »Habe ich schon geregelt. Sally und Sue werden am Samstag die Bestellungen abarbeiten. Kümmere du dich um den Wollmarkt.«

Maura stupste Kathy an. »Wollen wir quatschen oder arbeiten? Also esst euren Kuchen auf. Ich will qualmende Stricknadeln sehen.«

Keine zehn Minuten später zogen die Frauen ihr Strickzeug aus den Taschen. Statt sich wie üblich an den Webstuhl zu setzen, griff Kathy diesmal nach einem Nadelspiel und schlug Maschen für ein paar Herrensocken an.

»Zeig mal her.« Maura nahm ihr die Nadeln aus der Hand. »Wie lange hast du nicht mehr gestrickt? Ich zeige dir, wie das schneller geht.«

In diesem Moment klingelte Kathys Handy. Auf dem Display erschien eine ihr unbekannte Nummer. »Ja, wer dort?«, meldete sie sich vorsichtig.

»Kathy, bist du das?«, sagte ein Mann.

»Ja«, murmelte Kathy. »Und wer bist du?«

»Entschuldige. Ich dachte, du hättest mich an der Stimme erkannt. Ich bin Steve O'Connor, und ich rufe vom Flughafen in Cork an.«

Vor Schreck fiel Kathy das Strickzeug aus der Hand. »Heißt das …?« Ihr wurde abwechselnd heiß und kalt. »Ihr kommt heute schon?«

»Deshalb rufe ich an. Wir haben einen früheren Flieger genommen. Ich miete einen Wagen, dann sind wir heute Abend in Busby. Können wir schon in das Cottage?«

»Ja.« Kathy nickte und beendete das Gespräch.

Die Freundinnen schauten sie erwartungsvoll an. »Nun sag schon: Wer war das?«, wollte Lena wissen. »Hast du etwa einen neuen Verehrer?«

Alle lachten, und Kathy spürte, wie ihr die Röte ins Gesicht stieg. »Das war Steve. Er kommt heute Abend schon.«

3

Kathy drückte Maura ihr Strickzeug in die Hand, biss in einen Brownie und lief die Treppe hinauf in die Wohnung. »Macht ohne mich weiter. Ich muss das Cottage herrichten«, rief sie von oben. Eine Viertelstunde später eilte sie mit einem prall gefüllten Korb aus dem Haus. Bis zum alten Dorfkern von Busby waren es nur wenige Meter. Die kamen ihr heute wie eine Meile vor.

Das Cottage ihrer Großeltern lag mitten im ältesten Teil des Ortes und gehörte seit Jahren einer reichen Dubliner Familie. Die neuen Besitzer hatten das weiß getünchte Haus liebevoll restauriert und mit hellen Landhausmöbeln eingerichtet.

Kathy war froh, dass man sie mit der Verwaltung beauftragt hatte. Jedes Mal, wenn sie die Räume für neue Feriengäste herrichtete oder im Garten arbeitete, fühlte sie sich ihrer Großmutter nah. Dann hörte sie wieder die schlurfenden Schritte ihres Großvaters auf den alten Holzdielen oder sah ihre Oma auf der Gartenbank sitzen. Wie gern würde sie hier mit einer eigenen Familie leben! Aber so, wie es aussah, würde sich dieser Traum nie erfüllen. Denn sie hatte weder den richtigen Mann noch das nötige Kleingeld dafür.

Kathy stellte den Korb auf dem Esstisch ab und räumte Eier, Bacon, Butter, Marmelade und Milch in den Kühlschrank. Das frische Toastbrot legte sie in den Brottopf. Haferflocken, Cornflakes, Tee und Kekse hatten ihren Platz im Hängeschrank. Auf dem Couchtisch platzierte sie einen kleinen Korb mit Äpfeln und Bananen.

»Bitte keine Streichhölzer herumliegen lassen«, hatte Steve sie gebeten. »Meine kleine Tochter ist zwar erst drei, dafür schon ganz schön aufgeweckt.« Daran erinnerte sie sich wieder und verstaute die Streichholzschachtel im obersten Schrankfach. Auf ihrer Inspektionsrunde drehte sie die Heizkörper auf und vergewisserte sich, dass alle Räume blitzblank waren.

Sie dachte an Steve. Vor zwölf Jahren war er nach Neuseeland ausgewandert und hatte den Kontakt zu seinem Bruder Dan wegen Erbstreitigkeiten abgebrochen. Warum er jetzt zurückkam, wusste keiner so genau. Darüber, dass er mit Kind, jedoch ohne Frau anreiste, kursierten im Dorf die wildesten Gerüchte. Einige behaupteten, er sei Witwer, andere gaben vor, gehört zu haben, seine Frau habe ihn und das Kind verlassen.

Kathy gab nichts auf das Gerede. Sie bildete sich lieber selbst eine Meinung. Als Teenager war sie in den vier Jahre älteren Steve verliebt gewesen. Auf dem Schulhof hatte sie den großen braunhaarigen Jungen angehimmelt und davon geträumt, von ihm beim Ostertanz aufgefordert zu werden. Doch er hatte nur Augen für diese rothaarige Ziege von der Carter-Farm. Die hatte mehr Busen und war richtig kess für ihr Alter. Kathy hingegen war damals klein, pummelig und schüchtern. Erst mit achtundzwanzig hatte sie sich in den gut aussehenden Peter verliebt. Bis heute war ihr nicht klar, wie es ihr gelingen konnte, sich ihn zu angeln, obwohl er der Schwarm aller jungen Frauen gewesen war.

Gedankenverloren wischte Kathy mit dem Staubtuch über den Nachttisch, zupfte die Bettdecke zurecht und legte ein kleines Plüschtier ins Kinderbett. Erst gestern hatte sie das Gitterbettchen vom Speicher geholt und aufgebaut. Als hätte sie geahnt, dass die zwei heute schon kommen würden.

Nervös schielte Kathy zum wiederholten Mal zur Uhr auf dem Kaminsims. In spätestens einer Stunde würde Steve hier sein. Als waschechter Ire freute er sich sicher über eine Tasse Tee. Rasch setzte sie Wasser auf und stellte Teebecher und eine Schale mit Cookies auf den Esstisch. Feuer im Kamin wäre sicher ein netter Willkommensgruß.

Sie lief in den Garten, um Torf aus dem angrenzenden Schuppen zu holen, und es gelang ihr sogar, das Feuer auf Anhieb zu entfachen. Zwar qualmte der feuchte Torf zuerst noch etwas, aber bald zog der Kamin, die Flammen züngelten gleichmäßig und sorgten für wohlige Wärme. Kathy ließ sich erschöpft auf das Sofa sinken und legte die Beine auf dem Sessel ab. Erst jetzt spürte sie die Folgen der letzten Nacht. In ihren Ohren pfiff es, und ihre Augen fielen vor Müdigkeit immer wieder zu. Sie rutschte tiefer in die Kissen.

»Hallo, jemand da?«, ertönte eine Männerstimme vor dem Haus, und Kathy sprang erschreckt auf.

»Die Tür ist offen«, rief sie und eilte zum Windfang. Im Licht der Laterne stand Steve vor einem Range Rover. »Hältst du mir bitte die Türen auf. Ich muss Mia ins Bett tragen. Sie ist während der Fahrt eingeschlafen.« Er deutete zur Rückbank, wo ein kleines braunhaariges Mädchen mit offenem Mund in einem Kindersitz kauerte.

»Ist die niedlich«, entfuhr es Kathy.

»Warte, bis sie aufgewacht ist«, flüsterte Steve. »Dann verwandelt sie sich blitzschnell in einen kleinen Wirbelwind.« Er hob seine Tochter aus dem Sitz, und sofort schmiegte sie ihr Köpfchen an seine Schulter. Kathy wurde es warm ums Herz, als sie sah, wie liebevoll Steve mit der Kleinen umging. »Würdest du bitte?« Er tippte mit dem Fuß gegen die Haustür.

Kathy riss die Tür auf und stolperte an ihm vorbei ins

Haus. Sie rannte die Treppe hinauf, um die Schlafzimmertür zu öffnen. »Kann ich dir helfen?«, sagte sie.

Steve legte Mia vorsichtig auf das Ehebett und zog ihr Schuhe, Strümpfe und die Jeans aus. »Könntest du mir die Reisetasche aus dem Auto holen?«, bat er leise.

Froh darüber, etwas tun zu können, flitzte Kathy auf Zehenspitzen nach unten.

Als sie mit der Tasche zurückkam, holte Steve einen Schlafanzug aus dem Vorderfach und streifte ihn Mia über. Für einen Moment öffnete das Kind die Augen und schaute sich erstaunt um. »Daddy?« Mia strich mit ihrer zarten Hand über Steves unrasierte Wange und schlief wieder ein.

Am liebsten hätte Kathy ihr jetzt einen Gutenachtkuss gegeben. Das Plüsch-Lamm an ihre Wange gekuschelt, schlummerte Mia in Kathys altem Kinderbett.

Steve kramte zwei Babyfone aus der Reisetasche und platzierte eins neben dem Gitterbett auf der Fensterbank. Das zweite steckte er sich in die Hosentasche. »Gehen wir nach unten«, flüsterte er und schob Kathy aus dem Schlafzimmer. Im Wohnzimmer schaute er sich lächelnd um. »Wie schön, du hast Tee gekocht. Und im Kamin prasselt ein Feuer.« Er legte das Babyfon auf den Couchtisch, ließ sich in den Sessel sinken und streckte die Beine von sich. »Setzt du dich einen Moment zu mir?«

Kathys Hand zitterte, als sie ihm den Teebecher reichte. »Möchtest du Milch und Zucker?« Sie vermied es, Steve anzusehen.

»Nein danke«, entgegnete er und trank vorsichtig einen kleinen Schluck. »Schwarz und stark, genau wie ich ihn am liebsten mag.«

Kathy hätte ihn gern nach seinem Leben in Neuseeland gefragt. Doch sie traute sich nicht. Seine vor der Brust verschränkten Arme und der traurige Blick signalisierten ihr allzu deutlich, dass er in Ruhe gelassen werden wollte.

Als Jugendliche hatte sie nie zu seinem Freundeskreis gehört. Kein einziges Wort hatte er damals mit ihr gewechselt, sie wahrscheinlich nicht einmal wahrgenommen. Kathy hoffte inständig, dass er, wenn er sich erst mal in Busby eingelebt hatte, ihre Freundschaft suchen würde. An mehr wagte sie gar nicht zu denken. Steve starrte ins Feuer und gähnte.

»Ich gehe dann mal. Du bist sicher müde von der langen Reise«, unterbrach Kathy das Schweigen. Sie trug ihren Teebecher zur Spüle und spürte, dass Steve sie beobachtete. »Im Kühlschrank findest du alles, was du für das Frühstück brauchst. Der Rest ist hier oben im Hängeschrank.« Unsicher blieb sie mitten im Raum stehen.

Steve erhob sich und trat auf sie zu. »Ist gemütlich, das Haus deiner Großeltern. Ich erinnere mich noch genau an die beiden. Einmal habe ich sie hier besucht, um ihnen Eier von unserem Hof zu bringen.«

Erstaunt riss Kathy die Augen auf. »War ich auch da?«

Über Steves Gesicht huschte ein Lächeln. »Du hast damals mit Puppen im Garten gespielt.«

Kathys Wangen glühten, als er sie ansah. »Ich …«, stammelte sie und wandte den Blick ab. »Ich muss morgen früh raus. Du willst sicher auch ins Bett.« Die Wärme seiner Hand auf ihrer Schulter breitete sich in ihrem Körper aus.

»Danke, dass du uns so herzlich willkommen geheißen hast. Natürlich auch für das Frühstück. Was bin ich dir schuldig?«, fragte Steve und fuhr sich durch die Haare.

Vorsichtig hob Kathy den Kopf und schaute ihn an. Seine braunen Augen hielten ihren Blick fest. »Nichts«, brachte sie mühsam heraus. »Das ist mein Willkommensgruß.«

Steve sah an ihr vorbei aus dem Fenster. »Das habe ich in Neuseeland am meisten vermisst: irische Gastfreundschaft.« Er zögerte einen Moment, dann beugte er sich zu ihr und küsste sie auf die Wange. »Danke, Kathy. Es fühlt sich verdammt gut an, wieder hier zu sein.«

Sie hatte die Türklinke schon in der Hand, da fiel ihr etwas ein. »Falls du mal in den Pub möchtest und eine Babysitterin brauchst, ich kümmere mich gern um Mia.«

»Wartet zu Hause denn niemand auf dich?«, fragte Steve.

Kathy schlang sich ihren Schal um den Hals. »Nur der Webstuhl«, antwortete sie, öffnete die Tür und trat vor das Haus.

»Wir besuchen dich morgen mal in der Webstube«, rief Steve ihr nach.

»Darüber würde ich mich freuen«, antwortete sie leise und eilte nach Hause.

An der Kühlschranktür pappte ein Zettel. »Nervennahrung! Ruf mich an, egal wie spät es ist, Kuss, Lena.«

Wie lieb, ihr ein Stück von Mauras legendärer Schokotorte aufzuheben. Heißhungrig machte sich Kathy über die Torte her, klemmte sich das Handy zwischen Ohr und Schulter und rief Lena an.

»Wie sieht er aus?«, wollte die Freundin sofort wissen. »Hat er Ähnlichkeit mit Dan?«

Kathy drehte den Warmwasserhahn über der Wanne auf. »Moment, ich lasse mir gerade ein Bad ein.«

»Jetzt spann mich nicht länger auf die Folter«, beschwerte sich Lena.

Im Hintergrund flüsterte Jack: »Kommst du auch gleich ins Bett, Schatz?«

Kathy hatte Mühe, ihr Kopfkino zu stoppen. Sie kletterte in die Wanne und streckte sich wohlig aus. »So, nun können wir reden. Steve ist genauso groß wie sein Bruder, aber er hat braune Haare.«

»Das wollte ich nicht wissen. Wie findest du ihn?« Lena konnte ganz schön hartnäckig sein.

»Also gut, du Nervensäge. Ich erzähle dir etwas, das ich noch nie jemandem erzählt habe«, sagte Kathy. »In seiner Nähe fühle ich mich nach all den Jahren noch immer wie ein verliebtes Schulmädchen. Dabei kenne ich ihn nicht mal. Früher hat er nie ein Wort mit mir geredet. Ich glaube nicht, dass er mitgekriegt hat, wie verknallt ich in ihn war.« Sie schrubbte ihren Rücken mit der langen Wurzelbürste. Lena schwieg eine ganze Weile. Kathy stellte das Handy auf laut und legte es auf den Hocker neben der Wanne. Dann schamponierte sie sich die Haare. »Was soll ich machen?«

»Den Laden renovieren und dich um Scotty kümmern. Oder willst du dich wieder in eine unglückliche Beziehung stürzen?«, beendete Lena die Gesprächspause.

»Verdammt, ich habe Shampoo in die Augen bekommen«, sagte Kathy und tauchte ihr Gesicht ins Wasser. »Du hast ja recht. Auf Steve wartet in Neuseeland sicher eine bildhübsche Frau und kümmert sich um die Farm, während er seine Verwandten besucht.« Der Gedanke gefiel ihr überhaupt nicht. »Wann bringst du mir morgen Scotty vorbei?«, wechselte sie rasch das Thema.

»Könntest du ihn gegen Mittag abholen?« Lena gähnte. Mit den Worten: »Ich bin hundemüde. Können wir morgen weiterquatschen?«, beendete sie das Gespräch.

Obwohl Kathys Körper sich nach Schlaf sehnte, kam ihr Kopf nicht zur Ruhe. In ihren Bademantel gehüllt, saß sie auf der Couch, blätterte in alten Fotoalben und kramte in ihren Erinnerungen. Es dauerte eine ganze Weile, bis sie das Bild fand.

Ihre Mutter hatte sie als Zwölfjährige auf dem Schulfest fotografiert. Im Hintergrund alberte Steve mit seinen Kumpels herum und grinste frech in die Kamera. Sie hatte dieses Foto damals in ihrer Nachttischschublade unter den Taschentüchern versteckt und jeden Abend vor dem Einschlafen hervorgeholt. Steves Kopf hatte sie mit einem roten Herzen umrahmt, was ihr heute mehr als peinlich war. Wie sehr sie beide sich doch verändert hatten. Gott sei Dank war sie nicht mehr klein und pummelig.

Auf dem Weg ins Schlafzimmer blieb sie vor dem Ankleidespiegel stehen und begutachtete sich nackt im Spiegel. Sie war mittelgroß und schlank. Nur die Sommersprossen in ihrem Gesicht waren zahlreicher und ihre braunen Locken noch ein wenig störrischer geworden. Die Brüste waren klein und fest, der Bauch für ihren Geschmack vielleicht ein wenig zu rund. Aber das störte sie nicht. Peter hatte ihre Figur immer als aufregend bezeichnet.

Rasch schlüpfte sie in ihren Schlafanzug und kroch unter die Bettdecke. Wieder wanderten ihre Gedanken zu Steve. Er hatte so gar nichts mehr von dem rebellischen Jungen von damals an sich. Steve sah verdammt gut aus, und was Kathy besonders berührte: Er war ein liebevoller Vater. Wenn sie nicht aufpasste, würde sie sich wieder in ihn verlieben.

4

Kathy hockte auf der obersten Treppenstufe und beobachtete amüsiert, wie Lena und Jack sich von ihrem Hund verabschiedeten. »Wenn man euch beide so sieht, könnte man glatt meinen, ihr geht auf Weltreise. Scotty und ich kommen die zwei Tage schon ohne euch klar.«

Der grauhaarige Mischlingshund schien genau zu verstehen, was sie sagte. Er rutschte neben sie und legte den Kopf auf ihre Oberschenkel. Kathy kraulte ihn hinter den Ohren und sagte: »Wir beide machen es uns so richtig gemütlich. Ich habe extra Lammkoteletts gekauft.«

»Verwöhn ihn mir nicht zu sehr.« Jack beugte sich zu dem Hund und streichelte seinen Kopf. »Schön brav sein, mein Junge. Pass gut auf Kathy auf.« Dann küsste er sie auf die Wange und marschierte zu seinem Wagen.

Lena stellte die Hundetasche neben Kathy. »Da ist alles drin, was Scotty braucht. Kuscheldecke, Näpfe, Trockenfutter und seine Bürste.« Sie hockte sich vor den Hund und drückte ihn an sich. »Du fehlst mir jetzt schon, mein Guter«, flüsterte sie ihm ins Ohr.

»Und wer vermisst mich?«, beschwerte sich Kathy und bekam prompt einen Nasenkuss von Scotty und eine Umarmung ihrer Freundin. »Wir bringen euch beiden was Schönes mit«, versprach Lena und folgte Jack zum Auto. Scotty verabschiedete sie mit einem kurzen Bellen und trottete brav neben Kathy Richtung Wollmarkt.

Vor der Teestube steckten Claire, Bella und Maura die Köpfe zusammen. Als Kathy auf sie zuging, beendeten die

Freundinnen abrupt ihr Gespräch und schauten sie erwartungsvoll an. »Und?« Claire stupste sie in die Seite.

»Was und?« Kathy wusste genau, was die drei von ihr hören wollten.

»Wie ist er so?«, fragte Bella und errötete. Bevor Kathy antworten konnte, ertönte von der anderen Straßenseite eine zarte Kinderstimme. »Ich will zum Hund, Daddy.«

»Einen Moment, Mia. Daddy redet noch mit Fergus«, antwortete Steve. Aufgereiht wie die Orgelpfeifen starrten die Frauen hinüber.

Neben dem Eingang vom »Old Horseshoe« lehnte Fergus lässig an der Hauswand und klopfte Steve auf die Schulter. »Ich sehe dich beim Darts?«

Steve nickte.

»Ich gehe mal rüber.« Claire hatte hektische Flecken auf den Wangen. »Fergus wartet sicher auf mich.« Schon lief sie über die Straße.

»Sieht der aber gut aus.« Bella blieb wie angewurzelt stehen.

»Die Kleine ist ganz der Papa«, fand Maura endlich ihre Sprache wieder.

Kathy war die offen zur Schau gestellte Neugier ihrer Freundinnen peinlich. »Jetzt starrt nicht so rüber. Wenn ihr ihn kennenlernen wollt, geht hin und begrüßt ihn«, schimpfte sie. Dabei konnte sie selbst kaum ihren Blick von Steve und Mia wenden.

Scotty zerrte an der Hundeleine und zog Kathy mit sich. Da schrie die kleine Mia: »Sit!«, und hob den Arm. Abrupt stoppte der Hund an der Bordsteinkante und schaute schwanzwedelnd zu ihr herüber. Kathy blieb nichts anderes übrig, als die Straßenseite zu wechseln. Dort riss sich Mia von der Hand ihres Vaters los und lief auf Scotty zu.

Mit einem Satz war Steve bei ihr und hielt sie am Arm zurück. »Du sollst doch nicht weglaufen«, tadelte er die Kleine.

»Ist ja noch mal gut gegangen«, beschwichtigte Kathy und hockte sich vor das Kind. »Hallo, Mia, ich bin Kathy, und das ist Scotty. Magst du ihn mal streicheln?«

»Scotty«, wiederholte Mia mit zarter Stimme und streckte vorsichtig ihre Hand aus. Der Hund rutschte auf dem Bauch zu ihr und legte seine Schnauze auf ihre Füße.

»Sieht so aus, als hätten sich zwei gefunden.« Steve reichte Kathy die Hand und zog sie aus der Hocke hoch.

»Habt ihr gut geschlafen?« Kathy landete so nah vor ihm, dass sie sein Rasierwasser riechen konnte. Der frische Duft eines Sommertages am Meer gefiel ihr.

Steve winkte Fergus zum Abschied zu, der kurz darauf mit Claire im Pub verschwand, dann beantwortete er ihre Frage. »Wir sind beide erst um 10:00 Uhr aufgewacht. Es ist herrlich ruhig im alten Dorf. Kein Vergleich zu Singapur, wo wir einen Zwischenstopp eingelegt haben. Trotz der schallisolierten Hotelfenster konnten wir wegen des Straßenlärms kaum schlafen.«

Kathy hob langsam den Kopf und schaute Steve in die Augen. Sie waren dunkelbraun mit kleinen bernsteinfarbenen Sprenkeln, stellte sie mit Erstaunen fest und senkte schnell wieder den Blick.

Als Mia ihren Vater am Hosenbein zupfte, um auf sich aufmerksam zu machen, ging er neben ihr auf die Knie und legte einen Arm um ihre Taille. »Wollen wir Kathy und Scotty in den Wollmarkt begleiten? Dort kannst du mit dem Hund spielen, während ich mir das kaputte Schaufenster anschaue.«

Die Kleine klatschte vor Freude in die Hände und kommandierte: »Let's go!« Sie nahm Kathy die Leine aus der

Hand und trippelte mit dem Hund vor ihrem Vater her. Scotty lief brav bei Fuß.

Im Vorbeigehen begrüßte Steve Mr und Mrs Melony. Rein zufällig hatten die beiden nichts Besseres zu tun, als die Gemüsekisten vom rechten vor das linke Schaufenster zu schieben.

In diesem Moment stoppte Dans alter Ford neben Steve. Kathy stockte der Atem. Das erste Wiedersehen nach zwölf Jahren. Wie würden die beiden Brüder reagieren? Würde die alte Feindschaft wieder hochkochen? Verlegen fuhr sich Steve durch die Haare und trat an das Auto.

Dan kurbelte das Fenster auf der Fahrerseite herunter und rief gut gelaunt: »Bin gerade auf dem Weg zu euch. Steigt ein, ich nehme euch mit zur Farm. Chris und die Mädchen können es kaum erwarten, euch zu sehen.«

Erleichtert atmete Kathy auf, als Steve seinem Bruder die Hand reichte. »Siehst noch gut aus für dein Alter«, witzelte er. »Ein bisschen dick um die Hüften, aber sonst ganz passabel.«

»Das sagt gerade der Richtige.« Dan boxte Steve in die Rippen. »Bekommst du in Neuseeland nichts Anständiges zu essen? Du Hungerhaken.«

»Wer ist das?« Mia versteckte sich hinter Scotty und deutete auf Dan.

»Dein Onkel Dan, mein Bruder.« Steve drehte sich zu ihr um und nahm sie auf den Arm. »Möchtest du mit mir zur Farm fahren und Sarah und Anne kennenlernen? Die haben sicher viele Spielsachen.«

Die Kleine schüttelte den Kopf. »Will bei Scotty bleiben.«

»Wir haben auch zwei Hunde und vier Kaninchen«, beeilte sich Dan, zu sagen, und Kathy fügte rasch hinzu: »Du kannst später noch mit Scotty spielen.«

Mia sah sie mit großen Augen an. »Komm mit«, sagte sie und streckte die Arme nach Kathy aus.

»Ach, du Süße«, raunte sie und nahm Steve Mia ab, drückte sie an sich und küsste ihre Wange. »Ich muss doch arbeiten. Aber du kannst mich heute Abend besuchen. Dann spiele ich mit dir Verstecken.« Ihr Herz hüpfte vor Freude, weil Mias kleine Hand in ihren Locken wuschelte.

Steve flüsterte seiner Tochter etwas zu, und sie nickte. »Wenn es dir recht ist, schauen wir später bei dir vorbei. Falls es heute Abend nicht klappt, rufe ich dich an. Dan hat sicher deine Nummer.«

Kathy spürte, wie ihr die Röte ins Gesicht stieg, als Steve ihr zum Abschied einen Kuss auf die Wange gab. Ausgerechnet in diesem Moment eilte Mrs Melony an ihnen vorbei. »Schön, dass du wieder in Busby bist«, rief sie und zwinkerte Steve zu.

Grinsend winkte Dan Steve und Kathy zu sich an den Wagen. »Wundert euch nicht, wenn ihr heute das Gesprächsthema Nummer eins im Pub seid.«

»Dummes Klatschweib«, entgegnete Kathy und verabschiedete sich schnell.

Mia winkte ihr aus dem abfahrenden Wagen zu. Mit Scotty im Schlepptau lief Kathy dem Auto ein Stück nach und schwenkte ausgelassen die Hundetasche. Sie hoffte inständig, dass das Wiedersehen der Brüder weiterhin so harmonisch verlaufen würde wie ihre erste Begegnung.

Kaum hatte sie die Ladentür hinter sich geschlossen, kramte Kathy ihr Handy aus der Tasche und telefonierte mit Chris, Dans deutscher Ehefrau.

»Wenn ich es dir doch sage«, betonte Kathy. »Die beiden Brüder haben sogar miteinander gescherzt. Sie sind schon auf dem Weg zu euch.«

Am anderen Ende der Leitung tuschelten Sarah und Anne mit ihrer Mutter. »Ich muss auflegen. Die Mädchen wollen unbedingt dem Wagen entgegengehen«, verabschiedete sich Chris.

Unentschlossen blieb Kathy im Laden stehen und schaute sich um. Scotty stupste mit der Schnauze an ihr Bein und verlangte seine Streicheleinheiten. Sie kraulte ihn ausgiebig hinter den Ohren. »Du hast ja recht. Gemütlich ist das hier wirklich nicht. Wollen wir uns etwas zu essen machen?«

In ihrer Wohnung packte sie Scottys Reisetasche aus. Sie stellte die Näpfe vor den Küchenschrank und legte seine Schmusedecke neben das Sofa. Scotty schien dieser Platz nicht zu gefallen. Er zog die Decke hinter sich her bis vor die Schlafzimmertür. Dort hockte er sich hin und bellte. Als Kathy ihm die Tür öffnete, zog er die Decke vor das Bett. »Ausnahmsweise darfst du hier schlafen. Aber wehe, du schnarchst! Dann schmeiße ich dich raus.« Kathy hob drohend den Zeigefinger.

Scotty legte den Kopf schief und sah sie an, als könnte er kein Wässerchen trüben. Während sie am Herd stand und Lammkoteletts briet, wich der Hund nicht von ihrer Seite. *Ich könnte mich glatt an dich gewöhnen*, dachte Kathy und legte ein klein geschnittenes Kotelett in seinen Napf. Scotty machte sich über das Fleisch her, und Kathy mischte sich einen Salat.

Kaum hatte sie sich an den Tisch gesetzt und den ersten Bissen im Mund, klingelte ihr Telefon. Beim Klang von Mr Blanks Stimme verschluckte sie sich und prustete über den Teller. »Sagen Sie bitte nicht, dass Sie den Termin nicht einhalten können«, brachte sie mühsam heraus.

Mr Blank lachte. »Deshalb rufe ich nicht an.«

Im Hintergrund meldete sich eine Frau. »Lass mich mal

ran.« Dann lernte sie Mrs Blank kennen. »Hallo, meine Liebe«, sagte die mit warmer Stimme. »Sie haben neulich meinem Mann diese wundervollen Socken geschenkt. Nun haben wir ein Problem.«

Kathy spießte sich ein Stück Lammfleisch auf die Gabel. Kalt schmeckte das wirklich nicht. »Aha.«

»Mein Mann will keine anderen Socken mehr anziehen. Wir brauchen dringend noch ein paar von diesen warmen Dingern«, rückte Mrs Blank mit der Sprache raus.

Kathy kaute rasch zu Ende. »Soll ich Ihnen welche zurücklegen?«

»Das wäre wirklich reizend, am besten vier Paar«, sagte Mrs Blank. Sie schien nachzudenken. »Haben Sie auch Damensocken? Könnte ich gleich bei Ihnen vorbeischauen? Mein Mann hat so von Ihrem Laden geschwärmt, den möchte ich mir unbedingt ansehen. Ich würde meine Freundin mitbringen. Ist das ein Problem für Sie?«

»Nein.« Kathy überlegte fieberhaft, in welcher Kiste sie die Wollsocken verstaut hatte. »Aber ich habe die Regale schon leer geräumt, weil ich den Laden am Wochenende renovieren will. Sie könnten sich meine Webstube anschauen. Ich suche in der Zwischenzeit die passenden Socken für Sie heraus.«

Mrs Blank schien begeistert von diesem Vorschlag. »Wir sind in einer Stunde bei Ihnen.«

Hastig aß Kathy den Salat auf und überließ Scotty den Rest ihrer Lammkoteletts. Dann trug sie die Kartons mit den Wollsachen in die Webstube, verstaute die Nähmaschine im Holzkoffer und schob ihn unter die Bank. Sie breitete die Socken, ein paar besonders aufwendig gearbeitete Schals und einige Aran-Sweater auf dem Arbeitstisch aus und hängte zwei kleine Webteppiche über die Stuhllehnen. Fünf von Lenas Taschen stellte sie auf die Webbank. Wenigstens eine kleine Auswahl ihres Sortiments sollten die Damen zu sehen bekommen. Vielleicht gefiel ihnen das eine oder andere Stück. Kathy könnte die Einnahmen wirklich gut gebrauchen. In Windeseile kochte sie Tee, platzierte Kanne, Becher und eine Dose mit Cookies auf der Fensterbank, bevor sie sich an den Webstuhl setzte. Scotty trottete die Treppe hinunter und legte sich auf seinen Stammplatz unter dem Tisch.

Keine Viertelstunde später klingelte die Ladenglocke, und Kathy eilte in den Verkaufsraum, um ihre Kundinnen zu begrüßen. Mrs Cecilia Blank und ihre Freundin Betty, zwei äußerst lebenslustige Frauen mit Hochsteckfrisuren, hielten sich nicht lange mit Vorreden auf.

»Hoffentlich hat mein Mann das Schaufenster auch gut abgedichtet. Draußen regnet es ›cats and dogs‹«, sagte Cecilia zur Begrüßung. Sie bestand darauf, dass Kathy sie beim Vornamen anredete. »Das macht ihr jungen Leute heutzutage doch so«, bestätigte Betty und schüttelte Kathy die Hand. Die Damen sahen sich im Verkaufsraum um.

»Schade, dass die Regale schon leer sind.« Cecilia warf einen Blick in die Webstube. »Dürfen wir dort hinein?«, fragte sie und verschwand nach nebenan.

Betty folgte ihr. Scotty lag wie ein großes Plüschtier unter dem Tisch und schaute sie erwartungsvoll an. Von der Arztpraxis war er es gewohnt, ständig fremde Leute um sich zu haben.

»Nein, wie lieb ist der denn!« Betty kniete sich neben den Tisch und kraulte Scotty. Ihre Freundin nahm inzwischen die Strickwaren in Augenschein. Ganz die Geschäftsfrau erklärte Kathy den Frauen die Vorzüge der selbst gestrickten Socken und Pullover. »Wir verwenden nur Wolle von heimischen Schafen und stricken nach alter Tradition. Auch die Teppiche werden von mir auf diesem Webstuhl angefertigt.«

»Und die Taschen?« Betty hängte sich das Modell Cork über die Schulter.

»Die sind unser ganzer Stolz. Meine Freundin und Geschäftspartnerin Lena entwirft die Taschen. Produziert werden sie hier bei uns in Busby. Falls Sie Interesse haben, könnte ich eine Werkstattbesichtigung arrangieren«, bot Kathy an. Sie lud Betty und Cecilia zu einer Tasse Tee ein und setzte sich an den Webstuhl.

»Wie schnell Sie das Schiffchen durch die Fäden schießen«, staunte Cecilia, wandte sich aber bald wieder den Socken zu. Kathy vertiefte sich in ihre Arbeit und gab den Frauen die Gelegenheit, sich die ausgestellten Waren in aller Ruhe anzusehen.

Eine Stunde später verließen die beiden mit vollgepackten Einkaufstaschen den Wollmarkt. »Wegen der Werkstattbesichtigung melden wir uns bei Ihnen«, versprach Betty. »Wir bringen unseren Landfrauenverein mit.«

Kathy schloss zufrieden die Ladentür hinter den Frauen ab. Die beiden hatten nicht nur Socken und Schals gekauft, sie erstanden sogar zwei Taschen. »Die dürfen uns die Männer zu Weihnachten schenken«, hatten sie erklärt. So landeten insgesamt 400 € in Kathys Kasse. Geld, das sie für die Renovierung dringend benötigte.

»Was ist, Scotty? Gehen wir spazieren? Du brauchst doch sicher etwas Auslauf«, rief sie dem Hund zu.

Sie zog ihren dicken Parka an, befestigte die Hundeleine an Scottys Halsband und verließ das Haus. »Brr!«, schimpfte sie, weil eine Windböe ihr einen Schwall Regenwasser ins Gesicht blies.

Der graue November machte seinem Namen mal wieder alle Ehre. Bereits am Nachmittag war es so dunkel, dass die Straßenlaternen angingen und ihr gelbliches Licht auf die Pfützen schien. Kathy wischte sich mit einem Taschentuch das Gesicht trocken, zog die Kapuze über den Kopf und schlug den Weg zum alten Dorf ein.

Scotty lief schwanzwedelnd voraus. Eigentlich plante sie, bis zu den Nordweiden zu laufen, dann lenkten sie ihre Schritte ganz automatisch zum Haus ihrer Großeltern. Vorsichtig spähte sie durch das Küchenfenster ins Innere und stellte fest, dass niemand da war.

Sicher blieben Steve und Mia zum Abendessen auf der Farm. Heute würden die beiden sie bestimmt nicht mehr besuchen.

Als hätte er ihre Gedanken gelesen, rief Steve in diesem Moment an. »Hallo, Kathy«, sagte er, und ihr Herz klopfte ein paar Takte schneller. »Wir schaffen es heute leider nicht mehr. Morgen Vormittag besuchen wir dich gern.«

Allein für diese Mitteilung schickte Kathy ihm in Gedanken eine dicke Umarmung. Endlich mal ein Mann, der sich an seine Versprechen erinnerte. »Möchtet ihr mit mir und Scotty zu Mittag essen?«, wagte sie einen Vorstoß und marschierte weiter zu den Weiden.

»Warum nicht?«, antwortete Steve. »Aber nur, wenn wir dir keine Umstände machen.«

Kathy hatte Mühe, mit Scotty Schritt zu halten. Ausgelassen tollte er über die pitschnasse Wiese. Ihre Sneakers versanken in dem weichen Untergrund und saugten sich voll Wasser. Das war Kathy egal. Sie hüpfte pfeifend hinter dem Hund her.

Als ihr Handy den Eingang einer SMS meldete, angelte sie es mit klammen Fingern aus der Jackentasche. Diese Nachricht konnte nur von Lena sein, die versprochen hatte, sich von Dublin aus zu melden. Doch es war Peter. Beim Lesen lief ihr ein eisiger Schauder den Rücken hinunter:

Dass du mich bei der Polizei verpfiffen hast, wirst du noch bereuen. Glaub nicht, dass du auch nur einen lausigen Cent von mir bekommst. Euer Anwalt kann mich mal! So lasse ich nicht mit mir umspringen!

5

»Nein!« Kathy schlug wie wild mit den Armen um sich. Da hatte die riesige Flutwelle sie schon erfasst und riss sie mit sich in einen dunklen Schlund. Sie schnappte nach Luft, versuchte verzweifelt, die Augen zu öffnen, weil etwas Feuchtes, Warmes ihr Gesicht berührte. Endlich gelang es ihr, und sie sah verdutzt in Scottys braune Knopfaugen.

»Danke, dass du mich aus diesem Alptraum geweckt hast«, lobte Kathy schwer atmend den Hund. Der Schlafanzug klebte schweißnass an ihrem Körper, und sie hatte Durst.

Barfuß tapste sie in die Küche, füllte im Halbschlaf Scottys Napf mit Wasser, bevor sie sich selbst den Rest des Abendtees in eine Tasse goss. Scotty hatte inzwischen seine Schmusedecke in die Küche gezogen und lag gähnend vor ihren Füßen.

Ein Blick auf die alte Küchenuhr verriet ihr, dass es erst fünf Uhr war. Obwohl Kathy vor Müdigkeit kaum die Augen offen halten konnte, beschloss sie, sich nicht wieder ins Bett zu legen. Viel zu groß war ihre Angst, dass der Alptraum wiederkehren könnte. In eine Wolldecke gewickelt, kuschelte sie sich auf das Sofa, schaltete die Stehlampe an und vertiefte sich in »Die Muschelsucher«. Auch wenn sie den Roman schon zweimal gelesen hatte, nahm sie ihn immer wieder gern zur Hand, half er ihr doch, zur Ruhe zu kommen und die eigenen Probleme zu vergessen.

Scotty schien dies für keine gute Idee zu halten. Mit einem Satz sprang er zu ihr auf die Couch und quetschte sich neben sie. Er stupste das Buch aus ihrer Hand und bettete seinen Kopf auf ihren Bauch. *Warum können Männer nicht so einfühlsam und verschmust sein?*, dachte Kathy und schlummerte ein, während sie Scotty den Rücken kraulte.

Als nebenan der Wecker klingelte, jaulte der Hund auf und sprang von der Couch. Er flitzte ins Schlafzimmer und kam kurz darauf mit dem Störenfried in der Schnauze zurück.

»Braver Hund.« Kathy nahm ihm den Wecker ab und tätschelte Scottys Kopf. »Gib mir fünf Minuten, gleich drehe ich eine Morgenrunde mit dir.«

In Windeseile duschte sie und zog sich an. Ihre Haare waren noch feucht, als sie mit dem Hund vor die Haustür trat. Der Westwind hatte die letzten Regenwolken vertrieben, und es versprach ein sonniger Tag zu werden.

»Herrliches Wetter heute«, tönte es von der anderen Straßenseite. Bella Snow, die Sekretärin und Haushälterin des Pfarrers, überquerte mit großen Schritten die Straße. Sie begrüßte Kathy mit einem Wangenkuss. »Begleitet ihr mich ein Stück? Ich verteile Gemeindebriefe«, erklärte sie und hielt einen Korb hoch. »Kommst du heute Abend auch in den Pub? Steve gibt seinen Einstand.«

Kathy schüttelte irritiert den Kopf. »Nein, ich renoviere doch meinen Laden.« Es ärgerte sie, dass Steve ihr davon nichts erzählt hatte. »Woher weißt du das denn schon wieder?«

Bella blieb stehen und schaute sie verwundert an. »Pfarrer Donnelly hat es mir erzählt, und der hat es von Fergus.«

Inzwischen waren sie am Lebensmittelgeschäft angelangt. Bella reichte Mr Melony, der gerade eine Tafel neben den Eingang stellte, einen Gemeindebrief.

»Heute frisches Lammhack«, las Kathy, und ihr fiel ein,

dass sie Steve und Mia zum Mittagessen eingeladen hatte. »Hältst du bitte mal den Hund?«, bat sie Bella, drückte ihr die Leine in die Hand und verschwand im Laden.

Mit einer vollen Papiertüte kehrte sie kurz darauf zurück. Heute würde sie Spaghetti Bolognese kochen, das mochte Mia bestimmt, und zum Nachtisch Schokoladenpudding.

»Ich muss dann mal wieder«, rief Kathy der verdutzten Bella zu, nahm ihr die Hundeleine aus der Hand und eilte nach Hause. Sie gönnte sich kaum Zeit für das Frühstück, räumte in Windeseile ihre Wohnung auf und kletterte danach über die Falltreppe auf den Dachboden.

»Bin gleich wieder bei dir«, vertröstete sie den winselnden Scotty, der ihr traurig hinterherschaute.

Sie kroch bis in die hinterste Ecke des Speichers und zog eine verstaubte Kiste mit der Aufschrift »Spielsachen« unter das Fenster. Als Kathy den Deckel des Kartons abnahm, wurde sie von Kindheitserinnerungen übermannt. Wie liebevoll und sorgfältig ihre Mutter doch damals die Lieblingspuppen und Kinderbücher in Seidenpapier gewickelt und verwahrt hatte. Zwischen Puppen und dem alten Brummbären versteckte sich ihr heißgeliebter Leprechaun, den sie als Kind Greeny getauft hatte, weil er einen grünen Frack und einen ebenso grünen Hut trug. Dieser kleine Kobold mit seinem feuerroten Bart hatte jahrelang auf ihrem Nachttisch gestanden und sie beschützen sollen. Oft hatte sie davon geträumt, dass er ihr den Platz verraten würde, an dem er seinen Goldschatz versteckt hatte. Seine Geschichte würde sie Mia erzählen, wenn sie ihr den Leprechaun schenkte.

Kathy brachte den Kobold in die Küche, holte den Bären und eine Tasche voller Holzklötze. Sie konnte es kaum erwarten, Mia mit diesen Spielsachen zu überraschen. Ungeduldig schloss sie die Ladentür auf und spähte die Straße hinunter.

»Wartest du auf uns?«

Kathy zuckte zusammen, als ihr jemand von hinten auf die Schulter klopfte. Nora Burke hielt ihr eine Dose Holzfarbe vor die Nase. »Die Jungs kommen später nach und bringen die restlichen Sachen mit. Wir können gleich starten.«

»Oh!« Kathy kratzte sich verlegen am Hinterkopf. »Ich habe nicht so früh mit euch gerechnet. Sagtest du nicht, ihr würdet erst am späten Nachmittag kommen?«

»Kann schon sein. Aber je eher wir anfangen, desto schneller sind wir fertig«, entgegnete Nora und quetschte sich an Kathy vorbei in den Wollmarkt. »Tommy lässt fragen, ob er den Fußboden streichen soll. Das ist wohl eher Arbeit für einen erfahrenen Handwerker.«

Ein wenig überrumpelt fühlte sich Kathy schon. Sie hatte sich so darauf gefreut, den Vormittag mit Steve und Mia zu verbringen, und jetzt rückten die Burkes an und machten ihr einen Strich durch die Rechnung. Dabei müsste sie doch froh sein, dass Noras Familie extra ihr Wochenende opferte, um den Wollmarkt zu renovieren. »Was soll's? Ruf deinen Tommy an, und bestell ihn her. Wir können jede helfende Hand gebrauchen. Über den Lohn werden wir uns sicher einig«, betonte sie und schob Nora in die Stube.

Wenig später stellte sich Noras Mann breitbeinig in den Laden und verteilte die Aufgaben. »Tom und Patrick legen zuerst den Fußboden mit Zeitung aus. Wir starten mit der Decke.«

Kathy blickte verdutzt nach oben. »Wieso Decke?«

»Na, wenn du schon renovierst, dann ordentlich«, erwiderte Tommy und klappte die Leiter auf. »Die habe ich in einer halben Stunde überpinselt. Du wirst staunen, wie hell der Laden aussieht.« Zur Demonstration tupfte er einen Pinsel in den weißen Farbeimer und zog eine Bahn über die Decke. Neben der frischen Farbe wirkte der Rest grau und schmutzig.

»Wahnsinn!« Kathy klopfte ihm anerkennend auf die Schulter. »Du hast vollkommen recht. Neben der frischen Farbe wirkt das alte Weiß fast wie gelb.«

Tommy deutete auf den Fußboden. »Den kann ich erst streichen, wenn die Regale fertig sind. Allerdings …« Er verschwand im Flur. »… kannst du den Laden die nächsten zwei Tage nicht betreten. Gut, dass du einen Hinterausgang hast.«

»Heißt das, ich darf auch nicht in die Webstube?« Kathy starrte ihn entsetzt an. »Ich muss unbedingt den Bettvorleger für Mrs Melony fertig weben. Die nervt mich schon seit Tagen damit.«

»Wir bauen dir einen kleinen Steg vom Flur in deinen Arbeitsraum«, mischte sich Steve ein. Er stand mit Mia an der Hand in der offenen Tür und lächelte. »Da komme ich ja gerade recht. Ich wollte Kathy schon fragen, ob sie Hilfe braucht.«

»Mann, Steve, alter Kumpel.« Mit einem breiten Grinsen umarmte Tommy seinen Jugendfreund. »Weiß Paul, dass du da bist?«

Steve schüttelte den Kopf. »Ich bin doch erst seit zwei Tagen hier.«

Während die beiden Männer die Köpfe zusammensteckten und von alten Zeiten redeten, wechselten Kathy und Nora verständnisvolle Blicke.

»Lass die beiden ruhig quatschen, wir legen jetzt los«, verkündete Nora. »Sind ja schließlich nicht zum Vergnügen hier.« Sie ging vor Mia in die Hocke und strich ihr zärtlich über die Haare. »Du bist ja schon ein richtig großes Mädchen.«

Mia strahlte, hielt drei Finger vor Noras Gesicht und lief zum Farbeimer. Sie schnappte sich den Pinsel, tauchte ihn in die weiße Farbe, und bevor irgendjemand reagierte, malte sie einen dicken Klecks auf den Fußboden. »Ich kann malen«, verkündete sie mit ernstem Gesicht. »Schaut mal.«

Sofort richteten sich alle Augen auf das kleine Mädchen, das den Pinsel erneut in den Eimer tauchte. Doch diesmal war Kathy schneller. Sie nahm ihr den Pinsel aus der Hand, hob Mia empor und stellte sie auf die Theke. »Möchtest du nicht lieber mit Scotty und mir einkaufen gehen? Wir müssen für deinen Papa und die anderen ein feines Essen kochen.«

Mia zog die Nase kraus und schaute von einem Erwachsenen zum anderen. Als ihr Blick auf Patrick und Tom fiel, lächelte sie. »Wollt ihr mit uns essen?«

Die Jungen nickten eifrig, postierten sich vor Mia, und jeder reichte ihr eine Hand. »Engelchen flieg«, riefen sie, und Mia schwebte, von ihnen gehalten, von der Theke auf den Boden.

Sie jauchzte vor Vergnügen, streckte den beiden ihre Arme entgegen. »Noch mal.«

Schon hob Patrick sie wieder auf die Theke, und sie sprang in seine Arme.

»Jetzt ich«, brummte Tom und schob seinen Bruder zur Seite. Mia ließ sich auch von ihm bereitwillig hochheben. Anscheinend hatte sie einen Narren an den Jungen gefressen.

»Schluss damit, wir müssen arbeiten«, mischte sich endlich Steve ein. Er hob seine Tochter von der Theke und stellte sie neben Scotty auf den Boden. »Der Hund ist schon ganz traurig, weil du nicht mit ihm spielst.«

Wie auf Kommando winselte Scotty in diesem Moment und schleckte Mia über die Nase. Sie griff kichernd nach seinem Halsband und marschierte mit ihm zur Tür.

»Warte auf mich, Mia.« Kathy schnappte sich im Vorbeigehen Einkaufstasche und Geldbörse, danach befestigte sie die Leine an Scottys Halsband. »Mögt ihr denn alle Spaghetti Bolognese?«, fragte sie in die Runde.

»Und wie«, bestätigte Patrick.

Steve gab seiner Tochter einen Kuss auf die Wange. »Pass gut auf Kathy und Scotty auf, mein großes Mädchen.«

Mia nickte. Sie nahm Kathy an die Hand und schnappte sich die Hundeleine. Mit ernster Miene marschierte sie aus dem Laden. An der Bordsteinkante blieb sie brav stehen, schaute nach links und rechts. »Kein Auto«, murmelte sie und blickte Kathy fragend an.

»Also können wir gehen«, bestätigte Kathy. Nicht einen Moment ließ sie die Hand der Kleinen los.

»Steht dir richtig gut, das Kind«, rief ihr Maura aus dem offenen Fenster der Post zu.

Eigentlich wollte Kathy mit einem Scherz darauf antworten, doch dazu waren zu viele Gefühle im Spiel. Sie ignorierte die Bemerkung. »Kannst du mir bitte einen Apfelkuchen zurücklegen? Ich hole ihn auf dem Rückweg ab. Meine Handwerker haben Hunger«, entgegnete sie stattdessen.

Weil Mia ungeduldig an ihrer Hand zog, verabschiedete sie sich rasch und eilte zum Lebensmittelladen. Sie war froh, dass Mrs Melony nicht hinter der Kasse saß. Die alte Klatschtante hätte ihr an diesem Morgen noch gefehlt.

»Meine Frau ist heute mit dem Bus nach Sneem gefahren«, erklärte ihr Mann. Er reichte Mia seine Hand. »Freut mich, dich kennenzulernen«, begrüßte er sie wie eine Erwachsene.

Zu Kathys Freude strahlte ihn die Kleine an und knickste sogar.

»Liebe Kinder bekommen von mir immer einen Lolli.« Mr Melony griff in ein Bonbonglas und fischte einen roten Lutscher heraus, den er Mia mit einer Verbeugung überreichte.

»Darf ich den haben?«, fragte sie vorsichtig bei Kathy nach.

Zärtlich strich Kathy ihr über die Wange. »Sicher hat dein Dad nichts dagegen.«

»Danke«, hauchte sie und schob sich das süße Ding in den Mund, nachdem Kathy ihn aus dem Papier gewickelt hatte.

»Womit kann ich dienen?« Der Kaufmann rückte seine Brille zurecht. Er verzog keine Miene, als Kathy zwei Kilo Hackfleisch und vier Pakete Spaghetti kaufte.

»Ich habe die Handwerker im Laden«, erklärte sie trotzdem.

»Aber dem Hund geben Sie hoffentlich kein Hackfleisch. Das ist nicht gut für ihn.« Mr Melony schnitt ein Stück Speck in kleine Würfel. »Das kauft Jack immer für ihn«, erklärte er und legte den Speck zum Hackfleisch in den Einkaufskorb.

Eine Viertelstunde später drückte Kathy erwartungsvoll die Klinke des Wollmarkts hinunter und spähte vorsichtig hinein.

»Na, was sagst du? Ist die Decke nicht klasse geworden?« Stolz deutete Tommy mit dem Pinsel nach oben. Dass auch etwas Farbe auf seinem Haar und der Nase gelandet war, schien ihn nicht zu stören.

Kathy bewunderte seine Arbeit und rief Nora und den Jungs, die schon eifrig Regale strichen: »Das macht ihr klasse«, zu.

Im Flur stolperte sie fast über Steve. Der kniete vor einem langen Brett und nagelte Holzklötze unter die Enden.

»Darüber gelangst du bequem das kurze Stück vom Flur in die Webstube, ohne den frisch gestrichenen Boden im Laden zu betreten«, erklärte er und rutschte ein Stück zur Seite, um Kathy vorbeizulassen.

»Steve?« Sie vermied es, ihm in die Augen zu sehen. »Du willst sicher heute Abend in den Pub …«

Er richtete sich auf und legte den Hammer auf die Treppe. »Gut, dass du mich daran erinnerst. Ich würde gern auf dein Angebot zurückkommen.« Er kraulte Scotty hinter den Ohren, nahm seine Tochter auf den Arm. »Aber bitte nur, wenn du nichts anderes vorhast.«

Endlich fiel bei Kathy der Groschen. »Natürlich bleibe ich bei Mia, während du deinen Einstand im Pub gibst. Scotty leistet mir sicher gern Gesellschaft.« Auch wenn sie sich darüber freute, den Abend mit Mia zu verbringen, wurmte es sie, dass Steve sie nicht bei seinem Einstand dabeihaben wollte. »Mia und ich kümmern uns jetzt um das Essen«, brummte sie, nahm ihm die Kleine ab und hob sie auf die unterste Stufe. »Lauf mit Scotty nach oben. Im Wohnzimmer wartet eine Überraschung auf dich.«

»Überraschung«, wiederholte Mia und flitzte die Treppe hinauf. Der Hund wich ihr nicht von der Seite. Als Kathy ihnen folgen wollte, versperrte Steve ihr den Weg.

»Bist du sauer auf mich?« Seine braunen Augen funkelten. »Chris hat angeboten, dass Mia auf der Farm schlafen kann. Aber sie fremdelt noch ein wenig. Deshalb möchte ich, dass sie wieder im Cottage schläft. Außerdem bin ich so schneller bei ihr, falls sie unruhig ist. Das verstehst du sicher?«

Kathy schluckte. Sie kam sich auf einmal so kindisch vor. Da sorgte sich Steve um seine kleine Tochter, und sie hatte nichts anderes im Sinn als ihre eigenen Empfindlichkeiten. »Sorry, Steve«, sagte sie leise. »Ich bin glücklich, dass Mia gern mit mir zusammen ist. Das musst du falsch verstanden haben.«

»Freunde?« Steve reichte ihr die Hand und lächelte sie an.

Kathy stand wie angewurzelt vor ihm. »Freunde«, kam es ihr nur mühsam über die Lippen. Rasch lief sie die Treppe hinauf.

6

Am Nachmittag hockte Kathy auf der untersten Treppenstufe und schaute sich die Bescherung im Laden an. Die Decke war blütenweiß, und alle Regale waren frisch gestrichen. Aber die alten Holzdielen sahen aus, als hätte sich ein Möchtegern-Picasso auf ihnen ausgetobt. Keine Stunde hatten die Zeitungen dem Ansturm der Burkes standgehalten, dann lagen sie zusammengeknüllt hinter der Theke. Dafür landeten sämtliche Farbspritzer auf dem Boden.

»Warte es ab«, hatte Tommy großspurig gesagt. »Wenn ich da morgen früh drüber gestrichen habe, ist der wieder wie neu. Ach, was sage ich? Nagelneu.«

Nach dem Mittagessen hatte er es eilig gehabt, auf seine Farm zu kommen. Mit Sorge beobachtete Kathy, wie Tommys Hände im Laufe des Tages immer stärker zitterten. Ihm fehlte sein tägliches Quantum Alkohol, da war sie sich sicher.

Natürlich ließ Nora ihren Mann nicht allein fahren. »Mach dir keine Sorgen, Kathy. Ich kümmere mich darum, dass er morgen pünktlich bei dir auf der Matte steht.«

Als kurz darauf Steve und Mia zu einer Farmbesichtigung aufbrachen, blieb Kathy mit einem Berg Abwasch und einem versauten Küchenboden zurück. Selbst Scotty verzog sich mit seiner Schmusedecke ins Schlafzimmer. Frustriert kniete sich Kathy auf den Fußboden und schrubbte die weißen Fußstapfen vom Holzboden. »Das hat man nun davon, wenn man sich keine anständigen Handwerker leisten kann«, schimpfte sie lautstark. Aber selbst wenn sie sich

Handwerker hätte leisten können, hätte es gegen jede irische Freundschaftsregel verstoßen, das Angebot der Burke-Familie abzulehnen. In Irland und erst recht in Busby half man sich gegenseitig. Das war Ehrensache. Also putzte und schrubbte Kathy sich den Frust von der Seele. Erst als die Küche wieder einigermaßen sauber und aufgeräumt war, gönnte sie sich eine Verschnaufpause auf der Couch. Doch sie war viel zu aufgewühlt, um zur Ruhe zu kommen.

In ihrem Kopf hallten Steves Worte nach. »Freunde«, hatte er gesagt und sie dabei so seltsam angeschaut.

»Hör auf zu spinnen!« Kathy verbat sich jeden weiteren Gedanken an ihn. Probleme mit Männern hatte sie in letzter Zeit genug gehabt. Vielleicht sollte sie sich endlich damit abfinden, Single zu bleiben.

Eine Stunde vor der verabredeten Zeit wanderte sie mit Scotty zum Ortsausgang. Hinter der Kirche lag der Dorffriedhof, auf dem ihre Eltern und Großeltern begraben waren. Vor der Grabstätte ihrer Familie setzte sie sich auf eine Bank und schüttete ihren Lieben das Herz aus. Scotty schien zu spüren, wie traurig sie war. Er legte den Kopf auf ihre Beine und schaute sie an.

»Schade, dass Jack und Lena morgen schon zurückkommen. Wir zwei haben uns doch gerade erst aneinander gewöhnt.« Sie strich über seinen Kopf.

In diesem Moment schritt Pfarrer Donnelly die Grabreihen ab. Er hatte seinen Talar an und trug ein Gesangbuch unter dem Arm. »Hallo, Kathy. Besuchst du deine Familie?«, begrüßte er sie und setzte sich neben sie. »Wie laufen die Renovierungsarbeiten? Brauchst du noch Hilfe?«

Kathy schüttelte den Kopf. »Lieb, dass Sie fragen, Father Donnelly. Wir sind fast fertig. Fehlt nur der Fußboden. Den will Tommy morgen früh streichen.«

»Am heiligen Sonntag?« Donnelly klopfte auf das Gesangbuch. »Typisch Tommy Burke. Wenn er sich vor der Messe drücken kann, ist ihm jedes Mittel recht.«

»Oh, daran habe ich gar nicht gedacht.« Kathys Gewissen meldete sich, und sie suchte nach einer Entschuldigung für die Sonntagsarbeit.

Der Pfarrer lachte. »War nur ein Scherz. Schließlich sind wir nicht mehr im Mittelalter, wo man ins Fegefeuer verdammt wurde, wenn man der Messe fernblieb.«

Erleichtert atmete Kathy auf. »Da bin ich ja beruhigt. Ich möchte nämlich nicht schuld daran sein, dass Tommy in der Hölle schmort.«

»Andererseits, wenn ich es so recht bedenke …« Donnelly schlug das Gesangbuch auf und tippte auf den Weihnachtschoral. »Du hast früher im Chor gesungen. Ich würde dich als Buße für die Sonntagsarbeit gern beim Weihnachtskonzert singen hören.« Er sah sie aufmunternd an. »Nun gib dir schon einen Ruck. Wir treffen uns immer dienstags um sieben zur Probe. Vielleicht kann ich Steve auch überreden. Soweit ich mich entsinne, hat der eine ganz passable Stimme.«

Dieser raffinierte Mann! Für Kathy stand sofort fest, dass der Pfarrer mal wieder den Kuppler spielen wollte. Dafür war er bekannt. Für ihn gab es nichts Schöneres als Hochzeiten und Taufen.

»Einverstanden«, sagte Kathy und lächelte ihn verschmitzt an. »Ich singe wieder im Chor. Aber nur, wenn Sie dafür an meinem Geburtstag mit Ihrer Band auftreten.«

»Ich hatte befürchtet, dass du mich darum bittest. Mal sehen, ob ich die Musiker überreden kann.« Bestens gelaunt erhob er sich und stapfte davon. »Bis Dienstagabend zur Chorprobe.«

Kathy schlenderte mit Scotty zum Hinterausgang und nahm den Weg über die Felder zum alten Dorf. Ihre Wangen glühten, als sie in der Abenddämmerung das Cottage erreichte.

Steve schien sie schon zu erwarten, denn die Haustür stand offen. »Wir sind hier oben im Bad«, hörte sie ihn rufen.

Sie hängte rasch ihre Jacke an die Garderobe, zog die Stiefel aus und lief auf Socken in die obere Etage. Scotty blieb freiwillig vor dem Kamin liegen. Als sie an der Badezimmertür klopfte, erklang von drinnen Mias Stimme. »Kathy, komm in die Wanne. Wir tauchen.«

Steve brummte: »Das wird zu eng. Aber du kannst uns den Rücken waschen.«

»Soll ich wirklich?« Sie öffnete die Tür einen Spalt weit und schaute vorsichtig Richtung Wanne.

»Komm rein, und mach die Tür zu. Es zieht«, forderte Steve sie auf und winkte ihr mit dem Badeschwamm. Wenn ihre Wangen vom Laufen schon rot waren, so glühte jetzt das ganze Gesicht. Kathy starrte angestrengt auf Mia und vermied es, Steve anzusehen. Doch dann bemerkte sie, dass beide in einem riesigen Meer aus Schaum saßen und von Mia nur der Kopf zu sehen war. Vorsichtig riskierte sie einen Blick auf Steve und lachte. Seine Haare zierte eine kleine Schaumwolke.

»Du sollst nicht lachen. Schrubb uns lieber mal unsere Rücken.« Steve drückte ihr die Wurzelbürste in die Hand und beugte sich nach vorn. Kathy bürstete zuerst vorsichtig, gleich darauf mit kräftigen Strichen von seinen Schultern bis zu den Hüften. »Ah, tut das gut«, schwärmte er.

Mia stellte sich in der Wanne auf und drehte Kathy ihren Rücken zu. »Ich auch.«

Sanft strich Kathy über den zarten Kinderrücken. Danach legte sie die Bürste aus der Hand und griff zum Schwamm. »Damit geht es besser«, erklärte sie. Mia schnurrte vor Behagen wie ein Kätzchen und bekam nicht genug von der Rückenwäsche.

Schließlich wickelte Kathy sie in ein Badetuch und hob sie aus der Wanne. »Endlich habe ich genug Platz zum Tauchen«, witzelte Steve und versank komplett im Schaum.

Mia kicherte, und Kathy verkündete laut: »Die Damen machen sich jetzt fein für die Nacht.« Sie trug das Kind ins Schlafzimmer. Nachdem sie ihr Schlafanzug, Socken und einen Bademantel übergezogen hatte, nahm sie Mia mit ins Wohnzimmer. »Hast du schon zu Abend gegessen, oder soll ich uns Pfannkuchen backen und Kakao kochen?«

»Ich nehme gern einen Pfannkuchen«, tönte es von oben aus dem Flur. Steve, anscheinend in Hochstimmung, rutschte ausgelassen das Treppengeländer herunter und setzte sich zu seiner Tochter an den Esstisch.

Kathy hantierte an zwei Pfannen, rührte Milch und Schokopulver in einem Topf um und sang Mia dabei ein typisch irisches Kinderlied vor.

»Was machen Schafe auf der Wiese? Was machen Schafe? Macht ihr mit?« Beim Refrain stimmte Steve mit ein, und Mia klopfte im Takt mit der Gabel auf den Tisch.

Abrupt hörte Steve auf zu singen. »Mist, ich bin für sieben Uhr mit Dan im Pub verabredet. Bevor die anderen kommen, wollen wir noch etwas Wichtiges besprechen.« Er schnappte sich einen Pfannkuchen vom Teller, rollte ihn zusammen und biss hinein. »Schlaf gut, meine Süße«, nuschelte er mit vollen Backen und drückte Mia einen Kuss auf die Wange. Dann eilte er aus dem Haus.

Kathy sah ihm enttäuscht hinterher. Was war so wichtig,

dass er seinen Bruder nicht ein paar Minuten warten lassen konnte?

Nach dem Essen kuschelten sich Kathy und Mia auf das Sofa und lasen die Geschichte vom lustigen Leprechaun. Dabei ließ die Kleine ihren Kobold auf Scottys Rücken herumhopsen. Der genoss das anscheinend sehr, denn er blieb vor der Couch liegen.

»Eines Tages schenkte der Leprechaun der Fee ein Paar wunderschöne Schuhe, und sie flog glücklich davon«, beendete Kathy ihre Lesestunde und schob die schlafende Mia vorsichtig von sich. Behutsam nahm sie das Kind auf den Arm und brachte es ins Schlafzimmer. Scotty lief vorweg und rollte sich auf dem Bettvorleger zusammen.

»Komm mit ins Wohnzimmer«, flüsterte Kathy, und er folgte ihr mit hängenden Ohren.

Während sie im Sessel kauerte und in einer alten Gartenzeitschrift blätterte, döste der Hund vor dem Kamin. Als aus dem Babyfon Mias Stimme erklang, sprang Kathy auf, stolperte fast über Scotty und rannte nach oben.

Was für ein niedlicher Anblick. Mia saß mit offenen Augen im Bettchen und sang »Little sheep.« Kathy legte sie wieder hin und deckte sie zu. Die Kleine schloss sofort die Augen, drehte sich auf die Seite und schlief ein.

Diesmal ließ sich Scotty nicht überreden, Kathy ins Wohnzimmer zu folgen. Er blieb stur auf dem Bettvorleger liegen und beobachtete das schlafende Kind. Auf Zehenspitzen schlich sie aus dem Zimmer, ließ die Tür aber einen Spalt weit offen. Ein Blick auf ihre Armbanduhr verriet ihr, dass es erst kurz vor zehn war. Sicher würde Steve nicht vor elf den Pub verlassen und den freien Abend im Kreis der Freunde so richtig genießen.

Um nicht einzuschlafen, schaltete sie das Radio an, drehte

die Lautstärke auf leise und hörte sich den Nachtkrimi an. Ein bekannter irischer Schauspieler las mit sonorer Stimme aus »Mörderische Zeiten« vor.

Kathy räumte die Küche auf und deckte den Frühstückstisch. Wenn sie schon auf Steve warten musste, konnte sie sich auch gleich nützlich machen. Als sich hinter ihr jemand räusperte, zuckte sie zusammen und drehte sich rasch um. Zum Glück war es nicht der unheimliche Mörder, der dort grinsend am Kamin lehnte. Es war Steve.

»Hast du mich erschreckt!« Kathy hob drohend die Bratpfanne. »Fast hätte ich dich damit erschlagen.«

»Was hörst du dir auch diesen gruseligen Kram an, wenn du allein bist?« Er kam auf sie zu und nahm ihr die Pfanne aus der Hand.

»Du hast ja gar keine Guinness-Fahne«, bemerkte Kathy schnuppernd. »Hast du kein Bier getrunken?« Kaum war ihr die Frage herausgerutscht, ärgerte sie sich darüber, dass sie wie eine alte Ehefrau klang.

»Nur zwei Gläser. Danach habe ich mit Cider weitergemacht.« Er setzte sich auf die Couch, streifte seine Schuhe ab und legte sich hin. »Mann, bin ich geschafft. Bin gar nicht mehr gewohnt, so lange im Pub abzuhängen.«

»Gehst du denn in Neuseeland nie aus?« Kathy schlüpfte in ihre Stiefel, nahm die Jacke von der Garderobe und reichte Steve das Babyfon. Ihr fiel ein, dass Scotty immer noch bei Mia im Schlafzimmer lag. »Kannst du bitte nach oben gehen und den Hund holen? Ich habe meine Stiefel schon an.«

»Wieso hast du es denn so eilig? Ist doch erst kurz vor elf.« Steve deutete zum Sessel. »Morgen ist Sonntag, da kannst du länger schlafen.«

Kathy blieb vor der Tür stehen. »Von wegen. Tommy kommt um neun und streicht den Fußboden. So jedenfalls sein Plan, falls er nicht zu betrunken ist.« Ohne es beabsichtigt zu haben, hatte sie die Stimme erhoben und schaute nun besorgt nach oben. Alles blieb still. Unentschlossen klimperte sie mit dem Schlüsselbund.

»Kathy?« Steves Kopf tauchte hinter der Couch auf. Wieder funkelten seine Augen sie an.

»Was willst du, Steve?«

»Mit dir essen gehen, wenn Mia sich an Chris gewöhnt hat und auf der Farm schlafen möchte.«

Endlich hatte er sie gefragt. Kathy schluckte den Kloß hinunter, der sich in ihrem Hals breitmachte. »Wirklich?«

Mit einem Satz sprang Steve auf, umrundete die Couch und kam auf sie zu. »Ich würde dich gern besser kennenlernen. Jetzt, wo wir quasi Nachbarn sind.«

»Wieso Nachbarn?« Kathy verstand nur Bahnhof.

Zärtlich wuschelte Steve durch ihre Locken. »Du Dummerchen. Ich habe die Miller-Farm gekauft, weil ich wieder in Busby leben möchte. Dan und ich werden zusammenarbeiten und eine neue Rasse züchten.« Er griff nach ihrer Hand und hielt sie fest in seiner. »So eine tolle Babysitterin muss ich mir nämlich warmhalten.«

Das war es also, was er von ihr wollte. Kathy entzog ihm ihre Hand. »Ich freue mich für dich. Und stehe dir natürlich gern als Babysitterin zur Verfügung.« Sie zog ihre Jacke an und öffnete entschlossen die Haustür.

Doch Steve hielt sie an den Schultern fest, drehte sie zu sich und küsste sie auf die Wange. »Der Kuss ist von Mia«, murmelte er und küsste sie auf den Mund. »Und der von mir.« Dann lief er die Treppe hinauf. »Ich schicke dir Scotty runter.«

7

Wie eine Seiltänzerin balancierte Kathy über das schmale Brett vom Flur in die Webstube. Steves selbst gezimmerter Steg bog sich in der Mitte durch, berührte den frisch gestrichenen Boden jedoch nicht.

In der Küche winselte Scotty, dass es Kathy fast das Herz brach. Nein, sie konnte den Hund nicht allein lassen. Dazu hatte sie ihn zu gern. Aber um ihn in die Webstube zu tragen, war er eindeutig zu groß. So weit ging ihre Tierliebe nun doch nicht.

Schweren Herzens rutschte Kathy aus der Webbank und lief nach oben. »Du hast ja recht, mein Freund. Wir sollten die letzten Sonnenstunden ausnutzen und uns den Atlantikwind um die Nase wehen lassen, statt in der Bude zu hocken.«

Rasch zog sie ihre Wanderschuhe und den Parka an, befestigte die Leine an Scottys Halsband und verließ das Haus durch den Hinterausgang. Scotty rannte schwanzwedelnd vorweg.

»Nicht in die Felder«, hielt Kathy ihn zurück. »Wir nehmen heute das Auto und fahren ans Meer.« Insgeheim betete sie, dass Rusty, ihr elf Jahre alter Fiat, heute gnädig war und ansprang. Sie hatte Glück! Der Motor jaulte einmal kurz auf, dann brummte er, und der Wagen fuhr an.

»Braves Auto«, jubelte Kathy und gab Gas. Die schmale Straße zur Anne's Bay hätte sie mit verbundenen Augen fahren können, so vertraut war sie ihr. Hinter jeder Kurve bot sich ein neuer spektakulärer Ausblick auf die Bucht, der sie immer wieder in Entzücken versetzte. Sie liebte dieses Fleckchen Erde so sehr, dass sie sich nicht vorstellen konnte, an einem anderen Ort zu leben.

Kathy parkte den Wagen vor Angus' bescheidenem Fischerhaus. Er hatte sein Heim »Taj Mahal« genannt, obwohl es alles andere als ein Palast war. Ein selbst gezimmertes Häuschen mit einem kleinen Anbau.

Der alte Mann saß auf einer Bank und flickte Netze. »Hallo, Kathy«, rief er ihr schon von Weitem zu. »Kommst du mich besuchen?«

Kathy schüttelte ihm die Hand. »Darf ich dich aus deinem Palast locken und zu meiner Geburtstagsparty in den Pub einladen?«

»Donnerstag?« Angus strahlte sie an. »Das steht in meinem Kalender, wie die Geburtstage aller Freunde.«

»Um neunzehn Uhr. Soll ich dich abholen?« Sie wusste, dass der Fischer kein Auto besaß. Angus schüttelte den Kopf. »Nicht nötig. Dan und Chris nehmen mich mit. Die paar Schritte bis zu ihrer Farm kann ich laufen.«

Als Scotty ein Stück Treibholz vor Angus' Füße legte, warf er es in Richtung Strand. »Ihr beide wollt sicher einen Spaziergang machen. Lasst euch nicht aufhalten.«

Kathy winkte ihm zum Abschied zu und lief dann hinter Scotty her bis ans Wasser. Die Möwen kreischten über ihr, und die Brandung toste. Sie atmete die salzige Atlantikluft ein und genoss den kühlen Wind in ihrem Gesicht. An einem geschützten Platz zwischen den Felsen setzte sie sich auf einen flachen Stein. Scotty flitzte zwischen ihr und dem Meeressaum hin und her und schleppte Treibholz an.

»Mir tut schon der Arm weh vom vielen Werfen«, beschwerte sich Kathy und tätschelte seinen Kopf. »Lass uns zurückgehen, bevor es dunkel wird.«

Sie waren allein am Strand. Selbst die Möwen hatten schon ihre Schlafplätze aufgesucht. Der Wind frischte auf, und dunkle Wolken verfinsterten den Himmel. Kathy war froh, dass Scotty den Weg zur Fischerhütte kannte und vorweg lief, denn in der Bucht gab es keine Laternen. Endlich erkannte sie die Umrisse des kleinen windschiefen Hauses und daneben ihr Auto. Rechtzeitig vor dem Einsetzen des Regens setzte sie sich in den Wagen. »Nun spring schon an!«

Sie drehte den Zündschlüssel um. Ein heiseres Röcheln aus dem Motor, und Rusty gab den Geist auf. Kathy öffnete die Motorhaube und klopfte mit dem Schlüssel gegen den Anlasser. Halbherzig versuchte sie ihr Glück noch einmal. Ein leises Klacken, mehr nicht.

Genervt sprang sie aus dem Auto und lief zum Fischerhaus. Scotty folgte ihr. Kathy spähte durch das Fenster, klopfte gegen die Scheibe und rief nach Angus. Doch drinnen rührte sich nichts. Als sie die Klinke herunterdrückte, stellte sie fest, dass die Tür abgeschlossen war. Sicher hockte Angus längst bei seinen Freunden im Pub.

»Nützt nichts, wir brauchen Hilfe.« Kathy wühlte in den Taschen ihres Parkas. Außer ein paar Taschentüchern und dem Schlüsselbund förderte sie nur ein Hundeleckerli zutage, das sich Scotty sofort schnappte. Kathy fiel ein, dass sie ihr Handy in die Webstube mitgenommen hatte, wo es sicher noch lag. Frustriert lehnte sie sich gegen die Hauswand.

»Was machen wir jetzt, mein Freund?«, fragte sie den Hund.

Der legte den Kopf schief und schaute sie an. Gleich darauf rannte er zur Straße und bellte.

»Bleibt uns wohl nichts anderes übrig, als zur O'Connor-Farm zu marschieren. Hoffen wir mal, dass Dan und Chris zu Hause sind.« Kathy schloss ihr Auto ab und zog sich die Kapuze über den Kopf. Dichter Nieselregen hatte eingesetzt und schluckte das letzte Tageslicht. Deshalb nahm sie Scotty wieder an die Leine. »Bring uns zu Chris und Dan«, rief sie ihm zu, und der Hund trottete am Straßenrand entlang den Hügel hinauf.

»Von wegen nur ein paar Meter!« Kathy fluchte laut gegen den Wind. Längst drang die Feuchtigkeit durch ihren Parka, er zog schwer an ihren Schultern. Keuchend erreichte sie die Anhöhe und starrte in die Dunkelheit. Ihre Augen brauchten eine ganze Weile, ehe sie in der Ferne die Lichter der Farm ausmachten.

Mit Seitenstechen und einem schmerzhaften Ziehen in den Beinen erreichte sie endlich das Farmhaus. Hinter dem hell erleuchteten Küchenfenster erkannte sie Chris und winkte ihr zu. Kurz darauf wurde die Haustür aufgerissen.

»Da bist du ja!« Chris nahm sie in den Arm und drückte sie an sich. »Wir haben uns schon Sorgen gemacht.«

»Wieso das denn?« Kathy schaute die Freundin ungläubig an. »Woher wusstet ihr, dass ich unterwegs bin?«

Chris schob sie vor sich her in die Küche. »Zieh deinen nassen Parka und die Wanderschuhe aus. Ich bringe dir warme Socken und ein Handtuch. Dann reden wir.«

Rasch schlüpfte Kathy aus ihren feuchten Klamotten. Sie setzte sich vor den alten Küchenofen, in dem ein knisterndes Holzfeuer für behagliche Wärme sorgte. Scotty lag neben ihrem Stuhl und schlief. Dankbar nahm Kathy der Freundin das Handtuch aus der Hand und trocknete sich die klammen Füße ab. Danach zog sie die warmen Wollsocken über, die Chris ihr mitgebracht hatte.

»Ah, tut das gut.« Sie wackelte mit den Zehen. »Endlich spüre ich sie wieder. Die waren schon ganz taub von der Nässe.« Erst jetzt fiel ihr auf, wie still es im Haus war. Sie schaute Chris verwundert an. »Wo sind die Mädchen?«

Die Freundin deutete zur Zimmerdecke. »Hörst du sie kichern? Die liegen mit Mia in ihrem Zelt und spielen *Vater, Mutter und Kind.*«

»Steve ist auch hier?« Kathy stellte sich an das Fenster und schaute in den Regen.

»Der sitzt mit Dan im Wohnzimmer und brütet über den Plänen der neuen Farm«, sagte Chris und deckte den Tisch. »Sicher interessiert es dich, zu erfahren, warum wir uns Sorgen um dich gemacht haben.« Sie drückte Kathy eine Tasse dampfenden Tee in die Hand. »Lena versucht schon seit heute Nachmittag, dich zu erreichen. Vor einer halben Stunde hat sie mich angerufen und gebeten, nach dir zu schauen. Ich wollte gerade losfahren, da bist du hier aufgetaucht. Was war los?«

»Mein Auto hat den Geist aufgegeben. Das steht bei Angus am Fischerhaus. Außerdem habe ich das Handy in der Webstube liegen gelassen«, erklärte Kathy und nahm Chris die Teller aus der Hand. Schnuppernd schielte sie zum Backofen, aus dem es verführerisch duftete. »Was gibt es denn Leckeres zu essen?«

»Steves Lieblingsgericht, Shepherd's Pie«, sagte Chris und reichte Kathy ihr Handy. »Ruf bitte Lena an. Danach kannst du die Kinder und die Männer holen. Die Pie ist gleich fertig.«

»Hat sie nicht gesagt, was sie will?« In Kathys Bauch grummelte es, was wohl nicht nur am Hunger lag. Wenn Lena sie so dringend sprechen wollte, roch das verdächtig nach neuen Problemen.

Doch ihre Befürchtungen waren unbegründet. »Macht es dir etwas aus, Scotty noch eine Nacht bei dir zu behalten?

Wir werden nicht vor Mitternacht in Busby eintreffen«, sagte Lena.

»Mehr nicht?« Kathy fiel ein riesiger Stein vom Herzen. »Von mir aus kann Scotty auch länger bleiben. Wir beide verstehen uns prima.«

Im Hintergrund ertönte Jacks Stimme. »Wir holen ihn morgen Vormittag bei dir ab. Ich habe schon Sehnsucht nach der alten Fellnase.«

»Schade.« Kathy verabschiedete sich von Lena und Jack, dann schlurfte sie auf Socken die Treppe hinauf und ins Kinderzimmer. »Ist jemand zu Hause?«, rief sie und steckte den Kopf ins Zelt.

An dem blauen Leinenhimmel hingen unzählige gelbe Papiersterne, und eine Lampe in Mondform warf warmes Licht auf einen Berg Kissen. Unter einer Wolldecke bewegte sich etwas. Leises Gekicher erklang. Kathy kniete sich vor den Stoffberg und tippte dagegen.

»Sind das etwa Lämmer, die sich hier versteckt haben?«, fragte sie mit tiefer Stimme.

»Nein«, tönte es im Chor. »Wir sind die Prinzessinnen.« Die Decke wurde zurückgeschlagen, und drei lachende Mädchen stürzten sich auf Kathy. Anne und Sarah hielten sie fest, und Mia kitzelte sie so lange, bis Kathy vor Lachen die Tränen die Wange hinunterliefen.

»Gnade, ihr Süßen!«, bettelte sie und krabbelte aus dem Zelt. »Wer als Erster am Küchentisch sitzt, bekommt meinen Nachtisch.« Schnell verließ sie das Zimmer.

Wie drei junge Hunde flitzten die Mädchen an ihr vorbei und hüpften die Treppe hinunter.

Kathy ordnete rasch ihre zerzausten Locken und folgte ihnen. Vor der Wohnzimmertür atmete sie einmal tief durch, bevor sie anklopfte. »Darf ich die Herren stören?«

»Ungern«, brummte Dan.

»Nur wenn du uns zum Essen holst. Ich komme um vor Hunger«, sagte Steve und riss die Tür auf. »Habe ich doch richtig gehört.« Er grinste sie an, wuschelte durch ihre Locken und zwängte sich an ihr vorbei in den Flur. »Schön, dass du da bist. Wir haben uns schon Sorgen um dich gemacht.«

Noch immer stand Kathy im Türrahmen und starrte Steve an. »Du auch?«, rutschte ihr heraus.

»Und ich erst mal«, brummte Dan hinter ihr und schob sie sanft zur Seite. »Ich sah uns schon mit Sturmlaternen die Bucht absuchen. Das bei dem Wetter.«

Die beiden Brüder nickten sich kurz zu und stellten sich rechts und links neben Kathy. Bevor sie reagieren konnte, schoben sie ihre Arme unter Kathys Oberschenkel und trugen sie im Schaukelsitz in die Küche.

»Schaut mal, wen wir euch hier mitgebracht haben«, rief Dan lachend. »Ein neues Schaf für die Herde.«

Chris drohte mit dem Kochlöffel. »Benehmt euch, Männer. Oder wollt ihr gleich den Abwasch machen?«

»Lasst mich sofort runter. Mir wird schwindlig«, beschwerte sich Kathy und kniff zuerst Steve, danach Dan in die Wange. Mia, die in einem Hochstuhl am Kopf des Tisches thronte, grinste ihren Vater an. »Daddy muss spülen«, feixte sie und patschte mit ihrer Hand auf den Teller.

»Nein, Daddy muss Kathys Auto reparieren. Oder soll sie heute zu Fuß nach Hause laufen?«, antwortete Steve. Die Männer ließen Kathy endlich herunter, und sie setzte sich neben Sarah.

»Rede nicht solchen Unsinn«, mischte sich Anne ein. »Sie kann doch bei dir mitfahren.«

»Schluss mit der Diskussion. Die Pie wird kalt«, beendete Chris das lustige Geplänkel.

Sofort richteten sich alle Augen auf die große Auflaufform, die mitten auf dem Tisch stand. Kathys Magen knurrte so laut, dass es ihr peinlich war. Chris zwinkerte ihr verschmitzt zu und füllte einen Teller mit einer besonders großen Portion des Auflaufs.

Als sie ihn Kathy zuschob, schüttelte die energisch den Kopf. »Das ist zu viel für mich«, sagte sie und reichte den Teller an Steve weiter, der neben ihr saß.

»Die Frau weiß, was einen Mann glücklich macht«, kommentierte Dan die Szene und knuffte seinen Bruder in die Seite.

Als Chris ihm einen üppig beladenen Teller reichte, seufzte er laut und warf ihr einen Luftkuss zu. »Du natürlich auch, mein Schatz.«

Kathy genoss es, im Kreise der großen Familie zu sein. Das Scherzen und gegenseitige Necken, die liebevolle Art von Chris und Dan, ihre Gäste zu umsorgen, gaben ihr ein Gefühl der Geborgenheit. Etwas, was sie als Single in ihren eigenen vier Wänden zu oft vermisste. Ihr fiel auf, wie vertraut die beiden Brüder miteinander umgingen. Es war, als hätte es den Streit zwischen ihnen nie gegeben.

»Um dein Auto kümmern wir uns morgen«, unterbrach Dan ihre Gedanken. »Steve nimmt dich gleich mit ins Dorf. Ich rufe Angus an, damit er sich keine Sorgen macht.«

»Das hätte ich fast vergessen.« Kathy drückte ihm dankbar die Hand. »Der alte Mann sucht sicher schon die Bucht nach mir ab.«

»Das glaube ich kaum. Um diese Zeit sitzt der noch im Pub«, beruhigte Dan sie sofort.

Steve hob seine Tochter aus dem Hochstuhl und küsste sie auf die rote Wange. »Ich bringe meine kleine Prinzessin jetzt zurück in ihr Schloss. Ihr fallen ja schon die Augen zu.«

Mia blinzelte ihn an. »Bin aber nicht müde. Will noch mit Sarah und Anne spielen.«

»Möchtest du bei uns schlafen?«, fragte Chris.

Mia zog die Nase kraus und legte einen Zeigefinger an ihr Kinn. Dann schüttelte sie energisch den Kopf.

Das sah so lustig aus, dass Kathy sich kaum das Lachen verkneifen konnte. Deshalb ging sie vor Scotty in die Hocke und kraulte ihn hinter den Ohren. Der Hund lag satt und zufrieden vor dem leeren Napf und machte keine Anstalten, seinen warmen Platz vor dem Ofen zu verlassen. »Komm, mein Freund«, lockte Kathy ihn. »Du darfst wieder bei mir im Schlafzimmer liegen.«

»Wenn du mich so nett bitten würdest, würde ich glatt mitkommen«, meinte Steve lachend.

Das brachte Kathy dermaßen aus der Fassung, dass sie sich auf den Hintern plumpsen ließ. »Meine Beine sind so müde, dass ich schon umfalle«, erklärte sie verlegen.

Sarah und Anne, die neunjährigen Zwillinge, griffen ihr unter die Arme und versuchten, sie hochzuziehen. Kathy machte sich jedoch absichtlich schwer und stöhnte theatralisch. »Ich glaube, ich muss heute Nacht bei euch in der Küche schlafen. Mein Po klebt am Boden fest.«

»Wenn das so ist, hole ich dir mal Kissen und eine Decke. Damit du es da unten gemütlich hast«, sagte Chris und verschwand im Flur.

»Nicht nötig, ich kann meine Beine wieder bewegen.« Kathy sprang auf und lief ihr hinterher.

Zehn Minuten später saß sie neben Steve im Range Rover. Scotty lag zu Mias Füßen und schlief. Kathy beobachtete im Rückspiegel die schlafende Mia. »War ein schöner Abend«, flüsterte sie. »Zwischen dir und Dan ist alles in Ordnung?«

Steve nickte und lenkte den Wagen um die nächste Kurve, bevor er antwortete. »Ich war ein verdammter Sturkopf damals. Es hätte alles ganz anders laufen können.« Er umklammerte das Lenkrad so fest, dass die Knöchel hervortraten.

Kathy strich ihm zaghaft über den Arm. »Wenn du damals nicht weggegangen wärst, würde es dieses wundervolle Kind nicht geben«, hörte sie sich sagen.

Von der Rückbank ertönte ein leises Wimmern. Steve bremste den Wagen so abrupt ab, dass Kathy in den Sitz gedrückt wurde.

Steve schaltete den Motor ab und sprang aus dem Wagen. Hektisch riss er die hintere Tür auf und beugte sich über Mia. Die Kleine schlief tief und fest. Sie schien etwas Schreckliches zu träumen, denn plötzlich schrie sie: »Mami!«, und riss ihre Arme nach oben.

»Was hat sie?« Kathy schnallte sich ab und drehte sich um. »Soll ich mich neben sie setzen?«

Steve strich seiner Tochter immer wieder beruhigend über den Kopf und flüsterte: »Alles in Ordnung, Schätzchen. Daddy ist bei dir.«

Ohne lange nachzudenken, stieg Kathy aus dem Wagen und stellte sich neben Steve. »Bring uns nach Hause«, sagte sie leise und schob sich an ihm vorbei auf die Rückbank. Vorsichtig legte sie einen Arm um Mia und streichelte ihre Wangen. »Die Kleine glüht ja. Ich glaube, sie hat Fieber.«

»Nicht schon wieder«, stöhnte Steve auf dem Fahrersitz und schaltete einen Gang höher. Mit quietschenden Reifen bog er in die Hauptstraße ein und hielt vor Kathys Wollmarkt. Als er ihr ungeduldig die Wagentür aufhielt, schaute Kathy ihn fragend an. »Soll ich nicht lieber mitkommen und Mia Wadenwickel anlegen?«

»Wir zwei kommen allein zurecht«, brauste Steve auf und schaute mit zusammengekniffenen Augen an ihr vorbei auf seine Tochter.

Für Kathy fühlte es sich an, als hätte er ihr eine Ohrfeige gegeben. »Dann eben nicht«, brummte sie. »Du erlaubst doch, dass ich Jack anrufe und ihn bitte, nach Mia zu sehen, sobald er in Busby ist?« Sie zwängte sich an Steve vorbei aus dem Wagen. »Komm, Scotty«, rief sie dem Hund zu. »Wir beide werden hier nicht mehr gebraucht.«

»So habe ich das nicht gemeint«, flüsterte Steve hinter ihr, und sie spürte seine Hand auf ihrer Schulter. »Ich …«, stammelte er. Als Kathy sich zu ihm umdrehte, wich er ihrem Blick aus. »Irgendwann werde ich dir alles erklären. Aber nicht jetzt.«

8

Kathy hielt die Ungewissheit nicht länger aus. Jetzt war Jack schon über eine Stunde bei Steve und Mia im Cottage. Das konnte nichts Gutes bedeuten. Aus Sorge um das kranke Kind hatte sie kaum ein Auge zugetan und entschieden, dass nur ein Spaziergang ihre flatternden Nerven beruhigen könnte.

Selbst Scotty war es zu früh für die Morgenrunde. Er trottete mit hängenden Ohren neben ihr her. Als er jedoch Jack entdeckte, der aus dem alten Cottage kam, war er nicht mehr zu halten. Kathy winkte dem Dorfarzt zu und ließ den Hund von der Leine. Scotty raste wie aufgezogen um sein Herrchen herum, bellte und sprang immer wieder an Jack hoch. Erst als der in die Hocke ging und den Hund an sich drückte, beruhigte sich das Tier.

»Jetzt bin ich wohl wieder abgemeldet.« Kathy küsste Jack zur Begrüßung auf die Wange. »Dabei waren Scotty und ich schon das perfekte Team.« Natürlich hoffte sie, dass der Freund ihr etwas über Mias Gesundheitszustand verraten würde. Da sie wusste, wie ernst er es mit dem Arztgeheimnis nahm, vermied sie es, ihn direkt darauf anzusprechen.

»Bist du auf dem Weg zu Steve?« Jack schob seine Brille zurecht und deutete zum Cottage.

Warum sollte sie lügen? Kathy nickte und machte ein sorgenvolles Gesicht. »Ich muss wissen, wie es der Kleinen geht. Die ist mir schon richtig ans Herz gewachsen.«

Ein Lächeln huschte über das Gesicht des Arztes. »Du

weißt ja, dass ich dir nichts sagen kann. Trotzdem verrate ich dir, dass sie Appetit auf Pfannkuchen hat.«

Das konnte nur eins bedeuten: Mia ging es wieder besser. Kathy war so glücklich über diese Auskunft, dass sie den Freund kurz umarmte. »Entschuldige, mir war grad danach«, sagte sie.

Jack grinste sie an. »Scotty nehme ich schon mal mit nach Hause. Lena wartet mit dem Frühstück. Willst du nicht gleich mitkommen?«

Unschlüssig schaute Kathy zum Cottage. »Warum eigentlich nicht?« Einen Moment zögerte sie, dann hakte sie sich bei Jack ein. »Jetzt, wo ich weiß, dass es Mia besser geht, kann ich dich auch begleiten.«

Auf dem kurzen Weg zum Arzthaus schwärmte der Freund von dem Wochenende in Dublin. »Du solltest dir auch mal so eine kurze Auszeit gönnen. Die Stadt schmückt sich schon für die Adventstage.« Mitten in seiner Erzählung hielt er inne. Ihm schien eingefallen zu sein, dass Kathy keine guten Erinnerungen an ihren letzten Dublin-Besuch hatte. Denn dort hatte sie ihren Ex-Freund Peter mit einer anderen erwischt. »Cork ist um diese Jahreszeit sicher auch eine Reise wert«, lenkte Jack rasch ab.

Kathy hörte ihm längst nur noch mit halbem Ohr zu. In Gedanken war sie wieder bei Mia und Steve. Als Lena ihr vom Küchenfenster aus zuwinkte, vergaß sie die beiden für einen Moment und freute sich auf die Freundin. Wenn es jemanden gab, dem sie ihr Herz ausschütten konnte, war sie es.

Der Tisch war für drei gedeckt.

»Woher wusstest du, dass ich mitkomme?« Kathy umarmte Lena stürmisch und schnupperte. »Kräuter-Omeletts«, stellte sie freudig fest.

»Jack hatte den Auftrag, dich mitzubringen«, erklärte Lena und drückte Kathy sanft auf einen Stuhl. »Du siehst müde aus. Habe schon gehört, was dir gestern passiert ist.« Schwungvoll ließ sie ein Omelett auf Kathys Teller gleiten.

Scotty wich keinen Moment von Lenas Seite. Als sie sich setzte, schmiegte er den Kopf an ihre Beine, legte aber die Hinterpfoten auf Kathys Füße.

»Der Hund weiß genau, wie man sich die Zuneigung von zwei Frauen sichert«, stellte Jack schmunzelnd fest und kraulte seinen vierbeinigen Freund hinter den Ohren. »Ich bin fast ein bisschen eifersüchtig.« Rasch beendete er sein Frühstück, verabschiedete sich mit Küsschen von den Frauen und lief die Treppe hinunter in seine Praxis.

»Hast du fünf Minuten für mich?«, druckste Kathy herum. »Ich könnte deinen Rat gebrauchen.«

Mit der Hüfte schob Lena die Tür des Geschirrspülers zu, dann nahm sie Kathy an die Hand. »Komm mit ins Schlafzimmer. Ich möchte dir etwas zeigen.«

Obwohl die Freundin immer noch das Gästehaus auf der O'Connor-Farm bewohnte, verbrachte sie doch die meiste Zeit bei Jack.

Kathy schmunzelte, als sie das zerwühlte Bett sah. »Willst du nicht endlich ganz hier einziehen?« Sie deutete auf den offen stehenden Kleiderschrank. »Inzwischen hängen hier sicher mehr deiner Kleider als im Gästehaus.«

Grinsend hielt Lena ihr die linke Hand vor das Gesicht und wackelte mit den Fingern. »Was sagst du jetzt?«

»Wow!« Kathy bewunderte begeistert den neuen Ring der Freundin. »Weißgold mit einem Brilli. Heißt das …?«

»Jack hat mir einen Heiratsantrag gemacht. Wir haben uns in Dublin verlobt.« Aus ihren Augen strahlte so viel

Glück, dass Kathy gar nicht anders konnte, als Lena zu umarmen. »Ich freue mich so für euch. Wann sagst du es deinem Sohn?«

Lachend ließ sich Lena auf das ungemachte Bett plumpsen. »Stell dir vor, Jack hat tatsächlich bei Tobias angerufen und ihn um die Hand seiner Mutter gebeten. Ist das nicht süß?«

Kathy gönnte der Freundin das Glück von ganzem Herzen, in ihr zog sich aber alles zusammen, und sie seufzte. »Vielleicht sollte ich mit Bella eine WG gründen. Uns will sowieso keiner mehr.«

Lena sprang auf und wühlte in einem Koffer, der auf dem Beistelltisch stand. »Hör auf, so einen Unsinn zu reden. Du wirst sechsunddreißig. Das beste Alter, um sich einen Mann zu angeln.« Sie drückte Kathy ein in rotes Geschenkpapier eingeschlagenes Päckchen in die Hand. »Nun pack schon aus. Ich will sehen, wie es dir steht.«

»Ich habe erst am Donnerstag Geburtstag.« Unschlüssig drehte Kathy das Geschenk in den Händen.

»Wer redet denn davon, dass es ein Geburtstagsgeschenk ist?«, sagte Lena kopfschüttelnd. »Beeil dich. In einer halben Stunde muss ich in die Werkstatt.«

Vorsichtig knibbelte Kathy den Klebestreifen vom Papier, dann riss sie das Paket auf. Mit zittrigen Fingern strich sie über den weichen Wollstoff des Kleides.

»Ein kleines Schwarzes hast du sicher noch nicht.« Lena nahm es ihr aus der Hand und hängte es Kathy über die Schulter. »Du musst es unbedingt zu deiner Geburtstagsparty anziehen.«

Während Kathy aus Jeans und Flanellbluse schlüpfte und das Kleid anprobierte, rannte Lena im Zimmer auf und ab und räumte den Koffer aus. »Erzähl mir endlich, was du auf dem Herzen hast. Sicher ist es nicht dein kaputtes Auto, das dir den Schlaf raubt.«

Kathy stellte sich vor den Ankleidespiegel. »Ist das nicht zu sexy?« Wie für sie gefertigt, schmiegte sich der weiche Wollstoff an ihren Körper und betonte ihre schlanke Taille.

»Das soll es ja.« Lena reichte ihr ein Paar hochhackige Schuhe. »Wie praktisch, dass wir zwei die gleiche Kleidergröße haben. Vielleicht passen dir meine Pumps auch.«

»Meinst du, Steve kommt zur Party?« Kathy wagte die ersten vorsichtigen Schritte auf den hohen Schuhen. »Leihst du mir die? So was Schickes habe ich nicht im Schrank.«

Wie eine Schuhverkäuferin kniete sich Lena vor Kathy und drückte mit dem Daumen auf die Spitze der Pumps. »Passt perfekt. Ich schenke sie dir. In Dublin habe ich mir drei Paar neue gekauft und …« Sie streckte Kathy ihr Bein entgegen, »… diese bequemen Sneakers für die Arbeit.« Ihr Blick verfinsterte sich. »Was ich dir jetzt sage, bleibt aber unter uns.« Sie zog Kathy neben sich auf die Bettkante. »Von Chris weiß ich, dass Steve seine Frau vor zwei Jahren bei einem Schiffsunglück verloren hat. Ihre Leiche wurde nie gefunden. Gib ihm ein bisschen Zeit, sich hier einzuleben. Ich glaube, er hat dich sehr gern.«

Ein dicker Kloß machte sich in Kathys Hals breit. »Das ist ja schrecklich. Der arme Mann! Das muss grausam für ihn gewesen sein.« Tränen stiegen ihr in die Augen. Sie legte ihren Kopf an Lenas Schulter. »Dann hat Mia sicher auch keine Erkältung«, schluchzte sie. »Das Kind hat Sehnsucht nach seiner Mutter.« Sie stellte sich vor, wie Steve verzweifelt jeden Tag zum Meer rannte und auf das Wasser starrte.

Lena strich ihr über den Rücken. »Das ist wohl auch der Grund für Steves Rückkehr. Er hofft, dass Mia in der neuen Umgebung und im Kreise der Familie wieder ein unbeschwertes, fröhliches Kind wird. Ihre schrecklichen Alpträume brechen ihm das Herz.«

Kathy erhob sich und starrte gedankenverloren aus dem Fenster. »Ich bin froh, dass du mir das erzählt hast. Wie unbedeutend doch auf einmal meine Probleme sind. Ich mache mir Sorgen über meine Finanzen und hadere mit dem Singleleben, während Steve und Mia krank vor Kummer sind.« Vergessen war ihre Geburtstagsparty. Sie zog ihr neues Kleid aus, stopfte es zusammen mit den Pumps in eine Einkaufstüte und reichte sie Lena. »Das hole ich später ab. Ich begleite dich erst mal in die Werkstatt.«

Lena nickte. »Falls dein Wagen nicht mehr zu reparieren ist, leihe ich dir meinen, bis du dir einen neuen Gebrauchten kaufen kannst.«

»Lieb von dir. Die meiste Zeit komme ich auch ohne Auto klar. Notfalls nehme ich den Bus«, sagte Kathy und war froh, dass die Freundin sie abzulenken versuchte. Sie schien zu ahnen, was in ihr vorging.

In der Handtaschenmanufaktur surrten schon die Nähmaschinen. Lenas drei Mitarbeiterinnen hoben kurz die Köpfe und begrüßten ihre Chefinnen, dann beugten sie sich wieder über die Arbeit.

»Wenn die Damen aus Sneem unbedingt nächsten Dienstag kommen wollen, musst du zum ›Seaside Hotel‹ fahren.« Lena trug Termine in ihren Kalender ein und überflog die Bestellzettel. »Simon hat fast alle Taschen aus der Vitrine verkauft. Er braucht dringend Nachschub.«

»Ich soll allein in den Nobelschuppen?« Kathy starrte die Freundin ungläubig an. »Kannst du den Termin nicht verschieben? Ich war noch nie in so einem vornehmen Hotel.«

»Genau deshalb wird es Zeit, dass du lernst, dich auch auf dem feineren Parkett zu bewegen. Sicher lädt Simon dich zum Tee ein. Der hat dir doch auf unserer Modenschau schon bewundernde Blicke zugeworfen.« Lena klopfte Kathy auf den Po. »Und jetzt schleich dich in deine Webstube. Bis Freitag brauche ich neuen Stoff für die Hüfttaschen.«

»Oje, da muss ich wohl eine Nachtschicht einlegen. Ich habe den Läufer für die Melonys noch nicht fertig«, sagte Kathy.

Im Stechschritt marschierte sie die Hauptstraße hinauf zu ihrem Wollmarkt, als hinter ihr ein Wagen hupte.

Der Range Rover stoppte neben ihr, und Steve steckte den Kopf aus dem Fenster. »Ich schleppe dein Schätzchen in die Werkstatt. Dan und ich kriegen den auch nicht mehr zum Laufen. Da muss ein Fachmann ran.«

»Ich habe es schon geahnt«, stöhnte Kathy und schaute auf die Rückbank des Rover. »Wo ist Mia?«

»Die wollte bei Chris bleiben und beim Plätzchenbacken helfen. Ich bin froh, dass sie wieder fit ist. Das war wohl noch der Jetlag, der ihr zu schaffen machte.« Er streckte seinen Arm aus dem Wagenfenster und schlug Kathy kumpelhaft auf die Schulter. »Ich fahr weiter. Man sieht sich.«

Als er das Wagenfenster hochkurbelte, klopfte Kathy an die Scheibe. »Einen Moment noch, Steve.« Sie vermied es, ihm in die Augen zu sehen. »Ich möchte dich gern zu meiner Geburtstagsfeier einladen.«

Steve kratzte sich nachdenklich das unrasierte Kinn. »Ich habe die Woche so viele Termine. Weiß nicht, ob ich das schaffe.«

Gespielt gleichgültig zuckte Kathy mit den Schultern. »Schon okay. Deine Farm geht vor«, sagte sie mit fester Stimme. »Dafür habe ich Verständnis.« Auch wenn sie sich vorgenommen hatte, ihm gegenüber geduldiger zu sein, überwog doch die Enttäuschung. Zum Abschied winkte sie Steve nur kurz zu, dann ging sie schnurstracks auf ihr Haus zu und schloss die Hintertür auf.

»Du kannst mich mal«, brummte sie und warf wütend den Parka über den Garderobenhaken. Mit zusammengekniffenen Lippen saß sie am Webstuhl und fertigte Reihe um Reihe. Erst als ihr Handy klingelte, legte sie das Schiffchen aus der Hand.

Frank Dillon von der Autowerkstatt sprach so laut, dass es in Kathys Ohren schrillte. Im Hintergrund dröhnte sein Werkstattradio. »Lohnt sich nicht mehr zu reparieren, deine Rostlaube«, brummte er. »Wenn es ein Pferd wäre, sollte man es erschießen.«

Über diesen alten Witz konnte Kathy nicht lachen. »Was passiert jetzt mit meinem Auto? Muss ich den zum Schrottplatz bringen?«, rief sie in ihr Handy.

»Nun mal langsam, Kathy.« Der alte Schulfreund überlegte laut. »Ich kenne da einen Typ, der holt Schrottautos ab und verschachert sie ins Ausland. Mit dem rede ich. Vielleicht bekommst du wenigstens ein kleines Schmerzensgeld für deine Karre. Dafür gehst du aber mit mir zum nächsten Tanzabend.«

Kathy überlegte fieberhaft, wie sie ihn loswerden könnte. Schon bei ihrem letzten Werkstattbesuch hatte Frank keinen Hehl daraus gemacht, dass er gern mit ihr zusammen wäre. Seit er wusste, dass sie wieder Single war, rechnete er sich wohl Chancen bei ihr aus. Mit Schrecken dachte sie daran, wie er sie auf der Silvesterparty begrapscht hatte. Der Mann litt eindeutig an Selbstüberschätzung. »Danke, dass du das für mich regelst, Frank«, säuselte Kathy und ging nicht auf seine Forderung ein. »Wir sehen uns am Donnerstag. Du kommst doch zu meiner Party?« Dort würde sie schon eine Gelegenheit finden, ihn davon zu überzeugen, dass er nicht ihr Typ war.

»Worauf du dich verlassen kannst«, versicherte er und legte auf.

Warum sind es immer die falschen Kerle, die sich für mich interessieren?, dachte Kathy und setzte sich frustriert wieder an den Webstuhl.

9

Die Chorprobe fand im Saal des Gemeindehauses statt. Obwohl Kathy lieber in ihrer Werkstatt geblieben wäre, um den Webstuhl neu einzurichten, breitete sich in ihr jetzt doch eine gewisse Vorfreude aus. Schon als Kind hatte sie es geliebt, zu singen. Im Schulchor war sie nicht länger das schüchterne, pummlige Mädchen gewesen, über das die anderen Schüler Witze rissen. Stattdessen war sie dort die Kathy mit der glockenhellen Stimme. Pfarrer Donnelly hatte sie ermutigt, ein Solo zu singen. Und so war Kathys »Gloria« zur Weihnachtsmesse von der Empore erklungen. Mit geschlossenen Augen tauchte sie damals in die Musik ab, wurde von der Melodie davongetragen, vergaß alles um sich herum und sang einfach.

Später, als sie ihre Ausbildung in einer kleinen Weberei in Kildare absolvierte, waren andere Dinge wichtiger für sie. Im Chor zu singen galt als uncool. Kathy fuhr mit ihren Freundinnen Bella und Nora nach Cork ins Kino, oder sie hockten stundenlang in Noras Zimmer auf der Farm, probierten die erste Zigarette und tranken heimlich Alkohol. Natürlich hatte sie dabei laute Rockmusik gehört. Zwanzig Jahre waren seitdem vergangen. Längst hörte Kathy statt Rockmusik lieber irische Folklore oder gefühlvolle Balladen von Simply Red.

Auf dem Weg zur Chorprobe sang sie leise die ersten Töne des Weihnachtschorals. Ihre Stimme war ein wenig eingerostet. Doch bei der zweiten Strophe fühlte sie sich sicherer und schmetterte laut vor sich hin.

»Hört sich schon ganz gut an.« Pfarrer Donnelly hielt ihr die Tür auf. »Die anderen freuen sich auf dich.«

Tatsächlich richteten sich zehn Augenpaare auf Kathy, als sie an der Seite des Pfarrers den Gemeindesaal betrat. Bella und Nora nahmen sie sofort in ihre Mitte.

»Gut, dass du mir heute Mittag eine WhatsApp geschickt hast. Ich hätte die Chorprobe glatt vergessen«, bedankte sich Kathy bei Bella und schaute sich um.

Enttäuscht bemerkte sie, dass Steve nicht bei den Männern stand. Angus, Fergus und Mr Melony lungerten bei Jack am Klavier herum und erzählten sich Witze. Erst als Pfarrer Donnelly mit der Stimmgabel an den Notenständer klopfte, schlenderten sie gemächlich zu den Frauen.

Mrs Melony warf ihrem Mann einen strengen Blick zu und deutete auf den Platz hinter sich. »Wo hast du heute nur wieder deinen Kopf, Joseph?«, knurrte sie ihn an, was zur allgemeinen Erheiterung beitrug. Jeder im Dorf wusste, dass Joseph unter dem Pantoffel seiner Susan stand.

Kathy und ihre Freundinnen kicherten.

Donnelly räusperte sich lautstark. »Ich darf doch bitten, meine Lieben«, ermahnte er seine Gruppe. »Wir beginnen mit den Atemübungen. Stellt euch im Kreis auf. Streckt die Arme, während ihr einatmet, nach oben und atmet tief aus, während ihr sie wieder senkt.«

»Das sind ja ganz neue Methoden«, flüsterte Kathy Nora zu. Die nickte nur und ließ ihren Atem fließen.

Beim zweiten tiefen Einatmen spürte Kathy, dass ihre Anspannung nachließ. Wie die anderen konzentrierte sie sich auf das Auf und Ab des Atems und der Bewegung.

»Jetzt schüttelt die Arme aus und nehmt eure Position ein. Wir beginnen mit ›Holy Night‹«, sagte der Pfarrer, und alle folgten seinen Anweisungen.

Unsicher quetschte Kathy sich zwischen Susan Melony und Maura, da ertönte Donnellys sonore Stimme. »Kathy in die erste Reihe bitte.«

Sie ahnte, was er vorhatte. »Aber ich singe nicht solo«, sagte sie entschieden.

»So weit sind wir noch lange nicht«, erwiderte Donnelly und stimmte die ersten Töne des Liedes an. Auf sein Zeichen spielte Jack die Melodie auf dem Klavier vor, dann setzte der Chor ein.

Wie früher schloss Kathy die Augen und blendete ihre Umgebung aus. Zuerst noch zaghaft, später immer lauter sang sie »Silent Night, Holy Night«. Tränen stiegen ihr vor Rührung in die Augen, so sehr berührte sie dieses alte Weihnachtslied. Eine tiefe Sehnsucht nach den Weihnachtsfesten ihrer Kindheit im Kreise der Familie erfasste sie, und sie legte all ihren Schmerz in die Stimme.

Als der letzte Ton verklang, war es mucksmäuschenstill im Saal. Angus klopfte ihr von hinten auf die Schulter.

Nora stupste sie in die Seite und grinste sie an. »Wunderschön.«

»Das kannst du ruhig laut sagen«, bestätigte der Pfarrer und nickte Kathy anerkennend zu. »Du hast wirklich nichts verlernt. Deine Stimme ist etwas tiefer geworden, das gefällt mir.« Aus seinem Mund klang dieses Lob wie ein Ritterschlag. Donnelly, der selbst ein großartiger Sänger war, hatte ein geschultes Gehör. Auf sein Urteil konnte man etwas geben. »Noch einmal. Bitte jetzt alle mit mehr Gefühl. Stellt euch vor, es ist Weihnachten und ihr steht vor dem Altar«, sagte der Pfarrer und nickte Jack zu. Die ersten Takte des Vorspiels erklangen, da ertönte aus dem Flur das Lachen eines Kindes.

Die Tür wurde geöffnet, und Steves Gesicht tauchte im

Türrahmen auf. »Sorry, wir sind zu spät. Kann ich noch mitsingen?«

Seine Tochter quetschte sich an ihm vorbei und lief mit ausgestreckten Armen auf Kathy zu. »Ich darf zuhören, hat Daddy gesagt. Ich bin auch ganz leise.«

Kathy nahm die Kleine auf den Arm und küsste sie auf die Wange. »Geht es dir wieder gut, mein Schatz?«, raunte sie ihr ins Ohr, und Mia nickte.

»Möchtest du dich neben mich ans Klavier setzen?« Jack klopfte auf die Klavierbank. »Du darfst die Notenblätter für mich umschlagen. Ich könnte deine Hilfe gebrauchen.«

»Eine gute Idee«, meldete sich Donnelly. »Dann proben wir jetzt weiter.« Als Mia an ihm vorbei zum Klavier spazierte, strich er ihr zärtlich über die Haare und lächelte. »Wenn du zu uns in den Kindergarten kommst, möchtest du bestimmt beim Krippenspiel mitmachen. So einen kleinen Engel könnten wir gut gebrauchen. Was meinst du?«

Alle schauten nur noch auf Mia, vergessen war die Chorprobe. »Ist die niedlich«, flüsterte Bella.

Mrs Melony kniete sich vor das Kind und reichte ihr ein Bonbon. »Die magst du doch.«

»Daddy, darf ich das Bonbon essen?«, wandte sich Mia an ihren Vater.

Der nahm es ihr aus der Hand, wickelte es aus dem Papier und schob es ihr in den Mund. »Langsam lutschen, nicht schlucken«, sagte er. Zu den anderen gewandt, erklärte Steve: »Sie hat gelernt, mir alles, was sie von fremden Menschen bekommt, vorher zu zeigen. Reine Vorsichtsmaßnahme. Sind ja nicht alle so kinderlieb wie Mrs Melony.« Er klopfte Jack auf die Schulter und stellte sich zu den anderen Männern.

Als Donnelly die Hand hob, wiederholte Jack das Vorspiel, und der Chor setzte auf ein Zeichen des Chorleiters ein. Kathy versuchte krampfhaft, auszublenden, dass Steve eine Reihe hinter ihr stand. Sie schloss die Augen und konzentrierte sich auf die Melodie.

»Nicht so schüchtern, Kathy.« Donnelly lächelte sie aufmunternd an. »Bella, das hohe C kam nicht ganz klar. Also noch mal. Mia gib uns ein C.«

Jack nahm Mias Zeigefinger und drückte damit die Klaviertaste herunter. Mia kicherte, als der Ton erklang. Vorsichtig riskierte Kathy einen Blick in die hintere Reihe und schaute direkt in Steves Augen. Er gab ihr lässig zu verstehen, dass er sich im Chor schon heimisch fühlte.

Sie antwortete ihm mit einem Lächeln, drehte sich rasch um und schloss die Augen. Kathy atmete tief ein und langsam wieder aus, bevor sie in den Gesang der anderen einstimmte.

»Das war schon recht ordentlich für den Anfang, ihr Lieben«, lobte Donnelly und deutete zu einem Tisch. Dort standen Becher und eine große Thermoskanne. »Nach der Teepause üben wir den ›Wexford Carol‹.«

Mit dampfenden Teebechern in der Hand versammelten sich die Chormitglieder am Klavier und beobachteten fasziniert, wie Jack der Kleinen beibrachte, die Tonleiter zu spielen. Mit roten Wangen wurde Mia nicht müde, die Klaviertasten immer wieder anzuschlagen. Dazu summte sie leise vor sich hin.

»Deine Tochter ist begabt. Ich könnte ihr das Klavierspielen beibringen«, schlug Jack vor und schaute Steve fragend an. Aus den Augenwinkeln beobachtete Kathy, wie sich seine Miene verfinsterte. Seine Mundwinkel zuckten.

»Ja, vielleicht«, sagte er leise. »Die Begabung muss sie wohl von ihrer Mutter geerbt haben.«

Mia schien von alldem nichts mitzubekommen. Sie stupste Jack an. »Zeig mir ein richtiges Lied.« Als er ihr etwas ins Ohr flüsterte, lachte sie und klatschte in die Hände. »Weitersingen!«, rief sie und grinste in die Runde.

Auf ihr Kommando stellten sich die Sänger und Sängerinnen wieder auf und blickten erwartungsvoll zu Donnelly.

»Wie es aussieht, haben wir eine neue Chorleiterin«, meinte er schmunzelnd und schlug die Notenblätter um. »Konzentriert euch bitte auf den ›Wexford Carol‹. Mit unserer Verstärkung …« Er schaute Kathy und Steve an. »… wird er dieses Jahr besonders gut klingen. Vielleicht findet sich ja auch eine Solosängerin.«

Verlegen zupfte Kathy am Kragen ihrer Bluse. Sie wusste genau, wen er meinte, aber sie konnte sich im Moment einfach noch nicht vorstellen, allein auf der Empore zu stehen und vor den Augen der ganzen Gemeinde zu singen.

Als hätte Donnelly ihre Gedanken gelesen, sagte er: »Bis Weihnachten ist ja noch eine Weile hin. Und Übung macht bekanntlich den Meister.« Er sang die erste Strophe des ältesten irischen Weihnachtsliedes: »Good people all, this Christmas time, consider well and bear in time.«

Der Chor setzte ein. Kathy lief ein wohliger Schauder den Rücken hinunter, als sie Steves Stimme aus den anderen heraushörte. Auch er schien ergriffen von der mittelalterlichen Melodie. Generationen von Iren hatten den ›Carol‹ schon gesungen. Mit ihm wurde ein Stück irische Tradition weitergegeben. Eine Weihnachtsmesse in Busby ohne dieses Lied war einfach undenkbar.

Zweimal wiederholte der Chor den ›Carol‹, bevor Donnelly jeden mit Handschlag verabschiedete. »Muss noch bei der alten Mrs Doolin vorbeischauen. Es geht ihr überhaupt nicht gut«, erklärte er seinen frühen Aufbruch. Die

Chormitglieder gaben ihm Grüße für die alte Frau mit auf den Weg, standen noch eine Weile zusammen und tranken Tee.

»Kommt ihr mit auf ein Bier?«, fragte Fergus in die Runde. Angus und Mr Melony schlossen sich ihm sofort an, während Maura und Mrs Melony sich auf den Heimweg machten.

Bella sammelte die Teebecher ein und trug sie in die angrenzende Küche. »Darum kümmere ich mich morgen. Habt ihr Lust auf einen Schlummertrunk bei mir?«, wandte sie sich an Nora und Kathy. »Es ist doch erst neun Uhr.«

Kathy überlegte einen Moment, als Steve mit Mia auf dem Arm neben sie trat. »Soll ich dich mit dem Auto mitnehmen?«, fragte er.

Mia gähnte und blinzelte sie an. »Bringst du mich ins Bett?«

»Fahr ruhig mit Steve und Mia«, mischte sich Nora ein und zwinkerte ihr zu. »Wir sehen uns am Donnerstagabend.«

»Wieso Donnerstag?« Bella riss die Augen auf. »Habe ich was vergessen?« Als Nora ihr etwas zuflüsterte, schlug sie sich mit der flachen Hand an die Stirn. »Natürlich! Da hat ja jemand Geburtstag.«

Die Freundinnen umarmten Kathy und marschierten untergehakt aus dem Saal. Kathy schaute ihnen verwundert nach und stellte fest, wie raffiniert die beiden es eingefädelt hatten, dass sie mit Steve und Mia allein zurückblieb. Er räusperte sich. »Wollen wir? Mia fallen schon die Augen zu.«

Tatsächlich hatte die Kleine ihren Kopf auf seine Schulter gelegt und schlief. Vor dem Gemeindehaus sah sich Kathy verwundert um. »Wo hast du den Range Rover geparkt?«

»Den habe ich heute zurückgegeben. Schau mal da vorn, der grüne Kombi. Den habe ich mir gekauft. Ich kann ja nicht ewig mit dem Mietwagen herumfahren.«

Kathy seufzte. »Bis ich das Geld für einen neuen Gebrauchten zusammenhabe, fließt noch viel Wasser den Liffey herunter.«

Sie nahm Steve den Autoschlüssel ab und schloss ihm die hintere Wagentür auf. Mia klammerte sich so fest an ihren Vater, dass es ihm unmöglich war, sie auf den Kindersitz zu setzen.

»Kannst du fahren?«, raunte Steve und schob sich mit der Kleinen auf die Rückbank.

Kathy nickte und setzte sich hinter das Lenkrad. Vorsichtig manövrierte sie das neue Auto aus der engen Parklücke. Erst als der Wagen auf der Straße war, atmete sie auf. Hoch konzentriert lenkte sie Steves Neuerwerb durch das abendliche Busby und bog langsam in das alte Dorf ab. Unter der Laterne vor dem Cottage stellte sie den Wagen ab.

»Danke, Kathy. Den Rest schaffe ich allein.« Steve nahm ihr den Autoschlüssel aus der Hand und trug seine Tochter zum Haus. Vor dem Eingang drehte er sich noch einmal zu ihr um. »Donnerstagabend geht klar. Mia schläft bei Sarah und Anne. Was wünschst du dir zum Geburtstag?«

Mia und dich, hätte Kathy am liebsten geantwortet. Stattdessen zuckte sie mit den Schultern. »Vielleicht einen Jig mit dir«, rutschte ihr heraus.

»Einverstanden«, sagte Steve leise und verschwand mit seiner Tochter im Haus.

Kathy marschierte mit klopfendem Herzen die wenigen Schritte zu ihrem Wollmarkt.

10

Die größte Geburtstagsüberraschung bereitete ihr Mr Blank. Punkt neun Uhr hielt sein Van vor dem Wollmarkt. »Schneller ging es wirklich nicht«, rief er Kathy zu und kletterte auf den Hänger. Ihm folgte ein pickliger junger Mann mit Nasenpiercing. »Mein Azubi Finn«, erklärte der Glaser.

Sie schaute zu, wie die beiden Handwerker die Sicherungsgurte von der neuen Schaufensterscheibe lösten. »Schaffen Sie das denn allein? Oder soll ich ein paar starke Männer aus dem Dorf holen?«

»Wäre vielleicht nicht schlecht«, war Blanks knappe Antwort. »Zuerst hauen wir die Reste der alten Scheibe raus und bereiten alles vor. Inzwischen können Sie uns einen Tee kochen. Sind noch welche von den Schokokeksen da?«

Der Mann hatte Nerven. Dachte nur an seine Teepause, statt sich um ihr Schaufenster zu kümmern. Kathy biss sich auf die Unterlippe und nickte. »Ich hätte auch Schinkensandwiches im Angebot.« Fast wäre ihr »für meine Gratulanten« herausgerutscht. So weit kam es noch, dass der Mann, statt zu arbeiten, lieber auf ihren Geburtstag anstieß. Sie würde gern mit ihm ein Glas auf die neue Scheibe trinken, allerdings erst, wenn sie eingesetzt war.

»Ich nehme ein Schinkensandwich.« Der Azubi strahlte sie an und zeigte dabei eine beachtliche Zahnlücke. »Hab noch nicht gefrühstückt.«

»Alles klar. Nach dem Imbiss setzen Sie bitte schnell die neue Scheibe ein, ja? Ich habe nämlich heute noch was vor«, traute sich Kathy zu sagen, bevor sie im Haus verschwand.

Hastig setzte sie das Teewasser auf und rief Fergus und Pfarrer Donnelly an.

Beide sagten sofort zu, beim Abladen der Schaufensterscheibe zu helfen. »Ist wohl Ehrensache, dass wir dich an deinem Geburtstag nicht allein schuften lassen«, meinte Fergus. »Ich wollte sowieso mal ein Wort mit Mr Blank wechseln. Die Eingangstür vom Pub braucht eine neue Scheibe.«

Kathy war froh, dass die Handwerker sich nicht lange mit dem Frühstück aufhielten. »Wir müssen noch auf eine Baustelle«, erklärte Finn und bedankte sich überschwänglich für den Imbiss. »Sind nicht alle Kunden so nett.«

Fasziniert beobachtete Kathy, wie der junge Mann den Rahmen des alten Schaufensters aus der Verankerung löste. Sein Meister lehnte rauchend an der Wand und kommandierte ihn herum. »Die Schrauben können wir noch gebrauchen. Zieh die ordentlich raus. Dann fegst du noch mal durch, bevor wir die neue Scheibe einsetzen.«

»Aye, Sir.« Finn tippte an seine Baseballkappe und grinste. Zu Kathy gewandt sagte er: »Eigentlich ist er ganz nett. Hat heute nur Stress mit seinen Knien. Der Herbst macht ihm zu schaffen.«

»Da kommen wir ja gerade im richtigen Moment«, rief Fergus schon von Weitem. Er und der Pfarrer trugen trotz des nasskalten Novemberwetters zu ausgebeulten Jeans nur T-Shirts. Eben typisch irische Männer. Die froren nie. Kathy hingegen fröstelte schon beim Anblick der nackten Männerarme.

»Klasse, dass ihr mit anpackt«, sagte sie. »Ruft mich, falls ihr mich braucht. Ich bin in der Webstube.«

Donnelly mit seiner zupackenden Art würde schon dafür sorgen, dass die Arbeit ordentlich ausgeführt wurde. Auf ihn war Verlass. Im Vorbeigehen raunte sie Fergus zu: »Verrat den beiden bitte nicht, dass ich Geburtstag habe.«

Der nickte heftig. »Verstehe, was du meinst.«

Kathy kam gar nicht erst dazu, ihren Webstuhl einzurichten. Immer wieder klingelte das Handy, und sie nahm die Glückwünsche der Freunde entgegen. Sie ließen es sich nicht nehmen, anzurufen, obwohl sie am Abend zur Party kommen würden.

»Soll ich nicht lieber zwei Kuchen mitbringen?«, wollte Maura wissen. »Außerdem habe ich noch an fünfzig Blaubeermuffins gedacht. Was meinst du?«

»Ich verlasse mich da ganz auf dich.« Kathy spähte in den Laden. »Ich muss Schluss machen. Die neue Scheibe wird gerade eingesetzt.«

Es hielt sie nicht länger am Webstuhl, und sie beobachtete vom Flur aus, wie Donnelly und Fergus mit Finn zusammen die Scheibe vom Hänger hievten. Die Männer schnauften gewaltig, bis sie das gute Stück endlich an Ort und Stelle hatten. Mr Blank schüttelte beiden die Hand. »Falls ihr mal einen Aushilfsjob sucht, so starke Kerle kann ich immer gebrauchen.« Dann wühlte er in seinem Werkzeugkoffer und legte selbst mit Hand an. »Ich komme gleich rüber und schaue mir die Tür an«, rief er Fergus zu und hantierte mit dem Schraubenzieher.

»Wir sehen uns heute Abend«, sagte Fergus. Donnelly versicherte ihr, dass er mit seinen Musikern erscheinen würde, und schon eilten die zwei die Straße hinunter.

Vor lauter Freude über das neue Schaufenster drückte Kathy dem Azubi zehn Euro in die Hand und schenkte Mr Blank ein paar Wollsocken. »Haben Sie die Rechnung dabei?«

Er stopfte die Socken in seine Hosentasche. »Eilt nicht,

junge Frau. Ich verlasse mich darauf, dass Sie pünktlich zahlen. Die Rechnung schicke ich Ihnen zu.« Mit großen Schritten marschierte er zum Pub. Sicher nicht nur, um einen neuen Auftrag zu ergattern. Sein Lehrling eilte ihm pfeifend hinterher.

Mit einer Flasche Glasreiniger und einer Rolle Haushaltspapier bewaffnet, kletterte Kathy in das Schaufenster und polierte die neue Scheibe auf Hochglanz. In Windeseile schleppte sie die Kartons mit den Wollsachen nach unten und dekorierte die Ausstellungsfläche.

Aus dem Augenwinkel sah sie Steves neuen Kombi Richtung Ortsausgang fahren und hatte auf einmal keine Lust mehr darauf, die Regale einzuräumen. Heute war schließlich ihr Geburtstag. Warum sollte sie sich da nicht ein Stündchen Wellness gönnen und sich für den Abend aufbrezeln?

Sie hatte ihr Handy schon in der Hand, um Lena anzurufen, da stürmte die Freundin bereits in den Laden. An ihrem Arm baumelte die Einkaufstasche mit Kathys Kleid und den Schuhen. »Zum Geburtstag viel Glück«, sang sie auf Deutsch, platzierte die Tasche auf der Theke und drückte Kathy an sich. »Happy Birthday«, sagte sie mit belegter Stimme.

»Danke, dass du mir die Sachen vorbeibringst. Hast du Zeit für ein Glas Sekt?« Kathy deutete nach oben. »Ich habe auch leckere Sandwiches.«

Lena kniff die Augen zusammen und schaute auf ihre Armbanduhr. »Eine halbe Stunde kann ich abzwacken, dann muss ich zurück. In der Werkstatt geht es gerade drunter und drüber. Sue liegt mit Erkältung im Bett, Sally ist mit ihrem Mann verreist. Ich kann Josy unmöglich mit der ganzen Arbeit allein lassen.«

»Du Arme. Sicher bist du heute Abend völlig erschossen

und kannst gar nicht so richtig mitfeiern«, bemitleidete Kathy sie. »Ein Gläschen Sekt wird dir sicher guttun. Komm mit nach oben. Ich möchte ein Bad nehmen und eine Gesichtsmaske auflegen.«

Lena kniff ihr grinsend in die Wange. »Gute Idee. Du bist jetzt in einem Alter, in dem du etwas mehr Mühe für die Restaurierungsarbeiten aufwenden musst.« Sie griff nach der Einkaufstasche und hakte sich bei Kathy ein. »Let's go, Darling.«

Kathy versank bis zum Hals im Schaumbad. In ihrem Gesicht pappte eine dicke weiße Cremeschicht, auf den Augen lagen Gurkenscheiben.

»Nimm die albernen Dinger ab, ich möchte dir etwas zeigen.« Lena shampoonierte ihr die Haare.

Kathy stöhnte vor Behagen. »Du hättest auch Friseurin werden können, mit dem Massagegriff.« Sie warf die Gurkenscheiben im hohen Bogen ins Badewasser. »Hast du etwa noch eine Überraschung für mich?«

Schmunzelnd griff Lena hinter sich und förderte ein glänzend pinkfarbenes Päckchen zutage. »Wer gut aussieht, muss auch gut duften«, kommentierte sie das Geschenk.

»Miracle«, las Kathy auf dem aufwendig gearbeiteten Parfümflakon. »Du bist ja verrückt! Das Zeug war sicher sündhaft teuer.« Sie sprühte einen Hauch des Parfüms auf ihr Handgelenk und schnupperte daran. »Wenn ich damit heute Abend in den Pub komme, liegen mir sicher alle Kerle zu Füßen.«

»Einer würde reichen«, sagte Lena und wusch Kathy den Schaum vom Kopf. »Ich verschwinde jetzt, bevor ich zu faul zum Arbeiten werde.« Sie drückte Kathy einen dicken Schmatzer auf die Nase, dann lief sie nach unten. »Die Ladentür schließe ich hinter mir ab, sonst bekommst du noch unerwünschten Besuch in der Wanne.«

Kathy fiel ein, dass die Hintertür nicht verschlossen war. Aber wer sollte sie denn heute noch besuchen? Würden ja sowieso alle in den Pub kommen.

Der alte Föhn brummte so laut, dass sie zusammenfuhr, als die Treppenstufen knarzten. Hatte sie sich verhört, oder waren das Schritte auf der Treppe? Kathy riss die Wohnzimmertür auf, stürmte in den Flur und stolperte fast über Mia. Die Kleine versteckte ihr Gesicht hinter einem riesigen Blumenstrauß. »Birthday, Kathy«, sagte sie freudestrahlend und hielt ihr den Strauß entgegen.

Von unten ertönte Steves Stimme. »Ist doch okay, dass wir die Hintertür genommen haben? Mia wollte dich unbedingt überraschen.« Zwei Schritte auf einmal nehmend, eilte er die Treppe hinauf. »Wir sind auch gleich wieder weg«, erklärte er und küsste Kathy auf die Wange. »Bei Dan und mir kann es heute Abend später werden. Wir fahren gleich zu einem Züchter im Norden.« Er nahm seine Tochter auf den Arm und rannte mit ihr die Treppe hinunter. »Siehst übrigens klasse aus.«

Ihr »Danke für die schönen Blumen« hatte er garantiert nicht mehr gehört. Kathy trug den Herbststrauß wie eine kostbare Trophäe vor sich her ins Wohnzimmer. Erst jetzt fiel ihr die kleine Karte auf, die zwischen den orangefarbenen Astern steckte. Von der Vorderseite grinste sie ein Smiley an, und hinten stand »Happy Birthday to Kathy«. Mehr nicht. Die Mühe hätte er sich wirklich sparen können. Achtlos legte Kathy den Geburtstagsgruß neben die Blumenvase. Da entdeckte sie eine einzelne dunkelrote Rose, die sich unter einem Farnblatt verbarg. Vorsichtig, um den kunstvoll gebundenen Strauß nicht auseinanderzureißen, zog sie die Blume heraus.

Ihre Gefühle fuhren Achterbahn. Was bedeutete es, wenn jemand mitten in einem orangefarbenen Strauß eine dunkelrote Rose versteckte? Aus Versehen war sie sicher nicht dort hineingeraten. Zärtlich strich Kathy über die samtigen Blütenblätter, sog den süßlichen Duft in sich ein und brachte das kostbare Geschenk dann in ihr Schlafzimmer.

Vor der verabredeten Zeit betrat sie den Pub.

»Wo hast du denn die alte Kathy gelassen?« Fergus zwinkerte ihr zu. »Wenn ich nicht verheiratet wäre, würde ich glatt schwach werden.« Er kam hinter der Theke hervor und drückte sie an sich. »Und wie du duftest, richtig verführerisch.«

Aus der Küche tauchte Claires verschwitzter Kopf auf. »Wer riecht hier verführerisch? Mein Stew?«

Kathy und Fergus schauten sich an und prusteten los. »Unser Geburtstagskind duftet wie eine irische Rose. Komm her und riech selbst«, forderte der Wirt seine Frau auf.

»Kann nicht, muss die Pasteten aus dem Ofen holen«, brummte Claire und verschwand wieder in ihrem Reich.

Kathy schaute sich erstaunt um. Dieses Mal hatte sich Claire mit der Deko selbst übertroffen. Über der Theke schwebte ein überdimensionales Herz, auf dem ihr Name und eine 36 prangten. Unter der Decke flogen Dutzende bunte Luftballons herum, und in der Ladies Lounge hatte Claire ein Büfett aufgebaut.

»So war das aber nicht ausgemacht«, beschwerte sie sich durch die offen stehende Küchentür. »Ich bin extra früher gekommen, um dir beim Aufbau zu helfen.«

»Freu dich lieber, dass alles fertig ist.« Claire schob sie zur Seite und trug ein Tablett mit dampfenden Fleischpasteten zum Büfett. Sie wischte sich die Hände an ihrer Schürze ab, kam auf Kathy zu und drückte sie an ihre Brust. »Du hattest doch heute genug Stress mit den Handwerkern. An seinem Geburtstag soll man sich verwöhnen lassen. Genieß den Abend. Um den Rest kümmern wir uns.«

»Du schreibst bitte alles auf, was getrunken wird. Dieses Jahr will ich eine ordentliche Rechnung. Kommt nicht infrage, dass du für mich einen Sonderpreis machst. Ihr müsst ja schließlich auch von was leben«, versuchte Kathy halbherzig, sich gegen die Sonderbehandlung zu wehren. Tatsächlich aber genoss sie die mütterliche Art, mit der die ältere Freundin sie umsorgte. Ihre Freunde waren fast so etwas wie eine Ersatzfamilie für sie.

Claire strich ihr über die Wange. »Darüber reden wir noch«, murmelte sie und verschwand in der Küche.

»Komm zu mir an die Bar. Wir trinken auf deine Gesundheit«, sagte Fergus und reichte ihr ein Glas Single Malt. »Gleich kommen die ersten Gäste. Hilf mir bitte, die zwei Tische aus der Ladies Lounge in den Keller zu tragen. Wir brauchen Platz für die Musiker. Wie ich dich kenne, willst du doch sicher tanzen.« Er trank seinen Whiskey in einem Zug aus und schüttelte sich. »Verdammt guter Stoff.«

Kathy nippte an ihrem Glas und schob es in einem unbeobachteten Moment hinter eine Spendendose. Dieses Jahr würde sie nicht wieder betrunken auf dem Tresen tanzen und sich blamieren. Was sollte Steve von ihr denken, wenn er sie so erlebte?

11

Fergus zwinkerte Kathy verschwörerisch zu. »Jetzt sorgen wir für die passende Musik, dann kann deine Party steigen.« Er wühlte unter dem Tresen in einer Schublade, zog eine CD hervor und schob sie in den Player. Kathy summte leise mit, als Ed Sheeran »Galway Girl« sang.

Punkt sieben stürmten Bella, Nora und Tommy mit einem großen Präsentkorb in den Pub. »Mach die Augen zu, Kathy«, bat Bella. »Dein Geschenk bekommst du erst, wenn alle da sind«, erklärte sie und brachte den Korb in die Garderobe.

Tommy umarmte Kathy stürmisch und sang lautstark »Happy Birthday«. Nora nahm ihn zur Seite und flüsterte ihm etwas ins Ohr.

»Versprochen, Darling«, brummte er und küsste sie flüchtig auf den Mund, bevor er sich an den Tresen stellte und einen Whiskey auf Kathys Wohl trank.

Nach und nach trudelten die anderen Freunde ein. Angus hielt Chris charmant die Tür auf und half ihr aus dem Mantel. Zur Feier des Tages hatte er sich ein Oberhemd angezogen und die gegelten Haare streng nach hinten gekämmt.

»Alles Gute für dich.« Mit geröteten Wangen überreichte er Kathy ein unförmiges, in Zeitungspapier eingeschlagenes Geschenk. »Ist nur etwas Selbstgebasteltes. Du weißt ja …« Verlegen schaute er auf seine Hände.

»Das ist …« Kathy strich zärtlich über die Holzfigur. »Das ist Scotty. Hast du ihn aus einem Stück Treibholz geschnitzt?«

Angus nickte bescheiden. »Schön, dass du ihn gleich erkannt hast. So richtig gut ist er mir nicht gelungen.«

»Ich finde ihn wundervoll. Der bekommt einen Ehrenplatz in meinem Bücherregal.« Kathy umarmte Angus und drückte ihm einen Kuss auf die Wange. »Vielen, vielen Dank.«

Jemand tippte ihr von hinten auf die Schulter. »Lass mal sehen.« Jack nahm ihr die Holzfigur aus der Hand. »Kannst du mir auch so einen Scotty schnitzen, Angus? Im Gegenzug bekommst du eine große Tube Schmerzsalbe für deinen Rücken. Deal?«

Der Fischer strahlte. »Wirklich? Und ich dachte schon, meine Schnitzerei würde keinem gefallen.«

Chris zog Kathy mit sich in die Ladies Lounge. »Dan und Steve werden in einer Stunde hier sein. Die haben sich gerade von unterwegs gemeldet.«

»Wer ist bei den Mädchen?«, wollte Kathy wissen.

Chris hielt Kathy das Smartphone hin. »Schau mal. Anne und Sarah hatten die Idee, mit Mia im Ehebett zu schlafen. Sie haben die Kleine in die Mitte genommen, damit sie nicht aus dem Bett fallen kann. Ist das nicht lieb von ihnen?«

Auf dem Foto kuschelten sich die drei Mädchen aneinander und lachten in die Kamera. Jessie, ihre Babysitterin, saß auf der Bettkante.

»Wo schlaft ihr heute Nacht?«, erkundigte sich Kathy.

Chris schmunzelte. »Wir quetschen uns in das Gästebett. Ein bisschen Abwechslung wird unserem Eheleben guttun.«

»So genau wollte ich es gar nicht wissen«, winkte Kathy ab und eilte zu Mr und Mrs Melony, die ihr eine Schachtel Pralinen überreichten. Auch Lena hatte sich endlich von ihrer Arbeit losgerissen und schmiegte sich verliebt an Jack.

»Habt ihr zwei denn keine Wohnung, wo ihr knutschen könnt«, zog Kathy sie auf.

»Nur kein Neid«, konterte Jack. »Finde du erst mal den Richtigen, dann lässt du auch keine Gelegenheit zum Schmusen aus.«

In diesem Moment läutete Fergus die Tresenglocke und rief: »Das Büfett ist eröffnet.«

»Moment. Da fehlt noch der Kuchen«, erklang vom Eingang Mauras Stimme. Die Inhaberin der Teestube zog einen rollenden Einkaufskorb hinter sich her. »Platz machen für den Nachtisch«, verkündete sie und drängelte sich zum Büfett.

In der nächsten Stunde versammelten sich alle in der Ladies Lounge und füllten ihre Teller mit Fleischpasteten, Schinkensandwiches oder Irish Stew.

»Das Essen ist der Hammer«, begeisterte sich Angus, und die anderen applaudierten Claire. Sie stellte große Thermoskannen mit Tee neben den Kuchen. »Guinness und Schokotorte, das passt nicht.«

»Warum eigentlich nicht?«, mischte sich Tommy ein. »Guinness passt zu allem.«

Alle lachten, und endlich erschien auch Pfarrer Donnelly mit seinen Musikern. Ben, dem Bodhrán-Spieler, und Ian, dem besten Fiedler des County. Wie üblich gönnten sich Ian und Ben zuerst ein paar Gläser Whiskey, bevor sie zu ihren Instrumenten griffen.

»Wollt ihr denn vorher nichts essen?« Kathy deutete zum Büfett.

Die beiden schüttelten die Köpfe.

»Vielleicht in der Pause«, sagte Ian und stimmte seine Fiedel.

»Wir halten uns an die flüssige Nahrung«, ergänzte Ben.

»Tür zu«, rief Fergus in Richtung Eingang, als die Tür aufflog und Frank Dillon, der Automechaniker, breitbeinig im Eingang stehen blieb und sich umschaute.

»Typisch Frank«, raunte Nora. »Der braucht mal wieder seinen Auftritt.«

Kathy nickte. »Bleib bitte in meiner Nähe und pass auf, dass mir der Kerl nicht zu nahe kommt. Der bildet sich tatsächlich ein, der Mann meiner Träume zu sein.«

Nora winkte ihren Tommy zu sich. »Kümmere dich mal um Frank. Am besten, du verwickelst ihn an der Bar in ein Gespräch über alte Motoren. Damit er Kathy in Ruhe lässt.«

Bei den Worten »Bar« und »alte Motoren« grinste Tommy bis über beide Ohren. »Auf mich könnt ihr zählen, Ladys«, sagte er mit gesenkter Stimme und steuerte direkt auf seinen alten Schulfreund zu.

Doch Frank wich ihm geschickt aus und kam mit ausgebreiteten Armen auf Kathy zu. »Wo ist denn meine süße Geburtstagsmaus?«, säuselte er.

Am liebsten hätte sie sich in irgendeiner dunklen Ecke versteckt, aber dazu war es jetzt zu spät. Frank drückte sie an seine breite Brust und versuchte, sie auf den Mund zu küssen. Kathy drehte geistesgegenwärtig ihren Kopf zur Seite, so dass sein Kuss auf ihrem Ohr landete.

»Verstehe«, flüsterte Frank ihr zu. »Du genierst dich vor all den Leuten. Kein Problem. Wenn wir gleich tanzen, holen wir den Kuss nach.« Er schob sie von sich, griff in seine Hosentasche und förderte eine kleine Schachtel mit roter Schleife zutage. »Damit du immer an mich denkst«, sagte er so laut, dass jeder es hören konnte.

»Das wäre aber nicht nötig gewesen, Frank.« Verdutzt drehte Kathy das Päckchen unschlüssig in ihren Händen.

»Du kümmerst dich schon um mein Auto, das ist Geschenk genug.«

»Von wegen. Gehört sich so, dass man seinem Mädchen eine Freude macht.« Selbstzufrieden strich sich Frank über den Bauch und strahlte.

Das war eindeutig zu viel für Kathy. »Ich bin nicht dein Mädchen, und ich werde es auch nie werden«, stieß sie hervor und steckte Frank das Geschenk in die Brusttasche seines Hemdes. »Verwahr es für eine Frau, die dich mag.«

Im Hintergrund räusperte sich Donnelly und zählte laut bis drei. Sofort setzte die Bodhrán ein. Ben, der den Tipper nach Kerry Style wie einen Stift zwischen Daumen, Zeigefinger und Mittelfinger hielt, gab den Rhythmus für die Fiedel vor. Zuerst langsam, dann immer schneller schlug er auf das Fell. Abrupt setzte er aus, und Pfarrer Donnelly stimmte den ersten Song des Abends an: Die Ballade vom betrunkenen Farmer. »The drunk farmer« kannte jeder in Busby, und alle sangen laut mit.

»Jetzt einen Jig«, forderte Frank danach lautstark. »Ich will mit Kathy tanzen.«

»Vergiss es«, kam Steves Stimme vom Eingang. »Den hat sie mir versprochen.« Er bahnte sich einen Weg durch die Gästeschar und reichte Kathy die Hand. »Darf ich bitten?« Mit einer schwungvollen Drehung zog er sie zu sich und führte sie zu dem freien Platz vor der Bar. Als hätten die Musiker nur auf ihn gewartet, stimmten sie einen schnellen Jig an. »Danke, dass du mich vor Frank gerettet hast«, flüsterte Kathy Steve zu. »Der glaubt tatsächlich, dass er mein Typ ist.«

»Wie? Ist er nicht?« Steve lachte und drückte sie an sich. »Tun wir einfach so, als wären wir ein Liebespaar?«

Kathy bekam Schluckauf. Zwischen zwei Hicksern brachte

sie mühsam: »Sehr gern«, heraus und schmiegte ihren Kopf an Steves Schulter. Trotz des schnellen Rhythmus tanzten sie einen langsamen Klammerblues. Kathy schloss die Augen und glaubte, zu schweben.

Steves Mund war ganz nah an ihrem Ohr. »Ich glaube, er hat's kapiert. Frank entgleisen gerade sämtliche Gesichtszüge. Der lässt dich in Ruhe.«

Die Musik stoppte abrupt, und Donnelly verkündete: »Getränkepause.«

Steve tanzte einfach weiter und summte eine Melodie. Als sein Magen knurrte, raunte er Kathy zu: »Erlaubst du, dass ich eine Kleinigkeit esse, bevor wir weitertanzen?«, und führte sie zum Büfett. Demonstrativ legte er einen Arm um ihre Taille und fragte laut: »Was kannst du mir denn empfehlen, Liebes?«

Kathy bekam glühende Wangen und füllte ihm rasch einen Teller mit Stew. »Ich bin gleich wieder bei dir«, sagte sie und verschwand in den Waschräumen.

Bella und Nora waren ihr gefolgt. »Was war das denn jetzt? Bist du mit Steve zusammen?« Nora tippte auf Kathys rote Wangen. »Heiße Sache, so ein Klammerblues.«

»Quatsch! Wir haben nur so getan, als wären wir ein Paar. Damit Frank mich endlich in Ruhe lässt.« Kathy spritzte sich kaltes Wasser ins Gesicht und kämmte ihre Locken.

»Du siehst heute aber auch sehr verführerisch aus in dem neuen Kleid. Kein Wunder, dass da die Männer schwach werden.« Bella strich bewundernd über Kathys Hüfte. »Deine Figur hätte ich auch gern.«

Im Gastraum setzte die Musik wieder ein. Kathy ließ die beiden stehen und eilte nach vorn. »Wo ist Frank?«, fragte sie Chris und schaute sich um.

»Schon gegangen. Das hat er für dich dagelassen«, entgegnete die Freundin und reichte ihr fünfzig Euro. »Ich soll dir sagen, dass er nicht mehr für das alte Auto bekommen hat.«

Sie führte Kathy zu Dan und Steve, die umringt von den anderen Männern Bilder herumreichten.

»Von wegen Schafe.« Tommy lachte laut los. »Das sind ja Aliens.«

Nora knuffte ihn in die Seite. »Keinen Whiskey mehr! Du weißt, was du mir versprochen hast.«

Kathy zwängte sich an Tommy vorbei und nahm ihm das Bild aus der Hand. »Natürlich sind das Alpakas, sogar richtig hübsche«, entfuhr es ihr spontan. »So eins möchte ich unbedingt mal streicheln.«

»Das kannst du spätestens in zwei Wochen«, erwiderte Dan. »Da holen wir die ersten Tiere vom Züchter ab.«

»Ihr wollt tatsächlich Alpakas züchten?« Jack schüttelte ungläubig den Kopf. »Wisst ihr denn, worauf ihr bei der Zucht achten müsst?«

Steve grinste. »Ich habe in Neuseeland eine ganze Herde gehabt. Es gibt keine pflegeleichteren Tiere. Die sind ganz anspruchslos und perfekt für das irische Wetter.«

»Aber gibt es einen Markt für die Wolle hier?«, wollte jetzt Tommy wissen.

»Das denke ich schon.« Lena schob sich neben Kathy. »Alpaka ist ganz groß im Kommen bei den Modedesignern. Es gibt kein feineres Garn. Habt ihr denn schon eine Spinnerei?«

»Haben wir. Deshalb waren wir heute in der Nähe von Limerick. Die haben zugesagt, für uns zu spinnen. Auch mit einer Weberei sind wir schon im Gespräch«, erklärte Dan.

Kathy zupfte ihn am Ärmel. »Warum habt ihr mich nicht gefragt? Ich könnte auch für euch weben.«

»Ja, genau«, mischte sich Lena ein. »Und ich frage Ian Carmichael gleich morgen, ob er die ersten Stoffballen für seine Schneiderei ordern möchte. Warum soll das Geld nicht im Ort bleiben?«

In diesem Moment stimmten die Musiker einen Reel an.

Steve legte einen Arm um Kathys Schulter. »Lasst uns morgen über den geschäftlichen Teil reden. Heute feiern wir Kathys Geburtstag.« Er führte sie auf die Tanzfläche und hüpfte mit ihr herum. »Ich freue mich schon riesig auf die neue Aufgabe. Aber jetzt möchte ich einfach mal wieder richtig ausgelassen sein.«

Die Musiker spielten zwei langsamere Stücke, danach packten sie ihre Instrumente ein.

»Tut uns leid Kathy«, verabschiedete sich Donnelly. »Die Jungs müssen morgen auf einer Hochzeit spielen. Die sind fest gebucht. Ist ja auch schon spät genug.« Er schaute stirnrunzelnd auf seine Armbanduhr. »Ihr macht sicher auch nicht mehr so lange. Morgen ist schließlich ein normaler Arbeitstag.«

Ein vielstimmiges »Schade« erklang, und Fergus rief: »Zugabe«, woraufhin der Pfarrer meinte: »Lasst die Jungs ziehen. Sind auch nicht mehr die Jüngsten.«

Mit halb geschlossenen Augen lehnte er sich an die Bar und sang: »Back home again«, so gefühlvoll und inbrünstig, dass alle mitsangen. Gleich nachdem er den Song beendet hatte, eilte der Pfarrer aus dem Pub.

Kaum waren die Musiker gegangen, drängten auch Dan und Chris zum Aufbruch. »Jessie wartet auf uns. Die muss morgen früh im Supermarkt arbeiten, und wir wollen früh raus auf die Weide.«

Nach und nach verabschiedeten sich alle von Kathy. »Vergiss den Präsentkorb nicht«, mahnte Nora. Der steht in der

Garderobe. Seufzend schob sie den leicht angesäuselten Tommy vor sich her aus dem Pub.

»Soll ich dir noch beim Aufräumen helfen?« Kathy stapelte die schmutzigen Teller und trug sie in die Küche.

»Mach, dass du ins Bett kommst«, winkte Claire ab. »Darum kümmere ich mich morgen. Deine Rechnung bringe ich dir am Nachmittag vorbei.«

Unschlüssig blieb Kathy vor den Resten des Büfetts stehen.

»Pack ein, was du gebrauchen kannst.« Fergus drückte ihr eine Tupperdose in die Hand. »Ich habe Angus schon ein Fresspaket gepackt. Nora und Tommy haben für die Jungs auch was mitgenommen.«

»Sollen wir ein paar Fleischpasteten mitnehmen?«, meldete sich Steve von der Garderobe. »Ich helfe dir beim Tragen. Wir haben ja den gleichen Weg.«

In Kathys Bauch flatterten die Schmetterlinge, während sie neben Steve die Hauptstraße hinaufging. Ihre Füße schmerzten in den hochhackigen Schuhen. Sie fror erbärmlich in dem Kleid. Aber das war ihr egal, solange Steve bei ihr war. Gut gelaunt erzählte er von den Alpakas, die demnächst auf seiner Weide grasen würden. »Mia wird Augen machen, wenn sie die sieht. Sie liebt diese Tiere.«

»Möchtest du noch auf einen Tee mit zu mir kommen?«, wagte Kathy einen Vorstoß.

»Lieber nicht«, antwortete Steve. »Ich bin hundemüde von der ganzen Fahrerei. Ein anderes Mal gern. Ich bringe dir die Sachen noch nach oben.« Er schob sich an ihr vorbei in den Laden. »Siehst du das auch?«, flüsterte er und deutete auf den Fußboden. »Ich glaube, du hast Besuch.«

12

Eine Spur von Lehmklumpen zog sich von der Ladentür bis zur Webstube. Da hatte sich jemand gar nicht erst bemüht, sein Eindringen zu verbergen. Kathys Magen rebellierte, ihr wurde speiübel. Sie presste eine Faust auf ihren Mund und schaute Steve fragend an. Der tippte mit dem Zeigefinger auf seine Lippen, um zu signalisieren, dass sie leise sein sollte. Vorsichtig deponierte er den Präsentkorb neben der Vitrine und schlich auf Zehenspitzen zur Webstube. Ein eisiger Schauder lief über Kathys Rücken, als sie den Lichtschein unter der Tür entdeckte.

Ihr Atem stockte. »Steve«, flüsterte sie kaum hörbar und hielt ihn am Arm zurück. »Ich rufe die Polizei. Geh da nicht rein.«

Doch Steve schüttelte nur den Kopf. Langsam drückte er die Klinke hinunter, wartete einen Moment, bevor er die Tür mit einem Ruck aufriss. »Da ist niemand«, raunte er und deutete nach oben. »Du wartest hier und machst Fotos.« Er trat einen Schritt zur Seite, so dass sie sich selbst überzeugen konnte.

»Nein!« Kathy stürzte zum Webstuhl. »Welcher Idiot war das?« Alle Fäden waren zerschnitten. Der Teppich, an dem sie gestern gearbeitet hatte, lag zerfetzt auf dem Boden. Ihr Weberschiffchen war zerbrochen, und die Bank lag umgestürzt unter dem Webstuhl. »Das war kein Einbrecher«, stellte sie fest. »Die Tür war nicht aufgebrochen.« Sie schluckte. »Das war Peter.« Sie hatte tatsächlich vergessen, ihm den Hausschlüssel abzunehmen. Kathy zog ihr

Handy aus der Tasche und zeigte Steve die Drohmail ihres Ex.

»Wenn der noch im Haus ist, lernt er mich kennen!« Er ballte die Faust und lief die Treppe hinauf. »Hier ist niemand«, rief er von oben. »Du kannst hochkommen.«

Kathy kniete vor dem Webstuhl und fotografierte die Zerstörung. »Das wird der Kerl mir büßen«, zischte sie. Als ihr Blick auf den Werkstatttisch fiel, entdeckte sie eine Rose mit abgerissenem Kopf. Peter war also auch in ihrem Schlafzimmer gewesen und hatte Steves Rose und seine Glückwunschkarte entdeckt. Warum sonst lag die zerstörte Blume hier?

Schlagartig wurde ihr klar, dass Peter immer noch einen Hausschlüssel besaß und jederzeit wiederkommen konnte. Eine Welle der Angst schlug über ihr zusammen. Ihr Körper wurde von einem Zittern erfasst, und sie warf sich weinend über ihren Webstuhl.

Hinter ihr räusperte sich Steve und legte seine Hände auf ihre Schultern. »Beruhige dich, Kathy. Ich bin bei dir«, flüsterte er und zog sie an sich.

»Aber …« Kathy klammerte sich wie eine Ertrinkende an ihn. »Er hat einen Schlüssel. Wenn er wiederkommt …«, schluchzte sie.

»Dann bin ich da. Ich lasse dich heute Nacht nicht allein. Morgen baue ich dir neue Schlösser ein.« Steve nahm sie an der Hand und zog sie hinter sich her, die Treppe hinauf. »Jetzt hätte ich doch gern eine Tasse Tee.« Er schob sie auf die Couch und wickelte die Wolldecke um ihre Beine. »Du bist ja ganz durchgefroren«, stellte er fest und zog ihr die Schuhe aus. »Leg dich hin. Um den Tee kümmere ich mich.« Er deckte sie bis zum Kinn zu und stopfte ihr ein Kissen in den Nacken. »Gleich wird dir wärmer.«

»Steve?« Kathys Zähne schlugen aufeinander. »Im Hängeschrank ist eine Flasche Whiskey. Ich glaube, den können wir jetzt beide gebrauchen.«

»Habe ich schon gesehen. Du bekommst nur einen kleinen Schluck in deinen Tee. Ist nicht gut auf den Schreck.« Er reichte ihr den dampfenden Becher und setzte sich ihr gegenüber in den Sessel. »Sollen wir die Polizei rufen?«

Energisch schüttelte Kathy den Kopf. »Wir können doch nicht beweisen, dass es Peter war. Außerdem hat er schon genug Ärger wegen des Schaufensters. Das muss ich anders regeln.«

»Weißt du denn, wo er wohnt?« Steve schob seine Füße unter Kathys Wolldecke und berührte dabei ihre Wade.

»Nein«, sagte sie. »Wahrscheinlich lebt er noch in Dublin bei seiner Freundin.«

»Das finden wir schon raus. Und dann knüpfen wir uns den Kerl vor«, sagte Steve gähnend. »Vorher nehmen wir eine Mütze voll Schlaf.« Er reckte die Arme über den Kopf und dehnte seinen Rücken. »Wenn du ausgetrunken hast, kannst du dich ins Bett legen. Ich bleibe hier auf der Couch und passe auf.«

Kathy schaute ihn fragend an. »Ist das nicht zu unbequem für dich? Das Sofa ist doch viel zu kurz.« Sie atmete tief durch, nahm all ihren Mut zusammen. »Ich habe ein breites Bett. Du kannst gern neben mir liegen.« Schnell fügte sie hinzu: »Ich gebe dir auch eine zweite Decke und ein Extrakissen. Ich meine nur …« Sie verhaspelte sich und starrte angestrengt auf ihre Teetasse.

Steve nahm ihr die Tasse aus der Hand und zog sie von der Couch hoch. »Ich nehme dein Angebot gern an. Mein Rücken ist sicher froh, wenn er auf einer anständigen Matratze liegt.« Er grinste. »Ich muss dich warnen. Ich schnarche.«

Zur Demonstration gab er ein paar merkwürdige Brummgeräusche von sich. Das klang so schaurig, dass Kathy kicherte.

»Vielleicht schnarchen wir ja zweistimmig«, sagte sie und quietschte wie eine rostige Säge.

Lachend verschwand Steve im Bad. Kathy bezog eine zweite Bettdecke und stieg auf einen Stuhl, um das Reservekissen aus dem Wandschrank zu holen.

»Hast du ein T-Shirt für mich?«, rief Steve durch die Tür. »Aber bitte keins in Rosa.«

»Weiß mit Schäfchen hätte ich im Angebot«, antwortete Kathy. Schmunzelnd drapierte sie das Shirt auf seinem Kopfkissen. Mit dem Pyjama unter dem Arm wartete sie am Wohnzimmerfenster. »Dein Schlafshirt liegt auf dem Kissen«, sagte sie und schaute auf die Straße, als Steve aus dem Bad kam.

»Hast du keins mit Alpakas drauf?«, tönte es aus dem Schlafzimmer.

»Die waren ausverkauft«, konterte Kathy und flüchtete ins Bad. Schnell kletterte sie in die Badewanne und zog den Duschvorhang zu. Als der Wasserstrahl auf ihren Rücken traf, stieß sie einen spitzen Schrei aus. Steve hatte kalt geduscht. Was für ein Held!

Sie drehte den Regler auf »heiß« und blieb so lange unter der Dusche, bis ihr Körper dampfte. Dann hüpfte sie aus der Wanne und trocknete sich im Eiltempo ab. Unschlüssig griff sie zum Parfümflakon. Ein Sprühstoß »Miracle« landete auf ihren Haaren.

Mit klopfendem Herzen öffnete sie die Badezimmertür und tapste ins Schlafzimmer. Steve hatte die Deckenleuchte ausgeschaltet. Dafür brannte die Nachttischlampe auf ihrer Seite. Er lag auf dem Rücken, die Arme hinter dem Kopf verschränkt, und schaute ihr lächelnd entgegen. »Ist richtig bequem, dein Bett. Breit genug, dass wir uns heute Nacht nicht in die Quere kommen.«

»Stimmt«, sagte Kathy, schlüpfte unter die Bettdecke und knipste die Nachttischlampe aus. Im fahlen Schein der Straßenlaterne, die durch die Übergardinen schien, wagte sie es, sich zu Steve umzudrehen. »Gute Nacht«, flüsterte sie.

Da war er längst eingeschlafen. Kathy lauschte seinen gleichmäßigen Atemzügen und schaute ihn an. Seine vollen Lippen, der Schwung seiner Augenbrauen, all das erinnerte sie an den siebzehnjährigen Jungen, in den sie sich damals verliebt hatte. Vorsichtig rutschte sie näher an ihn heran, spürte selbst durch zwei Decken die Wärme seines Körpers.

»Ich liebe dich«, hauchte sie und berührte zaghaft mit dem Zeigefinger seinen Mund.

Steve wälzte sich auf die Seite. Sein Gesicht war jetzt so nah an ihrem, dass sein Atem ihre Wangen streichelte. *Tu es nicht!*, ermahnte sie sich. *Er ist nur ein Freund.* Doch längst hatten ihre Gefühle die Kontrolle über den Körper übernommen.

Sie kuschelte sich an Steve, küsste zart seine Lippen. Er stöhnte leise und legte einen Arm um sie. Da zog Kathy ihre Decke weg und schlüpfte unter seine.

Das Rumpeln der Mülltonnen schreckte sie aus einem wundervollen Traum. Steve hatte sie geliebt. Sie spürte seine Küsse auf ihrem Körper, als hätte er gerade noch in ihren Armen gelegen. Mit einem Schlag war ihr bewusst, dass sie nicht geträumt hatte. Sie lüftete die Bettdecke und starrte auf ihren nackten Körper. Hastig deckte sie sich wieder zu und schaute sich um. Der Platz neben ihr war leer. Ihre Pyjamahose hing über der Nachttischlampe, das Oberteil lag auf dem Boden. Auf dem zerknüllten Kopfkissen lag ein Zettel. *Hole Mia ab, dann besorge ich neue Türschlösser. Steve.*

Keines seiner Worte verriet, wie er sich nach dieser Nacht fühlte, schon gar nicht, was er für sie empfand. Kathy las die Zeilen noch einmal, strich das Papier glatt und schob es in die Nachttischschublade, als wäre es ein kostbarer Liebesbrief.

Im Wohnzimmer schrillte ihr Handy. Kathy raste barfuß nach nebenan, wo sie mit dem großen Zeh gegen den Präsentkorb stieß. »Verdammt«, fluchte sie und zog das Handy unter dem Sofakissen hervor. »Steve?«

»Da muss ich dich enttäuschen. Hier ist nur deine Freundin Lena. Hast du gut geschlafen nach der aufregenden Party?«

Kathy rieb sich den schmerzenden Zeh. »Du bist ja schon ganz schön munter«, wich sie aus.

»Du kennst mich doch. Ich bin ein Morgenmensch. Ich wollte rüberkommen und dir beim Einräumen der Regale helfen. Wir könnten die Adventsdeko vom Speicher holen und den Laden aufhübschen«, erklärte Lena.

Wie konnte jemand am Morgen schon so energiegeladen sein? Kathy gähnte laut. »Entschuldige, Lena. Ich bin noch nicht ganz wach.« Sie legte das Handy auf den Couchtisch und trank einen Schluck kalten Tee. »Kannst du sofort kommen?«

»Ist etwas passiert?« Anscheinend hatte Lena mal wieder den siebten Sinn.

»Kann man wohl sagen. Erzähle ich dir gleich«, beendete Kathy das Gespräch und humpelte ins Bad.

Eine halbe Stunde später wurde die Ladentür aufgeschlossen. »Wie sieht es denn hier aus? Bist du gestern noch über den Acker gelaufen?« Lena kam die Treppe hinauf. »Jetzt bin ich aber neugierig.« Sie setzte sich auf einen Küchenstuhl und schaute Kathy erwartungsvoll an.

Die biss in eine Fleischpastete und kaute ohne rechten Appetit darauf herum. »Kalt schmecken die nur halb so gut.« Achtlos warf sie die angebissene Pastete zu den anderen in die Tupperdose, trank einen Schluck Tee und eilte dann in den Flur. »Kommst du?«, rief sie der Freundin zu und hielt ihr die Tür auf. »Das Schlimmste hast du noch gar nicht gesehen.«

Fassungslos starrte Lena auf das Chaos in der Webstube. »Bist du dir ganz sicher, dass das Peter war?«

Kathy hielt ihr den Rosenstiel vor die Nase. »Die stand gestern Abend noch in voller Blüte auf meinem Nachttisch. Welcher Einbrecher macht sich denn die Mühe, die hier unten so kunstvoll zu drapieren?« Erneut kochte die Wut in ihr hoch. »Ich weiß nicht, wie ich das ohne Steve durchgestanden hätte.«

Lena schaute ihr fest in die Augen. »Dich bedrückt aber noch etwas anderes. Oder irre ich mich?« Sie stellte die Webbank auf, setzte sich darauf und klopfte neben sich auf das Holz.

Kathy rutschte an sie heran und lehnte ihren Kopf an Lenas Schulter. »Ich habe ihn verführt«, flüsterte sie mit tränenerstickter Stimme.

Lena strich ihr über den Rücken. »Hat er sich denn gewehrt?«

»Nein.« Kathy sprang auf und rannte zwischen Fenster und Tür hin und her. »Davongeschlichen hat er sich am Morgen. Ohne Abschiedskuss. Das sagt doch wohl alles.« Sie trommelte mit den Fäusten gegen die Scheibe. »Wahrscheinlich spricht er nie wieder ein Wort mit mir.«

»Sagtest du nicht, er will dir neue Türschlösser einbauen?« Lena stellte sich neben sie ans Fenster und deutete nach draußen. »Täusche ich mich, oder war das gerade Steves neuer Wagen, der um die Ecke bog?« Energisch schob sie Kathy vor sich her aus der Webstube. »Ich lasse euch beide lieber alleine. Ruf mich an, wenn Steve wieder weg ist.«

13

Dan küsste sie flüchtig auf die Wange. »Siehst ganz schön geschafft aus. Ist ja auch kein Wunder nach der Aufregung.« Kopfschüttelnd schaute er auf den verdreckten Holzboden. »Steve hat mir schon erzählt, was passiert ist. Er hat mich gebeten, die neuen Schlösser einzubauen. Brüderchen sitzt mit Mia im Kindergarten und bastelt Adventssterne.« Für seine Verhältnisse war er richtig redselig an diesem Morgen.

Kathy starrte ihn an wie das achte Weltwunder. »Äh«, stammelte sie und senkte den Blick. Sie hoffte inständig, dass Steve seinem Bruder nicht alle Ereignisse der Nacht geschildert hatte. »Möchtest du einen Tee?«, beeilte sie sich zu fragen, und fegte einige dicke Lehmklumpen auf das Kehrblech.

Dan schleppte seinen Werkzeugkasten zum Hinterausgang. »Schwarz mit zwei Löffeln Zucker und ein Schokocookie, wenn du hast«, sagte er und kniete sich vor die Tür.

Kathy, die froh war, sich nicht länger mit ihm unterhalten zu müssen, eilte die Treppe hinauf in die Küche. Sie setzte das Teewasser auf und rief Lena an. »Lass uns mit der Adventsdeko anfangen. Ich brauche Ablenkung, sonst laufe ich noch Amok.«

»Also habt ihr euch noch nicht ausgesprochen?«, bohrte Lena nach.

»Wie denn? Er hat seinen Bruder geschickt. Anscheinend geht er mir aus dem Weg.«

Wütend knallte sie das Handy auf den Küchentisch und

ärgerte sich über sich selbst. Sie bereute es, Lena so barsch abgewimmelt zu haben. Das hatte die Freundin nicht verdient.

Im Vorbeigehen schnappte sich Kathy die Pralinenschachtel aus dem Präsentkorb, riss sie auf und stopfte sich zwei Trüffel gleichzeitig in den Mund. Sie klemmte sich die Schachtel unter den Arm und brachte sie zusammen mit den Teebechern in die Webstube. »Komm«, bat sie Steves Bruder. »Ich habe uns Nervennahrung mitgebracht.«

»Moment, erst schraube ich die Türkette an«, tönte es aus dem Flur.

»Kette?« Kathy linste um die Ecke. »Ach das Ding meinst du. Ich dachte schon, du verschönerst die alte Tür mit edlem Geschmeide.« Sie stellte sich neben Dan und ließ sich demonstrieren, wie die zusätzliche Türverriegelung funktionierte. »So was hatte meine Granny früher auch an der Haustür.«

Dan reichte ihr zwei Schlüssel. »Die sind für die neuen Schlösser. Verschludere sie nicht. Die waren teuer.«

»Was bekommst du von mir?« Kathy war schon auf dem Weg nach oben, um ihr Portemonnaie zu holen, da schepperte die Ladenglocke. Ohne sich umzudrehen, rief sie: »Kommst du hoch, Lena? Ich möchte mich bei dir entschuldigen.«

Ihr Atem stockte, als sie Steves Stimme vernahm. »Na, großer Bruder, brauchst du Hilfe?«

Was Dan darauf antwortete, hörte Kathy nicht mehr. Sie stolperte ins Bad, drehte den Schlüssel um und setzte sich auf den Klodeckel. Ihr Herz schlug bis zum Hals, als sie Schritte auf der Treppe vernahm. Eben noch hatte sie es kaum erwarten können, Steve wiederzusehen, und jetzt hätte sie sich am liebsten unsichtbar gemacht. Sie schloss die Augen und wiederholte die Atemübungen, die sie bei der Chorprobe gelernt hatte.

»Kathy, bist du da drin?« Steve klopfte an die Badezimmertür. »Ich müsste dringend mal aufs Klo. Bin vor lauter Bastelei im Kindergarten nicht dazu gekommen.«

»Sofort.« Kathy betätigte die Klospülung. Ein schneller Blick in den Spiegel, dann schloss sie die Tür auf.

»Arme Kathy«, witzelte Steve und quetschte sich an ihr vorbei. »Jetzt schließt du dich vor lauter Angst vor dem bösen Peter schon im Bad ein.«

Was sollte denn diese alberne Bemerkung? Wenn Steve so drauf war, konnte sie unmöglich ernsthaft mit ihm reden. Er benahm sich, als wäre er wieder siebzehn und sie das kleine dumme Mädchen. Auf Gespräche dieser Art konnte sie verzichten. Frustriert drehte sich Kathy um und rannte die Treppe hinunter, direkt in Lenas Arme.

»Da freut sich aber eine, mich wiederzusehen.« Grinsend überreichte die Freundin ihr einen prall gefüllten Leinenbeutel. »Die Berliner Weihnachtsdeko kann ich in meinem Cottage gar nicht unterbringen. Vielleicht kannst du was davon gebrauchen?«

»Bist du noch sauer wegen vorhin?« Kathy machte ein zerknirschtes Gesicht.

»Sehe ich so aus?« Lena strich ihr lächelnd über die Wange. »Wenn eine verstehen kann, wie es dir geht, bin ich das.« Sie räusperte sich laut und deutete mit dem Kopf nach oben. »Ist er da?«, flüsterte sie, als Steve die Küchentür schloss.

Kathy nickte. »Lass mal sehen, was du mir da Schönes mitgebracht hast. Übermorgen ist der erste Advent. Wird Zeit, dass ich ein wenig Weihnachtsstimmung verbreite.« Sie schüttete den Inhalt des Beutels auf die Ladentheke und staunte: »Wahnsinn! Genau so eine Lichterkette wollte ich mir schon immer kaufen. War mir aber zu teuer. Und dazu noch eine mit Sternen und roten Weihnachtskugeln.«

»Sollen wir sie gleich anschließen?« Lena schaute sich im Laden um.

Doch Kathy griff nach dem Stecker und drehte ihn in der Hand. »Der passt nicht in meine Steckdosen.«

Aus der oberen Etage meldete sich Steve. »Du brauchst einen Adapter.« Mit drei Sätzen war er unten, küsste Lena auf die Wange und nahm ihr die Lichterkette aus der Hand. »Gute deutsche Wertarbeit«, stellte er grinsend fest und hielt die Lichterkette seinem Bruder vor die Nase.

Dan nickte und zog eine Schraube am neuen Türschloss fest.

»Hast du in den Tiefen deines Werkzeugkoffers zufällig einen Adapter?«, hakte Steve nach.

Sein Bruder kratzte sich am Hinterkopf. »Schon möglich. Schau selber nach. Ich habe hier noch zu tun.«

Pfeifend kramte Steve in der Werkzeugkiste und förderte tatsächlich einen Adapter zutage. »Wo möchtest du die Lichterkette aufhängen?«

Dan erhob sich aus der Hocke und deutete mit dem Schraubenzieher nach oben. »Ich könnte dir die passenden Haken unter die Decke montieren.«

Im Hintergrund schüttelte Steve den Kopf und tippte demonstrativ auf seine Armbanduhr. »Aber dann müssen wir. Ich habe Mia versprochen, sie nicht allzu lange allein in der neuen Umgebung zu lassen. Auf keinen Fall möchte ich, dass sie das Gefühl hat, sich nicht auf mich verlassen zu können.«

»Geh ruhig zum Kindergarten. Ich schaffe das hier auch alleine«, bot Dan sofort an und lächelte Steve verständnisvoll an.

Der nickte seinem Bruder zu und drängelte sich an den Frauen vorbei. »See you«, sagte er, und schon war er aus dem Laden.

Kathy wollte ihm hinterherlaufen, doch ihre Freundin hielt sie am Arm zurück. »Lass ihn«, raunte sie ihr zu und schob sie vor sich her in die Webstube.

Hinter ihr räusperte sich Dan. »Mia ist für Steve der wichtigste Mensch auf der Welt. Das musst du verstehen«, versuchte er, das Verhalten seines Bruders zu entschuldigen. »Der meldet sich bestimmt später bei dir.« Unschlüssig blieb er in der Werkstatttür stehen und schaute an Kathy vorbei aus dem Fenster. »Wenn ich meine Chris verlieren würde …« Sein Blick verfinsterte sich. »Ich könnte mich nie wieder in eine andere Frau verlieben. Die große Liebe gibt es nur einmal im Leben.«

Lena baute sich vor ihm auf und schaute ihm fest in die Augen. »Was möchtest du uns damit sagen?«

Dan duckte sich. »Ich meine ja nur …«

»Willst du damit etwa andeuten, dass ich meinen Mann nicht geliebt habe?«, fuhr Lena ihn an.

Kathy war dankbar, dass die Freundin den Fokus der Auseinandersetzung auf sich lenkte und sie damit aus der Schusslinie hielt. Sie hätte nicht gewusst, was sie auf seine Bemerkungen sagen sollte.

Dan senkte sofort den Blick. »Entschuldige, Lena. So habe ich das nicht gemeint. Bei dir und Jack ist das was ganz anderes.«

Jetzt konnte Kathy nicht länger an sich halten. »Aber bei mir und Steve ist das so?«, schimpfte sie.

Wieder war es Lena, die ihr zur Seite sprang. »Warum also soll Steve nicht auch sein neues Glück finden?«, blieb sie beharrlich.

Kathy warf ihr einen flehenden Blick zu. »Gehst du mit mir auf den Speicher, die Schaufensterdeko holen? Dan muss sicher auch zurück auf die Farm.« Sie wischte ihre schweißnassen Hände an der Jeans ab und klopfte Dan auf die Schulter. »Danke für deine Hilfe. Sagst du mir noch, wie teuer die Schlösser waren und was du für deine Arbeit bekommst? Du kennst sicher das Sprichwort: Strenge Rechnung, gute Freundschaft.«

Er verzog keine Miene, ließ die Frauen in der Werkstatt stehen, marschierte zurück in den Laden. Rasch räumte er den Werkzeugkoffer ein. »Da musst du Steve fragen. Der hat sie gekauft«, erwiderte er, ohne aufzusehen. »Kannst mir ja beim nächsten Pub-Abend ein Guinness spendieren. Dann sind wir quitt.« Er hatte die Türklinke schon in der Hand, da stellte sich Kathy ihm in den Weg.

Betont kühl sagte sie: »Richte Steve bitte aus, dass ich ihm das Geld für die Schlösser nächsten Dienstag bei der Chorprobe gebe.« Mit zusammengekniffenen Augen trat sie einen Schritt zur Seite und ließ Dan vorbei.

Kaum war er hinter der Häuserecke verschwunden, platzte es aus ihr heraus: »Ich habe so eine Wut im Bauch, dass ich Steve jetzt am liebsten am Handy meine Meinung sagen würde. War doch offensichtlich, dass er seinem Bruder alles brühwarm berichtet hat. Wahrscheinlich jedes pikante Detail unserer gemeinsamen Nacht.« Sie stampfte auf und rannte in ihre Wohnung.

»Beruhige dich, Kathy.« Die Freundin saß neben ihr auf dem Sofa und reichte ihr ein Taschentuch. »Heul nicht, hör mir lieber mal zu.« Lena legte ihr einen Zeigefinger unter das Kinn und wischte ihr die verschmierte Mascara von der Wange. »So, wie du dich gestern beim Tanzen an Steve geschmiegt hast, dachte wahrscheinlich jeder im Pub, dass du in ihn verliebt bist. Und dass er bei dir übernachtet hat, hat sicher auch schon die Runde gemacht. In Busby haben selbst die Laternen Augen und Ohren.«

»Meinst du?« Kathy schnäuzte sich lautstark. »Soll ich lieber warten, dass er sich bei mir meldet?«

Lena lachte. »Mach dich rar und du wirst kostbar. Hör auf den Rat deiner Freundin. Ich habe da so meine Erfahrungen.« Die Frauen schauten sich an und prusteten los.

»War es denn wenigstens schön, heute Nacht?«, wollte Lena auf dem Weg zum Dachboden wissen.

Kathy stöhnte und verdrehte die Augen. »Leider ja. Sonst fiele es mir sicher leichter, mir Steve aus dem Kopf zu schlagen. So schnell gebe ich nicht auf.«

14

Kathy war froh, dass Lena sie ablenkte. »Leg das Handy aus der Hand, und halte mir lieber die Leiter fest«, ermahnte die Freundin sie.

»Du hast ja recht«, stöhnte Kathy. »Je öfter ich nachschaue, ob Steve mir geschrieben hat, desto frustrierter werde ich.« Sie reichte Lena das Ende der Lichterkette, die damit auf die oberste Sprosse der Leiter kletterte und sie am Haken befestigte.

»Außerdem hörst du es, wenn eine Nachricht eingeht. Oder hast du auf lautlos gestellt?« Lena stieg von der Leiter und schob sie ans andere Ende des Ladens. »Du musst hoch. Dan hat den Haken über dem Regal angebracht, da komme ich nicht hin. Du bist größer als ich.« Sie nahm Kathy das Handy aus der Hand und stupste sie in die Seite. »Nun mach schon. Wir wollen noch das Schaufenster dekorieren.«

Nach einer kurzen Teepause hockten die Freundinnen in der Webstube und klebten Wattebällchen an lange Nylonfäden. »Was habe ich für eine kreative Geschäftspartnerin«, sagte Kathy.

»Von wegen kreativ. Die Idee ist nicht von mir. Solche Schneeflocken zierten letzten Winter das Schaufenster eines Berliner Modeladens.«

Mit fünf Schnüren voller Schneeflocken über dem Arm kletterte Kathy ins Schaufenster. Sie befestigte die Nylonfäden mit weißen Heftzwecken unter der Decke. »Sieht wirklich aus, als würde es schneien. Fehlen noch Grannys alter Rentierschlitten und ein paar grüne Zweige, dann ist die Deko perfekt.«

Aus dem Augenwinkel sah sie Claire auf den Wollmarkt zusteuern. Die Wirtin blieb vor dem Schaufenster stehen und zwinkerte Kathy zu. Mit Daumen hoch gab sie ihr zu verstehen, dass ihr die neue Dekoration gefiel. »Da fehlen aber noch die Christmas Socks«, meinte sie beim Betreten des Ladens.

»Wir sind auch noch nicht fertig.« Kathy umarmte Claire und deutete zur Decke. »Was sagst du zu dieser tollen Lichterkette? Hat Lena aus Berlin mitgebracht.«

Rote Weihnachtskugeln und kleine Sterne funkelten über der Ladentheke und spendeten warmes Licht. »Hast du zufällig noch so eine?« Claire drückte Lena an sich. »Ein bisschen Berliner Flair würde dem alten Pub sicher großstädtischen Glanz verleihen.«

»Ich finde die Deko im Pub genau richtig.« Kathy schmunzelte. »Keiner in Busby verwendet so viel Zeit auf die Adventsdeko wie Claire. Davon kannst du dir morgen selbst ein Bild machen.«

Lena schaute sie fragend an. »Morgen?«

»Hast du ihr denn nichts von unserem Treffen erzählt?« Claire stemmte die Fäuste in die Hüften und marschierte mit gespielter Entrüstung im Laden auf und ab. »Du bist hiermit offiziell zum traditionellen Weihnachtskranzbinden eingeladen. Morgen Nachmittag bei mir im Pub. Ich dulde keine Absage.«

Schmunzelnd ergänzte Kathy: »Das darfst du auf keinen Fall verpassen. Claires Punsch und jede Menge alberne Weiber. So läuten wir die Vorweihnachtszeit ein.«

Lena überlegte kurz. »Jack sitzt den ganzen Tag an den Abrechnungen. Spricht also nichts dagegen, dass ich komme.«

Sie lächelte verschmitzt. »Ist es denn okay, wenn ich eine süße Überraschung mitbringe?«

»Wenn es was Leckeres ist, immer.« Claire lachte, zog einen zusammengefalteten Zettel aus der Jackentasche und drückte ihn Kathy in die Hand. »Du wolltest doch unbedingt eine richtige Rechnung haben«, sagte sie. »Besser kann ich das nicht.« Sie war schon auf dem Weg zur Tür, da fiel ihr ein: »Lass dir mit dem Bezahlen ruhig Zeit. Du läufst mir schon nicht weg.« Mit roten Wangen stürmte sie aus dem Laden und rannte über die Straße. Die Freundinnen schauten ihr amüsiert nach.

»Die Frau hat vielleicht Power«, stellte Lena fest.

Kathy schüttelte den Kopf. »Die gibt sich stärker, als sie ist.« Gedankenverloren strich sie über den Rentierschlitten. »Als meine Mutter vor zehn Jahren an Brustkrebs starb, stand Claire mir zur Seite.« Tränen stiegen in ihre Augen.

»Komm.« Lena legte einen Arm um ihre Schulter und führte sie in die Webstube. »Setz dich zu mir und erzähl mir, was dich bedrückt.«

Kathy schniefte. »Ach, ich weiß auch nicht, warum mich die *greying days* immer so traurig machen. Ist doch alles schon lange her.«

Lena legte ihr eine Hand auf die Schulter. »Herbst halt, grau in grau. Gut, wenn die Weihnachtszeit etwas festlichen Glanz in diese trübe Jahreszeit bringt.«

Kathy schluckte. »Mommy starb eine Woche vor Weihnachten. Claire war ihre beste Freundin und hat mich täglich ins Krankenhaus begleitet. Sie und Fergus haben mich kurzerhand für die Weihnachtszeit in ihr Gästezimmer einquartiert und wie eine Tochter umsorgt.«

Lena schaute sie fragend an. »Haben die beiden denn keine eigenen Kinder?«

»Doch. Einen Sohn. Der ist wie ein Bruder für mich. Sean arbeitet seit vier Jahren auf einer Bohrinsel vor Schottland. Er kommt nur alle paar Monate mal zu Besuch«, erklärte Kathy.

»Wie traurig für die zwei.« Lena stellte sich ans Fenster und schaute in den herbstlichen Garten. »Jetzt verstehe ich auch, warum Claire dich immer so bemuttert.« Sie blinzelte in die Novembersonne. »Hast du denn sonst gar keine Familie mehr?«

Kathy hielt es nicht länger in der kleinen Webstube aus. »Ich brauche frische Luft«, sagte sie und riss das Fenster auf. »Begleitest du mich ein Stück durch die Felder?«

Lena schaute auf ihre Armbanduhr und nickte. »Zeit für Scottys Nachmittagsrunde. Wir holen ihn rasch ab.«

Über Kathys Gesicht huschte ein Lächeln. »Danke, Lena. Du bist ein Schatz.«

Im Garten des Arzthauses spielte Kathy mit ihrem vierbeinigen Freund. Scotty raste wie aufgezogen um sie herum, sprang immer wieder an ihr hoch und verpasste ihr feuchte Hundeküsse. »Willst du mich heiraten?«, fragte Kathy ihn lachend.

Hinter ihr räusperte sich Jack lautstark. »Falls du mich meinst, ich bin schon verlobt.« Lächelnd nahm er Kathy in den Arm und gab ihr einen Kuss auf die Wange. Als Lena in voller Wandermontur in der Haustür auftauchte, runzelte er die Stirn. »Lauft aber bitte nicht zu weit. Es wird schon bald dunkel.« Grinsend fügte er hinzu: »Und ich fürchte mich abends allein zu Hause.«

»Keine Sorge. Zum Abendessen bin ich wieder zurück, mein Schatz«, flötete Lena und küsste ihn leidenschaftlich. »Deine Steaks lasse ich mir auf keinen Fall entgehen.« Sie zwinkerte Jack verliebt zu, woraufhin er sich verlegen durch die Haare fuhr und im Haus verschwand.

»Wie ich euch zwei beneide«, stöhnte Kathy. »Warum ist das bei mir immer so kompliziert mit den Männern?« Ihr Blick verfinsterte sich. »Ich würde dir gern die Gräber meiner Familie zeigen.«

Sie nahm Scotty an die Leine und marschierte die Hauptstraße hinunter Richtung Friedhof. Vor einer großen Grabstätte blieb sie stehen und deutete auf den Felsblock, auf dem die Namen ihrer Familienangehörigen eingemeißelt waren.

»Meinen Vater habe ich nie kennengelernt. Er starb kurz vor meiner Geburt an einer Lungenentzündung.« Sie schnappte nach Luft. »Mommy ist mit mir wieder zu den Großeltern gezogen. Weil das Geld, das sie mit der Weberei einnahm, nicht reichte, kellnerte sie abends im Pub.«

»Bei Claire?«, hakte Lena nach.

Kathy nickte. »Fergus hatte den Pub von seinen Eltern übernommen. Als meine Großeltern kurz hintereinander starben, erbte meine Mutter das Cottage.«

Verwundert schaute Lena sie an. »Warum wohnst du nicht mehr dort?«

»Das ist eine ganz andere Geschichte«, setzte Kathy an. »Vor etwa zwölf Jahren tauchte diese reiche Dubliner Familie hier auf, die unbedingt ein altes Cottage kaufen wollte. Sie boten meiner Mutter eine Stange Geld. Damals stand gerade das Haus der alten Mrs Killy zum Verkauf. Das hat meine Mutter sehr günstig erwerben können. Von dem Rest des Verkaufserlöses stattete sie den Laden und die Webstube aus. Und jetzt ist das mein Zuhause.«

»Wo liegen die anderen Verwandten?« Lena suchte die Grabreihen ab.

Kathy zog sie mit sich zum Hinterausgang. Sie ließ den Hund von der Leine und sagte: »Lauf zum Baum, Scotty.« Mit großen Schritten wanderte sie über das Feld direkt auf eine Buche zu, unter der eine Bank stand. »Meine Mutter erzählte mir, dass ihre ältere Schwester Dora sich hier heimlich mit einem Mann getroffen hat. Sie war damals erst sechzehn und der Kerl verheiratet. Als meine Großeltern das herausfanden, bekam sie Hausarrest. Aber sie schlich sich jede Nacht zu ihm. Bis mein Großvater sie erwischte. Um sie ein für alle Mal von dem Kerl fernzuhalten, schickten sie Dora in ein Klosterinternat in die Wicklow Mountains.«

Lena schüttelte betroffen den Kopf. »Jetzt sag nicht, sie war schwanger und das war eine Besserungsanstalt für gefallene Mädchen.«

»Das glaube ich nicht. Jedenfalls war nie die Rede von einer Schwangerschaft. Soviel ich weiß, ist sie aus dem Kloster ausgerissen und hat irgendeinen Farmer geheiratet. Sie schickte meiner Mutter eine Ansichtskarte aus Wicklow und schrieb, dass es ihr gut gehe. Das war ihr letztes Lebenszeichen.« Erschöpft von ihrer Familiengeschichte setzte sich Kathy auf die Bank. Vom Meer kroch dicker Nebel über die Felder auf den Ort zu. Lena schlug den Kragen ihrer Wachsjacke hoch. »Lass uns zurückgehen. Mir ist kalt.«

»Kein Wunder nach dieser traurigen Geschichte.« Kathy nahm die Freundin in den Arm und rieb ihr sanft über den Rücken.

»Kürzer ist der Weg durchs alte Dorf. Aber …«, unterbrach sich Kathy sofort, »ich möchte nicht, dass Steve denkt, ich laufe ihm nach.«

»Er muss uns doch gar nicht sehen«, wandte Lena ein. »Und wenn schon? Du kannst ihm nicht ewig aus dem Weg gehen.«

Steves Wagen stand vor dem Cottage. »Er ist da«, raunte Kathy und drängte Lena in eine kleine Gasse.

»Kommt gar nicht infrage, dass wir uns hier verstecken, bis es dunkel ist. Ich muss mal aufs Klo«, beschwerte sich Lena. »Wir gehen da jetzt vorbei. Sicher sitzt Steve gerade mit Mia beim Abendessen.« Sie klapperte demonstrativ mit den Zähnen, was Kathy sofort zum Kichern brachte.

»Du bist mir vielleicht eine schöne Freundin.« Kathy straffte die Schultern und marschierte schnurstracks aus der Gasse heraus auf das Cottage zu.

In dem Moment wurde die Haustür geöffnet, und Mia hüpfte auf einem Bein zum Auto. Scotty raste auf sie zu, stoppte aber rechtzeitig und legte sich vor ihr auf den Boden. »Wen haben wir denn da?« Steve, der seiner Tochter gefolgt war, ging neben ihr in die Hocke und kraulte den Hund. »Wo hast du denn dein Herrchen gelassen?«

»Nichts Herrchen«, entgegnete Lena und lachte. »Scotty ist mit Kathy und mir unterwegs.« Sie reichte Steve die Hand und strich Mia über den Kopf. »Wird Zeit, dass wir ins Warme kommen.«

Kathy stand wie angewurzelt da. »Hallo, Steve«, murmelte sie und schaute ihn fragend an. Er reagierte nicht. Stattdessen hob er seine Tochter hoch und trug sie zum Wagen. »Ich würde euch gern auf eine Tasse Tee hereinbitten, aber Chris erwartet uns zum Essen.« Er setzte Mia in den Kindersitz und schnallte sie an.

Die Kleine winkte den Frauen zu und rief: »Bye.«

Als Scotty Anstalten machte, sich zu ihr in den Wagen zu drängeln, schob Steve ihn sanft zurück. »Tut mir leid, mein Freund. Wir müssen.«

Langsam wurde es Kathy zu bunt. Er hatte sie nicht einmal angeschaut! Wollte er ihr damit zu verstehen geben, dass die gemeinsame Nacht nur ein Ausrutscher und sie ihm gleichgültig war?

Sie suchte noch krampfhaft nach den richtigen Worten, da kam er auf sie zu, küsste sie flüchtig auf die Wange und raunte: »Lass uns ein anderes Mal reden.« Zu Lena gewandt sagte er betont lässig: »War mir ein Vergnügen, Ladys. Schönen Gruß an Jack«, stieg in den Wagen und fuhr davon.

15

Er hatte nicht gesagt: »Ich melde mich später bei dir«, oder: »Bis bald.« Kathy stand in der Badewanne und polierte die Fliesen, bis sie sich fast darin spiegelte. »Lass uns ein anderes Mal reden« war doch nur eine nette Umschreibung von »Im Moment gibt es wichtigere Dinge in meinem Leben als dich«.

Sie knallte den Putzlappen in den Eimer und stieg aus der Wanne. Mit feuchten Händen angelte Kathy ihr Handy aus der Jeanstasche, setzte sich auf den Badewannenrand und starrte das Display an. Ihr Fuß wippte auf und ab, stieß dabei gegen den Putzeimer, und Wasser schwappte auf den Vorleger. Das brachte sie auf eine Idee. Fest entschlossen, sich nicht abwimmeln zu lassen, wählte sie Steves Nummer.

»Hallo, Kathy, passt gerade ganz schlecht. Ich bin auf der Weide und setze mit Dan Zäune«, hörte sie ihn undeutlich. Im Hintergrund bellten Hunde, und Dan rief: »Lass uns weitermachen.«

»Ich möchte nur wissen, wann …«, weiter kam Kathy nicht.

»Komm heute Abend ins Cottage. Wir reden, wenn Mia im Bett ist«, flüsterte Steve und legte auf.

»Wann soll ich die nächste Grundreinigung im Cottage machen?«, wollte sie ihn doch nur fragen, da hatte er schon aufgelegt. Kathy mochte sich gar nicht vorstellen, was er jetzt von ihr dachte. Sie sehnte sich nach ihm, gleichzeitig hatte sie Angst vor seiner Zurückweisung. Wie sollte sie die Stunden bis zum Abend durchstehen? In Rekordzeit beendete sie ihren Hausputz, duschte zum zweiten Mal an diesem Samstag und stand danach unschlüssig vor dem Kleiderschrank. Auf keinen Fall würde sie die falschen Signale aussenden. Nicht zu sexy sollte ihr Outfit sein. Wie Aschenputtel musste sie deshalb auch nicht aussehen. Sie entschied sich für eine enge Jeans und einen flauschigen Wollpulli. Das neue Parfüm landete in ihrer Handtasche.

Eine halbe Stunde vor der verabredeten Zeit stolperte sie in den Pub. »Bin ich zu früh?«, fragte sie überflüssigerweise und sah sich um.

An der Theke lehnte mit glasigen Augen ein Bauarbeiter und erklärte dem Wirt: »Wenn ich es dir doch sage. Schon im Mittelalter wussten sie, dass Urin im Mörtel für gute Bindung sorgt.« Gewichtig hob er den Zeigefinger. Dann fiel sein Blick auf Kathy. »Schönheit, komm zu mir«, lallte er und winkte ihr zu.

Sie ignorierte ihn, nickte Fergus zu und marschierte in die Küche. »Setz dich an den Ofen, Liebes.« Claire wischte ihre Hände an der Schürze ab und nahm sie in den Arm. »Siehst aus, als könntest du einen Teller Beef in Guinness vertragen.«

»Wie früher«, nuschelte Kathy mit vollem Mund. »Bei dir in der Küche fühle ich mich wie zu Hause.«

»Das höre ich gern.« Claire rührte in zwei Töpfen gleichzeitig, schmeckte eine Soße ab und warf einen Blick in den Backofen. »Seans geliebter Früchtekuchen ist auch gleich fertig. Möchtest du ein Stück zum Nachtisch?«

»Heißt das«, Kathy strahlte, »Sean kommt nächste Woche schon?« Sie verschluckte sich an einem Bissen Rindfleisch und hustete.

Claire klopfte ihr mit der flachen Hand auf den Rücken.

»Ist das nicht wunderbar? Ich kann es kaum erwarten, meinen Schatz zu sehen.«

»Bringt er denn wieder diese Sandra mit?« Kathy war der blonden Schönheit nur einmal kurz begegnet. Aber das hatte gereicht, um zu wissen, dass sie nicht die Richtige für Sean war.

»Sandra ist längst Geschichte.« Claire holte den Kuchen aus dem Ofen. »Soviel ich weiß, ist er mal wieder solo.« Sie parkte das dampfende Teil auf der Fensterbank und ließ sich schnaufend auf den zweiten Küchenstuhl plumpsen. Mit dem Handrücken streichelte sie Kathy über die Wange. »Du feierst Weihnachten mit uns. Sean freut sich schon auf dich.«

»Das ist noch so lange hin«, erwiderte Kathy. Schlagartig wurde ihr klar, dass dies das erste Weihnachtsfest seit Jahren ohne Peter sein würde. Sie graute sich davor, allein in ihrem Haus zu sitzen, wagte aber nicht, auf eine Einladung der O'Connors zu hoffen. Mit Steve, Mia und seiner Familie zu feiern, wäre ihr schönstes Weihnachtsgeschenk.

»Es gibt auch Truthahn mit Cranberrys und Christmas Pudding«, beeilte sich Claire zu sagen.

Kathy rieb sich den Bauch. »Wenn das so ist, komme ich natürlich gern.«

Claire strahlte sie an. »Wir machen es uns so richtig gemütlich. Frühstück im Pyjama, die Weihnachtsmesse, ein langer Spaziergang am Meer und dann das Festmahl.« Sie klatschte in die Hände. »Wie ich mich freue!«

Fergus steckte den Kopf in die Küche und grinste. »Die Handarbeitsfrauen sind im Anmarsch. Kommt ihr?« Er stutzte einen Augenblick und musterte seine Frau. »So wie du strahlst, kann das nur bedeuten, dass unser Mädchen zugesagt hat.«

Mit zwei Schritten war Kathy bei ihm, zog ihn in die Küche und küsste ihn rechts und links auf die Wange. »Mir war grad danach.« Sie kicherte und schob sich an ihm vorbei.

Nora und Bella schleppten einen großen Karton in die Ladies Lounge, aus dem Tannengrün und Stechpalmenzweige hervorlugten.

»Claires Deko stellt mal wieder alles in den Schatten«, meldete sich Maura hinter ihnen. »Schon von Weitem sieht man die kleinen Lichterketten in den Fenstern, und dann noch dieser tolle Stechpalmenkranz an der Tür ...« Sie legte den Kopf in den Nacken und begutachtete den Mistelzweig, der genau über ihr hing. »Wo bleibt der gut aussehende Mann, der mich küsst?« Sie lachte und blieb prompt stehen, bis Fergus zu ihr eilte und ihr einen Schmatzer auf die Wange gab.

»Aber du bist schon vergeben, Fergus«, stöhnte Maura und trocknete sich das Gesicht mit einem Taschentuch ab. »Das zählt nicht.«

»Na, das kann ja heiter werden.« Claire lehnte an der Küchentür und grinste. »Wenn ihr erst mal meinen Punsch getrunken habt.« Sie verschwand in der Küche und kehrte kurz darauf mit einem roten Topf zurück. Sofort wehte ein verführerischer Duft von Nelken, Zimt und Orangen durch den Pub. »Dieses Jahr habe ich ein neues Rezept ausprobiert. Ich hoffe, er schmeckt euch.«

»Da komme ich ja gerade richtig.« Lena stellte eine große Metalldose auf den Tisch in der Lounge. »Mein Weihnachtsstollen passt perfekt zu deinem Punsch.«

Sofort eilte Kathy in die Küche, um Teller und Besteck zu holen. »Jetzt setzt euch endlich. Wir haben nicht ewig Zeit«, rutschte ihr heraus.

»Also ich habe heute nichts mehr vor«, warf Bella ein.

»Bist du etwa noch verabredet?« Sie zwinkerte Kathy zu. »Dann solltest du besser nicht zu viel Punsch trinken.«

Mit glühenden Wangen schnitt Kathy den Stollen auf. »Von wegen verabredet«, log sie. »Mein Webstuhl richtet sich nicht von alleine ein.«

»Ihr hättet mal sehen sollen, wie der Einbrecher in der Webstube gewütet hat«, sprang Lena für sie in die Bresche.

»Und du bist dir sicher, dass das Peter war?«, fragte Nora.

Kathy war sofort klar, dass die Freundin vor Neugier brannte. »Bevor du jetzt weiter bohrst … Ja, Steve hat bei mir auf der Couch geschlafen, weil ich Angst hatte, Peter könnte zurückkommen. Er hat doch noch meinen Hausschlüssel.« Sie hoffte inständig, dass man ihr die Flunkerei nicht an der Nasenspitze ansah, und schaute sich Hilfe suchend nach Lena um.

Die Freundin quetschte sich an Maura vorbei und wühlte im Karton. »In der Kiste sind ja nur weiße, rosa und lila Kerzen. Ich hätte aber lieber rote.«

Kathy, die ihr längst erklärt hatte, wie ein echter irischer Adventskranz aussah, spielte das Spiel mit. Sie nahm drei lila, eine rosa und eine weiße Kerze aus dem Karton und stellte sie in einer Reihe auf den Tisch. »Am ersten und zweiten Advent entzünden wir jeweils eine lilafarbene, als Zeichen der Besinnung und Buße. Am dritten leuchtet dann die rosa Kerze und signalisiert die Vorfreude auf das Fest.« Sie trank einen Schluck Punsch und schaute in die Runde. »Der vierte Advent steht wieder im Zeichen der Besinnung, deshalb die lila Kerze. Und diese hier …« Sie hielt die weiße Kerze hoch. »… ist die Weihnachtskerze. Die steht für das Licht, das Jesus in unsere Dunkelheit brachte.«

»Wunderbar erklärt«, lobte Maura. »Was bei uns auch nie bei der Weihnachtsdeko fehlen darf, das sind Stechpalmenzweige mit möglichst vielen roten Beeren dran. Je mehr rote Beeren, desto mehr Glück für das neue Jahr.«

»Von unserem vorweihnachtlichen Hausputz hast du sicher auch schon gehört«, sagte Claire.

»Nicht nur gehört.« Lena lachte. »Unsere liebe Mary flitzt schon die ganze Woche mit dem Schrubber durch das Haus. Ich konnte sie gerade noch davon abhalten, meine Unterwäscheschublade auszuräumen. Die wollte tatsächlich alle Schränke auswischen.«

»Wie?« Claire tat entrüstet. »Ich wische auch alle Schränke aus. Sei froh, dass dir das die Putzfrau abnimmt.«

Die Frauen lachten so ausgelassen, dass sich die Männer an der Theke umdrehten und ihnen zuprosteten. »Scheint mächtig viel Whiskey in dem Punsch zu sein, dieses Jahr«, witzelte Angus und winkte. »Bekomme ich auch ein Glas davon?«

»Ausnahmsweise«, brummte Fergus. »Das Zeug hat Claire extra für die Ladys gebraut.«

Kathy tauschte ihren vollen Punschbecher gegen Lenas leeren aus und raunte: »Ich brauche heute Abend noch einen klaren Kopf.«

Die Freundin nickte verständnisvoll. »Hast du …?«

Kathy deutete mit dem Kopf zu den Waschräumen und schob sich aus der Bank. »Eine gute Idee«, verkündete Lena laut. »Dieser leckere Trank treibt ganz schön.« Sie hakte sich bei Kathy ein. »Nimm mich mit. Mir ist ein wenig schwindlig.«

Im Vorraum der Toilette spritzte sich Kathy kaltes Wasser ins Gesicht. Rasch berichtete sie von ihrem Anruf bei Steve. »Am liebsten würde ich gleich zu ihm gehen.«

»Das wirst du nicht tun.« Lena sah sie streng an. »Lass ihn warten.« Sie tippte sich mit dem Zeigefinger an die

Schläfe. »Warum bindest du nicht einen zweiten Kranz für das Ferienhaus? Steve hat sicher keinen besorgt. Den anderen erklärst du, dass du ihn für unsere Werkstatt fertigst.«

»Aber wenn dich dort jemand besucht?« Kathy riss die Augen auf.

»Findet er den Kranz, den ich gestern schon gesteckt habe«, sagte Lena leise. »Und jetzt gehen wir wieder zu den anderen. Gib mir ein Zeichen, wenn du verschwinden willst. Ich lenke die Mädels ab.«

Auf der Fensterbank reihten sich die fertigen Kränze. »Dein zweiter ist besonders schön geworden«, lobte Claire. »Willst du ihn wirklich in die Werkstatt bringen? Der würde sich bestimmt prima auf deinem Couchtisch machen.«

Kathy schüttelte den Kopf. »Nächste Woche hat Lena eine Werkstattbesichtigung. Da soll alles besonders festlich aussehen.« Verstohlen schielte sie auf ihre Armbanduhr. Es war kurz vor acht. Um diese Zeit brachte Steve seine Tochter für gewöhnlich zu Bett.

Sie stupste Lena unter dem Tisch mit dem Fuß an. Sofort nahm die Freundin ihr den Punschbecher aus der Hand und sagte mit ernster Stimme: »Vergiss nicht, dass du noch den Webstuhl einrichten willst. Ich warte dringend auf Nachschub für die Portemonnaies.«

Kathy stöhnte: »Sklaventreiberin. Ich kann meine Mädels unmöglich mit dem Punsch alleine lassen.«

»Doch, das kannst du«, mischte sich Claire ein und schenkte ihr ein warmherziges Lächeln. »Nach der ganzen Aufregung solltest du auch früh zu Bett gehen. Nicht dass du mir in der stressigen Adventszeit noch krank wirst.«

»Ja, genau. Du musst nächstes Wochenende mit mir auf dem Weihnachtsmarkt stehen. Das schaffe ich nicht allein.«

Lena zwinkerte ihr zu. »Worauf wartest du noch? Die Arbeit macht sich nicht von alleine.«

»Du kannst den Karton für deine Weihnachtskränze haben«, bot Nora an. »Wäre schade, wenn sie dir unterwegs runterfallen würden.« Ihre Wangen glühten, was sicher nicht nur an der Wärme im Pub lag.

Kathy trug den Karton vor sich her wie eine kostbare Fracht. Sie legte den Kopf in den Nacken, atmete tief ein und bewunderte den sternenklaren Himmel.

»Wartest du auf eine Sternschnuppe?« Mauras Nichte Jessie kam mit großen Schritten auf sie zu. »Ich hatte gehofft, dich im Pub zu treffen. Ein Glas Punsch täte mir nach dem langen Arbeitstag sicher gut.« Sie pustete sich eine Haarsträhne aus dem Gesicht. »Ich muss dir etwas erzählen.« Ohne viel Aufhebens nahm sie ihr das Paket ab. »Das muss ein besonders wertvolles Weihnachtsgeschenk sein, das du da trägst.«

»Nur Adventskränze.« Small Talk war das Letzte, was Kathy jetzt brauchte. Entschlossen marschierte sie auf ihr Haus zu. Jessie lief neben ihr her und kicherte. »Du glaubst nicht, wer heute bei uns im Supermarkt in Sneem war.«

»Bestimmt nicht Brad Pitt.« Kathy biss sich auf die Unterlippe. »Rück schon raus. Mir wird langsam kalt.«

»Dein Ex. Arm in Arm mit seiner neuen Flamme.« Jessie grinste. »Der ist mit der Besitzerin vom Nagelstudio in Sneem zusammen.«

Es dauerte eine Weile, bis Kathy die Neuigkeit verarbeitet hatte. »Bist du dir sicher, dass es Peter war?« Ihr wurde es abwechselnd heiß und kalt. »Kennst du seine Freundin?«

»Na klar.« Jessie hielt ihre frisch gestylten Fingernägel vor Kathys Nase. »War doch letzte Woche erst bei ihr.« Sie drückte Kathy den Karton in den Arm und wühlte in ihrer

Manteltasche. »Hier habe ich ihre Visitenkarte. Willst du dir nicht auch mal die Nägel machen lassen?« Mit einem Augenzwinkern verabschiedete sich die junge Frau und lief beschwingt Richtung Pub.

In Kathy reifte ein Plan.

16

Kathy näherte sich dem Cottage, und ihre Anspannung wuchs mit jedem Schritt. Drinnen brannte kein Licht, die Haustür war verschlossen. Steves Wagen parkte unter der Laterne, aber er selbst schien nicht da zu sein.

Vorsichtig tastete sie sich über den schmalen Gartenweg zum Hintereingang. Sie drückte die Nase an die Scheibe der Terrassentür und linste ins Innere. Ihre Augen brauchten eine ganze Zeit, bis sie sich an die Dunkelheit gewöhnt hatten. Sie erkannte schemenhaft die zusammengesunkene Gestalt auf dem Sofa. Ein eisiger Schauder lief ihren Rücken hinunter. Mit der Faust hämmerte sie gegen die Scheibe. »Steve!«, schrie sie. »Ich bin es, Kathy. Mach auf!«

Wie in Zeitlupe stand er auf und öffnete ihr. »Du?«, murmelte er und schlich zurück zum Sofa.

Kathy schloss rasch die Tür hinter sich und folgte ihm. Sie stellte den Karton mit dem Adventskranz auf den Esszimmertisch, legte ihre Jacke über die Stuhllehne und knipste die Stehlampe neben dem Ohrensessel an. »Habe ich dich geweckt?«, fragte sie leise und setzte sich auf die äußerste Kante des Sessels.

Steve schien sie gar nicht wahrzunehmen. Er starrte mit rot geränderten Augen auf ein Foto, das in einem Silberrahmen vor ihm auf dem Couchtisch stand. Mit tränenerstickter Stimme sagte er immer wieder: »Warum? Warum?« Er verbarg das Gesicht in den Händen und schluchzte. Sein Körper bebte.

Kathy zerriss es fast das Herz, Steve so leiden zu sehen.

Sie stand auf und setzte sich neben ihn. Vorsichtig legte sie einen Arm um seine zitternden Schultern und streichelte über seine Hand. Das Zittern ließ nach. Steve hob den Kopf und schaute sie mit verweinten Augen an. »Sie ist tot«, sagte er mit tränenerstickter Stimme. Kathy zog Steve an sich und wiegte ihn wie ein Kind in ihren Armen. Sie wagte kaum zu atmen, wollte nur für ihn da sein und ihn zur Ruhe kommen lassen.

Nach einer Weile löste sich Steve von ihr und stand auf. Er raufte seine Haare und wanderte mit hängenden Schultern im Zimmer auf und ab. »Die von der Küstenwache haben mich vor einer Stunde angerufen.« Mit beiden Händen stützte er sich auf dem Kaminsims ab und starrte in die kalte Asche. »Heute Morgen wurde ein Stück vom Bug des Bootes angetrieben. Nach so langer Zeit …«

Kathy trat neben ihn und strich über seinen Rücken. »Ich koche uns Tee. Du bist ja ganz durchgefroren. Sicher hast du auch irgendwo einen Schluck Whiskey.«

So leise wie möglich hantierte sie mit Teekanne und Bechern, stellte den Wasserkessel auf den Gasofen und suchte im Küchenschrank nach Whiskey. Als ihr Blick auf den mit Torf gefüllten Korb fiel, kniete sie sich vor den Kamin, fegte die kalte Asche auf das Kehrblech und schichtete Torfstücke auf. Keine fünf Minuten später flackerten die ersten Flammen. »Gleich wird dir wärmer«, sagte sie und reichte Steve einen Becher Tee. »Trink einen Schluck. Ich habe etwas Whiskey hineingetan.«

Steve setzte sich im Schneidersitz auf den Teppich und schaute in das Feuer. Seine Hände umklammerten den Becher.

Kathy setzte sich neben ihn. »Willst du mir erzählen, was damals passiert ist?« Sie wagte nicht, ihn anzusehen, rückte aber so nah an ihn heran, dass sich ihre Beine berührten.

Steve drehte sich um und griff nach dem Foto auf dem Couchtisch. Er drückte es an seine Brust und seufzte. Dann reichte er es Kathy. »Wenn ich Julia damals nicht getroffen hätte … ich weiß nicht, was aus mir geworden wäre. Ich war ein überheblicher Dickkopf und glaubte, die Welt läge mir zu Füßen.« Seine Augen füllten sich wieder mit Tränen.

»Sie war wunderschön«, sagte Kathy. »Mia ist ihr wie aus dem Gesicht geschnitten.« Sie schluckte. Alles an dieser lachenden jungen Frau war perfekt. Ihr glänzendes langes Haar, die Grübchen und ihre warmen Augen. Kein Wunder, dass Steve sich in sie verliebt hatte.

»Wir lernten uns bei einem Bootsausflug kennen. An meinem freien Wochenende erkundete ich Wellington und landete prompt im Yachthafen. Julia kam auf mich zu und drückte mir einen Flyer in die Hand. ›Entdecken Sie mit uns die Schönheiten der Fitzroy Bay. Kommen Sie an Bord der Sunflower‹ stand darauf. ›Fahren Sie denn mit?‹, fragte ich, und sie lachte. ›Ich bin die Kapitänin.‹« Steves Augen verfinsterten sich. »Dieses verdammte Boot«, sagte er, trank einen Schluck Tee und stocherte mit dem Schürhaken in der Glut. »Ich bestieg mit einer Handvoll Touristen das Ausflugsboot, nur um in ihrer Nähe zu sein. Von der Bucht habe ich so gut wie nichts gesehen. Ich hatte nur Augen für sie.« Sein Blick schweifte in die Ferne. »Nach dem Ausflug blieb ich auf dem Boot, fragte sie, ob sie mit mir etwas trinken würde.« Er seufzte. »Ich bildete mir doch tatsächlich ein, dass sie scharf auf mich sei.«

»War sie nicht?«, sagte Kathy und ärgerte sich im selben Moment über diese blöde Frage.

»Ausgelacht hat sie mich. Gemeint, sie gehe grundsätzlich nie mit Touristen aus. Als ich ihr großspurig erklärte, dass ich mir eine Farm im Hinterland gekauft hätte und Alpakas züchten wolle, schaute sie mich mit großen Augen an.«

Steve streckte seine Beine aus und rückte ein Stück von Kathy weg. Wie eine unsichtbare Wand schob sich Julia zwischen sie. Trotz des Feuers wurde es kalt im Raum. Aus dem Augenwinkel bemerkte Kathy, wie ein Lächeln über Steves Gesicht huschte.

Doch rasch verfinsterte sich sein Blick wieder. »Drei Wochen später besuchte sie mich auf der Farm und verliebte sich zuerst in die Alpakas und dann in mich. Sie wurde schwanger, und wir heirateten, bevor Mia geboren wurde. Ich war der glücklichste Mann der Welt. Alles war perfekt.« Er trommelte mit den Fäusten gegen seine Oberschenkel. »Wir wollten Mias ersten Geburtstag bei ihrem Großvater George in Wellington feiern. Die Kleine liebte es, mit dem Boot hinauszufahren. Julias Vater hatte ein neues, schnelleres Boot gekauft. Sie musste es unbedingt am Abend noch austesten. Trotz schlechter Sicht und Sturmwarnung fuhren sie hinaus. Was sollte schon passieren? Julia und ihr Vater kannten die Meerenge wie ihre Westentasche. Meine Frau steuerte die Ausflugsboote durch die Bucht, seit sie groß genug war, über das Steuerrad zu schauen.«

Kathy streichelte zaghaft seinen Arm, doch er sprang auf, rannte zur Terrassentür, riss sie auf und schnappte nach Luft. »Tagelang hat die Küstenwache das Boot gesucht. Ich musste auf die Farm zurück, mich um Mia kümmern. So oft ich konnte, suchte ich die Bucht nach Julia ab. Nichts, kein Lebenszeichen. Ich weigerte mich, zu glauben, dass sie tot sei. Ich bildete mir ein, sie sei an irgendeinem Ufer hilflos gestrandet. Ich klapperte sogar alle Krankenhäuser der Umgebung ab.« Er zuckte zusammen, als aus dem Babyfon auf der Fensterbank Mias Stimme erklang.

»Soll ich hochgehen?«, bot Kathy an. Steve nickte und ließ sich schwer atmend in den Sessel fallen. Auf Zehenspitzen schlich sie die Treppe hinauf ins Schlafzimmer. Mia lag auf dem Bauch, das Plüsch-Lamm im Arm, und schlief tief und fest. Kathy streichelte ihr über den Kopf und hauchte einen Kuss auf ihre Wange.

Dann huschte sie aus dem Zimmer und eilte zurück ins Wohnzimmer. »Sie schläft wie ein Murmeltier, sicher hat sie nur geträumt«, erklärte sie und setzte sich auf die Couch. Zum ersten Mal an diesem Abend sah Steve Kathy in die Augen. »Danke«, sagte er. »Ich bin froh, dass du da bist.«

»Steve?« Kathy streckte die Hand nach ihm aus, doch er zog die Füße auf den Sessel und kauerte sich zusammen. Er legte seinen Kopf auf die Knie und verbarg das Gesicht vor ihr. »Ich war ausgehungert nach Zärtlichkeit. Für einen Moment dachte ich, Julia läge wieder in meinen Armen.«

Kathy zuckte zusammen. Wie ein Messer bohrte sich der Schmerz in ihr Herz. »Steve, ich liebe dich«, presste sie mühsam hervor und kniete sich vor ihn. »Lass mich für dich und Mia da sein. Bitte gib uns eine Chance.«

Er hob den Kopf, Tränen liefen über seine Wangen. »Es tut mir so leid. Du hast einen Mann verdient, der dich liebt, Kathy, keinen jammernden Witwer.«

Kathy schlang die Arme um ihn und weinte. Dass Steve über ihren Kopf strich, nahm sie kaum wahr.

»Wir sind beide müde«, kamen seine Worte wie aus weiter Ferne. »Soll ich dich noch nach Hause bringen?«

»Nein!«, stieß Kathy hervor, erhob sich wie in Trance,

griff im Vorbeigehen nach ihrer Jacke und stolperte nach draußen.

Der eisige Westwind schlug ihr entgegen und zerrte an ihrer dünnen Jeans. Sie brüllte ihren Schmerz heraus und stolperte die Dorfstraße hinunter. Erschöpft erreichte sie ihr Haus, schleppte sich die Treppe hinauf und warf sich angezogen auf das Bett.

Der Geruch ihrer gemeinsamen Nacht hing noch immer in den Laken. Sie ertrug ihn nicht länger. Heulend zerrte sie die Bezüge von den Kissen und bezog das Bett neu. Als ihr Handy in der Hosentasche vibrierte, setzte sie sich erschöpft auf die Bettkante und öffnete ihr Mail-Postfach.

Freunde?, hatte Steve geschrieben, mehr nicht. Fassungslos starrte sie auf dieses eine Wort.

Ist dir eigentlich klar, was du von mir verlangst?, tippte sie. Doch eine innere Stimme hielt sie davon ab, die Nachricht abzusenden.

Sie spürte die Nähe ihrer Mutter, sah sie wieder neben sich auf der Couch sitzen und erzählen, wie sie und Kathys Vater zueinandergefunden hatten: »Ich habe ihn vom ersten Augenblick an geliebt, doch er wollte nur meine Freundschaft. Also war ich ihm eine gute Freundin, ein Kumpel in allen Lebenslagen. Ich war da, wenn er mich brauchte. Bei einem Tanzabend im Pub, ich tanzte gerade mit einem Farmersohn aus dem Nachbarort, stand er plötzlich vor mir und zog mich von meinem Tanzpartner weg. ›Ich mag es nicht, wenn du mit anderen Männern tanzt‹, sagte er. Da wusste ich, dass auch er mich liebte.«

Kathy nahm das Bild ihrer Mutter in die Hand, das auf der Kommode stand. »Willst du mir damit sagen, ich solle Geduld mit Steve haben und ihm ein Kumpel sein, so wie du damals für Dad?«, fragte sie laut. »Ich glaube, das schaffe ich nicht. Ich bin nicht so stark wie du.« Sie griff automatisch nach dem Handy, löschte die Nachricht und schrieb stattdessen: Freunde.

17

Kathy verkroch sich die nächsten Tage und verließ die Webstube erst, wenn ihr vor Müdigkeit der Kopf auf den Webstuhl fiel. Dann krabbelte sie völlig übermüdet ins Bett, wälzte sich stundenlang hin und her und heulte. Gegen Morgen schlief sie ein. Im Traum sah sie Steve die Anne's Bay absuchen, sah sich auf dem Grund des eisigen Atlantiks liegen und verzweifelt nach ihm rufen.

»Warum meldest du dich nicht bei mir?« Lenas Stimme drang kaum in ihr Bewusstsein.

Kathy rieb sich die Augen und schaute auf die Uhr. »Mist«, stöhnte sie. »Ich habe verschlafen.«

»Bist du krank?«, fragte Lena mit besorgtem Unterton. »Soll ich zu dir kommen?«

»Welcher Tag ist heute?« Kathy warf die Bettdecke zur Seite und setzte sich auf die Bettkante. Sie klammerte sich an ihr Handy wie an einen Rettungsring.

»Dienstag, Liebes. Du wolltest doch für mich zum ›Seaside Hotel‹ fahren. Hast du das etwa vergessen?«, erkundigte sich Lena.

Kathy schleppte sich ins Wohnzimmer. »Ich weiß nicht, ob ich das schaffe.« Sie klemmte sich das Handy zwischen Ohr und Schulter, schlurfte ins Bad und starrte in den Spiegel. »Außerdem sehe ich schrecklich aus. So kann ich unmöglich unter Leute gehen.«

»Bella fährt mit dir. Sie hat auch angeboten, uns auf dem Weihnachtsmarkt zu helfen«, sagte Lena. »Ist das nicht nett von ihr?«

Kathy parkte das Handy auf dem Waschbeckenrand und putzte sich die Zähne. »In einer Stunde«, erwiderte sie und legte auf. Mit dem festen Vorsatz, sich nicht länger gehenzulassen, kletterte sie in die Badewanne.

»Chic siehst du aus in deinem grünen Kleid.« Lena drückte sie kurz an sich und musterte mit ernster Miene Kathys Gesicht. »Warum so viel Rouge?«

»Weil ich sonst aussehe wie ein Zombie«, sagte Kathy und schaute sich demonstrativ in der Taschenmanufaktur um. Die Freundin hatte die Fensterbänke mit Lichterketten und Tannengrün geschmückt. Unter der Decke hing ein großer roter Stern, und am Adventskranz brannte die erste lila Kerze.

»In der Küche habe ich Tee und Stollen für die Besucher vorbereitet.« Lena nahm Kathy an die Hand und zog sie hinter sich her. »So wie ich dich kenne, hast du vor lauter Arbeit das Essen vergessen.« Sie deutete mit dem Kopf zu ihren Mitarbeiterinnen. »Josy, Sally und Sue haben ihre Pause vorverlegt. Die brennen schon darauf, den Besucherinnen gleich ihr Können zu demonstrieren.«

»Wann ist denn die Werkstattbesichtigung?« Kathy biss in ein Stück Stollen. Der Puderzucker rieselte wie Schnee auf ihr Kleid.

»Nicht daran herumreiben«, mahnte Lena. »Iss auf. Ich gebe dir eine Kleiderbürste. So kannst du unmöglich im ›Seaside Hotel‹ aufschlagen.«

Hastig stopfte sich Kathy den Rest des Stollens in den Mund und spülte mit einer halben Tasse Tee nach. Froh darüber, endlich unter vier Augen mit der Freundin zu reden, schloss sie die Tür zur Werkstatt, beugte sich zu ihr und flüsterte: »Das letzte Treffen mit Steve war eine Katastrophe. Er hat den Verlust seiner Frau immer noch nicht verwunden.« Sie zögerte einen Moment. »Er möchte, dass wir Freunde sind. Mehr nicht.« Mit einem tiefen Seufzer lehnte sie sich an den Küchenschrank und starrte aus dem Fenster. »Aber ich liebe ihn doch.«

In diesem Moment erklang nebenan Bellas Lachen. »Wo seid ihr denn?«, rief sie und steckte ihren Kopf in die Teeküche.

Kathy warf Lena einen flehenden Blick zu, woraufhin die Freundin nickte. Sie bot Bella Tee und Stollen an.

Die winkte sofort ab. »Vor lauter Aufregung bekomme ich keinen Bissen herunter. Wie sehe ich aus?« Sie drängte sich in die Küche und drehte sich im Kreis. »Ist der Rock nicht zu eng? Macht mich die Bluse nicht zu alt?« Auf ihren Wangen leuchteten hektische rote Flecke. Kathy und Lena streckten gleichzeitig ihre Daumen in die Höhe.

»Simon kann sich glücklich schätzen, dass ich ihm zwei so gut aussehende Frauen schicke«, stellte Lena fest und drängte die Freundinnen aus der Küche. Im Hinausgehen drückte sie Kathy ihren Wagenschlüssel in die Hand. »Die Taschen sind schon im Kofferraum. Die Rechnung liegt dabei. Ihr könnt fahren.« Dann küsste sie Kathy auf die Wange. »Wenn du möchtest, kannst du den Mini bis zum Wochenende haben. Ich brauche ihn nicht.«

»Das trifft sich gut.« In Kathy reifte ein Plan. »Ich muss diese Woche noch nach Sneem.«

Bella kuschelte sich in den Beifahrersitz. »Bin ich froh, dass du fährst. Ich bin heute viel zu nervös.«

Mit einem »Mmh« gab Kathy ihr zu verstehen, dass sie keinen gesteigerten Wert auf Konversation legte. Sie starrte konzentriert auf die Fahrbahn. Hinter der Ortsausfahrt schaltete sie das Autoradio an und gab Gas.

»Bindet eure Schafe fest! Am Wochenende wird es stürmisch«, verkündete der Radiosprecher.

Die nächste Linkskurve nahm Kathy so schwungvoll, dass Bella fast bei ihr auf dem Schoß landete. Sie klammerte sich an den Haltegriff und stöhnte. »Man könnte meinen, er redet über dich. So wie du über die Straßen fegst.«

»Tut mir leid«, erwiderte Kathy und schaltete einen Gang runter. Der Radiosprecher malte den Sturm zu einem Orkan aus.

»O nein!«, sagte Bella. »Ich habe mich schon so auf den Weihnachtsmarkt gefreut. Hoffentlich wird er wegen des Sturms nicht abgesagt.«

»Aber nicht bei uns«, tröstete Kathy sie. »Iren reden zwar ständig über das Wetter, kümmern sich jedoch nicht darum. Erinnere dich nur an das letzte Sommerfest. Es goss in Strömen, und wir hockten vor dem Pub und hatten unseren Spaß.«

Wenig später lehnte Bella mit leuchtenden Augen an der Fensterscheibe. »Zauberhaft«, flötete sie. »Sieh dir nur die vielen Laternen in den Hecken an.«

Kathy setzte den Blinker und bog auf die Einfahrt des Luxushotels. Unzählige kleine Lichter in den hohen Rhododendronhecken wiesen ihr den Weg zum Parkplatz. Simon hatte das ehemalige Herrenhaus in ein Weihnachtsschloss verwandelt. In allen Fenstern glitzerten Sterne. Rechts und links neben der Freitreppe standen aufwendig geschmückte Tannenbäume.

Bei Kathy kam trotzdem keine vorweihnachtliche Stimmung auf. Sie wollte ihren Geschäftstermin so schnell wie möglich hinter sich bringen und wieder zurück in ihre Webstube. Umso mehr ärgerte es sie, dass Bella sich in aller Ruhe das Make-up auffrischte.

»Willst du dir nicht auch noch die Nase pudern?« Bella hielt ihr die Puderdose hin.

Energisch schüttelte Kathy den Kopf. »Ich bin nicht zu meinem Vergnügen hier.« Mit entschlossener Miene stieg sie aus dem Wagen. »Komm schon, Bella. Du bist schön genug.« Sie drückte der Freundin einen Karton in den Arm und stapelte die anderen beiden vor ihrer Brust.

Mehr schlecht als recht stolperte sie mit ihrer sperrigen Fracht zum Hoteleingang. Von oben eilte der Doorman herbei und nahm ihnen die Kartons ab. »Die Damen werden bereits im Wintergarten erwartet«, verkündete er. »Darf ich Ihnen den Weg zeigen?«

Im Foyer duftete es nach Zimt und Orangen. Auf dem Empfangstresen standen rote Adventssterne. Kathy schnupperte. »Riechst du das? Fast wie Claires Punsch.«

»Ich weiß ja nicht, wie Claires Punsch schmeckt, aber unser Adventstee ist auch nicht ohne.« Simon, der Inhaber des Hotels, kam mit ausgebreiteten Armen auf sie zu. »Kathy, wie schön, dass du mich endlich besuchst.« Er küsste sie rechts und links auf die Wange. Dann reichte er Bella die Hand. »Willkommen, freut mich außerordentlich.« Mit einer nonchalanten Geste hakte er sich bei beiden Frauen ein und führte sie in den Wintergarten. »Wie gefällt euch meine Adventsdekoration?« Er deutete zur Glaskuppel.

Kleine und größere Sterne schwebten von fast unsichtbaren Drähten gehalten von der Decke und verliehen dem Raum festlichen Glanz.

Bella strich vorsichtig über eine antike Weihnachtsfee, die auf einem Sideboard saß. »So etwas Schönes habe ich noch nie gesehen.«

Auch Kathy war beeindruckt. »Ich bin froh, dass Lena

mich überredet hat, hierherzufahren. Ich hätte sonst etwas verpasst.«

Simon strahlte sie an. »Deine Meinung ist mir wichtig. Möchtest du dir später auch die Adventsdeko auf den Zimmern anschauen?« Er zwinkerte ihr bedeutungsvoll zu und streichelte verstohlen über ihren Rücken.

Kathy trat rasch einen Schritt zur Seite und hüstelte. »Ein anderes Mal gern, Simon. Wir haben heute Abend noch Chorprobe.« Obwohl sie nicht unbedingt vorhatte, daran teilzunehmen, war sie doch froh, eine Ausrede zu haben.

»Ich würde mir gern die Zimmer anschauen«, wandte Bella ein und errötete.

Das brachte Kathy auf eine Idee. »Warum geht ihr zwei nicht nach oben, während ich die Vitrine mit den neuen Handtaschen bestücke?«, schlug sie vor. »Wenn ihr zurückkommt, möchte ich unbedingt noch deinen Adventstee probieren.«

Simon, der den Wink anscheinend verstanden hatte, schmunzelte und reichte Bella seinen Arm. »Gehen wir, meine Liebe.«

Seite an Seite schritten sie an den Tischen der Gäste vorbei. Kathy schaute den beiden hinterher und eilte ins Foyer. Sie ließ sich von der Dame an der Rezeption ihre Kartons geben und die Vitrine aufschließen. »Melden Sie sich bitte, wenn Sie meine Hilfe benötigen«, sagte die junge Mitarbeiterin und verschwand wieder hinter dem Empfangstresen. Kathy platzierte die Taschen der Größe nach in der Vitrine.

»Ich würde mir die Clutch gern näher anschauen.« Eine elegant gekleidete Dame deutete auf die Abendtasche aus Kork. »Sie wäre das perfekte Weihnachtsgeschenk für meine Schwiegertochter.«

Andere Gäste gesellten sich zu ihnen und linsten in die

Kartons. »Dürfen wir?«, fragte eine junge Frau und griff nach einem Weekender.

Ein untersetzter Senior hängte sich eine Herrentasche über die Schulter. Seine Enkelin patschte mit schokoladenverschmierten Fingern auf den Jeanstaschen herum. Kathy atmete erleichtert auf, als Simon ihr zu Hilfe eilte.

»Wenn Sie eines dieser außergewöhnlichen Designerstücke erwerben möchten, wenden Sie sich bitte an meine Mitarbeiterin.« Er deutete zur Rezeption. »Sie können sich die Handtaschen auch später noch in Ruhe anschauen.« Mit einer einladenden Geste lud er die Gäste zu einem Glas Adventstee in den Wintergarten ein.

»Du warst meine Rettung.« Kathy drückte ihm dankbar die Hand. »In meinem Wollmarkt werde ich spielend mit so einem Andrang fertig.« Sie wischte sich mit dem Handrücken eine Haarsträhne aus dem Gesicht. »Aber bei deinem Publikum ist das schon etwas anderes.« Erst jetzt fiel ihr auf, dass Bella nicht bei Simon war, und sie hielt nach ihr Ausschau.

»Deine charmante Freundin wollte unbedingt noch unsere Wellnessabteilung sehen. Sie wird sicher gleich kommen.« Simon nahm Kathy die leeren Kartons ab und verstaute sie unter dem Tresen. »Tee?«, fragte er mit einem charmanten Lächeln. »Hab schon verstanden, dass ich nicht dein Typ bin«, raunte er ihr zu. »Welche junge Frau will schon mich fünfzigjährigen Mann mit Halbglatze und Bauch?«

Fast tat er Kathy ein wenig leid. »Sag das nicht, Simon. Du hast nur noch nicht die Richtige gefunden.« Sie hauchte einen Kuss auf seine Wange und flüsterte: »Wenn mein Herz nicht längst vergeben wäre, könnte ich mich glatt in dich verlieben.«

»Hör auf, mir zu schmeicheln.« Lachend führte er sie zu einem festlich gedeckten Tisch. »Verrate mir lieber, ob deine Freundin schon vergeben ist.«

»Das fragst du sie lieber selbst.« Kathy deutete mit dem Kopf zum Foyer. Bella stand vor der Vitrine und schaute sich um. »Ich glaube, ich verrate dir kein Geheimnis, wenn ich dir sage, dass sie auf reifere Männer steht.« Kathy hätte sich am liebsten selbst geohrfeigt für diese Bemerkung. »Vergiss, was ich dir gerade anvertraut habe«, beeilte sie sich hinzuzufügen und winkte Bella an den Tisch. Tadelnd hielt sie ihre Armbanduhr vor die Nase der Freundin. »Ich dachte schon, du hättest dich in der Sauna verlaufen. Wir müssen doch noch über den Weihnachtsmarkt reden.«

»Das können wir auch bei Tee und Gebäck.« Simon legte Kathy eine Hand auf den Arm und nickte ihr zu. »Da du noch Auto fahren musst, bekommst du nur eine halbe Tasse Adventstee.« Er deutete auf eine zweite Teekanne, die auf einem Stövchen stand. »Der ist alkoholfrei.«

Selbst die halbe Tasse der duftenden Adventsmischung reichte aus, um Kathys Kopf zum Glühen zu bringen. Eine wohlige Wärme breitete sich in ihr aus. »Egal, was da drin ist, es wirkt«, meinte sie kichernd.

»Orangenlikör, Darjeeling und eine spezielle Gewürzmischung«, verriet Simon und nahm ihr das Punschglas aus der Hand. »Wenn du nicht vorhast, hier zu übernachten, solltest du jetzt auf normalen Tee umsteigen.« Er zog einen Zettel aus dem Jackett und legte ihn auf den Tisch. »Hoffentlich habe ich bei der Planung des Weihnachtsmarktes nichts vergessen.« Mit einem Kugelschreiber tippte er auf das Papier. »Die Holzbuden werden morgen schon auf der Terrasse und im Park aufgebaut. Ihr müsst euch nur um die Deko und eure Ware kümmern.«

»Aber der Sturm!« Bella rutschte sichtlich besorgt auf ihrem Stuhl hin und her.

Simon musterte sie über den Rand seiner Brille. »Halb so schlimm. Die Buden sind solide genug, um einen kleinen irischen Sturm auszuhalten. Notfalls verlegen wir kurzfristig den ganzen Weihnachtsmarkt in die alten Gewächshäuser.« Er runzelte die Stirn. »Eigentlich keine schlechte Idee. Ich werde das morgen mal mit dem Veranstalter besprechen.«

Kathy, die inzwischen wieder nüchtern war, drängte zum Aufbruch. »In einer halben Stunde beginnt die Chorprobe. Wir wollen Pfarrer Donnelly doch nicht warten lassen.«

»Schade.« Bella bekam einen Schluckauf. »Ich würde gern noch bleiben.« Sie strahlte Simon an.

Kathy entging das Funkeln in den Augen des Freundes nicht. »Von mir aus könntest du gern hierbleiben«, rutschte ihr heraus. »Aber was würde Donnelly dazu sagen?« Auf einmal konnte sie gar nicht schnell genug nach Busby kommen. Die Aussicht, bei der Chorprobe auf Steve zu treffen, bereitete ihr zwar Bauchschmerzen, gleichzeitig verzehrte sie sich vor Sehnsucht.

18

»Renn nicht so«, sagte Bella und stöckelte auf ihren Pumps hinter Kathy her. »Warum parkst du an der Friedhofsmauer? Ich bin schon zweimal mit dem Absatz im Gras stecken geblieben.«

»Die Parklücke vor dem Gemeindehaus war mir zu eng. Außerdem wollte ich noch an die frische Luft.« Kathy blieb so abrupt stehen, dass Bella in sie hineinstolperte. »Sorry, mir geht gerade so einiges durch den Kopf.«

Bella rieb sich die Stirn. »Eher an den Kopf, wolltest du wohl sagen.« Sie legte den Zeigefinger unter Kathys Kinn und schaute ihr in die Augen. »Mir kannst du nichts vormachen. Dafür kenne ich dich schon zu lange. Hast du dich in Steve verliebt?«

Kathy wich ihrem Blick aus. »Was spielt das jetzt noch für eine Rolle?« Ihre Augen füllten sich mit Tränen. »Ich bin nur eine nette Bekannte für ihn.« Sie schluckte. »Gegen seine tote Frau habe ich keine Chance.«

»Komm.« Bella legte einen Arm um Kathys Schulter. »Singen heilt das Herz.« Sie hielt einen Moment inne. »Glaub mir, ich weiß, wovon ich spreche.«

Kathy war sofort klar, was der Freundin durch den Kopf ging. »Hast du mal wieder etwas von Walter gehört?«, fragte sie leise. Bellas Affäre mit dem älteren Österreicher war ein offenes Geheimnis. Jeder im Dorf wusste, wie sehr sie unter dem Ende der Beziehung litt. Nach einem schweren Schlaganfall war der Aussteiger in seine Heimat zurückgekehrt und lebte in einem Pflegeheim in Wien.

»Nein. Ehrlich gesagt, will ich das auch gar nicht. Das Kapitel ›Walter‹ ist für mich abgeschlossen.« Bella seufzte. »Ist vielleicht auch besser so.« Ihre Augen füllten sich mit Tränen.

Kathy strich ihr über die Wange. Sie reichte Bella ihren Arm. »Und jetzt rocken wir den Chor!«

Aus dem Gemeindesaal schallte ihnen ein vielstimmiges Lachen entgegen. »Wenn ich es euch doch sage, dass Vieh war so stark, dass es mir glatt das Netz zerrissen hat«, meinte Fischer Angus.

Kathy schnäuzte ihre Nase, straffte die Schultern und riss entschlossen die Tür zum Gemeindesaal auf. »Hat er denn wenigstens gut geschmeckt?« Sie versuchte, lustig zu klingen. Aber so ganz gelang ihr das nicht.

Bella rief: »Hallo, ihr Lieben«, in die Runde und schloss die Tür. Alle Augen richteten sich auf sie.

Pfarrer Donnelly zog die Augenbrauen hoch und musterte die Freundinnen von oben bis unten. »Wo kommt ihr her?« Mit vorwurfsvollem Unterton wandte er sich an Bella. »So unpünktlich kenne ich dich gar nicht.« Er deutete mit dem ausgestreckten Zeigefinger auf den leeren Tisch. »Dann fällt die Teepause heute wohl aus.« Die Gespräche verstummten. Alle schauten gespannt auf Donnelly, nur Steve nickte Kathy zu. *Wehr dich*, schien sein Blick zu sagen.

Sie ballte die Fäuste hinter dem Rücken und sog scharf die Luft ein. »Bella trifft keine Schuld.« Es ärgerte sie, dass der Pfarrer seine beste Mitarbeiterin vor all den Leuten abkanzelte. »Sie hat mich zu einem Geschäftstermin begleitet.«

»Lass gut sein«, raunte die Freundin und stellte sich vor Kathy. Sie stemmte ihre Fäuste in die Hüften und sagte mit fester Stimme: »Ich habe mich heute Mittag bei Ihnen abgemeldet. Haben Sie das vergessen? Außerdem steht mir als Pfarrsekretärin ein freier Nachmittag die Woche zu.«

Donnelly grinste. »Man wird wohl noch einen Scherz machen dürfen.« Er marschierte in die angrenzende Küche und kehrte kurz darauf mit zwei Thermoskannen zurück. »Kein Wort über meinen Tee! Tassen holt sich jeder selbst.« Er trat an den Notenständer. »Die Atemübungen können wir uns heute schenken. Wir singen uns mit ›Jingle Bells‹ warm.« Auf sein Handzeichen hin stellten sich die Chormitglieder auf.

Nora stupste Kathy in die Seite. »Möchte wissen, welche Laus unserem Pfarrer heute über die Leber gelaufen ist.« Hinter vorgehaltener Hand raunte sie ihr zu: »Steve hat schon nach dir gefragt. Schien richtig besorgt zu sein.«

»Pst«, zischte Kathy. »Sonst müssen wir zur Strafe noch den Fußboden in der Kirche schrubben.« Sie spürte Steves Blick in ihrem Rücken, zwang sich, langsamer zu atmen, sich auf die Melodie zu konzentrieren. Aber die Anspannung legte sich auf ihre Stimme.

»Noch mal von vorn!« Donnelly klatschte in die Hände. »Scheint mir ein recht aufregender Geschäftstermin gewesen zu sein. Du bist nicht im Takt«, tadelte er Kathy.

Sie verkniff sich ihren Kommentar, denn die Kritik des Pfarrers war berechtigt. Sie hatte eine Spur zu langsam gesungen. Beim zweiten Anlauf summte Kathy die ersten Töne nur mit, dann stimmte sie in den Gesang ein. Sie schloss die Augen und fühlte sich in die heitere Melodie hinein.

»Geht doch«, lobte der Pfarrer. Die Zornesfalte auf seiner Stirn war verschwunden. Mit ausholenden Gesten dirigierte er »Silent Night, Holy Night« und sang voller Inbrunst mit. Seine Stimme war so voller Sehnsucht und Sentimentalität, dass Kathy augenblicklich die Weite der irischen Landschaft vor sich sah.

Der letzte Ton verklang, und er strahlte seine Chormitglieder an. »Ich glaube, ich könnte heute einen kleinen Schluck Whiskey im Tee vertragen.« Er legte eine Hand auf Bellas Unterarm. »Wärst du so nett, die Flasche aus meinem Schreibtisch zu holen?«

»Whiskey bei der Chorprobe?«, empörte sich Mrs Melony. »Das sind ja ganz neue Sitten.«

Donnelly schenkte ihr ein warmherziges Lächeln. »Ausnahmsweise, meine Liebe. In aller christlichen Bescheidenheit wird uns ein wärmender Schluck sicher guttun.«

Keine fünf Minuten später eilte Bella von einem Chormitglied zum anderen und schenkte Whiskey aus.

Kathy hielt ihre Hand über die Teetasse. »Nicht für mich. Du weißt schon?« Sie deutete mit dem Kopf in Steves Richtung.

Bella nickte verständnisvoll und goss Angus einen ordentlichen Schluck Whiskey in seinen Teebecher.

»Geht es dir gut, Kathy?« Steve stand plötzlich vor ihr. Seine Stimme klang besorgt. »Wo warst du die letzten zwei Tage?« Er fasste sie an einem Ellbogen und führte sie zum Fenster.

Die anderen Chormitglieder scharten sich um Pfarrer Donnelly, der von seinem Termin beim Bischof erzählte. »Ich habe mich vor ihm aufgebaut und gesagt, dass mich keine zehn Pferde aus Busby wegbringen. Das ist meine Gemeinde, hier gehöre ich hin. Was soll ich in Dublin?« Alle klatschten.

»Gut gemacht, Donnelly. Sie sind einer von uns«, sagte Mr Melony und klopfte dem Pfarrer auf die Schulter.

Kathy beugte sich zu Steve und flüsterte: »Deshalb war

er vorhin so mies drauf.« Sie wich seinem Blick aus, spielte nervös mit dem Anhänger ihrer Kette. »Wo soll ich schon gewesen sein? In meiner Webstube.« Sie zwang sich, ihn anzusehen. »Warum hast du Mia nicht mitgebracht? Sie fehlt mir.«

Steve fuhr sich durch die Haare. »Sie schläft heute wieder bei den Zwillingen. Deshalb könnte ich«, setzte er an und Kathy wagte kaum, zu atmen, »mit dir anschließend noch ein Bier im Pub trinken.«

Ich möchte viel lieber mit dir allein sein, lag ihr auf der Zunge. Doch sie schluckte die Worte hinunter und sagte stattdessen: »Warum nicht? Ich wollte sowieso noch mit Claire reden.«

In diesem Moment löste sich Pfarrer Donnelly aus der Gruppe und winkte sie zu sich. »Bist du bereit, heute den Solopart vom ›Wexford Carol‹ zu singen?«

Kathy trank hastig einen Schluck Tee, drückte Steve ihre Tasse in die Hand und eilte zum Notenpult. »Ich singe mich im Flur ein«, rief sie über die Schulter, schnappte sich die Notenblätter und stolperte an Fergus vorbei nach draußen. Sie lehnte sich mit dem Rücken an das kühle Holz der Eingangstür, schloss die Augen und zwang sich, ruhiger zu atmen. Durch die Nase ein, langsam durch den Mund wieder aus. Kathy sang die erste Strophe des alten Weihnachtsliedes und schritt bedächtig zurück in den Gemeindesaal.

»Komm neben mich.« Donnelly nahm ihr die Noten aus der Hand. »Die brauchst du nicht. Du singst doch sowieso mit geschlossenen Augen«, raunte er ihr zu und tätschelte ihren Arm. »Nur Mut, du kannst das.«

Jack stimmte die ersten Töne auf dem Klavier an, gleich darauf setzte der Chor ein. Kathy trat einen Schritt vor, wartete auf ihren Einsatz. Sie stellte sich vor, allein auf der Empore zu stehen und für ihre Mutter und die Großeltern zu singen, so wie sie es als Mädchen getan hatte. Und auf einmal war es ganz leicht.

»Wunderbar!« Fergus eilte mit ausgebreiteten Armen auf sie zu, kaum dass die Probe beendet war. Er drückte sie an sich. »Du kommst aber gleich noch mit in den Pub. Ich habe eine Überraschung für dich.«

»Sag nicht …?« Kathy riss die Augen auf.

Fergus grinste. »Doch.«

Ihr Herz klopfte bis zum Hals. »Ich parke Lenas Grashüpfer hinter der Wollstube, dann komme ich nach.« Im Hinausgehen drängelte sie sich zwischen Nora und Bella. »Soll ich euch mitnehmen?«

»Lieber nicht.« Bella winkte lachend ab und deutete auf ihre Pumps. »Da hängt immer noch Gras dran. Ich fahre lieber mit Nora.«

»Damit erübrigt sich ja meine Frage.« Steve tippte ihr von hinten auf die Schulter. »Du hättest auch gern mit mir fahren können.«

»Hol mich doch gleich hinter dem Wollmarkt ab. Sicher parkst du deinen Wagen am Cottage, bevor du zum Pub gehst«, beeilte Kathy sich zu sagen. Ihr war auf einmal so leicht zumute. Alles schien möglich an diesem Abend voller Musik.

Sie wartete Steves Antwort nicht ab, lief beschwingten Schrittes Richtung Friedhof und summte den »Wexford Carol«.

Den Grashüpfer parkte sie nah an der Hauswand und blieb im Wagen sitzen. Sie sah Steve die alte Dorfstraße hinuntereilen, stieg aus und ging ihm entgegen. »Was für eine schöne Nacht.« Sie legte den Kopf in den Nacken. »Vielleicht sehen wir heute sogar eine Sternschnuppe.« Weil Steve immer noch unschlüssig vor ihr stand, hakte sie sich bei ihm ein. »Lassen wir die anderen nicht länger warten.« Sein Schweigen schmerzte sie. »Wann kommen die Alpakas?«, fragte sie ihn, nur um seine Stimme zu hören.

»Anfang nächster Woche«, sagte Steve und beschleunigte seinen Schritt.

»Ich stehe am Wochenende mit Bella und Lena auf dem Weihnachtsmarkt«, versuchte sie, das Gespräch mit einem unverfänglichen Thema in Gang zu bringen. »Vor dem ›Seaside Hotel‹ wird ein Kinderkarussell aufgebaut. Das würde Mia sicher gefallen.«

Inzwischen waren sie vor dem Pub angekommen. Steve hielt ihr die Tür auf. »Weiß nicht, ob ich am Wochenende Zeit habe.«

Deutlicher hätte er ihr nicht zu verstehen geben können, dass er keinen Wert auf ihre Nähe legte. »Hör zu, Steve.« Kathy schluckte ihre Enttäuschung hinunter und suchte seinen Blick. »Ich verstehe, dass dir im Moment nicht nach Weihnachten zumute ist, aber lass Mia nicht unter deiner Trauer leiden. Etwas Ablenkung würde ihr sicher guttun.« Sie blieb in der offenen Tür stehen, unschlüssig, ob sie hineingehen oder nach Hause laufen sollte.

»Platz da!«, hörte sie in diesem Moment eine bekannte Stimme hinter sich. »Ich will meine Kathy unter dem Mistelzweig küssen.« Schon wurde sie von zwei kräftigen Männerhänden an der Taille gepackt und herumgewirbelt.

»Sean!« Kathy warf sich ihm in die Arme und drückte einen Kuss auf seinen Mund.

Er schob sie ein Stück von sich. »Wird Zeit, dass ich nach dir schaue. Du bist ja ganz blass um die Nase.« Lachend nahm er sie bei der Hand. Erst jetzt schien er Steve zu bemerken. »Wo bleiben meine guten Manieren? Du bist ja schon in männlicher Begleitung.« Kumpelhaft klopfte er Steve auf die Schulter. Sein wettergegerbtes Gesicht verfinsterte sich. »Tut mir leid, die Sache mit deiner Frau«, raunte er.

»Lass gut sein.« Steve schob sich an ihm vorbei zur Theke. »Heute Abend möchte ich einfach nur in Ruhe mein Guinness trinken.«

Kathy stellte sich auf die Zehenspitzen und flüsterte Sean zu: »Nicht böse sein. Ich muss mich um ihn kümmern.« Dann erhob sie die Stimme. »Komm doch morgen Abend zum Essen zu mir, Sean. Ich möchte gern in Ruhe mit dir reden.«

Er zwinkerte ihr zu. »Du wirst staunen, was ich dir aus Schottland mitgebracht habe.«

Kathy quetschte sich an Angus und Mr Melony vorbei zur Theke. Sofort waren Bella und Nora an ihrer Seite.

»Wie die zwei sich gerade gemustert haben«, raunte ihr Bella ins Ohr, »dachte ich schon, sie würden sich gleich um dich duellieren.« Man merkte ihr deutlich an, dass ihr der Alkohol zu Kopf gestiegen war.

»Rede keinen Quatsch.« Kathy funkelte sie empört an. »Sean ist wie ein Bruder für mich.«

»Das solltest du Steve besser mal erklären. Der frisst Sean mit seinen Blicken gerade auf«, wandte Nora ein.

Kathy war versucht, zu ihm zu gehen und den Irrtum aufzuklären. Aber rasch besann sie sich. Sie trat neben ihn und tippte an sein Bierglas. »Wolltest du mir nicht eins spendieren? Obwohl …« Sie überlegte. »Eigentlich hätte ich viel lieber einen großen Apfelsaft.«

»Der geht auf mich«, beeilte sich Sean hinter der Theke zu sagen. Er warf ihr einen Luftkuss zu und platzierte ein riesiges Glas neben Steves Guinness. »Möchtest du ein paar Kartoffelchips dazu?«

Kathy schenkte Steve ein warmherziges Lächeln. »Eine große Tüte für meinen guten Freund und mich.«

19

»Haben wir gerade telefoniert?« Eine junge Frau mit langen blonden Haaren eilte aus dem hinteren Raum auf sie zu. »Mrs Becky Summer?« Das hellblaue Kleid, das sie trug, betonte perfekt ihre weiblichen Formen.

Kathy nickte. »Ich bin so froh, dass Sie mich kurzfristig dazwischenschieben können.« Demonstrativ hielt sie der Blondine ihre Hände vors Gesicht. »Schauen Sie selbst. So kann ich unmöglich heute Abend zum Date gehen.« Sie setzte ein gequältes Lächeln auf. »Mein erstes Blind Date, da soll alles perfekt sein. Zum Friseur gehe ich auch noch.« Kathy hoffte inständig, dass Peters Neue ihr die Geschichte abnahm.

»Da machen Sie sich mal keine Sorgen, meine Liebe. Bei mir sind Ihre Nägel in besten Händen.« Bridget Gable bat sie, am Manikürtisch Platz zu nehmen. Sie bettete Kathys Hände auf einem Handkissen und schaltete die Arbeitsleuchte an. »Ist das Ihr erster Besuch in einem Nagelstudio?«

»Sieht man das meinen Fingernägeln nicht an?« Kathy seufzte. »Bei meinem Job in der Näherei sind lange Nägel unpraktisch. Ich kann auch nicht mit Handschuhen putzen.«

Bridget nickte. »Verstehe. In diesem Fall empfehle ich Ihnen einen natürlichen Look, den Sie mit ein paar Handgriffen auch selbst auffrischen können.«

Kathy wurde die junge Frau immer sympathischer. Sie war drauf und dran, ihre Tarnung auffliegen zu lassen und ihr zu erzählen, was Peter ihr angetan hatte. Doch dann besann sie sich. »Ich vertraue da ganz auf Ihr Können«, sagte sie und deutete auf den silbernen Ring, den Bridget an einer Kette um den Hals trug. »Ein ausgesprochen schönes Stück haben Sie da.«

Bridget strahlte. »Den *Claddagh* hat mir mein Freund Peter bei seinem Einzug letzten Sonntag geschenkt. Ich liebe dieses Herz mit der Krone, das von zwei Händen gehalten wird. Leider kann ich ihn bei der Arbeit nicht am Finger tragen.«

In Kathys Hals bildete sich ein dicker Kloß. Ihr hatte Peter nie einen irischen Verlobungsring geschenkt. Wie kaum ein anderes Schmuckstück stand er für Liebe und Freundschaft. Die einzelnen Elemente waren Symbole für große Gefühle. Peters Absichten schienen ernst zu sein.

»Sicher kennen Sie Ihren Freund schon sehr lange?«, traute sich Kathy zu fragen.

Bridget knipste die Arbeitsleuchte über dem Tisch an. Während sie Kathys Nägel feilte und anschließend die Nagelhaut mit einem Holzstäbchen zurückschob, erzählte sie von ihrem ersten Treffen mit Peter. »Vor zwei Monaten besuchte ich mit meiner Freundin die Bar im ›Lake Hotel‹ Da stand dieser wahnsinnig gut aussehende Typ hinter dem Tresen und mixte Cocktails. Ich bestellte einen Sex on the Beach bei ihm, und wir kamen ins Gespräch. Er erzählte mir, dass er seinen Job bei einer Brauerei in Dublin gekündigt hatte, um wieder in seiner Heimatstadt zu leben.« Bridget seufzte. »Das klingt sicher kitschig, aber es war Liebe auf den ersten Blick.« Sie deutete auf eine Farbpalette. »Welchen Lack darf ich auftragen? Ich würde Ihnen zartrosa empfehlen.«

Kathy nickte nur und wartete voller Ungeduld, dass die junge Frau weiterredete. Bridget zog eine Schublade ihres

Arbeitstischs auf und holte ein Fläschchen heraus. »Als Basis nehme ich einen Nagelhärter.« Ihr warmherziges Lächeln war ansteckend. Sorgfältig trug sie den klaren Lack auf Kathys Nägeln auf, wartete, bis er getrocknet war, um Kathys Nägeln dann einen roséfarbenen Look zu verpassen.

Während sie ihr die Hände mit einer duftenden Creme massierte, linste Bridget auf ihre Armbanduhr. »Jetzt habe ich mich doch glatt verquatscht. Seit Peter bei mir lebt, schließe ich das Studio eine Stunde früher.« Hastig stellte sie eine Quittung aus und reichte sie Kathy. »Bei Ihrem nächsten Besuch nehmen wir uns etwas mehr Zeit«, entschuldigte sie ihre Eile. »Mein Verlobter wartet sicher schon mit dem Essen auf mich. Seine Spaghetti Carbonara sind legendär.«

Kathy biss sich auf die Zunge. »Dann sollten Sie ihn nicht warten lassen.« Für sie hatte Peter nie gekocht. Am Anfang ihrer Beziehung hatte er sie ab und zu mit Frühstück im Bett überrascht. Aber kochen gehörte eindeutig nicht zu seinen Stärken.

»Diese zwei Stunden vor seiner Arbeit gehören uns«, seufzte Bridget. »Das haben wir uns versprochen.« Sie begleitete Kathy zur Tür. Ihr Händedruck war fest und warm. »Hoffentlich bis bald«, sagte sie lächelnd.

Kathy nickte ihr nur zu und eilte zurück zum Auto.

»Verdammter Mist!«, fluchte sie lautstark und hämmerte mit den Fäusten auf das Lenkrad. Ihren Plan, Peter im Beisein von Bridget bloßzustellen, würde sie auf keinen Fall umsetzen. Das konnte sie dieser reizenden jungen Frau nicht antun.

Kathy raufte sich die Haare, spielte in Gedanken alle Möglichkeiten durch, Peter für seine Gemeinheiten zur Rechenschaft zu ziehen. Als ihr Blick zufällig auf die gegenüberliegende Sportsbar fiel, wusste sie, was zu tun war. Sie holte ihr Handy aus der Handtasche und rief Sean an. »Kannst du schon in einer halben Stunde zu mir kommen? Wir müssen etwas besprechen.«

»Soll ich kochen?« Sean lachte. »Kein Problem, ich klaue ein paar Steaks aus Mas Kühlschrank, dann bin ich da.« Genau das war es, was sie an ihm liebte – seine unkomplizierte, zupackende Art.

Schon von Weitem sah sie ihn an der Tür vom Wollmarkt lehnen. Grinsend hielt Sean einen prall gefüllten Einkaufskorb hoch. »Ma hat ihre Vorräte geplündert.«

Kathy küsste ihn flüchtig auf die Wange und schloss die Tür auf. »Du kochst, und ich erzähle, was ich vorhabe.«

»Zu Befehl!« Sean tippte an seine Schläfe. »Wird gemacht.«

Mit baumelnden Beinen saß Kathy auf dem Küchentisch und sah zu, wie Sean Möhren schnippelte und Kartoffeln schälte. »Soll ich dir wirklich nicht helfen?«

»Du kannst den Tisch decken«, sagte er und knabberte weiter an einer Möhre. Schwungvoll warf er das Gemüse in eine Auflaufform und goss reichlich Öl darüber. »Es gibt Sirloin-Steaks und Ofengemüse«, verkündete er und griff nach einem Tetra Pak Schlagsahne. »Und zum Dessert Mousse au Chocolat für meine Süße.« Mit dem Schneebesen tippte er gegen den Einkaufskorb. »Bist du gar nicht neugierig, was ich dir mitgebracht habe?«

Kathy reckte den Hals und linste in den Korb. »Meinst du das da?«

»Nimm es mit ins Schlafzimmer, und probiere mein Geschenk gleich an. Ich bin gespannt, wie du darin aussiehst.« Sean grinste.

Um ihre frisch manikürten Nägel nicht zu ruinieren, griff Kathy mit spitzen Fingern nach dem Päckchen. Das grünblau karierte Papier knisterte geheimnisvoll. »Finest Scottish Clothes« las sie auf einem goldenen Aufkleber. »Du bist verrückt, Sean!«, tadelte sie ihn halbherzig, klemmte sich das Geschenk unter den Arm und verschwand damit im Schlafzimmer. Ungeduldig riss sie die Verpackung auf und warf sie auf den Boden. Fast andächtig strich sie über den wollig-weichen Stoff des Kilts. Sean hatte das Tartan-Muster in ihren Lieblingsfarben gewählt: Grün und Blau. Hastig schlüpfte sie aus der Jeans und suchte in der Kommode nach einer passenden Strumpfhose. Sie vervollständigte ihren neuen Look mit den schwarzen Pumps und bewunderte sich im Spiegel.

»Kann ich reinkommen?« Sean riss die Tür auf und trat neben sie. »Jetzt bereue ich fast, mir keinen Kilt gekauft zu haben. Wir wären das perfekte Paar für die Highland Games. Du siehst umwerfend aus, Kathy.«

Sie stupste ihn in die Seite. »In Kilts würden wir in der Bar vom ›Lake Hotel‹ garantiert Aufsehen erregen.«

»›Lake Hotel‹?« Sean riss die Augen auf. »Soll ich mich nach dem Essen in meinen feinen Zwirn schmeißen?«

»Seit wann hast du denn so was?« Kathy schob ihn vor sich her in die Küche. »Zuerst brätst du die Steaks, danach erkläre ich dir meinen Plan.«

Sean schüttelte energisch seinen roten Lockenkopf. »Nichts da! Ich will wissen, was du vorhast. Die Steaks können warten.«

Kathy warf ihm einen flehenden Blick zu. »Aber ich sterbe vor Hunger.«

»Schau mich nicht so an, Süße.« Sean stellte eine große gusseiserne Pfanne auf den Herd. »Wenn du nicht wie eine

Schwester für mich wärst, würde ich dich jetzt glatt vernaschen.« Er zog sie an sich und drückte ihr einen Kuss auf die Stirn. »Welche Kartoffeln soll ich für dich aus dem Feuer holen?«

Kathy lehnte sich an den Kühlschrank. »Du hast doch sicher gehört, was Peter mir angetan hat?«

»Klar.« Sean legte die Steaks in die Pfanne. »Ma ruft mich jede Woche an.«

»Dann hilfst du mir also, ihn zur Räson zu bringen?« Kathy schilderte rasch ihren Plan. Sean unterbrach sie nicht, nickte nur ab und zu.

»Warum darf ich ihn nicht hinter das Hotel locken und verprügeln?« Er wendete die Steaks. »Ich konnte den Kerl von Anfang an nicht leiden. Hab nie verstanden, warum du dich ausgerechnet in ihn verlieben musstest.«

»Das ging mir mit deiner Sandra genauso«, konterte Kathy. »Ich bin froh, dass du ihr den Laufpass gegeben hast.«

Mit entschlossener Miene drückte Sean den Zeigefinger auf das Fleisch, um den Gargrad zu prüfen. »Perfekt. Reich mir mal die Teller.«

Beim Essen schwärmte er von seinen Wanderungen in den Highlands. »Ich hätte nie gedacht, dass mir die Einsamkeit in den Bergen so gut gefallen würde. So ein Abend am Lagerfeuer vor dem Zelt … nichts ist entspannender. Dieser Sternenhimmel über der rauen Berglandschaft, wenn du so etwas einmal gesehen hast, vergisst du es nie wieder.« Sein Blick schien in die Ferne zu schweifen. »Sandra ist ein Stadtmensch. Das mit uns wäre nie gut gegangen.«

»Möchtest du noch ein Bier?« Kathy stapelte das schmutzige Geschirr in der Spüle. »Oder lieber einen Whiskey?« Sie rührte nicht weiter an dem Thema »Sandra«, denn in seinen Augen hatte sie gesehen, dass diese Frau noch kein abgeschlossenes Kapitel für ihn war.

Energisch nahm Sean ihr die fettige Pfanne aus der Hand. »Koch uns einen anständigen Tee. Ich kümmere mich um den Abwasch.«

»Von wegen!« Kathy drohte ihm mit der Spülbürste. »Das mache ich später. Setz dich ins Wohnzimmer, ich bringe den Tee gleich rüber.«

Sean lag auf dem Sofa und blätterte in Kathys Fotoalbum. »Da fehlt ein Bild. Hast du das mit Absicht entfernt?« Er zog den Sessel an die Couch heran, und Kathy setzte sich zu ihm.

»Ach das …« Sie zögerte einen Augenblick, stand auf und zog Steves Foto aus der Bibel hervor.

Sean nahm ihr das Bild aus der Hand. »Du warst also schon damals in ihn verliebt.« Er runzelte die Stirn. »Und heute?«

»Ich glaube, ich habe nie aufgehört, ihn zu lieben«, seufzte Kathy. »Aber er …«

»… trauert immer noch um seine Frau«, vollendete Sean den Satz. »So wie er dich ansieht, ist da mehr als Freundschaft im Spiel.«

»Meinst du wirklich?« Kathy wurde abwechselnd heiß und kalt. »Warum stößt er mich dann zurück?« Zitternd kuschelte sie sich neben Sean auf die Couch und legte den Kopf an seine Schulter. »Gestern Abend hat er kaum drei Worte mit mir gewechselt.«

Sean strich ihr zärtlich eine Locke aus der Stirn. »Männer sind manchmal so. In Sachen Kommunikation habt ihr Frauen eindeutig die Nase vorn«, versuchte er sie zu beruhigen. »Dafür haben wir ein reiches Innenleben.«

Kathy kniff ihm in die Nase. »Du nimmst mich nicht ernst.«

»Und ob ich das tue!« Sean schob sie zur Seite und stand auf. Er stützte die Hände auf die Fensterbank und starrte in die Dunkelheit. »Steve weiß nicht, warum wir zwei so eng miteinander verbunden sind. Er hat nicht miterlebt, wie sehr du unter dem Verlust deiner Mutter gelitten hast.«

»Worauf willst du hinaus?« Kathy sprang auf und rannte im Zimmer auf und ab.

»Du hast doch selbst gesehen, wie giftig er auf mich reagiert hat. Unser Kuss unter dem Mistelzweig …« Er unterbrach sich, deutete mit dem Kopf zum Schlafzimmer. »Dein Handy.«

Erst jetzt hörte Kathy den bekannten Klingelton und schaute Sean fragend an.

»Nun geh schon ran. Vielleicht ist es Steve«, raunte er ihr zu, und sie stolperte aus dem Zimmer. Ohne auf das Display zu schauen, nahm sie das Gespräch entgegen.

»Habe ich dich geweckt?« Steves Stimme klang traurig.

Kathy schluckte. Einen Moment überlegte sie, ihm zu erzählen, dass Sean bei ihr war. Aber das brachte sie nicht übers Herz. »Was macht meine süße Mia?«, fragte sie stattdessen. »Hat sie sich im Kindergarten schon gut eingelebt?«

Steves Lachen klang gequält. »Kannst du Gedanken lesen? Deshalb rufe ich an. Mia möchte unbedingt der Engel beim Krippenspiel sein.« Er seufzte. »Mein Problem ist, ich kann nicht nähen. Wo bekomme ich auf die Schnelle ein Engelskostüm her? Die Weihnachtsfeier im Kindergarten ist schon in einer Woche.«

Die Tatsache, dass er sie um Hilfe bat und nicht seine Schwägerin, sorgte bei Kathy für Schluckauf. »Einen Moment«, sagte sie zwischen zwei Hicksern. »Ich muss etwas trinken.« Mit dem Handy am Ohr flitzte sie ins Wohnzimmer, bedeutete Sean, still zu sein, und trank hastig einen

Schluck Tee. »Der Schluckauf ist weg«, verkündete sie lachend. »Komm doch morgen mit Mia zu mir. Ich glaube, mein altes Engelskostüm ist noch auf dem Dachboden.« Am anderen Ende der Leitung hörte sie Mia rufen.

»Danke, Kathy«, beeilte sich Steve zu sagen. »Mein Engelchen träumt mal wieder schlecht.« Dann legte er auf.

Nebenan klapperte Sean mit den Tellern. »Hab schon mal Ordnung gemacht«, meinte er grinsend, als Kathy in die Küche trat. Sie strahlte ihn an. »Morgen Nachmittag besuchen mich Steve und Mia.«

»Rein zufällig werde ich genau zu dieser Zeit deine Waschmaschine reparieren«, sagte Sean.

»Aber die ist gar nicht kaputt«, empörte sich Kathy.

Sean zwinkerte ihr zu. »Das weiß Steve doch nicht.«

20

Auf den Dächern lag der erste Raureif. Dichter Nebel kroch über die Hügel und hüllte Busby ein. Fröstelnd wickelte Kathy ihren Schal enger um den Hals und zog die Strickmütze ins Gesicht. »Ich gehe ja gern mit Scotty und dir spazieren. Nur muss es so früh sein?«, sagte sie.

»Kein Wunder, dass dir kalt ist. Warum hast du keine Jeans angezogen?« Lena ließ Scotty von der Leine und stapfte Richtung Steinwall. »Dein Kilt ist zwar wunderschön, aber nichts für eine Wanderung über die Weiden.«

»Ich trage eine dicke Wollstrumpfhose unter dem Rock, und Stiefel habe ich auch an«, verteidigte Kathy ihre Kleiderwahl. Kurzatmig kletterte sie hinter Lena über die aufgeschichteten Steine. »Hier sind wir noch nie gewandert. Wo willst du hin?« Sie versuchte, sich im Nebel zu orientieren. Lediglich schemenhaft erkannte sie in der Ferne die Umrisse eines Hauses. »Ist das die Miller-Farm?«

Lena pfiff nach Scotty, der ausgelassen Krähen jagte. Als er brav zurücktrottete, belohnte sie ihn mit einem Leckerli und nahm ihn wieder an die Leine. »Erst letzte Woche ist er mir hier weggelaufen. Gleich hinter dem Hügel liegt die Farm von Nora und Tommy. Ihre Hündin ist läufig.«

Kathy kraulte Scotty hinter den Ohren und hakte sich bei der Freundin ein.

»So einen kleinen Scotty würde ich sofort nehmen.«

Lena schnaubte. »Hör bloß auf. Hundenachwuchs fehlt mir gerade noch.« Mit forschen Schritten marschierte sie auf die Miller-Farm zu und kramte einen Schlüsselbund aus ihrer Jackentasche. »Steve hat mich gebeten, Vorhänge für die Fenster zu nähen. Du kannst mir beim Ausmessen helfen.«

Die Erkenntnis, dass Steve und Mia bald nicht mehr im alten Dorf, in ihrer Nähe, leben würden, traf Kathy wie ein Blitz. »Wann will Steve hier einziehen?«

Lena blieb abrupt stehen und schaute ihr in die Augen. »Du weißt es noch nicht?« Sie fasste die Freundin am Arm und führte sie zum Eingang des Farmhauses. »Gehen wir hinein, damit du dir selbst ein Bild machen kannst.« Sie steckte den rostigen Eisenschlüssel in das Türschloss und stemmte sich mit der Schulter gegen das Holz. »Hilf mir bitte. Sie klemmt. Darum muss sich Steve noch kümmern.«

Gemeinsam drückten sie die verzogene Tür auf. Sofort schlug ihnen ein modriger Geruch entgegen.

»Seit Walters Auszug wurde hier nicht mehr geheizt«, erklärte Lena und tastete nach dem Lichtschalter.

Die altmodische Pendelleuchte erhellte nur spärlich den Raum. Kathy blieb in der Tür stehen und schaute sich um. Sie hatte zwar gehört, dass Walter in bescheidenen Verhältnissen gelebt hatte, aber so hatte sie sich das nicht vorgestellt.

Der schlauchartige Raum war eine Kombination aus Küche und Wohnzimmer. Im Eingangsbereich gab es einen Gasherd, Tisch und Stühle und einen alten Büfettschrank, in dem abgestoßenes Geschirr stand. Im hinteren Teil des Raumes entdeckte Kathy eine Couch und einen kleinen Fernseher auf einem niedrigen Bücherregal.

»Im Anbau befinden sich ein Schlafzimmer und ein winziges Bad«, erklärte Lena. »Sicher kannst du dir denken, dass Steve hier nicht mit Mia leben möchte.« Sie stellte ihren Rucksack auf den Küchentisch und holte eine Thermoskanne und zwei Becher heraus. »Er möchte das Cottage deiner Großeltern kaufen.«

Ungläubig riss Kathy die Augen auf. »Das kann nicht sein! Die Claytons würden ihr Ferienhaus nie verkaufen.«

Es ärgerte sie maßlos, dass Steve mit ihr nicht über seine Absichten geredet hatte. Im selben Moment war sie aber auch erleichtert darüber, dass er der neue Besitzer des Cottages sein würde und nicht irgendein Fremder, bedeutete das doch, ihn in ihrer Nähe zu wissen. So viele widerstreitende Gefühle. Sie wärmte ihre kalten Finger an der Teetasse und trank vorsichtig einen Schluck. »Warum hat Steve mir das gestern Abend nicht erzählt?«

Lena setzte sich an den Küchentisch und wickelte zwei Muffins aus einer Stoffserviette. »Magst du?«

»Ich muss erst mal verdauen, was du mir gerade erzählt hast.« Kathy starrte aus dem Fenster. Der Nebel hatte sich gelichtet. Erste Sonnenstrahlen bahnten sich ihren Weg durch die Wolkenlücken.

Nachdenklich pulte Lena eine Blaubeere aus dem Muffin. »Im Pub, vor all den Leuten, wollte er sicher nicht darüber reden.«

Kathy schlug sich mit der flachen Hand an die Stirn. »Ich muss Sean anrufen«, sagte sie mehr zu sich selbst und griff zum Handy.

»Tu, was du nicht lassen kannst. Ich messe inzwischen die Gardinen im Schlafzimmer aus«, erwiderte Lena und verschwand im Anbau. Kathy war froh, dass die Freundin keine Fragen stellte. Sie malte Herzchen auf die beschlagene Scheibe und wartete darauf, dass Sean das Gespräch annahm.

Erst nach dem zehnten Klingeln hörte sie seine verschlafene Stimme. »Nicht mal im Urlaub darf man ausschlafen«, brummte er.

»Du kannst dich sofort wieder hinlegen«, erklärte Kathy. »Ich wollte dich nur bitten, heute Nachmittag nicht zu mir zu kommen.«

»Hat Steve abgesagt?« Sean gähnte.

»Nein. Aber später mehr.« Sie überlegte einen Moment. »Schlaf weiter. Ich rufe dich an, wenn er weg ist, versprochen.«

Ihr Magen knurrte so laut, dass Kathy heißhungrig nach dem Muffin griff. Erst nachdem sie den letzten Krümel verputzt hatte, folgte sie der Freundin ins Schlafzimmer.

»Oh!«, war alles, was ihr beim Anblick des breiten Bettes einfiel.

Lena drückte ihr einen Bleistift und einen Block in die Hand. »Reiß dich vom Anblick der Spielwiese los. Hast du noch nie einen Spiegel über einem französischen Bett gesehen?« Sie zwinkerte verschmitzt. »An der Ausstattung seines Schlafzimmers hat Walter jedenfalls nicht gespart.« Sie tippte mit dem Zollstock auf das Seidenlaken.

Kathy versuchte, ihr Kopfkino zu stoppen. Sie mochte sich gar nicht vorstellen, was Walter hier mit Bella angestellt hatte. »Können wir uns bitte mit dem Ausmessen beeilen? Ich muss zurück in die Webstube«, stöhnte sie.

»Etwas Zeit wirst du dir wohl noch nehmen können.« Lena hielt den Zollstock an das Fenster und diktierte Kathy die Maße. »Du hast den Unterstand für die Alpakas noch nicht gesehen.«

Auf dem Rückweg erfuhr Kathy, dass Steve plante, im Farmhaus sein Büro einzurichten. »Er möchte Arbeit und Freizeit getrennt halten«, erklärte Lena. »Schon nächste Woche kommen die Möbel.« Sie blieb stehen und deutete auf eine eingezäunte Wiese. »Das sind die Alpaka-Weiden. Siehst du die hohen Zäune? Und gleich dahinter haben Steve und Dan einen großen Unterstand für die Tiere gebaut.«

Kathy knuffte die Freundin in die Seite. »Du hast es gut. Mit dir redet Steve wenigstens.«

»Von wegen. Das hat Dan uns beim Abendessen erzählt.« Lena schlug den Weg über die Landstraße ein. »Glaub nicht, dass Steve mir gegenüber redseliger ist. Sein Bruder Dan war auch nicht der Gesprächigste. Aber inzwischen weiß ich ihn zu nehmen. So ein Glas Whiskey löst ganz gut die Zunge.«

»Das habe ich bei Steve auch schon versucht«, wandte Kathy ein. »Hat leider nicht geklappt.«

Eine halbe Stunde später öffneten sie das Friedhofstor und nahmen die Abkürzung Richtung Hauptstraße. Vor dem Wollmarkt trennten sich die beiden Freundinnen. Lena drückte Kathy kurz an sich und zwinkerte ihr zu. »Ich wünsche dir einen wunderschönen Nachmittag. Ruf mich heute Abend an, wenn du alleine bist.«

»Das kann spät werden«, winkte Kathy ab. »Wie ich Sean kenne, wird der garantiert auch noch vorbeischauen.« Sie wuschelte durch Scottys zotteliges Winterfell, gab Lena einen Kuss auf die Wange, dann betrat sie ihren Laden.

Unschlüssig blieb sie vor dem Webstuhl stehen. Die Wolle für den neuen Stoff lag griffbereit auf der Fensterbank. In Gedanken sah sie das blau-grüne Tartanmuster schon vor sich auf dem Webrahmen.

Mit dem festen Vorsatz, wenigstens einen Musterverlauf fertigzustellen, setzte sie sich auf die Bank. Doch bereits nach der fünften Reihe legte sie frustriert das Weberschiffchen aus der Hand. Für dieses komplizierte Muster fehlte ihr eindeutig die Konzentration.

Immer wieder schaute sie auf die Uhr. In einer Stunde

würde Steve seine Tochter vom Kindergarten abholen. Zeit genug, auf den Dachboden zu klettern, um das Engelskostüm zu suchen. Im Flur tauschte Kathy die hohen Stiefel gegen Ballerinas und schlüpfte in den Arbeitskittel ihrer Großmutter. Sie hatte es nicht übers Herz gebracht, sich von diesem verschlissenen Kleidungsstück zu trennen, erinnerte sie der geblümte Baumwollstoff doch stets an ihre unbeschwerte Kindheit im Haus der Großeltern.

Kathy klappte die Falltreppe herunter und setzte den Fuß auf die unterste Sprosse, da klingelte die Ladenglocke. »Ich komme«, rief sie und kletterte nach unten.

»Schicke Arbeitskluft.« Steve grinste sie an. »Erinnert mich irgendwie an meine Mutter.«

Verlegen strich Kathy über den Kittel. »Der gehörte meiner Granny. Früher hing er im Cottage gleich neben der Küchentür.« Sie überlegte, Steve auf seine Kaufabsichten anzusprechen, da beugte er sich zu Mia und flüsterte ihr etwas ins Ohr.

Die Kleine nickte und nahm ihren Jeansrucksack von den Schultern. »Schau mal, Kathy. Den hat Tante Lena mir genäht.« Sie öffnete den Reißverschluss und zog eine kleine Papiertüte heraus. »Für dich«, sagte Mia und strahlte über das ganze Gesicht.

Kathy wurde es warm ums Herz, als sie den gelben Papierstern aus der Verpackung holte. »So einen schönen Stern habe ich noch nie gesehen.« Vorsichtig legte sie die Bastelarbeit auf der Ladentheke ab, kniete sich vor Mia und drückte sie an sich. »Vielen, vielen Dank, meine Süße. Wollen wir ihn zusammen im Schaufenster aufhängen?«

Die Kleine schüttelte den Kopf. »Das ist ein Schlafstern. Der muss über dem Bett hängen«, sagte sie und zog die Nase kraus. »Daddy soll ihn aufhängen.«

Kathy schluckte. »Zuerst klettern wir auf den Dachboden. Du musst mir helfen, das Engelskostüm zu suchen.«

Aber sie hatte nicht mit Mias Hartnäckigkeit gerechnet. Zielstrebig flitzte das kleine Mädchen die Treppe hinauf. »Kommt ihr?«, rief sie von oben. »Ich klettere aufs Bett.«

»Dieser kleine Wirbelwind«, stöhnte Steve und rannte hinter ihr her. Rasch sammelte Kathy den Rucksack sowie Mias Stern ein und folgte den beiden nach oben. Fast wäre sie in der Schlafzimmertür mit Steve zusammengestoßen, der schmunzelnd einen Finger auf seinen Mund legte und mit dem Kopf Richtung Bett deutete. Dort lag Mia ausgestreckt auf dem Rücken und kniff die Augen zusammen.

»Du rechts, ich links«, flüsterte Kathy Steve ins Ohr. Er nickte und lief auf Zehenspitzen um das Bett. Sie postierte sich auf der anderen Seite. Gleichzeitig beugten sie sich über die Kleine und kitzelten sie. Mia kugelte sich kichernd, strampelte mit Armen und Beinen und bellte wie ein Hund. Das sah so komisch aus, dass Kathy und Steve bald in ihr Lachen einstimmten. Schließlich lagen die drei nebeneinander in dem breiten Bett, die Köpfe aneinandergeschmiegt, und schauten nach oben.

»Dort ist der perfekte Platz für den Stern«, stellte Steve fest. Mit einem Satz sprang er auf. »Hast du durchsichtiges Klebeband?«, fragte er, ohne Kathy anzusehen.

»In der Küchenschublade«, antwortete sie und setzte sich auf.

Mia hüpfte ausgelassen auf dem Bett auf und ab. Erst als ihr Vater aus der Küche zurückkam, kuschelte sie sich neben Kathy. »Machst du mir einen Kakao?«, bettelte sie. »Mein Bauch ist leer.«

»Na, dann komm, kleine Maus. Den Stern kann dein Daddy auch allein aufhängen.« Kathy stand auf und nahm Mia auf den Arm. »Ich koche uns Spaghetti mit Tomatensoße.«

Beim Essen verfinsterte sich Steves Miene. Selbst das mit Tomatensoße beschmierte Gesicht seiner Tochter entlockte ihm kein Lächeln. Mia thronte auf zwei Kissen neben Kathy und versuchte, die Spaghetti auf ihre Gabel zu drehen.

»Mach du«, bat sie. Lachend nahm Kathy ihr die Gabel aus der Hand und rollte einige Nudeln auf. »Wie gut, dass wir zwei uns ein Handtuch umgehängt haben«, stellte sie fest. »Schau mal, dein Dad hat sich schon Tomatensoße auf das Hemd gekleckert.«

»Redet ihr mit mir?« Steve wischte sich mit dem Handrücken über die Stirn. »Sorry, mir geht gerade so viel durch den Kopf.«

Kathy griff nach seiner Hand. »Heute Morgen habe ich Lena zur Miller-Farm begleitet.« Sie schaute ihm in die Augen, doch Steve wandte den Blick ab. »Wann wolltest du mir sagen, dass du das Haus meiner Großeltern kaufst?«, rutschte ihr heraus. Im selben Moment bereute sie es, ihn so vorwurfsvoll angegangen zu sein.

Steve entzog ihr seine Hand, schob den halb vollen Teller von sich und stand auf. »Das ist im Moment wirklich nicht mein Problem«, stöhnte er. »Kommst du bitte einen Moment mit mir nach nebenan?« Zärtlich strich er Mia über das Haar. »Wir sind gleich wieder bei dir, Schätzchen.«

»Okay«, antwortete die Kleine und grinste ihren Daddy an. »Bin schon groß, kann auch alleine essen.«

Steve schloss die Schlafzimmertür hinter sich und setzte sich auf die Bettkante. »Gestern kam ein Brief aus

Wellington.« Er starrte auf seine Hände. »Der offizielle Abschlussbericht der Staatsanwaltschaft«, sagte er leise.

Kathy hätte sich jetzt gern neben ihn gesetzt und ihn in den Arm genommen. Doch sie hielt sich zurück, stellte sich nur vor ihn und legte eine Hand auf seine Schulter. »Bitte rede weiter, Steve«, flüsterte sie und strich vorsichtig über seinen Arm.

»Das ganze Geld der Welt kann mir meine Julia nicht zurückbringen«, brach es aus ihm heraus. »Die Untersuchung des Wrackteils hat ergeben, dass ihr Boot von einem Öltanker gerammt wurde. Die Polizei hat anhand der Lackspuren und der Routenberechnungen ermitteln können, wer es war.« Steve hob den Kopf und schaute Kathy an. Aus seinen Augen sprach so viel Leid. »Was nützt mir die Entschädigungssumme? Sie wiegt die verlorene Liebe nicht auf und ersetzt Mia nicht die Mutter.«

21

Am Abend stürmte Sean in die Webstube. »Ich habe extra gewartet, bis die beiden um die Häuserecke waren«, verkündete er gut gelaunt.

Kathy hob kurz den Kopf von der Arbeit und nickte. »Lieb von dir«, sagte sie, schob sich aus der Bank und schlich mit hängenden Schultern zur Treppe.

Sean drängelte sich an ihr vorbei, um sich ihr in den Weg zu stellen. »Was ist passiert? Falls Steve dir das Herz gebrochen hat, bekommt er es mit mir zu tun.« Mit der geballten rechten Faust schlug er in seine offene linke Hand.

Kathy lächelte gequält. »Mia sah wunderschön aus in meinem Engelskostüm. Sie wollte es gar nicht mehr ausziehen.« Rasch küsste sie Sean auf die Nasenspitze und schob ihn zur Seite. »Tee oder lieber Whiskey?«, fragte sie und lief in die Küche.

»Ich fahre gleich noch Auto, also Tee«, antwortete Sean. Er nahm ihr die Teekanne aus der Hand und deutete mit dem Kopf Richtung Wohnzimmer. »Setz dich auf die Couch. Du bist ganz blass um die Nase. Vielleicht verschieben wir unseren Barbesuch lieber.«

»Barbesuch?« Erst jetzt fiel Kathy auf, wie schick Sean sich angezogen hatte. Zu einer schwarzen Jeans trug er ein modisches Tweed-Sakko und ein graues Oberhemd. »Gibt es etwas zu feiern?«, fragte sie vorsichtig nach und setzte sich in den Ohrensessel.

»Hast du vergessen, dass wir deinem Ex heute Abend einen Besuch abstatten wollen?« Sean stellte die Teekanne samt Stövchen auf dem Couchtisch ab. Dann verschwand er wieder in der Küche, um die Tassen zu holen.

Kathy nahm die selbst gestrickte Wolldecke von der Couch und wickelte ihre Beine darin ein. »Das schaffe ich heute auch noch«, dachte sie laut und griff dankbar nach dem dampfenden Teebecher.

»Bist du dir sicher?« Sean hielt ihr die Dose mit den Ingwerplätzchen vor die Nase. »Steves Besuch scheint dich ganz schön durcheinandergebracht zu haben.«

»Also gut, du Quälgeist. Ich erzähle dir, warum ich neben der Spur bin.« Kathy stöhnte. Sie klopfte mit der flachen Hand auf die Sessellehne. »Setz dich neben mich und massier mir den Nacken, wie du es früher immer getan hast.«

Sean salutierte vor ihr und meinte grinsend: »Ganz wie Miss Kathy wünscht.« Dann setzte er sich auf die Lehne. Mit gekonntem Griff bearbeitete er Kathys verspannte Schulter- und Nackenmuskeln. Sie schloss die Augen und genoss es, dass die Anspannung langsam nachließ.

»Eigentlich war es ein sehr harmonischer Nachmittag. Mia hat mir einen Schlafstern gebastelt, den Steve über dem Bett aufgehängt hat«, erzählte sie.

Sean gab ein merkwürdiges Knurren von sich, kommentierte die Tatsache, dass Steve in ihrem Bett rumgeturnt war, aber nicht.

Kathy lehnte den Kopf an seine Brust und redete weiter. »Wenigstens konnte ich ihn davon abhalten, die Entschädigungssumme an eine Hilfsorganisation zu spenden.« Sie atmete tief durch. »Einen Großteil wird er für Mia zurücklegen, und vom Rest kauft er das Haus meiner Großeltern«, beendete sie ihren Bericht.

»Das hört sich doch alles ganz vernünftig an.« Sean erhob sich und zog Kathy aus dem Sessel. »Steve wird sich nicht ewig einigeln. Solange du noch Geduld hast, ist ja alles gut.« Er räusperte sich und zwinkerte Kathy zu. »Seine Sehnsucht nach Zärtlichkeit und körperlicher Nähe wird bald wieder erwachen. Glaube mir, ich weiß, wovon ich spreche.«

Kathy verdrehte die Augen und boxte ihn in die Seite. »Du bist aber kein Witwer«, rief sie empört aus. Sean hatte es mit seiner humorvollen Art geschafft, sie aus ihrem Tief zu holen. Sie sah wieder Licht am Ende des Tunnels.

»Hörst du mir noch zu, Kathy?«, sagte Sean in diesem Moment. »Sandra bedeutet mir immer noch viel.« Er zog einen Schmollmund. »Du nimmst mich nicht ernst.«

Kathy tätschelte ihm zärtlich die Wange. »Armer, unverstandener Sean. Darf ich dich zum Trost auf einen Drink in die Bar vom ›Lake Hotel‹ in Killarney einladen? In deinem Outfit wirst du dort sicher für Aufsehen bei der Damenwelt sorgen.«

Mit dem festen Vorsatz, das Problem »Peter« ein für alle Mal aus dem Weg zu schaffen, verschwand sie im Schlafzimmer, um sich für den Abend zu stylen. Sie tauschte Kilt und Aran-Sweater gegen ihr schwarzes Etuikleid. Schweren Herzens schlüpfte sie aus der Wollstrumpfhose und zog Seidenstrümpfe an. Auf ihren hochhackigen Pumps stöckelte sie ins Wohnzimmer und hakte sich bei Sean ein. »Ich hoffe, dein Wagen hat eine Sitzheizung. Mir ist nämlich verdammt kalt in der dünnen Strumpfhose.«

»Dafür siehst du aber zum Anbeißen aus«, stellte er anerkennend fest. »Warte im Laden, bis ich die Luxuslimousine vorfahre.«

Kathy nickte ihm dankbar zu und wickelte sich in ihren Wintermantel. Sie nutzte die Wartezeit, um eine Kiste mit Wollsocken und Schals für den Weihnachtsmarkt zu packen. Kaum hatte sie den Karton verschnürt und im Flur abgestellt, hielt ein dunkelgrüner Geländewagen vor dem Geschäft.

»Was sagst du zu meinem Neuerwerb?« Sean klopfte zärtlich auf die Motorhaube. »Für meine Ausflüge in die Highlands brauche ich Allradantrieb. Eine Sitzheizung hat das Schätzchen natürlich auch.« Er hielt Kathy die Beifahrertür auf und spurtete um den Wagen. »Auf das dumme Gesicht von Peter freue ich mich jetzt schon«, sagte er lachend und ließ den Motor an.

Kathy kuschelte sich in den vorgeheizten Sitz. »Du hast ja sogar ein Autotelefon«, erwiderte sie.

»Ist ganz praktisch, wenn ich unterwegs von der Firma angerufen werde«, erklärte Sean und gab Gas. »Nach zwei Wochen Schufterei auf der Bohrinsel packe ich meine Klamotten in den Wagen und verschwinde für sieben Tage in den Bergen. Oder ich besuche meinen Freund in Glasgow.«

Kathy beobachtete, wie sich seine Miene verfinsterte. »Wie lange willst du diesen Job denn noch machen?«, fragte sie leise. »Hat dir dein Vater nicht erst letztes Jahr angeboten, im Pub mit einzusteigen, später sogar ganz zu übernehmen?«

Sean nickte. »Mehr als einmal haben Mom und Dad mich bearbeitet. Solange meine Mutter nicht bereit ist, ihren Platz in der Küche zu räumen, bleibe ich in meiner Kombüse auf der Bohrinsel und koche den Jungs ihre Leibgerichte. Die wissen meine Kochkünste wenigstens zu schätzen.« Auf seiner Stirn bildete sich eine Zornesfalte.

Sofort war Kathy klar, dass sie einen wunden Punkt bei ihm berührt hatte. »So habe ich das noch nie gesehen. Mir hat Claire letzte Woche noch erklärt, dass sie sich am liebsten ganz der Näherei widmen würde. Die Arbeit in der Küche strengt sie zunehmend an.«

»Da hat sie mir aber was anderes erzählt. Sie stellt sich vor, gemeinsam mit mir in der Küche zu arbeiten. Als ob ich Lust darauf hätte, mir ständig reinreden zu lassen.« Er starrte auf die menschenleere Straße und beschleunigte den Wagen. »Ich liebe sie wirklich. Trotzdem bleibe ich dabei. Mit ihr zusammen in einer Küche, das gäbe Mord und Totschlag.« Die nächste Kurve nahm er so schwungvoll, dass Kathy befürchtete, jeden Moment in der Leitplanke zu landen.

»Beruhige dich bitte, Sean. Ein bisschen hänge ich noch am Leben«, stieß sie hervor. Augenblicklich schaltete er einen Gang runter.

»Sorry, bei dem Thema gehen immer die Pferde mit mir durch.« Er setzte den Blinker und bog auf einen Kiesweg ab.

»Schade, dass es dunkel ist.« Kathy drückte sich die Nase an der Scheibe platt. »Der Blick auf den Loch Léin und die dahinterliegenden Berge soll von hier aus spektakulär sein.«

»Nicht halb so spektakulär wie die Aussicht vom Gipfel des Mangerton«, wandte Sean ein. »Im Sommer spiegelt sich der Himmel im Loch Léin und du erkennst im Wald sogar die Ruine der Mac Carty Burg. Wir sollten dort unbedingt mal zusammen hinwandern.«

»Für den Moment reicht es mir, wenn ich auf meinen Pumps unfallfrei bis zur Bar komme.« Kathy klappte den Spiegel hinunter und kontrollierte ihr Make-up. Mit jedem Meter, den der Wagen sich dem viktorianischen Hotel näherte, rutschte ihr Herz tiefer. »Was machen wir, wenn Peter heute gar nicht da ist?«

»Mein schottischer Freund Graham würde sagen: Dann lassen wir die Schafe fliegen«, entgegnete Sean und parkte den Wagen neben einem Bentley. Auf Kathys fragenden Blick hin erklärte er lachend: »Na, was wohl? Tanzen, trinken, flirten, das volle Programm.« Mit zwei Fingern fuhr er sich durch die roten Locken. »Auf ins Gefecht!«, verkündete er und stieg aus. Galant reichte er Kathy seinen Arm. »Mein Angebot steht. Wenn Peter gleich rumzicken sollte, bekommt er meine Fäuste zu spüren.«

»Untersteh dich!« Kathy knuffte ihn in die Seite. »Du hältst dich im Hintergrund, wenn ich mit ihm rede.« Beeindruckt von dem stilvollen Interieur sah sie sich im Foyer um. »Wusstest du, dass hier sogar Queen Victoria übernachtet hat?«

»Kein Wunder, ein Normalsterblicher kann sich eine Nacht in diesem noblen Schuppen ja nicht leisten«, raunte Sean ihr zu. »Mir ist das eindeutig zu viel Gold und Samt. Ich bevorzuge kleine, gemütliche B&Bs.« Zielstrebig folgte er dem Hinweisschild zur Bar. »Hoffen wir mal, dass es dort auch ein ordentliches Guinness gibt. Cocktails sind nicht so mein Ding.«

Die »Lake View Bar« machte ihrem Namen selbst am Abend alle Ehre. Vom Tresen aus hatte man einen atemberaubenden Blick über den dunklen See bis weit in die Kerry Mountains. Umso begehrter waren die Zweiertische vor der großen Fensterfront.

»Da ist Peter«, flüsterte Kathy und klammerte sich an Sean. Der gut aussehende Barkeeper schien sie noch nicht bemerkt zu haben. Er hantierte geschickt mit Cocktail-Shaker und Gläsern, während er mit den Gästen plauderte.

»Ich schaffe das nicht«, stöhnte sie. »Nicht vor all den Leuten.«

Sean dirigierte sie zu einem freien Zweiertisch. »Von hier aus haben wir ihn im Blick.« Er schob ihr den Sessel zurecht und setzte sich ihr gegenüber. »Was möchtest du trinken,

Liebling?« Er legte seine Hand auf ihre und sah ihr tief in die Augen. »Tu so, als wären wir ein Liebespaar. Irgendwann wird er uns schon bemerken.« Er warf einen Blick in die Getränkekarte und sagte: »Jetzt wäre der perfekte Zeitpunkt für dich, laut zu lachen. Stell dir vor, ich hätte dir gerade einen Witz erzählt.«

Drei Tische weiter servierte Peter Champagner.

»Mach schon. Oder soll ich dich kitzeln?« Sean langte über den Tisch und krabbelte mit seinen Fingern ihren Arm hinauf.

»Das ist gemein«, stieß Kathy hervor und kicherte. »Du weißt genau, wie kitzelig ich bin.« Und dann lachte sie so laut, dass sich die Paare an den Nachbartischen zu ihr umdrehten.

»Du kannst aufhören«, raunte Sean ihr zu. »Er steuert direkt auf uns zu.«

Erstaunt stellte Kathy fest, dass sich durch die ganze Aktion ihre Anspannung gelegt hatte. Sie streckte den Rücken durch und schenkte Peter ihr schönstes Lächeln. »Was für ein Zufall. Erst heute Morgen haben wir noch über dich geredet.«

Sean griff den Ball sofort auf. »Deine Geburtstagsüberraschung war das Gesprächsthema Nummer eins im Dorf.«

Auf Peters Stirn bildeten sich Schweißperlen. Es schien ihn unendlich viel Kraft zu kosten, seine freundliche Fassade aufrechtzuerhalten. »Was darf ich den Herrschaften zu trinken bringen?«, fragte er.

»Es ist nicht meine Absicht, dich hier, vor all den vornehmen Herrschaften, bloßzustellen«, zischte Kathy. »Aber falls du nicht einsichtig bist, sehe ich mich leider gezwungen, lauter zu werden.« Sie hielt Peters Blick stand, sah, wie seine Augen sich zu Schlitzen verengten.

»Was willst du?«, flüsterte er und schaute Richtung Bar zu seinem Kollegen.

Mit fester Stimme sagte Kathy: »Ich hätte gern einen alkoholfreien Cocktail und …« Sie legte eine Hand auf Peters Unterarm. »… deine Zusicherung, dass du so schnell wie möglich für alle Schäden aufkommst, die du in meinem Geschäft angerichtet hast.« Sie hielt ihn am Arm fest. »Oder muss ich zuerst ein ernstes Wort mit deiner reizenden Verlobten reden?«

Aus Peters Gesicht war alle Farbe gewichen. Er klappte seinen Mund auf und wieder zu. »Bitte nicht«, stammelte er. Dann beugte er sich zu Kathy und raunte ihr zu: »Kein Skandal bitte. Ich komme für alles auf. Ich ersetze dir auch den zerschnittenen Teppich. Gib mir ein Vierteljahr Zeit, bis dahin habe ich das Geld zusammen.« Schnell richtete er sich wieder auf und wandte sich an Sean. »Der Herr bevorzugt sicher ein Guinness.«

»Gern.« Sean legte sein Handy auf den Tisch. »Für den Fall, dass du vergessen solltest, was du Kathy versprochen hast, habe ich das Gespräch aufgezeichnet.«

Peter starrte mit weit aufgerissenen Augen auf das Mikrophonzeichen auf dem Display. »Ihr könnt euch auf mich verlassen«, beeilte er sich zu sagen. »Die ersten tausend Euro hast du bis Weihnachten auf deinem Konto.« Mit zittrigen Händen zog er ein Stofftaschentuch aus seiner Hosentasche, wischte sich den Schweiß von der Stirn und eilte zur Bar.

»Das hast du gut gemacht, Kathy«, lobte Sean sie und drückte ihre Hand. »Unter uns bemerkt, habe ich das Gespräch natürlich nicht aufgezeichnet. War nur ein Trick.«

»Meinst du, Peter hält sich an die Absprache?« Aus dem Augenwinkel beobachtete sie, wie er mit seinem Kollegen sprach und den Raum verließ. »Ich wünschte, ich könnte endlich einen Schlussstrich unter das Kapitel ›Peter‹ ziehen.«

22

Kathy schleppte den alten Heizlüfter vom Dachboden und stellte ihn neben die Kisten. »Ich hole noch die Verpflegung«, rief sie Bella zu, die Kartons in ihrem Auto verstaute.

Die Freundin schaute sie verwundert an. »Wieso hast du dir die Mühe gemacht? Auf dem Weihnachtsmarkt gibt es bestimmt einige Leckereien zu verkosten. Ich freue mich schon auf den Punsch.«

»Von dem süßen Kram wird mir im Moment immer schlecht.« Kathy quetschte den Heizlüfter hinter die Rückbank. »Wenn ich den ganzen Tag draußen bin, brauche ich ein ordentliches Schinkensandwich und starken Tee.«

Ihr Kopf glühte unter der dicken Strickmütze. Schweißperlen liefen ihren Rücken hinunter. Hastig öffnete sie den Reißverschluss des Parkas und stopfte die Mütze in die Jackentasche. Ein letzter prüfender Blick auf die vollgepackte Rückbank, dann setzte sie sich auf den Beifahrersitz und klemmte den Picknickkorb zwischen ihre Beine. »Hoffentlich denkt Lena an die Deko. Wie gut, dass Jack ihr den Kombi überlässt. Seine Hausbesuche kann er auch mit ihrem Mini erledigen.« Kathy warf einen flehenden Blick auf den wolkenverhangenen Himmel. »Laut Wettervorhersage zieht das Sturmtief an uns vorbei. Beten wir, dass die recht behalten. Wir brauchen viele kauflustige Kunden. Meine Umsätze waren im November unterirdisch.«

Dass Bella sich beim Autofahren nicht gern unterhielt, kam ihr entgegen. Sie lauschte den Weihnachtsklängen aus dem Radio und summte leise mit.

»Schau mal«, riss Bella sie irgendwann aus ihren Gedanken. »Dort hängen die ersten Hinweisschilder für den Markt. Simon hat wirklich an alles gedacht.« Kathy bemerkte das Funkeln in den Augen der Freundin. Bella schmunzelte. »Er hat uns sogar einen Stand auf der Terrasse reserviert. So ist der Weg zu den Toiletten nicht weit, und wir können uns zwischendurch aufwärmen.«

Verdutzt schaute Kathy sie an. »Wieso fährst du auf den Privatparkplatz?«

Bella kicherte. »Simon hat mich gestern angerufen.«

»Soso«, kommentierte Kathy. »Hat er das? Dann hilft er uns sicher auch, den ganzen Kram einmal um das Hotel zu tragen.«

»Das brauchen wir nicht.« Bella deutete lachend zur Hauswand. »Dort steht ein Kofferwagen.«

»Was für ein Zufall.« Kathy hievte den Heizlüfter auf den rollenden Untersatz. »Würde mich nicht wundern, wenn Simon gleich um die Ecke käme, um das Ding persönlich über den Kiesweg zu schieben.«

Kaum hatte sie den Satz ausgesprochen, eilte der Hotelbesitzer auf sie zu und begrüßte sie mit einer Umarmung. »Lena ist bereits am Stand und bringt die Lichterkette an.« Ohne lange zu fackeln, schob er den vollgepackten Kofferwagen über den Kiesweg. »Ich bringe euch das Ungetüm nach vorne. Der hat nämlich so seine Eigenarten.« Gemeinsam bugsierten sie das widerspenstige Gefährt in den Park. »Der Veranstalter hat mir versichert, dass die Holzbuden wetterfest sind. Deshalb haben wir den Markt wie geplant draußen aufgebaut. Euer Stand ist auf der Terrasse«, erklärte Simon. »Meldet euch, wenn ihr Hilfe braucht. Ich bin im Foyer.« Schon eilte er in den Wintergarten.

Kathy parkte den Kofferwagen vor ihrer Bude und schaute

sich begeistert um. Über Nacht hatte sich der »Secret Garden«, wie Simon den Hotelpark liebevoll nannte, in ein Weihnachtsdorf verwandelt. Silbersterne glitzerten in den Buchsbäumen, Stalllaternen säumten den Weg zwischen festlich geschmückten Holzbuden, und mittendrin stand ein nostalgisches Kinderkarussell. Überall wurde gehämmert und dekoriert. Aufmunternde Zurufe und Lachen schallten über den Platz. Vom Glühweinstand wehte ein verführerischer Duft herüber, und gleich daneben knisterte das Holzfeuer unter den Maronen. Kathy entdeckte einige Kunsthandwerker aus den Nachbarorten und winkte ihnen zu.

»Hier sieht es noch aus wie Kraut und Rüben. Gut, dass ihr da seid. Ich kann die Wäscheleine nicht finden«, sagte Lena hinter dem Auslagentisch.

»Die habe ich dabei.« Kathy kletterte in die Bude und nickte Bella zu. »Am schnellsten geht es, wenn du uns die Sachen aus den Kartons reichst.«

Eine halbe Stunde später baumelten die Weihnachtsstrümpfe an der Wäscheleine. Aran-Sweater lagen der Größe nach sortiert neben Schals und Mützen. Ihre Taschen platzierte Lena als Eyecatcher in einem Regal. Zu guter Letzt hängte Kathy zwei kleinere Teppiche an die Rückwand der Holzbude und legte die Mappe mit den Webmustern griffbereit neben die Kasse.

Zufrieden begutachteten die Freundinnen ihr Werk vom Wintergarten aus.

»Deine alte Lichterkette macht sich richtig gut über dem Tresen. So was hat keiner hier«, stellte Bella fest.

Lena stöhnte. »War gar nicht so einfach, die unter dem Dach der Bude anzubringen.« Sie schaute auf ihre Armbanduhr. »Der Markt öffnet in einer Stunde. Was haltet ihr davon, wenn wir uns vorher die anderen Stände anschauen?«

Bella schüttelte den Kopf. »Ich bleibe hier und passe auf die Waren auf. Wenn ihr zurückkommt, drehe ich eine Runde.«

Untergehakt bummelten Kathy und Lena an den Ständen entlang.

»Hast du bemerkt, wie sie strahlt, wenn Simon in der Nähe ist?«, raunte Kathy Lena zu. »Er hat sie gestern sogar angerufen.«

»Du denkst, es hat sie erwischt?«, fragte Lena nach. »Simon ist jedenfalls sehr bemüht um sie. Uns soll das nur recht sein.«

Kathy blieb unschlüssig vor einem Stand mit Silberschmuck stehen. »Ich würde Mia gern ein Silberkettchen mit einem kleinen Herzanhänger schenken. Meinst du, sie würde sich darüber freuen?«

Lena ließ sich von der Verkäuferin ein Bettelarmband zeigen. »Was hältst du davon? Die kleinen Mädchen sind ganz wild auf diese Teile. Bei Sarah und Anne stehen sie ganz oben auf der Wunschliste.«

»Worauf warten wir dann noch? Kaufen wir den drei Prinzessinnen funkelndes Geschmeide.« Kathys vorweihnachtliche Kauflust war erwacht. Sie konnte es kaum erwarten, für ihre Freunde Geschenke auszusuchen. »Müssen wir schon zurück zum Stand? Ich brauche noch etwas ganz Besonderes für Steve.«

»Da habe ich einen Tipp für dich.« Lena deutete zu einem Stand mit edlen Schreibgeräten. »Auf seinem neuen Schreibtisch würde sich ein silberner Kugelschreiber mit Monogramm wunderbar machen. Erst neulich hat Steve den Füllfederhalter bewundert, den ich Jack geschenkt habe.«

Begeistert nahm Kathy den Vorschlag auf und eilte über den Markt. Mit vollgepackten Taschen kehrte sie an ihren

Stand zurück. »Von mir aus kann Weihnachten kommen«, verkündete sie gut gelaunt. »Ich habe alle Geschenke zusammen.« Kaum hatte sie ihre Einkäufe unter dem Verkaufstresen verstaut, bummelten schon die ersten Besucher über den Weihnachtsmarkt.

»Sicher alles Hotelgäste, die sich nach dem Brunch die Beine vertreten wollen«, mutmaßte Bella. »Simon hat mir erzählt, dass zurzeit eine deutsche Reisegruppe im Hotel weilt. Es freut dich bestimmt, Lena, mal wieder mit Landsleuten zu reden.« Sie schnappte sich ihre Handtasche und verabschiedete sich zu ihrem Rundgang.

Kathy warf Lena einen verschwörerischen Blick zu. »Gönn dir den Spaß, und gib dich erst mal nicht als Deutsche zu erkennen. Wird sicher lustig, die Gespräche der Landsleute zu belauschen.«

Lena lachte. »Zwei Dumme, ein Gedanke. Genau das habe ich mir auch gerade überlegt.« Sie stupste die Freundin in die Seite und raunte: »Es geht los. Die Ersten steuern unseren Stand an.«

»Schau mal, Liebling«, rief einer der Herren. »Echte irische Handtaschen. Wäre das nichts für dich?«

Hinter vorgehaltener Hand übersetzte Lena für Kathy, was er sagte.

Die Frau, eine durchgestylte Brünette, rümpfte die Nase. »Du weißt doch, dass ich nur Designerstücke trage.« Mit spitzen Fingern griff sie über den Ladentisch nach einer Korktasche. Aus dem Augenwinkel beobachtete Kathy, wie sich auf der Stirn der Freundin eine Zornesfalte bildete.

Rasch sprang sie ihr zu Hilfe. »Sorry. Dieses Einzelstück hat Mr Cavendish für seine Mutter reserviert.« Mit einem breiten Lächeln nahm sie der verdutzten Frau die Clutch aus der Hand.

Unter dem Ladentisch stieß Lena sie mit dem Fuß an. Dann erklärte sie den beiden etwas auf Deutsch. »Ich habe ihnen gesagt, dass sie meine Handtaschen auch gern in Düsseldorf erwerben können«, raunte sie Kathy zu.

»Ist das so?«, fragte die Brünette mit spitzer Stimme.

»Sorry«, beeilte sich ihr Ehemann zu versichern. »Meine Frau findet hier bestimmt etwas Passendes.«

Innerhalb kürzester Zeit wurde der Stand von der deutschen Reisegruppe umlagert. Die Damen wollten unbedingt ein paar Worte mit Lena wechseln und ihre Kreationen sehen. Es dauerte keine Stunde, und ihr Bestand hatte sich erheblich reduziert.

»Haltet ihr bitte die Stellung?«, bat sie Kathy und Bella. »Ich muss Nachschub holen. Wie gut, dass ich bei Simon im Büro noch einen Karton mit Taschen deponiert habe.«

Nach und nach trudelten auch Besucher aus den Nachbarorten ein. Die Kinder stürmten mit leuchtenden Augen auf das Karussell zu. Ihnen schien die Kälte nichts auszumachen. Ihre Großeltern hingegen wärmten sich die Hände an den Punschbechern. Kathy, Lena und Bella wechselten sich stündlich in ihrer Bude ab. Zwei betreuten den Stand, während sich die Dritte im Foyer des Hotels aufwärmte.

»Ich habe noch keinen aus Busby gesehen«, stellte Kathy enttäuscht fest. »Nicht sehr nett von unseren Freunden, uns im Stich zu lassen.«

»Jetzt bist du aber ungerecht!« Lena hob tadelnd den Zeigefinger. »Bisher waren sie immer zur Stelle, wenn sie gebraucht wurden. Denk nur an die Nacht, als Peter mit seinem Wagen in dein Schaufenster fuhr. Wer hat da die Scherben zusammengefegt?«

Schuldbewusst senkte Kathy den Blick. »Sei nicht so

streng zu mir. Ich bin doch nur enttäuscht, weil Steve nicht kommt.«

»Ach, du Süße.« Lena breitete die Arme aus. »Als ob ich jemals streng zu meiner besten Freundin sein könnte.« Ihr blieb kaum Zeit, Kathy zu trösten, da strebten schon die nächsten kauflustigen Marktbesucher an den Stand.

Am Nachmittag verfinsterten graue Wolken den Himmel. Schnee mischte sich unter die Regentropfen, und schneidend kalter Wind kam auf.

»Sieh dir das an«, sagte Lena grinsend. »Die Reisegruppe verkrümelt sich in den Wintergarten. Das sind richtige Warmduscher.«

Kathy verstaute ein Bündel Geldscheine in ihrem Brustbeutel. »Sag nichts gegen deine Landsleute. Die haben unseren Umsatz heute enorm gesteigert.« Unruhig trat sie von einem Bein auf das andere. »Hoffentlich kommt Bella bald zurück. Ich mache mir sonst noch in die Hose.«

Lena schob sie aus der Bude. »Geh schon. Ich komme alleine klar.«

»Ich beeile mich«, versprach Kathy und schlängelte sich durch die Menschenmenge. Vor der Damentoilette hatte sich eine lange Schlange gebildet. »Auch das noch«, stöhnte sie und kniff die Beine zusammen.

Simon, der hinter dem Empfangstresen arbeitete, winkte sie zu sich und drückte ihr einen Schlüssel in die Hand. »Du kannst die Personaltoilette benutzen.« Er deutete auf eine Tür hinter der Glasvitrine.

Als Kathy ihm den Schlüssel zurückbrachte, schaute er mit sorgenvoller Miene nach draußen. »Wir müssen den Markt in spätestens einer Stunde schließen. Ich habe gerade den Wetterbericht gehört. Der Sturm zieht direkt auf uns zu.«

»Packen wir lieber gleich zusammen«, stöhnte Kathy. »Meinst du, wir können die Waren in der Bude lassen?«

Simon runzelte die Stirn. »Besser, ihr bringt mir die Sachen ins Büro. Vorsichtshalber solltet ihr auch die Lichterkette abhängen.« Er schien zu überlegen. »Ich laufe jetzt von Hütte zu Hütte und informiere die anderen Händler.«

»Ich helfe dir«, bot Kathy sofort an. »Ich übernehme die rechte Seite. So geht es schneller.«

Gemeinsam eilten sie durch den Wintergarten. Nur mit Mühe gelang es Simon, die Tür zu öffnen, die ihm von einer heftigen Windböe fast aus der Hand gerissen wurde. Der Regen peitschte ihnen entgegen, bildete Pfützen auf dem Parkett. Marktbesucher drängelten sich an ihnen vorbei ins Warme. Mit vornübergebeugtem Oberkörper kämpfte sich Kathy von einer Bude zur anderen. Längst hatte sich ihre Wollmütze vollgesaugt, in ihren Winterboots stand das Wasser.

»Wir müssen zusammenpacken«, schrie sie den Freundinnen zu und kletterte auf den Verkaufstisch. »Ich halte dich fest«, rief Lena und umklammerte Kathys Beine.

Bella schob rasch alle Strickwaren von der Theke in die Bude. Mit klammen Fingern löste Kathy die Befestigung der Lichterkette und warf sie Bella zu. Vorsichtig ging sie in die Hocke, setzte sich auf die Theke und rutschte in die Bude, wo sie prompt in einem Karton voller Pullover und Schals landete.

»Scheiße! Jetzt brauchen wir die Sachen auch nicht mehr ins Haus zu tragen. Ist sowieso alles pitschnass.« Kurz entschlossen schob sie die Kiste mit ihren Strickwaren unter die Theke.

»Nichts da!« Lena zerrte den Karton wieder hervor. »Den

trage ich ins Auto. Wir trocknen das Zeug über Nacht. Vielleicht können wir sie noch retten. Bringt ihr meine Taschen schon mal ins Büro?«

Eine Stunde später kauerte Kathy fröstelnd in Bellas Auto. »Ich hab Sorge, dass die Windläden an der Bude dem Sturm nicht standhalten.«

Ihre Freundin starrte auf die regennasse Fahrbahn. »Morgen spende ich eine extra große Kerze, wenn wir heil nach Busby kommen.« Sie umklammerte das Lenkrad so fest, dass die Knöchel hervortraten. »Hätten wir bloß Simons Angebot angenommen und im Hotel übernachtet.«

»Halt an, und lass mich weiterfahren«, bot Kathy an. »Ich weiß doch, wie ungern du im Dunkeln fährst.« Sie bereute längst, die Freundin zur Rückfahrt überredet zu haben.

Als neben ihnen ein dicker Ast krachend in den Straßengraben fiel, schaltete Bella einen Gang höher und gab Gas.

23

Es war, als hätte jemand den Schalter umgelegt. Der Wind hörte so abrupt auf, wie er gekommen war. Eine unheimliche Stille folgte. Kathy schubste die Wärmflasche mit dem Fuß aus ihrem Bett und sprang auf. Verwundert rieb sie sich die Augen und öffnete das Fenster.

Schnee! Wie eine dünne Puderzuckerschicht bedeckte er die Hauptstraße von Busby, hüllte Bäume und Büsche in eine weiße Decke. Ungläubig tauchte sie ihre Finger in die kalte Pracht auf der Fensterbank. Sie formte einen Schneeball und warf ihn im hohen Bogen gegen den Laternenmast. Rasch schloss sie das Fenster wieder und tapste fröstelnd ins Bad. Wenn die Buden dem Sturm getrotzt hatten, würde es heute einen besonders stimmungsvollen Weihnachtsmarkt geben. Da war sich Kathy sicher. »Jingle Bells, Jingle Bells«, sang sie unter der Dusche und freute sich wie ein kleines Kind über den ersten Schnee.

Zur Feier des Tages gönnte sie sich ein üppiges Frühstück mit Spiegeleiern, Bacon und einer Kanne Tee. Kaum hatte sie das schmutzige Geschirr in der Spüle gestapelt, schrillte ihr Handy. »Wer hat dich denn so früh aus dem Bett geschmissen?«, begrüßte sie ihren Freund Sean.

»Die Sorge um dich natürlich«, antwortete er gähnend. »Wie ich im Radio gehört habe, muss der Sturm über Sneem heute Nacht richtig getobt haben.«

»Oje!« Kathys Herz rutschte in die Hose. »Das war es wohl mit dem Weihnachtsmarkt. Ich mag mir gar nicht vorstellen, wie unsere Hütte jetzt aussieht.«

Sean versuchte, sie zu beruhigen: »Wird schon nicht so schlimm sein. Diese Holzbuden sind doch recht stabil. Deshalb …« Es plätscherte im Hintergrund. »… trinke ich nur rasch meinen Tee aus. Ich fahre euch hin und nehme den Werkzeugkasten mit.«

»Du bist ein Schatz«, entfuhr es Kathy erleichtert. »Bella wird froh sein, dass sie nicht mit ihrem Wagen durch den Schnee muss. Ich rufe sie gleich an.«

Weil die Strickwaren vom Weihnachtsmarkt noch immer tropfnass an der Leine hingen, holte Kathy ihre Restbestände an Schals, Socken und Mützen aus den Regalen. Kurz entschlossen rollte sie einen Bettvorleger zusammen. Aus Sorge, die Sachen könnten auf dem Weg vom Parkplatz zum Stand feucht werden, verstaute sie alles in einem großen Koffer.

»Wohin soll die Reise gehen?« Sean nahm ihr grinsend den alten »Reisebegleiter« aus der Hand und schob ihn in den Kofferraum. »Ich habe einen Thermobehälter mit Stew eingepackt«, verkündete er gut gelaunt und hielt einen Picknickkorb hoch. »Teller und Löffel sind auch drin.« Schwungvoll warf er die Kofferraumtür zu und setzte sich hinter das Lenkrad. »Fahren wir Bella entgegen.«

In ihrem roten Steppmantel war die Freundin am Straßenrand nicht zu übersehen. »Ich fühle mich wie ein schwangerer Weihnachtsmann«, sagte sie beim Einsteigen.

»Zieh den Mantel besser aus«, empfahl Sean schmunzelnd. »Mein Auto hat sogar eine Heizung.« Er schob eine CD in den Player und tätschelte Kathys Wange. »Hat mich einige Mühe gekostet, den ›Wexford Carol‹ runterzuladen. Aber diese Instrumentalversion eignet sich perfekt zum Mitsingen. Wie wär's mit einer kleinen Probe für deinen Soloauftritt?«

»Die Frau, die dich mal bekommt, wird nicht betrogen sein«, flötete Bella von der Rückbank und warf Kathy einen bedeutungsvollen Blick zu.

Sean klopfte sich auf die Schulter. »Vergiss nicht zu erwähnen, dass ich meine Zukünftige auch kulinarisch verwöhnen werde. So viel Zeit muss sein.« Er legte einen Finger über die Lippen und nickte Kathy zu: »Wir sind jetzt still. It's your time, baby.«

Auch wenn es ihr schwerfiel, sang Kathy diesmal mit offenen Augen. Sie lehnte den Kopf an die Scheibe und träumte sich in die winterliche Landschaft. In der Ferne leuchteten die schneebedeckten Kerry Mountains, die Farmhäuser am Wegesrand trugen Schneemützen, und an den Zäunen hingen Eiszapfen. Nur vereinzelte abgebrochene Äste auf der Straße erinnerten noch an den Sturm.

Kathy zuckte zusammen, als Bella ihre Schulter berührte. »Schade, dass Pfarrer Donnelly das nicht gehört hat. Er wäre sicher hin und weg von deinem Gesang.«

»So wie ich ihn kenne, würde er garantiert ein Haar in der Suppe finden«, winkte Kathy ab. Trotzdem freute sie sich über das Lob. Beim Gedanken an die bevorstehende Chorprobe überkam sie eine unbändige Sehnsucht nach Steve. Ihn in ihrer Nähe zu wissen, sei es auch nur für eine Stunde, bedeutete ihr viel. Würde er sie wieder bitten, mit ihr in den Pub zu gehen? Oder sogar mit zu ihr kommen?

»Wo soll ich parken?«, beendete Sean jäh ihre Träumerei und bog auf die Hotelauffahrt ein. Bevor sie antworten konnte, lotste Bella ihn zum Privatparkplatz.

»Passt auf, wohin ihr tretet«, ermahnte er die beiden Frauen und stapfte vor ihnen durch den Schnee. »Ich bin gerade fast über einen Ast gestolpert.« Er trug den Werkzeugkasten in der einen und den Koffer in der anderen Hand.

Vom Park schallte das durchdringende Geräusch einer Motorsäge zu ihnen herüber. »Das hört sich nicht gut an«, stöhnte Kathy und beeilte sich, mit Sean Schritt zu halten.

»Baum fällt!«, ertönte der Ruf, und kurz darauf sahen sie im unteren Teil des Parks eine hohe Buche krachend zu Boden stürzen. Wie durch ein Wunder schien der Sturm sich nur über dem Buchenwäldchen ausgetobt zu haben. »Wir hatten großes Glück«, erklärte Simon, als er zu ihnen an die Hütte kam. »Sogar das alte Gewächshaus ist bis auf ein paar zerborstene Scheiben heil geblieben.« Sein Blick verfinsterte sich. »Auf den Liebestempel ist eine morsche Ulme gestürzt. Noch kann man das Ausmaß der Zerstörung nicht erkennen.« Dann lächelte er wieder. »Wie ich sehe, hat eure Hütte nichts abbekommen. Soll ich euch jemanden schicken, den Fensterladen zu reparieren?«

»Nicht nötig«, beteuerte Sean. »Darum kümmere ich mich. Falls Not am Mann ist, kann ich auch in den anderen Hütten nach dem Rechten schauen.« Er deutete auf den Werkzeugkasten. »Hab alles dabei.«

Eine halbe Stunde später trudelte auch Lena am Stand ein. »Der Wagen sprang nicht an«, entschuldigte sie ihre Verspätung. »Dein Vater hat mir Starthilfe gegeben«, wandte sie sich an Sean. »Jack musste schon früh zu den Burkes. Einer der Jungs hat über Nacht hohes Fieber bekommen.«

»Die arme Nora.« Bella zog ein mitleidiges Gesicht. »Ich frage gleich nach, ob ich nächste Woche die Einkäufe für sie erledigen soll.«

»Eine gute Idee von dir. Aber jetzt bringen wir erst mal unsere Hütte auf Vordermann.« Kathy schnappte sich einen Putzlappen.

Sean befestigte die Lichterkette und reparierte den Fensterladen. Pfeifend zog er mit seinem Werkzeugkoffer zur nächsten Hütte weiter. Die Freundinnen dekorierten in Windeseile ihren Stand. Es gelang ihnen sogar, den alten Heizlüfter wieder in Gang zu bringen. Schon bald pustete warme Luft um ihre Beine.

»Ihr braucht mich doch im Moment nicht mehr?« Bella druckste herum. »Ich würde gern noch ein Weihnachtsgeschenk besorgen.«

Amüsiert beobachtete Kathy, wie die Freundin den Weg zum Hotel einschlug. »Wusste gar nicht, dass man bei Simon auch Geschenke kaufen kann.«

Lena knuffte sie in die Seite. »Gönn ihr die kleine Heimlichkeit. Ich freue mich, wenn die beiden zueinanderfinden.«

»Wer soll zueinanderfinden? Habe ich was verpasst?« Sean beugte sich schmunzelnd über den Verkaufstresen.

Kathy wuschelte ihm durch die Locken. »Kannst du schweigen?«

»Wie ein schottischer Farmer«, antwortete er.

»Wir auch«, riefen Kathy und Lena im Chor und küssten ihn rechts und links auf die Wange.

»Wenn das so ist, werde ich hier wohl nicht mehr gebraucht«, sagte Sean und zog einen Schmollmund. »Ich fahre nach Hause und weine in mein Kissen.« Grinsend erklärte er: »Fangt heute Abend nicht ohne mich an einzupacken. Ich hole euch ab.« Dann schnappte er seinen Werkzeugkasten und eilte zurück zum Parkplatz.

Punkt elf Uhr öffnete der Weihnachtsmarkt seine Pforten. Schon eine halbe Stunde später drängelten sich die Besucher an den Ständen. »Schaut mal, wen ich euch mitbringe.« Bella hatte Maura und Jessie im Schlepptau, die beide selbst gestrickte Mützen und Schals trugen.

»Wie läuft das Geschäft?«, wollte die Inhaberin der Teestube wissen. Sie stellte eine prall gefüllte Leinentasche auf die Theke und lächelte verschmitzt. »Könnt ihr Nachschub gebrauchen? Ich hatte die letzten Tage viel Zeit zum Stricken.«

Kathy riss ihr die Tasche förmlich aus der Hand. »Christmas Socks. Wie wunderbar.« Sie warf Maura einen Luftkuss zu und hängte die Strümpfe an die Wäscheleine. Dann notierte sie die Anzahl in ihrer Kladde. »Wir rechnen nächste Woche beim Handarbeitstreff ab. So wie es aussieht, könnt ihr euch alle über ein schönes Weihnachtsgeld freuen.«

Maura strahlte. »Wenn das so ist, können Jessie und ich heute so richtig prassen.« Lachend zog sie ihre Nichte zu einem Stand mit Naturseifen und Aromaölen.

Kathy fand kaum Zeit für eine Mittagspause. Im Stehen löffelte sie einen Teller Irish Stew und wandte sich sofort wieder den Kunden zu. Die mit Schneemännern und Tannenbäumen bestickten Weihnachtssocken verführten so manchen Besucher zum Kauf. Auch die Portemonnaies und Einkaufsbeutel aus Lenas Kollektion fanden reißenden Absatz.

»Wenn das so weitergeht, sind wir heute Nachmittag ausverkauft«, freute sich Lena. »Lauf doch bitte für mich ins Büro und hol Nachschub.«

Kathy war froh, sich ein wenig die Beine vertreten zu können. »Soll ich uns Mince Pies vom Kuchenbüfett mitbringen?«, fragte sie die Freundinnen.

»Und Cappuccino bitte«, sagte Lena. »Der Kaffeeduft weht mir schon den ganzen Tag um die Nase.«

Nachdem Kathy den Karton mit Handtaschen an den Stand gebracht hatte, stellte sie sich am Kuchenbüfett an. Beim Anblick der Mince Pies lief ihr das Wasser im Mund zusammen. Die mit Trockenfrüchten, Äpfeln und Nüssen gefüllten Pasteten dufteten verführerisch nach Zimt und Rum und erinnerten sie an ihre Kindheit. Damals hatte sie ihrer Granny beim Backen der kleinen Köstlichkeiten zugeschaut und heimlich Teig genascht.

»Ich möchte einen Schokomuffin«, hörte sie Mias Stimme hinter sich.

Dann sagte Steve: »Geduld, mein Schatz. Wir sind gleich an der Reihe.«

Kathy drehte sich so schnell um, dass die Cappuccinobecher auf dem Kuchenkarton bedenklich ins Schwanken gerieten.

»Passen Sie doch auf, wo Sie hintreten«, beschwerte sich lautstark eine Dame, der sie auf den Fuß getreten war.

»Sorry.« Kathy schlängelte sich an ihr vorbei. Als sie Steve gegenüberstand, vergaß sie all ihre Vorsätze. Sie stellte sich auf die Zehenspitzen und küsste ihn auf den Mund. »Ich bin so glücklich, dass du da bist«, sagte sie, drückte ihm das Kuchenpaket mit den Kaffeebechern in die Hand und hockte sich rasch vor Mia. »Hallo, meine Prinzessin«, flüsterte sie mit belegter Stimme und nahm die Kleine in den Arm.

»Sind da Schokomuffins drin?« Mia tippte an den Karton mit den Mince Pies.

»Wenn mich meine Nase nicht täuscht«, sagte Steve lächelnd, »sind das Mince Pies. Die hat Kathy sicher für Lena und Bella gekauft.« Er räusperte sich und reichte ihr die Hand. »Freut mich auch, dich zu sehen. Ich bin mit der Familie da.«

Erst jetzt bemerkte Kathy Dan, Chris und die Zwillinge hinter ihm und senkte verlegen den Blick. Am liebsten wäre sie auf der Stelle im Boden versunken. Aber dafür blieb keine Zeit. Schon wurde sie von der O'Connor-Familie umringt. Chris legte einen Arm um ihre Schultern und flüsterte ihr zu: »Ich habe den Männern gedroht, Weihnachten in den Streik zu treten, wenn sie uns nicht auf den Markt begleiten.«

»Aber Schatz!« Dan warf seiner Frau einen verliebten Blick zu. »Wir wären auch freiwillig mitgekommen.« Dann wandte er sich an seine Töchter. »Bringt bitte Lena Kuchen und Kaffee. Wir treffen uns gleich am Karussell.«

Kathy wollte sich schon von den O'Connors verabschieden, da hielt Steve sie am Arm fest. »Wenn du noch einen Moment hast, könntest du uns zum Karussell begleiten.«

»Geht nur vor«, mischte sich Chris ein. »Ich besorge Muffins für die Kinder.« Sie zwinkerte ihrem Schwager aufmunternd zu und schubste ihn an. »So wie ich Lena kenne, hat sie nichts dagegen, wenn Kathy ihre Pause verlängert.«

Steve setzte Mia auf seine Schultern und griff nach Kathys Hand. »Die ist ja eiskalt. Hast du keine Handschuhe?«, sagte er mit rauer Stimme und schob sie in seine Jackentasche.

»Alle verkauft«, erwiderte Kathy und genoss die Wärme seiner Finger. So hätte sie ewig mit Steve über den Markt bummeln können. Doch schon am Kinderkarussell löste er seinen Griff und nahm Mia von den Schultern. »Du musst sicher zurück an den Stand«, sagte er und schaute an ihr vorbei. »Am Dienstag kommt der Transporter mit den Alpakas. Das wird bestimmt ein Erlebnis. Möchtest du mit dabei sein, wenn ich sie auf die Weide lasse?«

24

Der Brief kam von einer Anwaltskanzlei aus Wicklow.

Kathy schüttelte ungläubig den Kopf. »Das muss ein Irrtum sein. Ich kenne niemanden in Wicklow. War auch noch nie dort.«

Maura schob ihr einen Brieföffner über den Schaltertresen. »Wenn er an dich adressiert ist, musst du ihn öffnen. Setz dich nebenan in die Teestube und lies ihn in Ruhe. Ich bringe dir gleich einen Tee.« Mit stoischer Gelassenheit stempelte sie einen Stapel Postkarten ab. Da sich die kleine Postfiliale im Vorraum ihrer Teestube befand, konnte sie mühelos von einem zum anderen Aufgabenfeld wechseln.

»Setzt du dich zu mir?« Kathy blieb in der Tür stehen und warf der älteren Freundin einen flehenden Blick zu. »Mich beschleicht das ungute Gefühl, dass an diesem Schreiben irgendetwas faul ist.«

Erst als Maura mit einer Kanne Tee und einem Teller Zimtscones an den Tisch kam, schlitzte Kathy den Brief vorsichtig an der oberen Kante auf. »Hoffentlich ist das kein Abmahnschreiben von einer zwielichtigen Anwaltskanzlei. Neulich habe ich im Internet davon gelesen. Die suchen sich wahllos Adressen raus und verschicken Mahnungen.« Mit zittrigen Fingern zog sie ein zusammengefaltetes Blatt aus dem Umschlag, trank einen Schluck Tee und las. Gleich darauf fiel ihr das Papier aus der Hand und segelte unter den Tisch. Kathy umklammerte den Teebecher wie einen Rettungsring. »Ich soll übermorgen in das Notariat nach Wicklow kommen. Es geht um den Nachlass meiner Tante Dora.«

»Zeig mal.« Maura hob das Anwaltsschreiben auf, rückte ihre Brille zurecht und las laut: »… bedauern wir, Ihnen mitteilen zu müssen, dass Ihre Tante Dora Finnley am 26. November dieses Jahres verstorben ist. Die Eröffnung ihres Testaments findet am 12. Dezember um 15.00 Uhr in unserem Notariat statt.«

In Kathy zog sich alles zusammen. Obwohl sie Tante Dora nie kennengelernt hatte, überkam sie eine tiefe Traurigkeit. »Warum hat sie sich nie bei mir gemeldet?«, stöhnte sie. »Ich hätte sie so gern besucht, mit ihr über Mom gesprochen.«

Maura erhob sich und legte Kathy die Hände auf die Schultern. »Um das zu erfahren, musst du nach Wicklow. Finde heraus, wie sie gelebt hat und vor allem, ob sie Kinder hat.«

»Ich kann doch meinen Wollmarkt so kurz vor Weihnachten nicht schließen«, wandte Kathy ein. »Wie stellst du dir das vor?«

In diesem Moment klingelte die Ladenglocke im Postamt. Kurz darauf steckte Claire ihren Kopf in die Teestube. »Habt ihr zwei es euch gemütlich gemacht?«, fragte sie lächelnd und stutzte, als sie Kathys trauriges Gesicht sah. »Wer hat dir das Herz gebrochen, Kind?« Mit zwei Schritten war sie bei ihr und schloss sie in ihre Arme.

»Ach Claire.« Kathy wischte sich mit dem Handrücken eine Träne von der Wange. »Sag mir, was ich tun soll.«

Mit ernster Miene überflog Claire das Anwaltsschreiben. »Jetzt kommst du erst mal mit zu uns. Heute steht Sean in der Küche und kümmert sich um das Essen.« Sie tätschelte ihrer Freundin Maura die Hand. »Schließ die Post für eine Stunde ab und komm mit.«

Kurz darauf betraten die drei Frauen den Pub und begaben sich direkt in die Ladies Lounge. Fergus legte das Geschirrtuch zur Seite und sortierte die sauberen Biergläser ins Regal, bevor er sich zu ihnen setzte. »Wenn ihr schon mittags hier auftaucht, ist garantiert etwas passiert.« Er musterte seine Frau über den Rand der Brille.

Claire nickte ihm zu und deutete mit dem Kopf zur Küche. »Frag mal nach, ob wir schon einen Teller Kohlsuppe bekommen können. Und dann bitte Sean, sich zu uns zu setzen. Wir müssen etwas besprechen.«

Wenn es darauf ankam, funktionierte Fergus. Er eilte zum Eingang und schloss die Tür ab. »Um diese Zeit verirrt sich sowieso niemand hierher«, erklärte er.

Sean trug eine dampfende Terrine an den Tisch. »Kohlsuppe wärmt den Bauch und öffnet das Herz, sagt man in Schottland.« Grinsend rutschte er zu Kathy auf die Bank.

»Ich bin viel zu aufgeregt, um auch nur einen Bissen herunterzubringen.« Kathy hielt eine Hand über ihren Teller, aber Sean gab ihr trotzdem eine ordentliche Portion Eintopf. »Probier mir zuliebe wenigstens einen Löffel voll.«

Nach dem ersten Bissen kehrte ihr Appetit zurück. Der würzige Eintopf, der aus einer Mischung von Weißkohl, Kartoffeln und Rindfleisch bestand, schmeckte so lecker, dass sie nach der Schöpfkelle griff und sich eine zweite Portion nahm.

»Deine Schotten sind weise Leute«, nuschelte sie mit vollen Backen. »Mir geht es schon viel besser.« Als Fergus ihr nach dem Essen einen Whiskey spendieren wollte, lehnte sie vehement ab. »Für das, was vor mir liegt, brauche ich einen klaren Kopf.« Fragend schaute sie in die Runde. »Ihr meint wirklich, ich soll nach Wicklow fahren?«

»Warum denn nicht? Ist schließlich keine Weltreise«, wandte Fergus ein.

Claire ergriff ihre Hand und drückte sie kurz. »Um deinen Wollmarkt kümmere ich mich. Sean kann mich im Pub vertreten. Ich bringe dich Mittwoch zum Zug.«

»Du willst doch Kathy wohl nicht allein in die Wicklows schicken!« Sean schlug mit der Faust auf den Tisch, dass die Teller klirrten. »Ich fahre sie mit meinem Wagen dorthin. Dann können wir nach dem Notartermin auch direkt zurückkommen.«

»Aber …«, setzte Kathy an.

»Nichts aber«, unterbrach Sean sie sofort. »Wenn du mit dem Zug fährst, musst du in Wicklow übernachten. Dazu hast du bestimmt keine Lust. Außerdem …« Er grinste bis über beide Backen. »… wollte ich schon immer durch die verschneiten Wicklow Mountains cruisen. Soll richtig romantisch sein zu dieser Jahreszeit.«

Jetzt mischte sich auch Fergus ein: »Der Junge hat recht. Kathy sollte nicht allein beim Notar erscheinen. Vier Ohren hören mehr als zwei.« Nachdenklich kratzte er sich das stoppelige Kinn. »Ich frage mich bloß, warum Dora den Kontakt zu deiner Mutter nie wieder aufgenommen hat. Sie muss doch sicher Heimweh gehabt haben.«

Wie durch eine dichte Nebelwand tauchte eine Erinnerung vor Kathys Augen auf. »Als ich fünf oder sechs Jahre alt war, ist Mom für ein Wochenende verreist. Erinnerst du dich daran, Claire?«

»Das weiß ich sogar noch«, wandte Sean ein. »Du hast damals bei uns übernachtet. Wir zwei sind heimlich auf dem Dachboden herumgekrochen und haben dort Verstecken gespielt.« Er stieß seine Mutter mit dem Ellbogen an. »Du warst die beste Freundin von Kathys Ma. Dir hat sie bestimmt erzählt, wo sie hingefahren ist.«

Alle Augen richteten sich gebannt auf Claire. Sie zerknüllte ihre Papierserviette und nippte an ihrem Whiskeyglas. »Ich habe Elisabeth damals mein Wort gegeben, es keinem zu erzählen.« Mit einem tiefen Seufzer lehnte sie sich zurück. »Trotzdem hast du ein Recht darauf, die Wahrheit zu erfahren, Kathy«, sagte sie. »Deine Mutter hat sich die Finger wund telefoniert, um herauszufinden, wo ihre Schwester lebt. Sie hatte nur diese Postkarte aus Wicklow. Vom Pfarrer dort erfuhr sie schließlich, dass Dora mit ihrem Mann eine kleine Farm in den Wicklows bewirtschaftete. Elisabeth fuhr auf gut Glück dorthin und suchte Dora auf.« Claire schenkte sich nach und drehte das Glas in den Händen. »Als sie zurückkam, war sie am Boden zerstört. Vom Hof gejagt habe Doras Mann sie und ihr nachgeschrien, dass Dora keinen Kontakt zu ihrer Familie wolle.« Nach einem Schluck Whiskey redete Claire weiter: »Deine Mutter hat noch einen Brief an Dora geschickt, sogar ein Bild von dir hineingelegt. Aber sie hat nie eine Antwort bekommen.«

Bei diesen Worten sackte Kathy in sich zusammen. »Was muss Dora Schlimmes widerfahren sein, dass sie unsere Familie so sehr hasste?«, sagte sie mit erstickter Stimme. »Warum hat sie mich jetzt in ihrem Testament bedacht?«

Sean legte einen Arm um ihre Schultern. »Wir finden es heraus.« Nachdenklich runzelte er die Stirn. »Pack vorsichtshalber ein paar Sachen zum Umziehen ein. Wenn wir der ganzen Geschichte auf den Grund gehen wollen, könnte es sein, dass wir länger bleiben müssen.«

Eine halbe Stunde später eilte Kathy zurück in den Wollmarkt. In ihrem Kopf herrschte so ein Durcheinander, dass sie schon nach der ersten Reihe das Weberschiffchen aus der Hand legte und Lena anrief. »Kommst du bitte?«, flehte sie. »Du musst mal wieder Ordnung in mein Gefühlschaos bringen.«

Anscheinend hatte die Freundin in der Taschenmanufaktur alles stehen und liegen gelassen, denn sie stürmte bereits kurz darauf in die Webstube. »Du hast mir einen richtigen Schreck eingejagt«, sagte Lena und ließ sich auf die Webbank plumpsen.

Kathy drückte ihr schuldbewusst einen Kuss auf die Wange. »Sorry. Das wollte ich nicht.« Eilig kramte sie das Anwaltsschreiben aus der Hosentasche und reichte es Lena. »Lies selbst.«

Kathy hielt es nicht länger auf der Bank. Sie marschierte in der Webstube auf und ab, während Lena stirnrunzelnd das Schreiben überflog.

»Du musst da hinfahren. Keine Frage.« Sie zog ihren Terminplaner aus der Tasche und blätterte darin. »Ich könnte ab Mittwoch den Laden übernehmen. Mit den Bestellungen sind wir bis dahin durch. Den Rest schaffen meine Mädels auch ohne mich.«

»Wirklich?« Kathy drückte Lena so stürmisch an sich, dass die fast von der Bank rutschte. »Du bist die Beste!«

Am Abend rannte sie wie aufgezogen in ihrer Wohnung herum. Sie packte ihre Reisetasche zweimal ein und aus und stellte sie schließlich genervt in die Ecke. Als sich ihr Handy meldete, war sie schon auf dem Weg ins Bad. Es war eine Nachricht von Steve: Die Alpakas kommen gegen zwei am Nachmittag. Soll ich dich abholen? Er hatte sogar ein Zwinker-Smiley dahinter gesetzt, was zu bedeuten schien, dass er sich nicht nur auf die Tiere freute. Das hoffte Kathy zumindest.

Mit klopfendem Herzen schrieb sie ihm zurück: Ich kann

es kaum erwarten. Habe dir einiges zu erzählen. Dann zögerte sie kurz, tippte aber doch auf das Kuss-Smiley und schickte ihre Antwort ab.

25

Die Nachricht vom Eintreffen der Alpakas hatte schnell die Runde gemacht. Als Kathy kurz vor zwei den Wollmarkt abschloss und das Schild mit ihrer Handynummer an die Tür hängte, stoppte der Wagen des Pfarrers neben ihr. Donnelly kurbelte das Fenster herunter und winkte sie heran. »Soll ich dich zur Miller-Farm mitnehmen? Du möchtest doch sicher auch die neuen Dorfbewohner kennenlernen«, meinte er verschmitzt.

Bella, die neben ihm auf dem Beifahrersitz saß, hielt einen Fotoapparat hoch. »Unser Pfarrer wird die Tiere segnen. Dieses Ereignis muss ich natürlich für den Gemeindebrief festhalten.«

»Fahrt ruhig vor«, entgegnete Kathy. »Steve nimmt mich mit.« Sie ignorierte das verschmitzte Lächeln des Pfarrers, und bevor er einen Kommentar loswerden konnte, eilte sie ins alte Dorf.

Auf halber Strecke kam ihr der grüne Kombi entgegen. »Steig schnell ein. Ich möchte vor dem Eintreffen der Tiere an der Farm sein«, rief Steve ihr lachend zu. Alle Traurigkeit war aus seinen Augen verschwunden. Übermütig küsste er sie auf die Nase und wuschelte durch ihre Haare. »Ich werde das erste Jungtier mit braunen Locken nach dir benennen«, alberte er herum.

»Und eins nennen wir Mia«, meldete sich die Kleine von der Rückbank. Wie auf Kommando sangen Vater und Tochter gleichzeitig: »Mein Alpaka heißt Nelly und rennt ganz schnelly.«

Kathy wurde es warm ums Herz, als sie die beiden so ausgelassen sah. »Wer hat denn diesen lustigen Song komponiert?«, wollte sie wissen.

»Wir beide gestern beim Abendessen.« Steve bog so rasant auf den Feldweg ein, dass Kathy an ihn gedrückt wurde. »Hoppla! Was sind wir heute stürmisch.« Er lachte und schaltete einen Gang runter. »Das kann ja noch ein aufregender Nachmittag werden.«

Seine Hand streifte kurz ihr Bein, bevor er sie wieder an das Lenkrad legte. Was war das denn? Suchte er etwa ihre Nähe? In Kathys Kopf wirbelten die Gedanken wild durcheinander.

»Steve? Zeigst du mir gleich dein neues Büro?« Welcher Teufel hatte sie geritten, diese Frage zu stellen? Was würde er jetzt von ihr halten? Aus dem Augenwinkel bemerkte sie das Funkeln in seinen Augen.

Er beugte sich zu ihr und flüsterte: »Falls du vorhast, mich auf Walters Liebesinsel zu zerren, muss ich dich enttäuschen.« Dann wendete er den Wagen und fuhr rückwärts in die Hofeinfahrt. Nachdem er das Auto vor dem Farmhaus zum Stehen gebracht hatte, drehte er sich zu Kathy um und grinste sie an. »Das Bett steht seit Samstag bei Nora und Tommy im Schlafzimmer.«

Kathy juckte es in den Fingern, ihn für diese blöde Bemerkung kräftig an den Haaren zu ziehen. Sie hielt seinem Blick stand und zischte: »Vergiss es. Eigentlich möchte ich nur ungestört mit dir reden.« Genervt schnallte sie sich ab und stieß die Beifahrertür auf.

So dachte er also über ihre gemeinsame Nacht. Hielt sie womöglich für eine, die es nötig hatte, einen Kerl in ihr Bett zu zerren. Sie biss sich auf die Zunge, um Steve nicht irgendetwas an den Kopf zu werfen, was sie später bereuen würde.

Da spürte sie seine Hand auf ihrem Arm. »Sorry, Kathy. War nur ein Scherz. Was wolltest du mir erzählen?«

Unwillig schüttelte sie nur den Kopf und war froh, dass sie den Wagen des Pfarrers neben der Scheune entdeckte. »Donnelly und Bella sind auch schon da«, lenkte sie ab. »Und da hinten sehe ich Dan und seine Familie auf dem Feld.«

»Ich will zu Sarah und Anne«, bettelte Mia von der Rückbank. »Kathy soll mitkommen.«

Von der Landstraße näherte sich ein Transporter der Farm, und Steve hielt es nicht länger im Auto. »Kümmerst du dich bitte um Mia? Ich muss …« Schon rannte er auf das Gatter zu, kletterte darüber und schlug die Abkürzung über die Weiden ein.

Kathy schnallte Mia ab, hob sie aus dem Wagen und nahm sie an die Hand. »Sollen wir zuerst den Pfarrer und Bella begrüßen?«, fragte sie das Kind.

Doch die Kleine schüttelte den Kopf und zog sie hinter sich her zum Unterstand der Alpakas. Dort hatten sich Chris und die Zwillinge inzwischen auf den Zaun gesetzt und beobachteten fasziniert, wie der Transporter rückwärts an das Gatter heranfuhr. Kaum hatte der Fahrer die Klappe heruntergelassen, kletterte Steve zu den Alpakas auf die Ladefläche und rief seinem Bruder zu: »Ich bringe die Tiere einzeln runter. Sobald die Hengste auf der linken Weide sind, verschließt du das Gatter. Die Stuten und die Kleinen sollen auf die rechte Weide.«

Dan hob den Daumen. »Du bist der Boss.«

»Warum dürfen die denn nicht zusammen auf eine Weide?«, fragte Bella, die sich mit Donnelly zu ihnen an den Zaun gesellte. Sie zückte ihre Kamera und fotografierte, wie Steve das erste Alpaka die Rampe herunterführte.

Ohne den Blick von ihrem Vater zu wenden, erklärte Mia todernst: »Die Männchen dürfen nur zu den Weibchen, wenn sie Babys machen sollen.«

»Kann mir schon denken, warum«, erwiderte Donnelly und grinste. Er beugte sich zu Kathy und raunte ihr zu: »Die Tiere werden Steve helfen, über den Schmerz hinwegzukommen. Schau nur, wie glücklich er heute aussieht.«

Kathy verfolgte gebannt, wie besonnen Steve mit den Alpakas redete, bis sie ihm aus dem Transporter folgten. Nur kurz hob er den Kopf und lächelte sie an. Wie konnte sie ihm da noch böse sein? Gleich darauf flüsterte er einem Alpaka-Weibchen etwas ins Ohr, und das Tier antwortete mit einem Brummen.

Wieder war es Mia, die diese Szene kommentierte. »Das Alpaka spricht mit Daddy. Er kann sie verstehen.«

Fürsorglich setzte Kathy die Kleine vor sich auf den Zaun und hielt sie fest.

Mia lehnte sich an sie und sagte: »Ich hab dich lieb, Kathy.«

Eine Welle der Zärtlichkeit durchströmte Kathys Körper. Wenn diese Worte doch nur einmal über Steves Lippen kämen, ging ihr durch den Kopf.

Da näherten sich drei Alpaka-Hengste dem Gatter und beäugten die kleine Zuschauergruppe. »Schade, dass wir die nicht streicheln dürfen«, sagte Anne, und Chris erklärte: »Ihr wisst ja, was Steve gesagt hat. Die Tiere müssen sich zuerst an die neue Umgebung gewöhnen. Sie sind sehr scheu. Und später lassen sie sich vielleicht auch streicheln.«

»Aber nicht am Kopf. Das mögen sie nicht«, ergänzte Sarah.

Mit ihren großen dunklen Augen folgten die Alpakas jeder Bewegung der Kinder. Kaum hatte Steve die Stuten auf die Nachbarweide gelassen, liefen die Hengste zu den Weibchen und gaben glucksende Geräusche von sich.

Die Kinder rutschten auf dem Zaun herum. »Dürfen wir zu den Jungtieren?« Sarah sprang vor Kathy auf die Wiese. »Wir nehmen Mia mit.«

Wie eine kleine Karawane zog die Gruppe um den Weidezaun und postierte sich am Gatter. »Komm, Süße.« Steve hob seine Tochter über den Zaun und nahm sie an der Hand. »Du kannst mir bestimmt helfen, die letzte Stute und ihr Junges aus dem Transporter zu locken.«

Mit leuchtenden Augen postierte sich Mia vor der Laderampe und brummte. Aus dem Inneren des Transporters erklang ein lang gezogener Brummton, dann kletterte eine etwa ein Meter hohe Alpaka-Stute bedächtig über die Rampe nach unten. Ein schokoladenbraunes Junges stakste hinterher. Mia wich ein Stück zur Seite und ließ Mutter und Kind vorbei.

»Gut gemacht«, lobte Steve sie und klappte eilig die Rampe hoch. Rasch verschloss er das Gatter. Mia und er lehnten sich mit dem Rücken an den Zaun und beobachteten, wie Stute und Fohlen zu den anderen Alpaka-Weibchen trotteten.

»Das hat die gleiche Haarfarbe wie du«, wandte Steve sich an Kathy. »Deshalb bekommt es auch deinen Namen.« Schwungvoll hievte er Mia über das Holzgatter, kletterte hinüber und nahm sie auf den Arm. »Lassen wir den Tieren Zeit, sich hier in Ruhe umzuschauen. Sicher werden sie gleich im Unterstand das frische Heu entdecken und sich stärken.«

Donnelly klopfte ihm auf die Schulter. »Gute Arbeit, Steve. Damit die neue Zucht auch gelingt und alle Tiere gesund bleiben, werde ich sie segnen.« Den Weihwasserkessel schwenkend umschritt er die Alpaka-Weiden und sprach am Unterstand mit kräftiger Stimme den Segen:

»Herr, segne diese Tiere, denn sie kommen aus deiner Schöpferhand und sind ein Zeichen, dass du Ja sagst zur Vielfalt und Fülle des Lebens.

Und lass auch uns zum Segen für diese Alpakas werden.

Darum bitten wir im Namen des Vaters und des Sohnes und des Heiligen Geistes. Amen.«

Er hob die Arme und schlug das Kreuzzeichen über den Tieren. »Wir müssen zur Kirche. Auf mich wartet noch eine Menge Arbeit«, sagte Donnelly schließlich und winkte Bella zu sich.

»Könnt ihr mich mitnehmen?« Kathy linste vorsichtig zu Steve hinüber. »Ich muss den Laden wieder aufmachen.«

Steve schien den Wink verstanden zu haben, denn er ließ seinen Bruder stehen und kam auf sie zu. »Eine halbe Stunde hast du sicher noch. Ich wollte dir das neue Büro zeigen.«

Chris versetzte ihr einen kleinen Schubs und raunte ihr zu: »Geh nur. Mia fährt mit mir und den Mädchen zur Farm. Ihr habt Zeit, zu reden.«

»Also gut.« Kathy war es peinlich, dass der Pfarrer und Bella alles mit angehört hatten. »Aber wirklich nur kurz. Du fährst mich doch auch nach Hause?« In ihrem Bauch spielten die Schmetterlinge fangen, als sie Steve zum Farmhaus folgte.

»Sie klemmt nicht mehr«, sagte er mit rauer Stimme und schloss die Tür auf. »Willkommen in meinem Reich.« Er machte eine einladende Armbewegung und schob Kathy vor sich her ins Büro. Nichts erinnerte mehr daran, dass in diesem Raum einmal eine Küche und ein bescheidenes Wohnzimmer gewesen waren.

»Wow!«, staunte Kathy. »Ich bin wirklich beeindruckt, was du aus dieser Bude gemacht hast.« Vorsorglich streifte sie ihre schmutzigen Stiefel ab und tapste auf Socken durch den neu gestalteten Raum. Vor dem Schreibtisch blieb sie stehen, strich über das helle Holz. »Ist das Buche?«

Steve kam auf sie zu, legte die Hände auf ihre Schultern und drehte sie so, dass er in ihrem Rücken stand und sie in den Raum hineinsah. »Ja. Ich wollte es so hell wie möglich. Deshalb auch die weißen Wände und die beigen Vorhänge. Nur die Sitzecke im hinteren Teil des Raumes habe ich in Grün gestaltet.« Noch immer lagen seine Hände auf ihren Schultern. »Was möchtest du mir erzählen?« Sein Mund war ganz nah an ihrem Ohr.

Kathys Knie wurden weich. »Ich muss morgen nach Wicklow. Meine Tante ist gestorben. Der Notar hat mich angeschrieben«, spulte sie hastig herunter.

»Das tut mir leid.« Steve streichelte über ihren Rücken. Kathy lehnte sich an ihn und schmiegte ihren Kopf an seine Brust. »Ich …«, flüsterte sie.

»Sag jetzt nichts.« Er drehte sie um, zog sie in seine Arme und erstickte ihre Worte mit einem Kuss. Wie zwei Ertrinkende klammerten sie sich aneinander. Zwischen zwei Küssen raunte Steve: »Mia schläft heute bei den Zwillingen. Nach der Chorprobe …«

»Kommst du mit zu mir«, vollendete Kathy den Satz und knabberte an seinem Ohrläppchen.

»Und morgen früh bringe ich dich zum Bahnhof, Liebes.« Sein Atem ging schneller, als er ihre Brust über dem Pullover streichelte.

Kathy hielt seine Hand fest. »Ich fahre nicht mit dem Zug.« Sie wagte nicht, ihm in die Augen zu sehen. »Ich fahre mit Sean. Er hat darauf bestanden, mich zu begleiten.«

»So?« Steves Stimme durchtrennte das Band ihrer Zärtlichkeit, setzte sich wie eine unsichtbare Mauer zwischen sie. Er schob sie von sich, wandte ihr den Rücken zu. »Dann fahre ich dich jetzt wohl besser nach Hause.«

»Aber heute Nacht …?« Sie wagte kaum, zu fragen.

»Kannst du ja mit Sean ins Bett steigen«, blaffte Steve.

Mit zwei Sätzen war Kathy an der Tür, trat in ihre Stiefel und schrie wütend: »Sean ist wie ein Bruder für mich! Da ist nichts, und da wird nie etwas sein.« Mit Tränen in den Augen riss sie die Tür auf, stolperte nach draußen und rannte in blinder Wut über den Hof. Wenn Steve ihr nicht nachlaufen und sich bei ihr entschuldigen würde, war es aus! Atemlos lehnte sie sich an das Scheunentor und holte ihr Handy aus der Tasche. Sie zögerte den Anruf hinaus, beobachtete aus der Ferne, wie die Haustür von innen geschlossen wurde.

»Holst du mich ab, Sean?«, flehte sie und schlich mit hängenden Schultern zur Landstraße.

26

»Da hat es aber einer eilig.« Sean deutete mit dem Kopf Richtung Farm. »Willst du nicht doch noch mal mit Steve reden?«

Kathy drehte sich nicht um. Im Rückspiegel sah sie ihn auf den Wagen zulaufen. »Fahr los. Er hatte Zeit genug, sich bei mir zu entschuldigen.« Eine gefühlte Ewigkeit von mindestens einer Viertelstunde hatte er sie draußen in der Kälte stehen lassen und sich nicht gerührt. Wenn er stur sein konnte, dann konnte sie das schon lange.

Sie rutschte in den Parka und vergrub das Gesicht in ihrem Wollschal. »Dein Vater soll mich beim Pfarrer entschuldigen. Ich kann heute nicht zur Chorprobe. Fühle mich hundeelend.«

»Schätze mal, Steve wird es nicht anders gehen«, merkte Sean an. »Wie ich das sehe, seid ihr zwei auf dem richtigen Weg.«

Empört boxte Kathy ihn in die Seite. »Nimm du ihn auch noch in Schutz! Typisch Männersolidarität.«

Pfeifend bog Sean in die Hauptstraße von Busby ein und parkte den Geländewagen vor dem Wollmarkt. »Dir ist schon klar, dass Steve schwer eifersüchtig ist. So ganz gleichgültig scheinst du ihm also nicht zu sein.«

Kathy setzte zu einer Erwiderung an, da meldete sich ihr Handy.

»Lies vor, was Steve schreibt«, quengelte Sean. Sie starrte ungläubig auf das Display. Dann tippte sie eine Antwort. »So schnell verzeihe ich dir nicht, mein Schatz«, knurrte sie.

»Mit ›Schatz‹ meinst du jetzt aber nicht mich?« Sean lehnte seinen Kopf an ihren und linste auf das Display. Schnell hielt Kathy ihre Hand darüber, und er zog einen Schmollmund. »Dann verrate ich dir auch nicht, wer mich heute angerufen hat.«

»Also gut, du Nervensäge«, stöhnte Kathy. »Steve bittet mich um Verzeihung und möchte heute Abend zu mir kommen. Wer hat dich angerufen?«

»Zuerst will ich wissen, was du geantwortet hast.« Wie ein trotziger Junge trommelte Sean einen wilden Rhythmus auf das Lenkrad. Als Kathy ihm ihr Handy vor das Gesicht hielt, hörte er damit auf und las laut: »Wir reden, wenn ich aus Wicklow zurück bin.« Er zog die Nase kraus und meinte: »Gute Antwort, obwohl du dir damit den Versöhnungssex entgehen lässt.«

Daraufhin schwang Kathy drohend die Faust vor seinem Gesicht, und er hatte es eilig, nach Hause zu kommen. »Sandra hat mich angerufen. Morgen auf der Fahrt mehr. Jetzt muss ich in den Pub, Dad an der Bar vertreten. Du weißt schon, Chorprobe und so.« Er drückte ihr einen Kuss auf die Wange, beugte sich über sie und stieß die Beifahrertür auf. »Ich hole dich morgen früh um Punkt acht ab.«

Kathy seufzte laut. »So früh. Da sind wir ja schon vor dem Mittagessen in Wicklow.«

»Wir können uns in Ruhe umschauen und am Hafen essen gehen. Soll dort ein gutes Fischrestaurant geben.« Sean schob sie sanft aus dem Wagen und startete den Motor. »Alles wird gut, Baby«, rief er ihr lachend zu.

Sie hatte kaum ihren Parka ausgezogen und die Stiefel gegen Sneakers getauscht, da stürmte Claire in den Laden. Sie drängte Kathy in die Webstube und ließ sich schwer atmend auf die Bank plumpsen. »Das musst du dir mal vorstellen.

Da ruft diese Sandra an, und Sean tanzt sofort nach ihrer Pfeife.«

»Soll ich uns einen Tee kochen?«, fragte Kathy besorgt. Der hochrote Kopf von Seans Mutter beunruhigte sie. »Du darfst dich nicht so aufregen. Denk an deinen Blutdruck.« Sie wartete die Antwort der Freundin gar nicht erst ab und lief die Treppe hinauf in ihre Küche. Mit zwei dampfenden Teebechern kehrte sie kurz darauf zurück. »Jetzt trinkst du erst mal einen Schluck, atmest tief durch, und dann reden wir.« Sie setzte sich ihr gegenüber auf einen Stuhl und lächelte ihr aufmunternd zu. »Was ist schon dabei, wenn Sean mit seiner Ex telefoniert? Sicher wollte sie ihm nur frohe Weihnachten wünschen.«

»Doch nicht zwei Wochen vor dem Fest«, schnaubte Claire und schlürfte Tee. »Treffen will sie sich mit ihm. Kommt extra am Sonntag von Glasgow nach Cork, nur um ihn zu sehen.« Sie stellte ihren Becher so energisch auf dem Tisch ab, dass der Tee überschwappte.

Kathy kramte rasch ein Taschentuch aus ihrer Jeans und saugte die Flüssigkeit damit auf. »Ist das denn so schlimm, wenn die beiden wieder zusammenkommen? Sean kann Sandra nicht vergessen. Bestimmt liebt er sie noch.« Tapfer ignorierte sie eine eingehende WhatsApp und schaltete ihr Handy aus. Wenn ihre mütterliche Freundin ihr Herz ausschütten wollte, was selten genug vorkam, mussten ihre eigenen Probleme hintanstehen. »Was bewegt dich wirklich?«, fragte Kathy vorsichtig nach, setzte sich neben Claire und nahm sie in den Arm. »Mir ist diese Sandra auch nicht besonders sympathisch. Aber vielleicht tun wir ihr ja unrecht. So eine schottische Großstadtpflanze hat mit uns irischen Dorftrampeln sicher auch ihre Probleme.«

»Meinst du?« Claire wischte sich mit einem Stofftaschentuch über die Wangen. »Was ist, wenn Sean ihretwegen für immer nach Schottland zieht? Nächstes Jahr läuft sein Vertrag mit der Oil-Company aus. In Glasgow findet er sicher leicht einen neuen Job als Koch, mit seinen Referenzen. Du weißt auch, wie gern er in den Highlands wandert.«

Die Erkenntnis traf sie wie ein Schlag in die Magengrube. Kathy zuckte zusammen und stöhnte. »Daran habe ich noch gar nicht gedacht.« Fieberhaft überlegte sie, wie sie ihn davon abhalten könnte, für immer nach Schottland zu ziehen. »Macht ihm ein Angebot, bei dem er nicht Nein sagen kann«, schlug sie vor.

Claire starrte sie mit großen Augen an. »Du denkst, wir sollten ihm den Pub jetzt schon überschreiben?«

»Das auch nicht gerade. Vielleicht ...« Unter dem Siegel der Verschwiegenheit weihte sie ihre Freundin in den Plan ein, und eine halbe Stunde später marschierte Claire voller Tatendrang aus dem Wollmarkt. Kathy schickte ein Stoßgebet zum heiligen Patrick, dem Schutzpatron aller Iren, dass der Plan gelingen möge, und setzte sich an den Webstuhl. Sie war fest entschlossen, jeden Gedanken an Steve aus ihrem Kopf zu verbannen, bis sie aus Wicklow zurück war, doch es gelang ihr nicht.

»Werde bloß nicht schwach und ruf ihn an«, betete sie sich wie ein Mantra vor, griff wie unter Zwang trotzdem zum Handy und schaltete es an. Drei neue Nachrichten waren inzwischen eingegangen. Die erste war von Sean, der sie daran erinnerte, die Wanderstiefel einzupacken. Lena wünschte ihr gutes Gelingen für die Reise und versprach, sich um den Laden zu kümmern. Die dritte WhatsApp war von Steve.

Mia lädt dich zu ihrem Krippenspiel am Sonntag ein. Bis dahin bist du sicher zurück???

Darunter ein Foto von der Kleinen, auf dem sie so süß in die Kamera lächelte, dass Kathy am liebsten alles stehen und liegen gelassen hätte, um zu ihr zu eilen und sie in die Arme zu schließen. Wie raffiniert von Steve! Aber so leicht würde sie sich nicht ködern lassen. Obwohl ihr Kopf etwas anderes diktierte, schrieb sie: Wie könnte ich mir das entgehen lassen? Gib ihr einen Kuss von mir.

Prompt schickte Steve ihr ein Kuss-Smiley und brachte damit ihren Widerstand fast zum Schmelzen. Doch im letzten Moment besann sie sich und stürzte sich wild entschlossen in die Arbeit am Webstuhl. Erst als die Wollfäden vor ihren Augen verschwammen und ihr Magen lautstark seine Abendmahlzeit einklagte, schlurfte sie nach oben und stellte den Gemüseeintopf vom Vortag auf die Herdplatte. Im Stehen löffelte sie das Stew aus dem Topf und wischte die Reste mit einem Stück Brot aus. Sofort breitete sich eine angenehme Wärme in ihrem Bauch aus und machte sie schläfrig.

Mit der Wärmflasche im Arm kuschelte sie sich ins Bett und versuchte, sich in Steves Büro zurückzuträumen, aber es gelang ihr nicht. Bilder von einem dunklen Schlafsaal tauchten vor ihr auf, und sie hörte den murmelnden Singsang betender Nonnen.

»Wo willst du hin?«, wisperte eine junge Frau im Nachbarbett.

»Verrate mich nicht, Olivia«, flehte sie leise und schlich auf Zehenspitzen zum Ausgang. Ein eisiger Wind schlug ihr entgegen, als sie die Tür einen Spalt weit öffnete und um die Ecke spähte. Die Nachtschwester war auf dem Stuhl eingeschlafen, Speichel tropfte aus ihrem offenen Mund auf die Kutte. Sie schob sich an der Nonne vorbei, tastete sich an den kalten Bruchsteinen entlang, bis sie die Tür zu den

Waschräumen erreichte. Nur wenige Meter trennten sie von ihrer Freiheit. Doch ihre Füße krampften in den viel zu engen Schuhen, und sie presste rasch eine Hand auf ihren Mund, um den Schmerzensschrei zu ersticken. Dann war der Krampf vorbei. Mit letzter Kraft zog sie sich vom Toilettendeckel zum Fenster empor, zwängte sich durch die schmale Öffnung und ließ sich kopfüber in den Busch fallen. In blinder Angst stolperte sie über die abgeernteten Felder, bis sie auf der Landstraße zusammenbrach.

»Steig ein«, hörte sie nur undeutlich eine warme Männerstimme sagen. »Ich bringe dich weit fort von hier.«

27

Dunkelheit hüllte das Dorf ein. Die Hauptstraße schien wie ausgestorben an diesem Morgen. Verschlafen rieb sich Kathy die Augen und kletterte zu Sean in den Wagen. »Wie kannst du um diese Uhrzeit nur so gut gelaunt sein?« Sie drehte das Radio leiser, aus dem wilde schottische Folkmusik klang. »Bitte sprich nicht so laut, mein Schädel brummt, als hätte ich eine ganze Flasche Single Malt geleert.«

Sean beugte sich grinsend zu ihr und flüsterte in ihr Ohr: »Leise genug?« Er seufzte. »Mal im Ernst, was ist los mit dir? Du schaust aus, als hättest du ein Gespenst gesehen.«

»Vielleicht habe ich das sogar«, sagte Kathy und angelte nach der Wolldecke, die auf der Rückbank lag. Sie kuschelte sich darin ein, und während Sean auf die M8 Richtung Cork einbog, erzählte sie ihm von ihrem Traum. »Glaubst du, ein Teil von Tante Dora lebt jetzt in mir weiter?« Ihr schauderte bei dem Gedanken.

»Sicher nicht«, versuchte Sean sie mit fester Stimme zu beruhigen. »Dein Unterbewusstsein spielt dir nur einen Streich. Dich hat die Geschichte von ihrer Flucht aus dem Kloster so sehr berührt, dass du im Traum in ihre Rolle geschlüpft bist.«

Vorsichtig bewegte Kathy ihre Zehen in den Stiefeln. »Das war so real. Ich sehe das Kloster vor mir. Könnte dir den Schlafsaal genau beschreiben. Dieser kalte, zugige Waschraum war ein Alptraum.« Gähnend sagte sie: »Ich muss die ganze Geschichte kennen. Sean, hilfst du mir dabei, die Wahrheit herauszufinden?« Dann schlief sie ein.

Eine warme Hand strich über ihre Wange. »Du verpasst eine großartige Landschaft«, hörte sie Sean sagen. Kathy blinzelte ihn an. »Wie lange habe ich geschlafen?«

»Zwei Stunden.« Der Freund lächelte und deutete nach draußen. »Wir sind auf der alten Military Road. Schau dir nur dieses beeindruckende Hochmoor zwischen den Bergen an.«

»Sind wir schon in den Wicklow Mountains?« Kathy drückte sich die Nase an der Scheibe platt. »Wahnsinn, diese schneebedeckten Berge und dort das enge Tal, wie auf einem anderen Planeten.«

»Warte ab, bis wir in das Tal von Glendalough kommen.« Liebevoll tätschelte Sean das Armaturenbrett. »Ohne Allradantrieb könnten wir diesen Hochgebirgspass nicht entlangfahren. Das musste ich dir unbedingt zeigen. Der Umweg hat sich gelohnt.«

Spontan küsste Kathy ihn auf die Wange. »Danke, dass du mich begleitest.«

»Heb dir deine Küsse lieber für Steve auf«, feixte Sean, dann verfinsterte sich sein Gesicht. Er hielt den Wagen an und lehnte den Kopf an die Scheibe. »Sandra wartet Sonntag in Cork auf mich. Was soll ich machen?«

Damit hatte Kathy nicht gerechnet, stand für sie doch längst fest, dass Sean seine schottische Freundin noch liebte. »Das hört sich jetzt sicher platt an: Hör auf dein Herz.« Leise sagte sie: »Versprich mir nur eins: Wenn du wieder mit ihr zusammenkommst, ziehst du nicht nach Schottland. Komm wieder zurück, wenn dein Arbeitsvertrag dort oben ausläuft. Ich möchte dich in Zukunft nämlich öfter als zweimal im Jahr sehen.« Sie kuschelte den Kopf an seine Schulter und griff nach seiner Hand. »Überrede Sandra, nach Busby zu kommen. Ich gelobe auch, ihr eine gute Freundin zu sein.«

Sean legte einen Arm um sie und drückte sie an sich. »Lieb, dass du das sagst, Kathy. Werden Mom und Dad sie als Frau an meiner Seite akzeptieren, nach dem ganzen Trennungsstress, den Sandra und ich hatten?«

»Das werden sie, wenn sie sehen, dass Sandra dich glücklich macht«, erwiderte Kathy. Sie kramte aus ihrem Rucksack eine Thermoskanne mit Tee und eine Packung Cookies hervor. »Picknick mit Aussicht. Wer hätte gedacht, dass es heute noch so gemütlich werden könnte?«

Sean öffnete die Wagentür ein Stück, doch sofort wurde sie ihm von einer heftigen Windböe aus der Hand gerissen. Schnell zog er sie wieder zu. »Brr, ist das stürmisch da draußen. Die kurze Wanderung zum Aussichtspunkt schenken wir uns lieber. Sonst werden wir noch weggeweht.«

Kathy nahm ihm den leeren Teebecher ab. »Wir können im Frühling wieder herkommen. Statt in den Highlands wanderst du mit mir in den Wicklows. Der Lugnaquilla ist fast tausend Meter hoch. Da kann man sogar klettern«, merkte sie nicht ohne Hintergedanken an. Notfalls würde sie sogar in einem Zelt übernachten. Jedes Mittel war recht, ihn an seine irische Heimat zu binden.

Sean nickte nur und starrte konzentriert auf die enge Passstraße. »Wäre ich Trottel nur über die Hauptstraßen gefahren«, sagte er, als der Wagen ins Rutschen geriet. »Verdammt holprig und glatt hier oben.« Im letzten Moment riss er das Lenkrad herum, steuerte gegen, um den schlingernden Wagen auf Spur zu bringen, und schrammte an einem Baumstumpf vorbei, der aus dem Schnee hervorragte. »Das war knapp«, bemerkte er mit Schweißperlen auf der Stirn. In immer enger werdenden Serpentinen schraubte sich der Weg ins Tal hinunter. Kathy klammerte sich am Sitz fest und wagte erst wieder, durchzuatmen, als Sean den Geländewagen auf eine asphaltierte Straße manövrierte. »War das aufregend«, stieß sie erleichtert hervor. »Du bist mein Held!«

»Das war verdammt leichtsinnig von mir, dich so in Gefahr zu bringen. Wenn ich allein durch die Highlands kurve, ist das meine Sache. Ich hätte mir nie verziehen, wenn uns unterwegs etwas passiert wäre.« Mit dem Handrücken wischte er sich den Schweiß von der Stirn. »Ich brauche dringend eine kleine Verschnaufpause.«

Kathy bemerkte mit einem Seitenblick, wie aufgewühlt er war. »Sind wir hier nicht in der Nähe der Klosteranlage? Legen wir dort einen Stopp ein und gehen spazieren.«

Kurz darauf steuerte Sean den leeren Besucherparkplatz an. Kathy hakte sich bei ihm ein und schaute sich um. »Im Sommer soll es hier rappelvoll sein. Heute scheinen wir die einzigen Besucher zu sein. Ist fast schon ein wenig unheimlich, so ganz allein.« Ein eisiger Schauder lief über ihren Rücken, als sie die steinernen Überreste der alten Klosteranlage umwanderten. »Warst du schon mal hier?«, wollte sie von Sean wissen. »Den Schulausflug habe ich damals verpasst. Erinnerst du dich noch? Ich lag mit Windpocken im Bett.«

»Du verlangst jetzt nicht von mir, dass ich den Fremdenführer spiele«, sagte Sean gähnend. Doch dann erzählte er ihr die Geschichte vom heiligen Kevin, der in diesem Tal mit den zwei Seen eine Eremitenklause aufbaute, um in der Einsamkeit seine Erleuchtung zu finden. »Seine Schüler folgten ihm, und so entstand nach und nach die Klosteranlage.«

Grinsend fügte Sean an: »Schau dir mal den hohen Rundturm an, der neben der kleinen Kevin's Church steht. Sieht der nicht aus wie ein Schornstein?«

Kathy legte den Kopf etwas schief. »Stimmt. Deshalb wird er auch Kevin's Kitchen genannt. Das weiß doch jedes Kind in Irland.« Sie zog Sean mit sich zum Hochkreuz und fotografierte es mit ihrem Handy. »Das Bild schicke ich Lena. Die ist ganz wild auf diese alten gälischen Kreuze.« Sie schoss ein Selfie mit Sean und sich vor dem Hintergrund des Sees. »Das ist für deine Eltern. Zieh nicht so ein Gesicht. Kussmund macht sich besser.«

Schon küsste Sean sie auf den Mund und schickte das Bild ab. »Wenn wir das auch Steve schicken, hat er wenigstens richtig Grund, eifersüchtig zu sein.«

»Untersteh dich!« Übermütig tauchte Kathy ihre Hände in den Schnee und formte einen Ball. »Ich gebe dir zehn Meter Vorsprung«, jauchzte sie und zielte mit dem Schneeball auf seine Brust.

Sofort revanchierte sich Sean mit einer Ladung Schnee in ihrem Gesicht. »Eine kleine Abreibung wird dir guttun.« Er lachte und rannte zum Auto. »Ich könnte noch stundenlang mit dir herumalbern, aber wir müssen nach Wicklow, wenn wir vor dem Notartermin noch etwas Warmes in den Bauch bekommen wollen.«

Entsetzt schaute Kathy auf ihre Uhr. »Schon halb eins! Wie weit ist es noch?« Ihr Magen krampfte sich zusammen bei der Vorstellung, gleich beim Notar zu sitzen. »Du begleitest mich doch zum Anwalt?«

Sean tätschelte ihre Hand und nickte. »Klar. Notfalls gebe ich mich als dein Verlobter aus.«

Zwanzig Minuten später parkte er den Geländewagen am Hafen von Wicklow. »Die Zeit reicht gerade noch für Fish and Chips. Heute Abend können wir richtig schlemmen.« Zielstrebig steuerte er ein kleines Fischlokal an. Kathy zupfte ihn am Ärmel. »Du scheinst unseren Ausflug richtig zu genießen. Oder sehe ich das falsch?«

Sean hielt ihr die Tür auf und drängte sie zu einem freien Zweiertisch am Fenster. »Sagen wir mal so: Ich sehe es als kleine Auszeit von den nervigen Rangeleien mit meiner Ma in der Küche. Außerdem habe ich hier den nötigen Abstand, um über Sandra nachzudenken.« Schnuppernd hielt er die Nase in die Luft. »Der Fisch ist fangfrisch, das rieche ich. Nimmst du auch Fish and Chips?«

Wie hätte Kathy diesem verlockenden Angebot widerstehen können? Gerade noch war ihr übel gewesen, jetzt lief ihr beim Anblick der knusprig gebackenen Seelachsfilets das Wasser im Mund zusammen. Die Kurverei durch die Berge hatte ihren Magen ganz schön durchgeschüttelt. Sie lehnte sich zurück und versuchte, sich zu entspannen. »Der Ort gefällt mir«, sagte sie beim Blick auf das Zentrum, das sich halbmondförmig um den Hafen schmiegte. »Ich mag diese Mischung aus Restaurants, Cafés und kleinen Shops.«

»Unsere Hauptattraktion haben Sie leider verpasst«, erklärte der Betreiber des Fischlokals, als er ihr Essen brachte. »Sammy, die Robbe, hievt sich jeden Mittag Punkt zwölf aus dem Wasser, überquert die Straße und holt sich dort hinten beim Fischhändler ihre Ration ab. Wenn Sie morgen noch hier sind, werden Sie sie bestimmt sehen.« Bereitwillig verriet er Sean sein Rezept für die Panade des Fischs. »Man merkt gleich, dass Sie Koch sind. Den anderen Gästen fällt nie auf, dass ich kein normales Paniermehl verwende. Ich nehme Panko-Mehl.«

Sean nickte. »Das kenne ich aus der asiatischen Küche. Guter Tipp. Das werde ich mir merken.«

Kathy rutschte auf ihrem Stuhl hin und her und schaute

immer wieder auf die Uhr. »Können Sie uns ein gutes Bed and Breakfast empfehlen?« Sie hegte insgeheim die Hoffnung, sich vor dem Notartermin frisch machen zu können, und müde war sie auch schon wieder.

Der Wirt deutete auf ein schmales Gebäude neben einer Bäckerei. »›Lizzys House‹ ist das beste weit und breit. Bestellen Sie dem alten Mädchen einen schönen Gruß von mir. Dann bekommen Sie auch ein Zimmer mit Meerblick.« Er verabschiedete sich von Sean, als wären sie alte Freunde, und drückte Kathys Hand so fest, dass sie fürchtete, er könnte ihr die Finger brechen.

»Wieso hast du es denn so eilig? Der Notartermin ist erst in einer Stunde«, beschwerte sich Sean.

Mit großen Schritten eilte Kathy auf das schmale Haus neben der Bäckerei zu. »Ich möchte mich umziehen. Irgend so ein frecher Kerl hat mir nämlich Schnee in den Kragen gesteckt.«

»Entschuldige, das hatte ich glatt vergessen. Geh schon mal vor und mach die Zimmer klar. Ich hole unser Gepäck aus dem Auto«, schlug Sean vor und lief zum Parkplatz.

Die Haustür der Pension stand offen. Vorsichtig äugte Kathy in den Flur und rief: »Hallo, jemand da?«

Aus der oberen Etage meldete sich eine energische Frauenstimme: »Ein alter Gaul gewinnt kein Rennen mehr.« Kurz darauf schlurfte eine kleine, weißhaarige Frau in Jeans und T-Shirt die Treppe herunter. »Um diese Jahreszeit verirrt sich nie ein Urlauber nach Wicklow. Was verschlägt Sie hierher?« Sie stutzte einen Moment, ihr Mund klappte auf und wieder zu. Dann lächelte sie. »Entschuldigung. Sie erinnern mich an jemanden. Wie, sagten Sie noch mal, ist Ihr Name?«

»Kathy Jones aus Busby«, entgegnete Kathy verwundert.

Hinter ihr ging die Tür auf. »Und ich bin Sean O'Sullivan, auch aus Busby. Sie müssen Lizzy sein.«

Sein lausbübisches Grinsen zauberte sofort ein breites Lächeln auf das Gesicht der alten Dame. »Kommt mal in die gute Stube, ihr jungen Leute. Ihr seht aus, als könntet ihr eine Tasse Tee gebrauchen.«

Kathy stupste Sean an, und er nickte. »Sehr freundlich von Ihnen. Wir haben in einer Stunde einen wichtigen Notartermin und würden uns vorher gern frisch machen.«

»Verstehe.« Lizzy runzelte die Stirn. »Ich bringe euch den Tee auf das Zimmer.«

»Hätten Sie auch zwei Zimmer?« Kathy senkte verlegen den Blick. »Sean und ich sind nur gute Freunde.«

»Ihr müsst euch aber ein Bad teilen«, wandte die alte Dame kopfschüttelnd ein und marschierte die Treppe hinauf. »Dreht die Heizungen auf. War lange kein Gast mehr da oben. Wenn ihr später zurückkommt, ist es angenehm warm.«

Fröstelnd schlüpfte Kathy aus ihrer klammen Jeans und zog den Pullover aus. Seans Kopf tauchte in der Badezimmertür auf. »Sorry, nächstes Mal klopfe ich an, bevor ich zu dir reinkomme. Wollte nur fühlen, ob deine Heizung läuft.«

Kathy drängelte sich an ihm vorbei ins Bad. »Ist richtig gemütlich hier. Ich stehe zwar nicht auf Laura-Ashley-Bettwäsche und Blümchentapete, finde aber, dass sie hier hinpassen.« Erfreut stellte sie fest, dass das winzige Badezimmer eine moderne Dusche und sogar einen Handtuchheizkörper hatte. Sie öffnete die Tür zu Seans Zimmer und sah sich darin um. »Wie passend: Du hast hellblaue Bettwäsche und ich rosa.«

Im Flur rumpelte etwas gegen das Holz der Tür. »Euer Tablett mit dem Tee steht vor dem Zimmer«, meldete sich Lizzy. »Sagtest du Kathy Jones aus Busby?«

»Ja.« Kathy öffnete die Zimmertür einen Spalt weit und schaute direkt in das Gesicht der alten Dame.

»Dann musst du die Nichte von Dora sein.« Lizzy drehte sich um und tapste die Treppe hinunter.

»Sie kennen meine Tante?« In Unterwäsche und auf Socken holte Kathy sie ein und stellte sich ihr in den Weg. »Können Sie mir etwas über sie erzählen?«

28

Kathy hatte Mühe, mit Sean Schritt zu halten. »Fast hätte ich Lizzy so weit gehabt«, sagte sie. Inzwischen waren sie beim *Wicklow Gaol*, dem ehemaligen Gefängnis, angekommen.

»Und du glaubst wirklich, sie wird mit dir über deine Tante reden?« Er blieb vor einem viktorianischen Gebäude stehen und deutete auf ein Messingschild. »Notar Benson and Sons. Hier sind wir richtig.«

Mit einem unguten Gefühl im Bauch folgte Kathy ihm in das vornehme Haus. »Einen Moment noch, Sean«, raunte sie und klammerte sich an seinen Jackenärmel. »Mir wird übel.«

Sean strich ihr über den Rücken. »Tief durchatmen. Du bist kein Gefangener auf dem Weg zu seiner Hinrichtung, du bist eine zukünftige Erbin.«

Allmählich beruhigte sich ihr Magen wieder. Mit zwei Fingern fuhr sie sich durch die zerzausten Locken und steckte ihre Wollmütze in die Manteltasche. »Ich bin so weit«, sprach sie sich selbst Mut zu und straffte die Schultern. Dann öffnete sie die Tür zur Kanzlei und trat ein.

»Miss Kathy Jones? Und Sie sind?« Mr Benson, ein wohlbeleibter älterer Herr im dunkelblauen Maßanzug, musterte Sean über den Rand seiner Brille.

»Das ist mein Verlobter«, beeilte sich Kathy zu sagen. Sofort hellte sich das Gesicht des Juristen auf. Er schüttelte Sean die Hand und nickte ihr zu. »Ich hatte schon befürchtet, Sie rücken mit Ihrem Anwalt an.« Mit einer einladenden Geste bat er sie, ihm nach nebenan zu folgen.

Sein Büro war mit Mahagoni vertäfelt. Ein dicker Orientteppich dämpfte ihre Schritte. »Bitte nehmen Sie Platz.«

Kathy setzte sich auf die äußerste Kante des Stuhls und spähte vorsichtig zu einer roten Ledermappe, die vor dem Notar auf dem Schreibtisch lag. Mr Benson schien ihrem Blick gefolgt zu sein. »Wir warten noch auf den anderen Erben. Mr Finnley verspätet sich ein wenig. Darf ich Ihnen in der Zwischenzeit einen Tee bringen lassen?«

Kathy nickte nur und schaute aus dem Fenster. Sie war froh, dass Sean den Anwalt auf das alte Gefängnis ansprach. Sie hätte nicht gewusst, worüber sie mit ihm reden sollte.

»Ist es richtig, dass dort einige republikanische Streiter eingesessen haben?«, fragte Sean.

Mr Benson schnäuzte sich die Nase. »Mancher von ihnen hat diesen finsteren Ort nicht mehr lebend verlassen. Sie sollten sich das Museum unbedingt ansehen.«

»Falls unsere Zeit dazu reicht, werden wir das ganz bestimmt tun«, erwiderte Sean und griff nach Kathys Hand. In diesem Moment rollte die Sekretärin einen Teewagen herein und platzierte ihn neben dem Schreibtisch. »Mr Finnley wartet am Empfang. Soll ich ihn hereinbitten?«, fragte sie, da schob sich ein breitschultriger Mann an ihr vorbei.

»Saukalt da draußen. Musste noch die Rinder in den Stall bringen.« Er blieb mitten im Raum stehen, drehte seine Mütze in der Hand. »Sorry. Hatte keine Zeit, mich umzuziehen«, entschuldigte er sich. Aus dem Augenwinkel musterte Kathy ihn. Er trug die derbe Kleidung eines Farmers, an seinen Stiefeln klebte Mist.

Mr Benson deutete auf den freien Stuhl neben ihr. »Setzen Sie sich bitte, Mr Finnley.«

Wer war dieser Mann? Kathy schaute kurz in seine Richtung, schon reichte er ihr die Hand und lächelte sie an.

»Dann bist du meine Cousine.« Sein Händedruck war fest und warm.

Sie schluckte, suchte nach den passenden Worten, da räusperte sich der Notar. »Wenn Sie einverstanden sind, eröffne ich jetzt das Testament.« Er rückte seine Brille zurecht und schlug die Ledermappe auf. »Eine Woche vor ihrem Tod war Mrs Finnley bei mir und hat noch ein paar Änderungen an dem ursprünglichen Testament vornehmen lassen.« Mit geschäftsmäßiger Routine las er: »Ich vererbe den Hof und alle Ländereien meinem Sohn Gordon Finnley. Damit entspreche ich auch dem Wunsch meines verstorbenen Mannes. Als Erbin für das kleine Cottage in Wicklow, in dem ich die letzten zwei Jahre gelebt habe, setze ich meine Nichte Kathy Jones, Busby, ein.«

»Aber ich will nicht …«, stammelte Kathy.

Doch der Anwalt hob die Hand. »Ich bin noch nicht fertig.« Er legte das Testament zur Seite und reichte ihr einen Briefumschlag. »Ihre Tante hatte den Wunsch, dass Sie das lesen, bevor Sie entscheiden, ob Sie das Erbe annehmen.«

Ihre Hände zitterten, als sie das blassrosa Schreiben auseinanderfaltete.

»Lassen Sie sich Zeit. Wir trinken inzwischen eine Tasse Tee«, ermunterte Mr Benson sie und bat die Männer, am Besuchertisch Platz zu nehmen. »Ich stelle Ihnen Ihren Tee auf den Schreibtisch, meine Liebe«, sagte der Notar und setzte sich zu Sean und Gordon. Dankbar nickte Kathy ihm zu und trank einen kleinen Schluck. Dann las sie.

Liebe Kathy,
lange habe ich mit mir gehadert. War eine versteinerte alte Frau, die jeden Gedanken an ihre Heimat und die Familie tief unter den Scherben ihrer großen Liebe vergraben hatte.

Ein dicker Kloß machte sich in Kathys Hals breit. Sie sah eine alte, traurige Frau vor sich, die gramgebeugt diesen Brief verfasste.

Dann fiel mir gestern beim Aufräumen das Foto in die Hand. Du lächelst darauf so unschuldig, wie es nur Kinder tun, die die Grausamkeiten des Lebens noch nicht erlebt haben.
Ich spürte, dass mir nicht mehr die Zeit bleiben würde, dich kennenzulernen, hatte aber nicht den Mut, mich bei dir zu melden …

Es waren nicht nur Worte auf einem Stück Papier. Es war ein stummer Hilferuf ihrer Tante. Tränen verschleierten Kathys Blick. Sie legte den Brief aus der Hand und kramte in ihrer Tasche nach einem Taschentuch.

»Alles in Ordnung?« Sean war hinter sie getreten und strich über ihre Haare.

»Geht schon wieder«, sagte sie und las weiter.

… Ich hoffe, du verzeihst mir. Bitte verkaufe das Cottage erst, wenn du darin die Antworten auf all deine Fragen gefunden hast. Gordon ist ein guter Junge, ihr werdet euch sicher verstehen. Ich fühle, dass es Zeit ist, zu gehen.
In Gedanken umarme ich dich.
Deine Tante Dora

Der Brief glitt ihr aus der Hand, fiel auf den Teppich. »Gordon«, stammelte sie und wandte sich zu ihm um. »Ich möchte, dass du ihn auch liest.«

Ihr Cousin schüttelte den Kopf. »Ich kenne den Inhalt. Mutter hat ihn mir kurz vor ihrem Tod vorgelesen.« Sein Blick verfinsterte sich. »Ich kenne die ganze verdammte Wahrheit.«

In diesem Moment steckte die Sekretärin den Kopf zur Tür herein. »Mr Benson, Ihr nächster Klient wartet.« Der Anwalt erhob sich schwerfällig aus dem Sessel und reichte Kathy die Hand. »Melden Sie sich bitte bei mir, sobald Sie wissen, ob Sie das Erbe antreten werden. Schauen Sie es sich doch einmal ganz in Ruhe an, bevor Sie sich entscheiden.« Er verabschiedete sich von Sean und Gordon und hielt die Tür auf. »Den hätte ich fast vergessen«, sagte er und drückte Kathy einen Schlüssel in die Hand. »Mr Finnley wird Ihnen sicher den Weg zum Cottage zeigen.«

Kathys Gedanken überschlugen sich. »Wie alt bist du, Gordon?«, rief sie ihm hinterher.

Doch er hetzte über den Platz und bog in eine schmale Gasse ein. »Kommt ihr? Ich kann Enya nicht ewig allein lassen.« Er drehte sich kurz zu ihnen um.

Sean nahm sie an die Hand und zog sie mit sich. »Weit kann es nicht mehr sein. Gordon wartet an der Ecke auf uns.«

»Das ist es«, sagte er und deutete auf ein kleines weißes Cottage am Ende der Gasse. »Ich lasse euch jetzt allein.« Gordon kniff die Augen zusammen, schien nachzudenken. »Wollt ihr morgen Abend zu uns auf die Farm kommen? Um sechs. Enya kocht Stew.« Schon eilte er davon.

Kathy schaute ihm hinterher, unfähig, sich zu bewegen, aber Sean spurtete ihm hinterher und holte ihn ein. Kurzatmig kehrte er zu ihr zurück und wedelte mit einem Zettel. »Ich habe die Adresse.« Er nahm ihr den Schlüssel aus der Hand und schloss die Tür auf. »Bist du nicht neugierig?« Sanft schob er sie vor sich her in einen engen Vorraum.

»Ist Gordon wohl sauer, weil ich das Cottage erbe?«, fragte Kathy.

Sean schüttelte den Kopf. »Das glaube ich nicht. Er war sicher nur in Sorge um seine schwangere Frau.«

Erleichtert atmete Kathy auf. »Hoffen wir, dass du recht hast.«

Erst jetzt nahm sie den Geruch wahr. Es roch nach Bohnerwachs und Veilchen. An einem Garderobenhaken hing eine blaue Strickjacke. Braune, ausgetretene Damenschuhe standen ordentlich geputzt neben Filzpantoffeln.

»Ich habe Angst«, flüsterte Kathy. Schließlich siegte ihre Neugier. Sie drückte die Türklinke herunter und betrat einen niedrigen Raum. »O nein«, stammelte sie und presste ihre Faust vor den Mund. »Genau so sah es in der Wohnküche meiner Großeltern aus. Die gleichen Möbel, der alte Ofen.« Sie ließ den Stoff der Übergardine durch ihre Finger gleiten. »Woher sie nur all diese Dinge hatte?« Hastig durchquerte sie das Zimmer und riss die Tür zum nächsten Raum auf. »Sieh nur, Sean. Auf dem Nachttisch liegt mein Bild.« Ein kühler Windzug streifte ihren Nacken, ließ sie erschaudern.

»Dass du das ohne Licht überhaupt erkennen kannst«, meldete sich Sean hinter ihr und knipste die Deckenleuchte an. »Draußen ist das reinste Schneegestöber.«

Kathy lehnte sich an den Türrahmen und atmete tief durch. »Ich glaube, ich schaffe das heute nicht.«

»Kein Wunder. War ja auch ein aufregender Tag.« Sean legte eine Hand auf den Heizkörper, der unter dem Fenster stand. »Ich drehe den mal auf. Dann ist es morgen nicht mehr ganz so kalt hier drin.« Er schaute sie fragend an. »Du willst doch wiederkommen?«

Kathy zog die Schultern hoch und ließ sie wieder fallen. »Ich weiß es nicht. Im Moment möchte ich mich am liebsten im Bett verkriechen und die Decke über den Kopf ziehen.«

Grinsend tippte ihr Freund mit der Fußspitze gegen das

Kastenbett. »Aber sicher nicht in dieser alten Kiste. Außerdem …« Er klopfte auf seinen Bauch. »… komme ich um vor Hunger, und du siehst aus, als könntest du auch einen Happen gebrauchen.«

Mit hochgeschlagenen Mantelkrägen, die Wollmützen tief ins Gesicht gezogen, kämpften sie sich durch das Schneetreiben. Ohne es beabsichtigt zu haben, landeten sie wieder im kleinen Fischlokal am Hafen.

»Setzt euch an die Heizung«, rief ihnen der Wirt zu und verschwand in der Küche. Kathy hängte ihren klammen Mantel über den Stuhl, schüttelte die Schneeflocken von der Mütze und legte sie auf den Heizkörper. »Hoffentlich sind unsere Zimmer in der Pension inzwischen warm.« Sie rieb ihre Hände aneinander. »Ob mir die energische Lizzy wohl eine Wärmflasche spendiert?«

»Wer sollte deinem Charme schon widerstehen?«, bemerkte Sean über den Rand der Speisekarte. »Wahnsinn! Es gibt sogar Bouillabaisse. Die musst du unbedingt probieren.«

Zähneklappernd sagte Kathy: »Mir ist alles recht, solange es heiß genug ist, mich aufzutauen.«

Der Wirt schien ihr Gespräch aus der Küche mit angehört zu haben, denn keine zehn Minuten später stellte er eine dampfende Terrine vor sie auf den Tisch. »Ihr könnt gern Nachschlag bekommen«, bot er an und eilte zum Nachbartisch.

Kathy beäugte skeptisch den Inhalt ihres Tellers. »Als Kind war mir nach Fischsuppe immer übel. Aber die riecht lecker.« Sie nahm einen Löffel voll, schmeckte dem würzigen Fischgeschmack nach und tunkte eine Scheibe Weißbrot in die Brühe. Sean kommentierte jeden seiner Bissen mit einem zufriedenen Brummen.

»Genau so hören sich Steves Alpakas an«, witzelte Kathy und füllte sich nach. »Trägst du mich gleich zur Pension?«

»Wenn es sein muss, auch das.« Sean winkte den Wirt heran und bestellte einen Nachschlag. »Notfalls rollen wir zurück.«

Inzwischen hatte es aufgehört zu schneien. Kathy legte den Löffel zur Seite und schaute aus dem Fenster. »Sieh nur, wie weihnachtlich der Ort beleuchtet ist. Sogar auf einigen Fischerbooten hängen Lichterketten.« Ihr war gar nicht mehr kalt und sie drängte Sean zur Eile. »Ich würde gern noch einen kleinen Schaufensterbummel machen.«

Er protestierte halbherzig: »Gerade noch warst du zu müde zum Laufen«, folgte ihr aber bereitwillig nach draußen.

Zielstrebig steuerte Kathy ein Wollgeschäft an und musterte eingehend die Auslagen. »So schöne Socken wie ich haben die nicht im Angebot. Sieh dir nur die Pullover an, die sind bestimmt keine Handarbeit.«

»Das können wir uns auch morgen noch anschauen«, beschwerte sich Sean und zog sie mit sich zur Pension. »Kann ich zuerst duschen? Sandra ruft gleich noch an.«

Kathy trottete hinter ihm die Treppe hinauf und verspürte sofort eine bleierne Müdigkeit, als sie das warme Zimmer betrat. »Ich habe sogar eine Wärmflasche im Bett«, rief sie Sean durch die Badezimmertür zu. In Unterwäsche kuschelte sie sich unter die Decke und griff zum Handy. Rasch schrieb sie Lena eine WhatsApp und versprach, sich am nächsten Morgen bei ihr zu melden. Kaum hatte sie auf Senden getippt, rief Steve an.

»Wie geht es der frischgebackenen Erbin?«, meldete er sich mit warmer Stimme. »Wann kommst du zurück?«

»Am liebsten sofort«, flüsterte Kathy und seufzte. »Aber

es gibt hier noch einiges zu erledigen.« Sie fasste die Ereignisse des Tages zusammen und wollte gerade: »Du fehlst mir«, sagen, da schmetterte Sean nebenan unter der Dusche lautstark ein Lied.

»Ist das etwa Sean?« Steves Stimme hatte ihren warmen Klang verloren. »Sagtest du nicht, ihr habt Einzelzimmer? Was macht der Kerl dann in deinem Bad?«

»Duschen«, antwortete Kathy. »Wir teilen uns ein Bad.«

»Das kannst du deiner verstorbenen Tante erzählen«, knurrte Steve und beendete das Gespräch.

Fassungslos starrte Kathy auf das Display, versuchte, ihn zurückzurufen, aber er drückte sie weg.

Nur zu deiner Information, schrieb sie ihm. Seans Herz gehört Sandra. Am Sonntag trifft er sich mit ihr in Cork.

Bevor sie es sich anders überlegen konnte, schickte sie die WhatsApp ab und schaltete ihr Handy aus.

29

Nicht nur das Wetter zeigte sich am nächsten Morgen von seiner besten Seite, selbst Lizzy schien wie ausgewechselt. »Gut geschlafen, meine Lieben?«, flötete sie die Treppe hinauf. »Das Frühstück wartet im Wintergarten auf euch.«

Kathy schlurfte gähnend hinter Sean her. »Habe ich etwas verpasst? Warum ist sie heute Morgen so gut drauf?«

»Freu dich einfach darüber. Das erhöht die Chance, dass sie mit dir über Dora spricht.« Sean rutschte pfeifend das Treppengeländer hinunter und stellte sich mit ausgebreiteten Armen vor die unterste Stufe. »Heute könnte ich die ganze Welt umarmen.«

»Du verlangst jetzt aber nicht …?« Kathy blieb auf halber Treppe stehen.

Sean grinste sie an. »Doch. Wie früher.«

»Ich bin keine zwölf mehr«, wandte sie kopfschüttelnd ein. Dann nahm sie all ihren Mut zusammen und sprang in seine Arme. Sean drehte sich mit ihr im Kreis, dass ihr schwindlig wurde. »Sofort runterlassen«, protestierte sie und kniff ihn in die Wange. Ihre Müdigkeit war wie weggeblasen, und Seans gute Laune färbte auf sie ab. Sie stürmte vor ihm her in den Wintergarten und ließ sich am einzigen gedeckten Tisch in einen Rattansessel plumpsen.

»Tee oder Kaffee«, rief Lizzy aus der Küche. »Mein Vollautomat kann sogar Cappuccino zaubern.«

Wie aus einem Mund antworteten Kathy und Sean: »Tee«, und bestellten das Farmhouse Breakfast. Zu Eiern,

Bacon, Würstchen und einer Scheibe Kartoffelkuchen servierte Lizzy frisch gebackenes Soda Bread.

»Sie müssen mir unbedingt das Rezept verraten«, sagte Kathy mit vollem Mund. »Das schmeckt köstlich mit Orangenmarmelade.« Sie schenkte der alten Dame ihr schönstes Lächeln. »Sind wir die einzigen Gäste?«

Lizzy nickte und zog sich vom Nachbartisch einen Sessel heran. »Halten wir uns nicht mit Small Talk auf. Du willst sicher mit mir über Dora reden.«

Fast hätte Kathy sich an einem Stück Speck verschluckt. Sie spülte den Bissen mit einem großen Schluck Tee hinunter und nickte. »Meine Mutter ist mir immer ausgewichen, wenn ich sie nach Tante Dora gefragt habe. Was wissen Sie über ihr Schicksal?«

»Darf ich?« Sean verschwand in der Küche und kehrte mit einem Gedeck zurück. »Tee?«, wandte er sich an Lizzy und schenkte ihr ein.

Die alte Dame schmunzelte und trank einen Schluck. »Wenn ich zwanzig Jahre jünger wäre, würde ich dir schöne Augen machen«, flirtete sie mit ihm. Sie legte Kathy eine Hand auf den Unterarm und seufzte. »Vor zwei Jahren bezog Dora das kleine Cottage. Früher wohnte dort die Schwester ihres Mannes. Wir hatten uns im Chor kennengelernt. In ihren Augen war so viel Traurigkeit. Als ich sie einmal nach ihrer Familie fragte, schüttelte sie nur den Kopf und meinte, ihr Mann und der Sohn seien ihre Familie.« Lizzy entfernte eine unsichtbare Fluse von ihrem Rock. »Ich habe mich immer gewundert, warum so ein junges Ding damals ausgerechnet den ältesten Junggesellen im County heiratete. Sie war dann auch gleich schwanger. Man munkelte, dass Gordon nicht von Darragh sei. Aber es wird ja so einiges geredet.« Nach einem Schluck Tee fuhr sie fort: »Ich kann dir nur sagen, dass sie gleich nach dem Tod ihres Mannes das leer stehende Cottage bezog und seitdem wohl nie wieder die Farm betreten hat.«

In Kathy zog sich alles zusammen. Was hatte ihre Tante durchgemacht, dass sie so versteinert war? »Hat sie nie über ihre Zeit im Internat geredet?«

Bedauernd schüttelte Lizzy den Kopf. »Tut mir leid, Liebes. Ich kann dir nicht mehr erzählen. Eins weiß ich, du bist ihr wie aus dem Gesicht geschnitten.« Sie runzelte die Stirn und erhob sich. »Irgendwo muss ich noch ein Foto von einem unserer ersten gemeinsamen Weihnachtskonzerte haben. Darauf müsste sie eigentlich sein.« Auf halbem Weg zur Küche drehte sie sich noch einmal um. »Wenn sie das Solo vom ›Wexford Carol‹ sang, waren alle ergriffen.«

»Hast du das gehört, Sean?« Kathy sprang so rasch auf, dass die Teekanne auf dem Stövchen schepperte. »Hoffentlich findet sie das Foto bald. Ich will so schnell wie möglich ins Cottage.« Sie wollte der alten Dame schon hinterherlaufen, da schob Lizzy die Schiebetür vom Wintergarten auf und trug das Bild wie eine Monstranz vor sich her. »Das lag doch tatsächlich in meinem Gesangbuch.« Schmunzelnd hielt sie es ihr vors Gesicht. »Erkennst du die Ähnlichkeit?«

Kathy nahm ihr das Foto aus der Hand und starrte ungläubig darauf. Die Frau, die dort in der ersten Reihe des Chors stand, sang mit geschlossenen Augen. »Wie ist das möglich? Das gleiche lockige Haar, sogar die Sommersprossen auf der Nase.« Kathy reichte Sean das Foto. »Findest du nicht, sie sieht aus wie mein Alter Ego in zwanzig Jahren?«

»Sieht dir wirklich verdammt ähnlich«, sagte er und erhob sich. »Bin gespannt, auf welche Ähnlichkeiten wir im Cottage noch stoßen.«

»Worauf wartet ihr dann noch?« Lizzy stapelte das Geschirr aufeinander und trug es in die Küche. »Am liebsten würde ich mitkommen und euch suchen helfen«, rief sie durch die Tür. »Denkt bloß nicht, dass ich neugierig wäre.«

Auf dem Weg zum Cottage telefonierte Kathy mit Lena. Die Freundin meinte nur: »Mach dir keine Sorgen um den Wollmarkt. Erst gestern habe ich den großen Teppich aus der Ausstellung verkauft. Der Laden läuft.«

Zufrieden stopfte sie das Handy in ihre Jackentasche. »Steve hat sich nicht mehr gemeldet.« Vor einem Delikatessengeschäft blieb sie stehen. »Wir brauchen ein Gastgeschenk für heute Abend. Ich dachte an Whiskey und Pralinen«, erklärte sie, da stürmte Sean bereits in den Laden.

Während er noch seine Nase in diverse Gewürzmischungen steckte, stand Kathy schon an der Kasse und ließ sich die Mitbringsel einpacken. »Ich gehe schon mal vor«, rief sie ihm über die Schulter zu und eilte die Gasse hinauf. Kurz vor dem Cottage holte Sean sie ein und schwenkte eine Einkaufstüte. »Madras-Curry, Zitronengras und thailändischer Duftreis. So was bekomme ich in Busby nicht.«

Kathy nahm ihm die Tüte ab und deponierte sie im Flur neben ihren Stiefeln. Einen Moment zögerte sie, dann schlüpfte sie in die Filzpantoffeln. »Tante Dora hatte sogar die gleiche Schuhgröße wie ich. Die sind so warm, als hätte sie sie gerade erst von den Füßen gestreift.« Zärtlich streichelte sie über die Strickjacke.

»Die willst du jetzt aber nicht auch noch anziehen?« Sean drängte sie in die Wohnküche. »Wonach suchen wir?«, fragte er und inspizierte den Küchenschrank.

Kathy setzte sich in den Ohrensessel vor dem Fenster und ließ ihren Blick durch den Raum schweifen. »Briefe,

Fotos, ein Tagebuch, keine Ahnung.« Als sie das Kissen in ihrem Rücken zurechtrückte, blieb ihre Hand an einer scharfen Kante hängen. »Hier steckt etwas im Sitz.« Sie kniete sich vor den Sessel und schob die Finger vorsichtig in den Schlitz zwischen Sitzfläche und Rückenteil. Jedes Mal, wenn sie den Gegenstand zu fassen bekam, rutschte er wieder aus ihrer Hand.

»Lass mich mal«, sagte Sean und schob sie zur Seite. »Dummerchen. Du hättest bloß das Sitzkissen hochheben müssen.« Achtlos warf er das Polster auf den Boden und deutete auf eine schwarze Kladde. Das zerfledderte Heft wurde von einer roten Kordel zusammengehalten. Ehrfurchtsvoll löste Kathy den Knoten und schlug die erste Seite auf.

Sean räusperte sich. »Soll ich dich alleine lassen?«

Sie klopfte neben sich auf den Boden. »Setz dich zu mir.« An ihn gelehnt, las sie die ersten Sätze:

Ich weiß nicht, wie ich ohne ihn weiterleben soll. Aber sie bringen mich fort, weil ich sein Kind unter meinem Herzen trage …

… Ich werde nicht zulassen, dass mir die Nonnen das Kind wegnehmen und fremden Menschen geben. Ich muss hier weg, bevor es zu spät ist.

Kathy las weiter, bis ihre Augen brannten und ihre Beine einschliefen. Sean half ihr auf, nahm ihr die Kladde aus der Hand. Wie in Trance folgte sie ihm aus dem Cottage zu einem kleinen Café am Ende der Gasse.

»Nervennahrung?«, fragte Sean und deutete auf die Kuchenauswahl.

Gedankenverloren nickte sie nur und verzog sich in die hinterste Ecke des Cafés. Hinter einer Palme kauerte sie sich in ein rotes Samtsofa und vertiefte sich wieder in die Kladde. Als Sean sich neben sie setzte, zuckte sie zusammen.

»Ich habe gerade gelesen, wie Dora aus dem Kloster floh und auf der Straße von einem Fremden aufgelesen wurde. Es war Darragh, der sie mit auf seine Farm nahm. Danach hört ihr Bericht abrupt auf.« Kathy blätterte die letzten unbeschriebenen Seiten durch. »Ich muss zurück ins Cottage. Sicher existiert noch ein zweites Tagebuch.«

»Warum redest du nicht zuerst mit Gordon? Er sagte doch, er würde die ganze Geschichte kennen?« Sean drückte ihr einen Becher mit heißer Schokolade in die Hand. »Möchtest du auch ein Stück Porter Cake?«

Kathy liebte diesen würzigen Früchtekuchen. Aber heute drehte sich ihr der Magen um, als sie daran roch. »Da ist zu viel Bier drin«, sagte sie und schob den Teller weit von sich.

»Finde ich nicht«, nuschelte Sean und machte sich über ihr Stück her.

Mit Blick auf ihre Armbanduhr drängte Kathy ihn zur Eile. »Wie weit ist es zur Farm. Müssen wir nicht los?«

Sean wischte sich mit dem Handrücken über den Mund. »Laut Navi brauchen wir eine halbe Stunde bis nach Tinahely.«

Erst im Auto fielen Kathy wieder die Gastgeschenke ein. »Mist, ich muss zurück ins Cottage. Unsere Einkäufe stehen noch im Flur.«

»Bleib sitzen.« Sean hielt sie am Arm zurück. »Ich hole sie.«

Keine zehn Minuten später setzte er sich schwer atmend hinter das Steuer. »Nach Weihnachten mache ich Diät und fange mit dem Laufen an. Ich habe null Kondition.«

Kathy knuffte ihn in die Seite. »Mag Sandra keine kräftigen Männer?«, zog sie ihn auf, und sofort fiel ihr Steves durchtrainierter Körper ein. Nervös spielte sie mit ihrem Handy und schielte mit halbem Auge auf das Display.

»Leg das Ding aus der Hand und schau dir diese tolle Landschaft an.« Sean schien zu ahnen, was sie gerade bewegte. »Spätestens am Samstag sind wir wieder in Busby. Dann liest du dem eifersüchtigen Kerl die Leviten.«

»Worauf du dich verlassen kannst«, knurrte Kathy. Sie schob jedem weiteren Gedanken an Steve den Riegel vor und starrte aus dem Fenster. Schneebedeckte Felder im Sonnenlicht, dahinter die Wicklow Mountains, das war die neue Heimat ihrer Tante gewesen. Ob sie sich hier jemals heimisch gefühlt hatte?

Kathys Herz stolperte, als Sean den Wagen vor einem dunklen Gebäude parkte. »Das muss es sein.« Er deutete auf ein verwittertes Schild neben dem Eingang. »Finnley« stand dort in großen Lettern, mehr nicht. Über der ausgeblichenen Tür flackerte eine Stalllaterne. Putz blätterte von der Hauswand, und die Fensterläden hingen schief in den Scharnieren. Ein eisiger Schauder lief Kathy über den Rücken. Dies war kein Ort, an dem man sich wohlfühlen konnte.

»Schön, dass ihr schon da seid«, ertönte Gordons Stimme hinter ihr. »Möchtet ihr die Farm besichtigen, bevor es dunkel wird?« Mit einer einladenden Geste deutete er auf die Stallungen.

30

Gordons Augen leuchteten, als er ihnen die moderne Melkanlage erklärte. »Den Stall habe ich letztes Jahr komplett modernisiert. Alles nach neuestem Standard.«

»Das hat sicher eine Stange Geld gekostet.« Kathy konnte sich beim besten Willen nicht vorstellen, dass er diese Investition aus der Portokasse gezahlt hatte.

Ihr Cousin kratzte sich am Kinn und lachte. »Einen Teil habe ich über die Landwirtschaftsbank finanziert. Außerdem konnte ich ein Stück Land zu einem guten Preis verkaufen. Dort wird jetzt eine Ferienhaussiedlung gebaut.«

Seine ehrliche, warmherzige Art gefiel Kathy. Sie musterte ihn von der Seite und entdeckte Züge ihres Großvaters. Spontan rutschte ihr: »Du siehst Grandpa sehr ähnlich«, heraus. Und im selben Moment hätte sie sich dafür ohrfeigen können.

Doch ihre Bedenken waren unbegründet, denn Gordon grinste sie an. »Das hat Mutter auch behauptet. Leider hatte sie kein Foto, um es zu beweisen.«

Auf dem Weg zum Farmhaus erfuhr Kathy, dass ihr Cousin siebenundvierzig Jahre alt war und seine Frau mit vierzig ihr erstes Kind erwartete. »Ist schon ein kleines Wunder, dass es nach all den Fehlgeburten nun ganz danach aussieht, als würden wir tatsächlich im neuen Jahr Eltern werden.« Er legte einen Arm um Kathys Schulter und sagte mit Blick auf Sean: »Wie sieht es bei euch beiden aus? Habt ihr Kinder?«

»Wir sind nicht …« Kathy verschluckte sich und hustete, woraufhin die Männer ihr gleichzeitig auf den Rücken klopften. »Wir sind nur gute Freunde«, erklärte Sean an ihrer Stelle.

»Das waren Enya und ich auch. Aber irgendwann hat es zwischen uns gefunkt«, entgegnete Gordon und hielt ihnen die Haustür auf. »Geht schon mal ins Wohnzimmer. Ich ziehe mir nur rasch die Stallklamotten aus.« Er streifte sich die Gummistiefel von den Füßen und rannte auf Socken die Treppe hinauf. Kathy hatte schon die Klinke heruntergedrückt, da wurde die Tür von innen geöffnet.

»Warum weckt mich denn niemand?«, beschwerte sich Enya schnaufend. Eine Hand im Rücken, die andere auf dem kugelrunden Bauch, deutete sie mit dem Kopf zu einem Sofa. »Mein Arzt hat mich zum Liegen verdonnert. Als ob sich die Arbeit von allein erledigen würde.« Selbst ihre Augen schienen zu lächeln, als sie Kathy die Hand schüttelte. »Gordon hat recht. Du siehst Dora wirklich ähnlich.« Kichernd fügte sie hinzu: »Natürlich nicht so alt.«

»Das hoffe ich doch schwer.« Kathy drückte ihr spontan einen Kuss auf die Wange. »Schade, dass wir uns nicht schon früher kennengelernt haben.«

»Das finde ich allerdings auch«, meldete sich Gordon hinter ihr und schob sich an ihr vorbei ins Zimmer. »Habt ihr Hunger?«

Sean klopfte sich grinsend auf den Bauch. »Wie ein Wolf.«

Kathy beeilte sich zu sagen: »Ich sterbe für ein gutes Stew.« Beim Blick auf den festlich gedeckten Tisch und eine Whiskeyflasche meldete sich ihr Gewissen. »Wie blöd von mir. Ich habe schon wieder die Mitbringsel vergessen.«

Sie machte auf dem Absatz kehrt und rannte nach draußen, um die Tasche mit den Geschenken aus dem Auto zu holen.

Als sie zurückkehrte, prosteten Sean und Gordon sich gerade zu. »Keine Angst, Kathy«, erklärte ihr Freund verschmitzt. »Nach dem Begrüßungsschluck steige ich auf Wasser um. Oder traust du dir zu, mein Auto zu fahren?«

Kathy schüttelte energisch den Kopf. »Von der großen Kiste lasse ich lieber die Finger. Ich könnte mir nie verzeihen, wenn ich eine Delle in deinen schönen neuen Wagen fahren würde.« Sie räusperte sich und schaute zuerst Enya und dann Gordon in die Augen. Mit rauer Stimme sagte sie: »Ihr könnt euch gar nicht vorstellen, wie froh ich bin, nach Wicklow gekommen zu sein. Vor allem darüber, dass du mir nicht die Augen ausgekratzt hast, weil deine Mutter mich in ihrem Testament bedacht hat.«

»Wer sagt dir denn, dass ich das nicht noch tue?«, brummte er und hob zur Bekräftigung drohend die Faust. »Immerhin bringst du mich um einen Teil des Erbes.«

»Halt die Luft an«, schnaubte Kathy. »Genau darüber wollte ich noch mit dir reden.«

»Hör auf, deiner Cousine Angst zu machen«, mischte sich Enya ein. »Kathy denkt noch, du meinst es ernst.« Sie wedelte mit der Suppenkelle vor seiner Nase. »Hol uns lieber das Stew aus der Küche. Ich darf nicht schwer tragen.«

Grinsend klopfte Gordon Kathy auf die Schulter. »War nur ein Joke. Du kannst die alte Bude gern behalten. Ich habe nie verstanden, warum Mutter dort eingezogen ist. Bei uns hatte sie doch auch ein schönes, großes Zimmer.«

»Das hatte sie«, wandte Enya ein. »Aber so richtig wohlgefühlt hat sie sich wohl nie hier auf der Farm. So oft es ihre Zeit zuließ, fuhr sie nach Wicklow.«

Kathy schaute sich vorsichtig um. »Fühlst du dich denn wohl hier?«

»Ach, du meinst, in all dem alten Kram?« Enya seufzte. »Sobald wir den Kredit für die Melkanlage abgezahlt haben, sparen wir für neue Möbel. Das Haus bräuchte auch dringend einen frischen Anstrich.« Zärtlich streichelte sie über ihren Bauch. »Aber zuerst bekommt unser kleiner Liebling ein feines Kinderzimmer.«

»Wann ist es denn so weit?«, erkundigte sich Kathy.

Gordon schleppte einen gusseisernen Bräter zum Tisch und setzte ihn auf einer Korkunterlage ab. »Hoffentlich bald. Die Warterei macht mich langsam nervös.« Er warf seiner Frau einen verliebten Blick zu. »Mein Schatz musste lange genug leiden.«

Enya winkte ab. »Du hast meine Launen ertragen müssen, das war viel schlimmer.«

»Wie ich euch beide beneide«, platzte es aus Kathy heraus. »Bald seid ihr eine richtige Familie.« Voller Ungeduld wartete sie auf den passenden Moment, ihren Cousin auf das Tagebuch anzusprechen. Beim Essen schaute sie Hilfe suchend zu Sean hinüber, doch der verzog nur genießerisch das Gesicht.

»Die Kombination von Rindfleisch und Lauch werde ich mir merken. Das verleiht dem Eintopf eine besondere Note.« Er stupste sie unter dem Tisch mit dem Fuß an und deutete mit dem Kopf zur Tür. Kathy verstand beim besten Willen nicht, was er ihr damit sagen wollte, aber Gordon anscheinend. »Möchtest du dir nach dem Essen Mutters Zimmer ansehen? Ist alles unverändert.«

Seine Frau warf ihm eine Kusshand zu. »Geht ihr zwei

ruhig hoch. Den Nachtisch können wir auch später essen.«

»Ich übernehme inzwischen den Abwasch«, bot Sean sofort an. »Dann kann Enya sich wieder auf die Couch legen.«

Die Treppenstufen knarzten bei jedem Schritt. Wie oft mochte ihre Tante sie gegangen sein, fragte sich Kathy. Sie folgte ihrem Cousin durch einen langen Flur, an dessen Ende er eine Tür öffnete. »Da wären wir«, sagte er, schaltete die Deckenleuchte an und trat zur Seite.

Ein Foto über dem Bett zog Kathys Blick an. »Ist das …?«

»Das Hochzeitsbild meiner Eltern«, erwiderte Gordon. »Ich sollte wohl eher sagen von Mom und meinem Stiefvater.« Er schob sich an ihr vorbei und kauerte sich in einen durchgesessenen Sessel. Den Kopf in die Hände gestützt, redete er weiter. »All die Jahre hat sie sich nicht getraut, mir die Wahrheit zu sagen.«

Kathy setzte sich ihm gegenüber auf die äußerste Bettkante und legte eine Hand auf seine Schulter. »Ich habe von ihrer Flucht aus dem Kloster geträumt. Im Grunde genommen wusste ich nichts von ihr. Dennoch ließ mich Tante Doras Schicksal nicht mehr los. Ich bin auch nach Wicklow gekommen, um die Wahrheit zu erfahren.« Ein leichter Schwindel erfasste sie. Vor ihren Augen tauchten die Bilder aus dem Schlafsaal wieder auf. »Was hat sie dir erzählt? Ich muss es wissen.«

»Also gut«, stöhnte Gordon und zog die Nachttischschublade auf. »Ich denke, sie hätte es so gewollt.« Er schob seine Hand unter einen Stapel Stofftaschentücher und holte eine schwarze Kladde hervor. »Lies selbst. Es sind nur wenige Seiten. Ich bin nicht gut im Erzählen.« Langsam erhob er sich und schlurfte mit hängenden Schultern zur Tür hinaus.

Mit zittrigen Fingern schlug Kathy das Tagebuch auf.

… ich verzeihe meinen Eltern, dass sie mich fortgeschickt haben, sicher wollten sie nur das Beste für mich.

… Darragh hat mir ein neues Zuhause gegeben. Morgen werde ich ihn heiraten. Dann bekommt mein Kind einen Vater.

… er ist tot, und ich bin nicht mehr an das Versprechen gebunden. Mein Sohn soll die Wahrheit erfahren …

Das waren die letzten Sätze. Benommen strich Kathy über das Kopfkissen, schaute sich noch einmal in Doras Zimmer um. »Morgen besuche ich dich auf dem Friedhof«, murmelte sie und stolperte in den Flur.

Auf halber Treppe kam Gordon ihr entgegen und musterte sie mit ernster Miene. »Du siehst mitgenommen aus. Eine Tasse Tee wird uns guttun.«

Im Wohnzimmer duftete es nach frisch gebackenem Apfelkuchen. Enya lag auf der Couch und winkte sie zu sich. »Sean ist ein Schatz«, sagte sie lächelnd. »Der kann sogar Apple Pie backen.« Sie setzte sich auf und klopfte neben sich auf das Polster. »Hast du Antworten auf deine Fragen gefunden?« Sie deutete auf die schwarze Kladde, die Kathy krampfhaft in der Hand hielt.

Kathy schüttelte den Kopf und suchte Gordons Blick. »Was hat deine Mutter dir über das Internat erzählt?« Ihr Puls raste, und sie zwang sich, langsamer zu atmen. »War das eines dieser Heime, in denen die Schwangeren geschlagen wurden und bis zum Umfallen arbeiten mussten?«

»Nein, keine dieser Besserungsanstalten für gefallene Mädchen, von denen man immer wieder in der Zeitung liest.« Gordon trank einen Schluck Tee und schaute aus dem Fenster. »Es war ein richtiges Internat. Die Nonnen waren streng, aber auch sehr fürsorglich. Sie unterrichteten die jungen Frauen auch in Hauswirtschaft.«

»Dann ist meine Tante nur geflohen, weil sie ihr ungeborenes Kind schützen wollte?«, hakte Kathy nach.

Gordon nickte. »Gleich nach der Geburt nahm man den Mädchen die Babys weg und vermittelte sie an kinderlose Ehepaare.« Er wischte sich über die Augen. »Einen besseren Vater hätte sie mir nicht geben können. Für mich wird er immer mein Daddy bleiben. Ich bin mir sicher, auf ihre Art hat Mutter ihn sogar geliebt.« Ein Lächeln huschte über sein Gesicht. »Möchtest du die Patin unseres Kindes werden, Kathy?«

Sie riss die Augen auf und schluckte. »Wirklich?«, stammelte sie und kämpfte gegen ihre Tränen an.

Enya nahm Kathys Hand und legte sie auf ihren Bauch. »Fühlst du es? Die kleine Dora strampelt.«

Es war nur eine zarte Bewegung, die Kathy wahrnahm. Doch sie berührte ihr Herz. »Hallo, Kleines«, flüsterte sie. »Deine Patentante kann es kaum erwarten, dich im Arm zu halten.« Sie drückte Enya einen Kuss auf die Wange und erhob sich von der Couch. Mit offenen Armen ging sie auf Gordon zu. »Begleitest du mich morgen auf den Friedhof und anschließend zum Notar? Ziehen wir einen Schlussstrich unter die traurige Familiengeschichte.« Sie bemerkte seinen fragenden Blick. »Ich möchte, dass du die Hälfte vom Cottage bekommst.«

»Aber …?« Gordon hob abwehrend die Hände.

Sie unterbrach ihn sofort. »Keine Widerrede! Du verkaufst das Haus in Wicklow und gibst mir fünfzig Prozent des Erlöses. Damit ist uns beiden geholfen. Ihr könnt euer Nest neu einrichten, und ich kaufe mir ein Auto und stopfe ein Paar Löcher in meiner Kasse.« Lachend fügte sie hinzu: »Du machst mich zu einer glücklichen Patentante und ersparst mir jede Menge Arbeit und Rennerei.«

Im Auto starrte sie grübelnd in die Dunkelheit. In ihrem Kopf schwirrten Daten und Zahlen. Sean strich über ihre Hand. »Du hast deine neue Familie glücklich gemacht. Worüber zerbrichst du dir den Kopf?«

»Darüber kann ich heute noch nicht mit dir sprechen«, sagte Kathy. »Nicht bevor ich mir ganz sicher bin.«

31

Die Kirchturmuhr schlug elf, als Sean am Freitag den Wagen vor dem Wollmarkt parkte. »Sei vorsichtig beim Aussteigen. Ist ziemlich glatt heute Nacht.« Gähnend streckte er den Rücken durch und nahm Kathy den Rucksack ab. »Soll ich dir den Koffer hochtragen?«

»Sieh zu, dass du ins Bett kommst. Das schaffe ich allein.« Sie stellte ihr Gepäck in die offene Tür, umarmte Sean und wuschelte durch seine Locken. »Du hast was gut bei mir. Ich weiß nicht, ob ich die letzten Tage ohne dich so gut gemeistert hätte.«

»Stets zu Diensten, Mylady.« Sean hob sie hoch und drückte ihr einen Kuss auf die Nase. »Um nichts in der Welt hätte ich mir diese Reise entgehen lassen. Schade nur, dass ich zur Taufe der kleinen Dora nicht mitfahren kann. Da bekomme ich keinen Urlaub.« Er ließ sie wieder hinunter und flüsterte: »Dreh dich nicht um. Steve verlässt soeben den Pub und kommt geradewegs auf uns zu.«

Kathy nickte und deutete mit dem Kopf zum Wagen. »Ist wohl besser, du lässt mich allein mit ihm reden.«

Rasch schnappte sie sich ihren Koffer und den Rucksack und verschwand im Wollmarkt. Im Dunkeln lehnte sie sich an die Theke und beobachtete durch das Schaufenster, wie Steve im Schein der Laterne sein Handy aus der Jackentasche zog. Dann schüttelte er den Kopf und verstaute es wieder, rührte sich aber nicht von der Stelle.

Kathys Müdigkeit war wie weggeblasen. Die Sehnsucht nach ihm war stärker als die Wut über seine Eifersucht. Sie riss die Ladentür auf, bewegte sich einen Schritt auf ihn zu, rutschte aus und schlitterte direkt in seine Arme.

»Was für eine stürmische Begrüßung.« Er lachte und schob sie ein Stück von sich. Sein Atem roch nach Whiskey, und seine Augen funkelten sie an. »Dein Best Buddy hatte es aber eilig, nach Hause zu kommen.«

»Wir reden besser, wenn du wieder nüchtern bist«, zischte Kathy und machte Anstalten, ins Haus zu gehen. Doch er schlang die Arme um sie und drückte sie an sich. »Sorry, Schäfchen«, raunte er in ihr Ohr. »Darf ich meinen Rausch auf deiner Couch ausschlafen? Ich fürchte mich allein im Cottage.«

Ihr Widerstand schmolz. »Dieses Mal schläfst du wirklich auf dem Sofa. Ich mag nämlich keinen betrunkenen Kerl im Bett.« Aus dem Augenwinkel sah sie, wie bei den Melonys das Licht im Schlafzimmer anging und ein Fenster geöffnet wurde.

»Schnell rein mit dir, bevor wir die halbe Nachbarschaft wecken.« Sie zog ihn an der Hand hinter sich her, verschloss die Ladentür und rannte die Treppe hinauf.

Steve polterte hinterher und folgte ihr widerstandslos ins Wohnzimmer. »Bekomme ich keinen Gutenachtkuss?«, maulte er, als sie ihn auf die Couch expedierte und zudeckte.

Kathy beugte sich über ihn und drückte ihre geschlossenen Lippen auf seinen Mund. »Einen richtigen Kuss bekommst du erst wieder, wenn du nüchtern bist und …« Sie hob drohend den Zeigefinger. »Wenn du dich bei mir ordentlich entschuldigt hast.« Mit einer geschickten Drehung entzog sie sich seiner Umarmung und eilte ins Bad.

»Du bist so hart zu mir«, hörte sie ihn rufen, gleich darauf war es still im Wohnzimmer. Nach einer schnellen Katzenwäsche öffnete sie die Tür und spähte zur Couch. Steve lag mit halb offenem Mund auf der Seite und umarmte im Schlaf das Kissen. Auf Zehenspitzen schlich sie an ihm vorbei ins Schlafzimmer und schlüpfte unter die Decke.

Doch an Einschlafen war nicht zu denken. Zuerst waren es die kalten Füße, die sie daran hinderten, dann dieses sehnsuchtsvolle Kribbeln in ihrem Bauch. Sollte sie oder nicht? Fast wäre sie wieder schwach geworden, hätte Steve in ihr Bett geholt, da ertönte nebenan lautes Schnarchen. Das klang alles andere als erotisch, aber es lullte sie ein. Seufzend streifte sich Kathy ein paar Wollsocken über, zog sich die Bettdecke bis zur Nasenspitze und schlief endlich ein.

In der Ferne rauschte ein Wasserfall, es rumpelte laut, und jemand fluchte: »Shit!« Kathy brauchte eine ganze Weile, bevor sie registrierte, dass es kein Traum war. Sie sprang so rasch aus dem Bett, dass ihr schwindlig wurde und sie sich am Türrahmen festhalten musste, bis der Schwindel nachließ. Mit nacktem Oberkörper stand Steve im Wohnzimmer und rubbelte seine Haare trocken.

»Der Tierarzt wartet sicher schon auf der Farm«, erklärte er und streifte das T-Shirt über.

Verschlafen blinzelte Kathy ihn an. »Dann wird wohl nichts aus einem gemeinsamen Frühstück?«

Er schüttelte den Kopf. »Danke für das Asyl heute Nacht.« Auf allen vieren angelte er unter dem Couchtisch nach seinen Schuhen. »Nie wieder lasse ich mich so volllaufen«, stöhnte er, massierte seine Stirn und hievte sich schnaufend auf den Sessel.

»Möchtest du eine Kopfschmerztablette?« Schmunzelnd reichte Kathy ihm seinen Parka und den Schal. »Darf ich erfahren, was der Anlass für dein Besäufnis war?«

Er schaute an ihr vorbei. »Ja. Ich meine: Ja, ich hätte gern eine Aspirin.«

Als Kathy mit einem Glas Wasser und der Tablette ins Wohnzimmer zurückkam, telefonierte Steve. »Bin gleich bei Ihnen. Fangen Sie schon mal mit den Muttertieren an.« Er nahm ihr die Aspirin aus der Hand und spülte sie mit einem Schluck Wasser herunter. »Die Alpakas bekommen ihre jährliche Clostridien-Impfung«, erklärte er beim Hinausgehen.

»Das interessiert mich im Moment wirklich nicht.« In Kathy kochte es. Sie ballte die Fäuste hinter ihrem Rücken. »Ich warte immer noch auf deine Entschuldigung.«

Steve rannte die Treppe hinunter. »Keine Zeit, Kathy. Komm heute Abend ins Cottage. Dort entschuldige ich mich in aller Form bei dir.« Der Riegel von der Hintertür schnappte auf, dann fiel die Tür ins Schloss.

»Und ob ich kommen werde«, knurrte Kathy und tapste ins Bad.

Eine halbe Stunde später griff sie beim Frühstück zu ihrem Handy und meldete sich bei Lena zurück. »Hast du Zeit? Gibt eine Menge zu erzählen.« Sie löffelte ihr Porridge zu Ende und trank eine zweite Tasse Tee. In Windeseile faltete sie die Wolldecke im Wohnzimmer zusammen und schüttelte die Kissen auf. Nichts erinnerte mehr daran, dass Steve hier übernachtet hatte. Kathy beugte sich hinunter, um einen Euro aufzuheben, der ihm aus der Tasche gefallen war, da kam ihr das Frühstück hoch.

»Nicht schon wieder«, flehte sie und spurtete ins Bad. Würgend umarmte sie die Kloschüssel, als Lenas Stimme hinter ihr erklang.

»Warte, ich helfe dir.« Die Freundin hielt ihr die Haare

zurück und strich über ihren Rücken, bis der Brechreiz nachließ. »Du Arme. Hast du dir den Magen verdorben? Soll ich Kamillentee kochen?«

»Bloß nicht. Schon beim Gedanken daran wird mir wieder schlecht.« Kathy setzte sich auf den Badewannenrand und wischte sich mit dem Handtuch über das schweißnasse Gesicht. »Macht Jack eigentlich auch Schwangerschaftstests?«

Lena riss die Augen auf. »Bist du dir sicher?« Sie setzte sich neben Kathy und legte einen Arm um sie.

Kathy zählte an ihren Fingern nach. »Ich blöde Kuh habe in der Nacht mit Steve total vergessen, dass ich vor drei Monaten die Pille abgesetzt habe.« Sie seufzte. »Das kommt davon, wenn man vor lauter Verliebtheit nicht mehr klar denken kann.«

Lena strich ihr eine widerspenstige Locke aus dem Gesicht. »Komm mit in die Praxis. Noch steht doch gar nicht fest, dass du schwanger bist.«

Eine Stunde später kehrten die Freundinnen zurück in den Wollmarkt. »Wenn ich webe, kann ich das Chaos in meinem Kopf leichter ordnen.« Kathy rutschte in die Bank. »Bleibst du bei mir?«

Lena wühlte in der Kiste mit den Stoffresten. »Ich verstehe, was du meinst. Ich kann auch besser nachdenken, wenn meine Hände beschäftigt sind.« Sie schnappte sich die Schere vom Tisch, ein Stück Wollstoff und zog sich den Stuhl vors Fenster. »Wann willst du es Steve sagen?«

Mit Schwung schoss Kathy das Schiffchen durch die Fäden. »Nicht bevor ich mir ganz sicher bin, dass er es ernst mit mir meint. Nur weil er auf einmal Lust auf Sex hat, bedeutet das noch lange nicht, dass er mich auch liebt.« Mit dem rechten Fuß trat sie auf das Pedal und öffnete die Kettfäden für den nächsten Schuss. Das gleichmäßige Klacken beruhigte ihre zum Zerreißen gespannten Nerven. »Ich will nicht, dass er mich nur aus Pflichtgefühl heiratet.« Sie verdichtete die Reihen mit dem Holz, schwang die Beine über die Bank und drehte sich zu Lena um. »Verlange ich zu viel?«

Die Freundin schüttelte den Kopf. »Sicher nicht. Aber warte nicht zu lange damit, es ihm zu sagen.« Mit den Fingerspitzen strich sie zart über Kathys Bauch. »Bald wird man dir die Schwangerschaft ansehen. Dann könnte es zu spät sein.«

Diese Worte klangen in Kathy nach, als sie am Abend das Haus durch die Hintertür verließ. Unbewusst lenkten ihre Schritte sie zur kleinen Kapelle. Das Gotteshaus wurde schon lange nicht mehr für Messen genutzt. Nur hin und wieder fand dort eine Trauung oder Taufe statt. Die schwere Holztür war nicht verschlossen. Auf dem Steinaltar brannte ein ewiges Licht. Kathy entzündete ein Teelicht vor dem Bild des heiligen Patrick und faltete die Hände. »Beschütze die kleine Dora und das neue Leben, das in mir wächst. Gib mir die nötige Kraft, eine gute Mutter zu sein.« Sie berührte die Füße des Schutzheiligen, wie es ihre Großmutter stets getan hatte, und machte sich auf den Weg zum Cottage.

Schon von Weitem fiel ihr die Veränderung auf. Über dem Eingang hing ein Mistelzweig, und in jedem Fenster leuchtete eine Lichterkette. Im Vorgarten entdeckte sie einen Schneemann, dessen Nase eine Möhre zierte. Durch die angelehnte Haustür drang Kinderlachen. Kathys Herz wurde auf einmal weit, und sie hatte es eilig, zu Steve und Mia zu kommen.

»Gut, dass du da bist«, sagte er und versuchte, seine Tochter einzufangen. »Zusammen bekommen wir diesen Wildfang sicher gebändigt.«

Mia hüpfte von der Couch und flitzte um den Tisch.

Rasch schlüpfte Kathy aus ihren Stiefeln und hängte den Parka an die Garderobe. »Sollten kleine Engel um diese Zeit nicht längst im Bett sein?«, rief sie und spurtete hinter Mia die Treppe hinauf. Kurz vor dem Schlafzimmer bekam sie die Kleine am Nachthemdzipfel zu packen. »Hab ich dich, du süße Maus.« Sie hob Mia hoch und trug sie zu ihrem Bett.

»Will noch nicht schlafen«, maulte die Kleine und hopste auf der Matratze herum.

»Wenn das so ist, darf ich dir auch nicht verraten, wie man den Weihnachtsmann ins Haus lockt.« Kathy hob bedauernd die Schultern und verkniff sich dabei ein Lachen. »Zu jedem kommt der nämlich nicht.«

Mit großen Augen schaute Mia sie an. »Ist das ein Geheimnis?«

Kathy nickte. »Wenn du dich jetzt brav hinlegst und die Augen schließt, verrate ich es dir.«

»Das möchte ich auch hören.« Steve war neben sie getreten und grinste. »Ich lege mich auch brav ins Bett und schlafe gleich ein.« Grinsend ließ er sich rücklings auf das Ehebett fallen.

»Also gut.« Kathy knipste die kleine Nachtlampe neben dem Kinderbett an und die Deckenleuchte aus. »Augen zu und zuhören, ihr beiden.« Und dann erzählte sie, dass Santa Claus auf seiner langen Reise von Haus zu Haus sehr hungrig und durstig wurde. »Deshalb beschlossen die irischen Kinder, ihm am Weihnachtsabend etwas zu essen und zu trinken auf die Fensterbank zu stellen. Mince Piece und

Whiskey mag er besonders gern. Aber er freut sich auch über ein Glas Milch und ein paar Weihnachtskekse.« Sie hatte kaum den letzten Satz gesprochen, da schlief Mia schon tief und fest. Auch aus dem Ehebett klang leises Schnarchen. Auf Zehenspitzen schlich sich Kathy aus dem Zimmer und schloss die Tür hinter sich.

Keine fünf Minuten später folgte ihr Steve nach unten. »Hoffen wir mal, dass sie nicht gleich wieder wach wird.« Er trat einen Schritt auf Kathy zu und schaute ihr in die Augen. »Können wir die letzten Tage einfach streichen und da weitermachen, wo wir in meinem Büro aufgehört haben?« Er räusperte sich. »Ich meine, bevor ich so gemein zu dir war.«

Anscheinend war das seine Art, sich bei ihr zu entschuldigen. Kathy kam gar nicht mehr dazu, ihm zu antworten, denn schon lagen seine Lippen auf ihren. »Ich habe den Kamin angeheizt«, raunte er und zog sie mit sich auf den Teppich.

»Aber wenn Mia …«, wehrte sich Kathy halbherzig. Steve sprang auf und schaltete die Lampe aus. Mit zwei Schritten war er wieder bei ihr und setzte sich neben sie. »Wir hören, wenn sie kommt.« Sanft drückte er sie auf den Boden und beugte sich über sie. »Darf ich mich jetzt in aller Form bei dir entschuldigen?«

Kathy nickte nur und nahm sein Gesicht in ihre Hände.

Sie küssten sich und zogen sich gegenseitig aus. »Warte einen Moment«, flüsterte Steve. »Diesmal habe ich vorgesorgt.« Er nestelte an seiner Jeans und holte ein Kondom aus der Tasche.

Ich muss es ihm sagen …, dachte sie. *Später … irgendwann.*

32

Der Gemeindesaal war bis auf wenige Plätze besetzt. Kathy entdeckte Steve in der zweiten Reihe. Er saß zwischen seinem Bruder und der Schwägerin. Unschlüssig schaute sie sich um. Da zupfte sie jemand am Ärmel.

»Setz dich zu mir.« Bella deutete auf den freien Stuhl neben sich.

»Solltest du nicht hinter der Bühne sein und soufflieren?« Kathy streifte ihren Parka ab und hängte ihn über die Lehne.

Die Freundin schüttelte den Kopf. »Dieses Jahr läuft alles anders. Die neue Leiterin des Kindergartens ist der Meinung, dass die Kinder das auch ohne Vorsagen schaffen. Ganz schön gewagt, wenn du mich fragst.«

»Und der Pfarrer ist damit einverstanden?«, wunderte sich Kathy. »Weißt du noch, wie lange er uns getriezt hat, bis wir das ganze Krippenspiel auswendig kannten?«

»Du warst ja immer fein raus als Engel.« Bella lachte. »›Halleluja‹ rufen und über dem Stall herumschweben, während ich mir als Maria den Mund fusselig geredet habe.«

Erst jetzt fiel Kathy die neue Frisur der Freundin auf. »Steht dir gut, der kinnlange Bob«, flüsterte sie hinter vorgehaltener Hand.

»Das findet Simon auch.« Bella errötete. »Ich bin heute Abend bei seiner Mutter zum Dinner eingeladen.« Sie deutete nach vorn und legte einen Finger auf ihren Mund.

In diesem Moment marschierte der Schulchor auf die Bühne. Vorneweg Sarah und Anne, die Kinder von Steves

Bruder. Der Vorhang öffnete sich einen Spalt weit, und der Pfarrer im Gewand eines Hirten trat vor. Das Licht im Saal erlosch. Nur ein riesiger Stern deutete den Sängern den Weg. Donnelly hob die Hand, und auf sein Zeichen stimmte der Chor das alte irische Weihnachtslied »The Holly and the Ivy« an.

Kathy summte leise mit. Sie strich sich über den Bauch und stellte sich ihr Kind auf der Bühne vor. Ob Steve dann als stolzer Vater an ihrer Seite säße? Aber dazu müsste sie erst einmal den Mut aufbringen, es ihm zu sagen. Spätestens Dienstag nach der Chorprobe. »Ich muss mit dir reden«, formulierte sie im Geist die Worte, als sich der Vorhang öffnete und das Krippenspiel seinen Lauf nahm.

Kathy hatte nur Augen für Mia, die von Drähten gehalten über dem Stall schwebte und mit roten Wangen »Halleluja« rief. Wie gern hätte sie jetzt neben Steve gesessen, seine Hand in ihrer. Jedes Mal, wenn Farmer Burton eine Reihe vor ihr den Kopf senkte, versuchte sie, einen Blick auf ihren Liebsten zu erhaschen. Warum hatte er keinen Platz für sie reserviert?

Bella stupste sie mit dem Ellbogen an. »Hab ich nicht gesagt, dass die Kinder ihren Text vor lauter Aufregung vergessen?«

Tatsächlich öffnete Josef, gespielt von Noras jüngstem Sohn, den Mund und klappte ihn wieder zu.

Seine um einen Kopf größere Maria knuffte ihn in die Seite. »Du bist dran!«, blaffte sie, und alle im Saal lachten.

Von oben rief Engel Mia mit zartem Stimmchen: »Du musst ›Da kommen Hirten‹ sagen«, und wedelte wild mit beiden Armen, dass es aussah, als wollte sie davonfliegen. Der hochrote Kopf der Kindergartenleiterin tauchte zwischen dem Vorhang auf.

»Jetzt reicht es mir«, zischte Bella und sprang auf. Sie drängelte sich nach vorn, kletterte behände auf die Bühne und kauerte sich hinter den Stall. Als hätten Maria und Josef nur auf sie gewartet, nickten sie sich zu und spulten ihren Text fehlerfrei ab.

»Gut gemacht«, lobte Mia, der Engel. Steve schien es nicht mehr auf dem Sitz zu halten. Er schob sich zwischen den Stuhlreihen nach vorn und hockte sich vor die Bühne. Dann zückte er sein Handy und fotografierte. Der Rest der Aufführung verlief nahezu bilderbuchmäßig. Selbst der Stolperer des dritten Hirten wurde mit einem geschickten Kniefall vor der Krippe kaschiert und wirkte geradezu professionell.

Kaum hatte der Chor sein »Jingle Bells« erklingen lassen, sprangen die Zuschauer auf und applaudierten.

Kathy rief: »Bravo«, und bahnte sich einen Weg zur Bühne. »Du warst großartig, meine Süße«, lobte sie und winkte Mia zu.

Die posierte wie ein Supermodel vor der Krippe und ließ sich von ihrem Vater fotografieren. »Bist du auch da oben geflogen?«, wollte sie wissen und sprang in Kathys ausgebreitete Arme.

»Daran kann ich mich sogar noch erinnern«, erklärte Steve und strich seiner Tochter über den Kopf. Er lächelte verschmitzt, nahm Kathy die Kleine ab und raunte: »Wie ich gehört habe, hattest du eine sehr kurze Nacht.«

Die Hitze stieg ihr ins Gesicht, als Dan sich neben seinen Bruder stellte und ihr die Hand schüttelte. »Sean ist in Cork?«

Was sollte diese Frage? Kathy biss sich auf die Unterlippe. »Das stimmt. Er trifft sich dort mit seiner Ex-Freundin Sandra. Wie es aussieht, kommen die zwei wieder zusammen.«

Dan grinste. »Eigentlich schade. Ihr wärt das perfekte Paar.«

»Das finde ich nicht«, knurrte Steve und warf seinem Bruder einen finsteren Blick zu. »Was soll Kathy denn mit einem Kerl, der in Schottland arbeitet und sich nur zweimal im Jahr in Busby sehen lässt?« Er trat einen Schritt näher an sie heran und streichelte unbemerkt ihren Rücken.

»Das war eine tolle Aufführung.« Lena tauchte hinter Chris auf und gab Kathy einen Kuss auf die Wange. »Jack und ich haben dich gar nicht gesehen. Wo hast du denn gesessen?«

»Da hinten neben Bella«, antwortete sie und nahm die Freundin zur Seite. »Danke, dass du mich aus dieser peinlichen Situation rettest. Ich war drauf und dran, auszuflippen. Möchte nur wissen, welcher Teufel Dan geritten hat. Er will mich unbedingt mit Sean verkuppeln.«

Lena zog sie mit sich zur Kuchentheke und rief ihrem Jack zu: »Ich besorge uns schon mal ein Stück Apple Pie und Tee.« Leise fragte sie: »Also hast du es Steve noch nicht gesagt?«

»War irgendwie nicht die richtige Stimmung.« Kathy begrüßte Nora, die hinter der Theke alle Hände voll zu tun hatte. Heißhungrig erstand sie einen Brownie. »Spätestens am Dienstag nach der Chorprobe rede ich mit ihm. Das habe ich mir fest vorgenommen.« Aus dem Augenwinkel sah sie Steve mit seiner Familie Richtung Ausgang eilen. »Das darf doch wohl nicht wahr sein. Er geht, ohne sich von mir zu verabschieden.« Kathy reckte sich und beobachtete, wie er im Flur auf seinen Bruder einredete und gleich darauf in den Saal zurückkehrte. Aber statt zu ihr zu kommen, marschierte er schnurstracks auf den Pfarrer zu.

»Wolltest du nicht auch noch mit Donnelly reden?« Lena

gab Kathy einen kleinen Schubs. »Nun mach schon, sonst ist Steve weg.«

Der Weg bis zum Fenster entpuppte sich als der reinste Hürdenlauf. Maura und Jessie waren begierig darauf, alles über Kathys Wicklow-Reise zu erfahren.

»Ich komme morgen Mittag in die Teestube«, versprach sie rasch und drängelte sich an Angus vorbei, dem sie kurzerhand ihren Kuchen in die Hand drückte. Längst war ihr der Appetit vergangen.

Zwei Schritte weiter wurde sie von Claire aufgehalten. »Warum hast du es denn so eilig?« Sie beugte sich vor und flüsterte: »Konspiratives Treffen bei mir in der Küche, heute Abend.«

»Einverstanden.« Kathy visierte ihr Ziel an.

»Soso«, brummte der Pfarrer. Er klopfte Steve auf die Schulter und nickte ihr zu. »Was hältst du davon, dass dieser junge Mann das Haus deiner Großeltern kauft?«

Für einen Moment war sie sprachlos. »Also ich …«, stammelte sie, fing sich aber gleich wieder. »Ich könnte mir keinen besseren Käufer vorstellen.«

Donnelly lachte schallend. »Da hörst du es, Steve. Deinem Notartermin am Dienstag steht nichts mehr im Wege.« Mit einem breiten Grinsen im Gesicht wandte er sich Kathy zu. »Du willst dich jetzt nicht auch noch vor der Chorprobe drücken?«

Sie schüttelte den Kopf. »Ganz im Gegenteil. Ich freue mich schon darauf.« Verstohlen warf sie Steve einen Blick zu. »Danach schlafe ich immer besonders gut.« Hoffentlich verstand er diesen Wink. Kathy hatte plötzlich das Gefühl, sich um Kopf und Kragen zu reden. Sie war froh, dass Mrs Melony in ihrer Funktion als Vorsitzende des Kirchenbeirats unbedingt den Pfarrer sprechen wollte.

»Hat das nicht Zeit bis zur nächsten Sitzung?« Donnelly trat unruhig von einem Bein zum anderen und schielte zum Kuchenbüfett. »Ich hatte noch keinen Tee.«

»Die Sache duldet keinen Aufschub.« Mrs Melony blieb beharrlich. »Oder soll die Gemeinde Weihnachten in einer kalten Kirche sitzen? Wir müssen jetzt und hier entscheiden, ob wir die alte Heizung reparieren lassen oder für eine neue sammeln.«

Steve schielte zum Ausgang. »Die Familie wartet auf mich«, erklärte er und strich verstohlen über Kathys Hand. »Wir haben den Mädchen eine Pizza beim Italiener versprochen. Zur Feier des Tages.« Mit einem Kopfnicken verabschiedete er sich vom Pfarrer, raunte ihr: »Ich melde mich am Abend«, zu und eilte aus dem Saal.

Ungläubig schaute Kathy ihm hinterher und ärgerte sich über seine Geheimniskrämerei. Am meisten wurmte es sie, dass er sie nicht gebeten hatte, mit in die Pizzeria zu kommen. Auch darüber würde sie mit ihm reden.

»Du hast deinen Parka vergessen.« Bella drückte ihr die Winterjacke in den Arm. »Ich schleich mich raus, bevor der Pfarrer mich zum Aufräumen verdonnert. Das schafft die kompetente Kindergartenleiterin sicher allein.«

»Warte, ich komme mit«, sagte Kathy und schlüpfte in ihre Jacke. »Ich verabschiede mich nur rasch von Lena und Jack.«

Kurz darauf begleitete sie die Freundin zu deren Auto. »Grüß Simon und seine Mutter von mir.« Kathy streichelte Bella über die Wange. »Ich freue mich für dich. Wenn Simon dich seiner Mutter vorstellt, scheint er es wirklich ernst zu meinen.«

Über Bellas Gesicht huschte ein Lächeln. »Versprich mir, dass du es für dich behältst.« Sie wartete, bis Mr und

Mrs Melony, die gerade das Gemeindehaus verließen, außer Hörweite waren. »Simon hat mir einen gut bezahlten Job in der Hotelverwaltung angeboten. Ist das nicht lieb von ihm?«

Kathy seufzte. »Wie ich dich beneide. Wenn das keine Liebe ist.« In ihr zog sich alles zusammen. Am liebsten hätte sie Bella jetzt ihr Herz ausgeschüttet. Stattdessen nahm sie die Freundin in den Arm. »Untersteh dich, sein Angebot abzulehnen. Ich streue auch freiwillig auf deiner Hochzeit Blümchen.«

Kichernd entzog sich Bella Kathys Umarmung und setzte sich in ihren Wagen. »Nach dem Weihnachtsfest rede ich mit Donnelly. Und bis dahin …« Sie hob drohend den Zeigefinger.

»… klebe ich mir ein großes Pflaster über den Mund«, vollendete Kathy den Satz und klopfte auf das Wagendach. »Nun hau schon ab. Oder willst du, dass ich hier festfriere?« Mit großen Schritten stapfte sie über den festgetretenen Schnee Richtung Pub. Da sie keine Lust auf Small Talk mit angeheiterten Männern hatte, nahm sie den Hintereingang. Vorbei an Bierfässern und Wasserkisten bahnte sie sich ihren Weg zur Küche.

Claire kniete mit rotem Kopf vor dem geöffneten Backofen und drückte mit dem Zeigefinger in den Lammbraten, um zu prüfen, wie lange er noch im Rohr bleiben musste. »Stew ist schon fertig. Nimm dir doch einen Teller«, brummte sie zur Begrüßung.

»Wann schneidest du den Braten an?« Kathy lief beim Anblick des Fleisches das Wasser im Mund zusammen.

Stöhnend zog sich Claire am Tischbein aus der Hocke hoch. »Das Wetter schlägt um. Mein Knie tuckert.« Sie schob Kathy unwirsch zur Seite. »Setz dich endlich. Du stehst im Weg.«

»Wenn du so mit mir umspringst, liegt Ärger in der Luft«, beschwerte sich Kathy und warf sich auf den Stuhl neben dem Ofen. »Hast du schon was von Sean gehört?« Ihr Magen knurrte so laut, dass selbst Claire lachte.

»Hab schon verstanden. Du bekommst ein Stück Braten.«

Mit Heißhunger stopfte sich Kathy einen Brocken vom dampfenden Lammfleisch in den Mund und verbrannte sich prompt die Zunge. »Autsch«, sagte sie und spülte den Bissen schnell mit einem Schluck Wasser hinunter. »Kann ich auch etwas vom Boxty und ein Stück Apple Pie bekommen?«

Claire riss die Augen auf und stemmte die Fäuste in die Taille. »Wenn ich es nicht besser wüsste, würde ich sagen, du bist schwanger.«

»Nein, ich meine: doch«, stammelte Kathy. »Verdammter Mist! Vor dir kann ich wirklich nichts geheim halten. Dafür kennst du mich zu gut.«

»Komm her, mein Mädchen.« Claire breitete die Arme aus. »Vergessen wir Sean und seine Sandra. Der Junge macht sowieso, was er will.« Sie drückte Kathy an ihre Brust und strich ihr über den Rücken. »Wie kann ich dir helfen, Kleines?«

»Sei einfach für mich da«, brach es aus Kathy heraus. »Und versprich mir, es noch keinem zu sagen. Nicht bevor ich mit Steve gesprochen habe.«

Claire nickte nur und schickte sie eine halbe Stunde später mit einem Korb voller Leckereien und jeder Menge mütterlicher Ratschläge nach Hause. »Pass auf dich auf, Liebes, und lass mich wissen, wenn du Hilfe im Laden brauchst. Soll Sean ruhig bis Weihnachten allein in der Küche stehen.«

»Das halte ich übrigens für eine sehr gute Idee«, erwiderte Kathy. »Wenn du ihn dazu noch bittest, dich beim

Kauf eines neuen Herdes zu beraten, geht er dir bestimmt an die Angel.«

»Sagen wir ihm doch einfach, dass er im Sommer Patenonkel wird. Dann bleibt er garantiert in Busby.« Claire schmunzelte.

Kathy kniff ihr scherzhaft in die Wange. »Untersteh dich. Das überlässt du mir.« Sie gestand sich ein, dass der Gedanke nicht abwegig war. Denn dass Sean sich mit ihr über den Nachwuchs freuen würde, das stand für sie fest. Würde sich Steve aber auch freuen?

Zurück in ihrer Wohnung widerstand sie dem Drang, sich an den Webstuhl zu setzen. Stattdessen kuschelte sie sich auf die Couch und zappte sich durch die Fernsehprogramme. Schon nach wenigen Minuten warf sie die Fernbedienung genervt auf den Sessel. Ihr Körper kribbelte vor innerer Anspannung. Kurz entschlossen sprang sie auf, kramte den Zollstock aus der Küchenschublade und flitzte ins Schlafzimmer. Sie rückte den Nachttisch zur Seite und kroch auf dem Boden herum. Hier könnte das Bettchen für ihr Baby stehen. Oder vielleicht besser auf der anderen Bettseite? Dort auf der Kommode wäre Platz für eine Wickelauflage.

»Bist du eigentlich bescheuert, Kathy?«, schimpfte sie laut. »Du willst doch gar nicht allein hier mit dem Baby leben. Du sehnst dich danach, mit Steve, Mia und dem Kleinen im Cottage zu wohnen. Eine richtige Familie!« In ihrem Kopf schlugen die Fragen Purzelbäume. Übermüdet krabbelte sie gegen zehn Uhr ins Bett und legte das Handy auf das zweite Kopfkissen.

»Habe ich dich geweckt?«, fragte Steve mit sanfter Stimme. »Liebes? Bist du noch dran?«

Kathy gähnte. »Sorry. Mir geht gerade so viel durch den

Kopf. Wie hat die Pizza geschmeckt?«, fragte sie mit ernstem Unterton. Als keine Antwort kam, war ihr sofort klar, dass er genau verstanden hatte, worauf sie hinauswollte. »Vergiss die Frage, Steve.« Sie zuckte zusammen, als er schnaufte.

»Ich bin so ein Trottel«, fluchte er. »Natürlich wärst du gern mitgekommen. Muss ich mich wieder einmal bei dir entschuldigen?« Er gab ein heulendes Geräusch von sich. »Verzeih mir, sonst weine ich mich in den Schlaf.«

Kathy versuchte, ernst zu bleiben. »Das hängt ganz davon ab, ob du am Dienstagabend nach deinem Notartermin bei mir vorbeischaust. Ich habe dringenden Redebedarf.«

Er sagte nur: »Oh!« War das Erleichterung in seiner Stimme? Dann lachte Steve. »Mein Schäfchen hat Sehnsucht nach mir. Sag das doch gleich.«

Und schon hatte sie sich wieder von ihm um den Finger wickeln lassen. »Ja«, flüsterte sie und kuschelte sich in das Kissen. »Aber hinterher reden wir.«

33

Über Nacht hatte der Schnee den Ort in ein weißes Kleid gehüllt. Vom Wohnzimmerfenster aus beobachtete Kathy, wie ihre Nachbarn mit Schneeschaufeln bewaffnet vor die Tür traten. »Dann muss ich wohl auch«, brummte sie und stieg in ihre Stiefel. Kaum hatte sie die Mütze über die Ohren gezogen, erklang lautes Schaben vor ihrem Haus. Sie spurtete nach unten und riss die Ladentür auf.

»Du kannst im Warmen bleiben. Ich erledige das für dich«, rief ihr Fergus grinsend zu.

»Wie komme ich denn zu der Ehre?« Kathy vermutete, dass nur Claire hinter der ganzen Aktion stecken konnte.

Fergus schob die weiße Pracht bis an die Bürgersteigkante und ließ nur einen schmalen Durchgang zur Straße frei. »Im Mauerbau war ich schon als kleiner Junge ein Ass.« Er lachte.

Obwohl er nur einen Pullover über dem T-Shirt trug, glänzten Schweißperlen auf seiner Stirn. Er lehnte sich schnaufend an die Hausmauer und bewunderte sein Werk. »Hätte nichts gegen eine Tasse Tee nach der Schufterei.«

»Die hast du dir auch redlich verdient«, stellte Kathy fest und hielt ihm die Ladentür auf. »Setz dich in die Webstube. Tee kommt sofort. Schokocookies habe ich auch.« Sie kannte seine Schwäche für alles Süße. Das Bäuchlein des Dorfwirtes stammte eindeutig nicht allein vom Guinness. Beim Versuch, seine Schnürsenkel kopfüber zu entknoten, wurde sein Gesicht puterrot.

»Behalte deine Schuhe ruhig an. Ich muss den Fußboden

sowieso noch wischen«, bot Kathy an und eilte die Treppe hinauf. Als sie mit zwei Teebechern und einer Packung Schokoladenkekse in die Webstube kam, saß Fergus auf der Bank und begutachtete ihr neuestes Werk. Ein roter Teppich mit einem weißen Schaf in der Mitte. »Gefällt dir mein Patengeschenk für die kleine Dora?«, fragte Kathy und reichte ihm die Teetasse.

Seans Vater trank schlürfend einen Schluck und nickte. Ein Lächeln huschte über sein Gesicht. »Wenn ich unseren Herrn Sohn am Telefon richtig verstanden habe, läuft es wieder ganz gut mit Sandra. Die turteln noch bis Ende der Woche in Cork. Vielleicht besteht dann auch die Chance für mich, bald mal so einen kleinen Hosenscheißer auf den Knien hüpfen zu lassen.« Er tätschelte Kathys Wange und strahlte sie an.

Kathy fiel vor Schreck der Keks aus der Hand und landete mitten auf dem Webstuhl. »Verdammter Mist!«, stöhnte sie und pulte vorsichtig die Krümel aus den Wollreihen. »Das hat mir gerade noch gefehlt.«

»Ist doch nichts passiert«, versuchte Fergus, sie zu beruhigen. »Nur ein Schokoladenfleck auf dem Ohr. Das lässt du einfach so. Sieht bestimmt ganz natürlich aus.«

»Vielleicht hast du recht.« Kathy kauerte sich neben Fergus auf die Webbank und legte den Kopf an seine Schulter. »Du weißt es also?«

Wie einem kleinen Mädchen strich er ihr sanft über die Haare. »Meine Claire konnte noch nie ein Geheimnis vor mir bewahren. Aber ich schwöre hoch und heilig, dass ich es für mich behalte.« In diesem Moment klingelte ihr Handy.

»Geh ruhig ran«, meinte Fergus. »Auf mich wartet sicher schon der Whiskeylieferant.« Er küsste sie auf die Stirn, schob sich einen Keks in den Mund und verließ eilig die Webstube.

Kathy wartete, bis er aus dem Haus war, und nahm dann das Gespräch an. Sie konnte Steve kaum verstehen, denn im Hintergrund brummten und grunzten die Alpakas.

»Ganz schön laut, deine Tiere.« Sie lachte.

»Ja, die halten ihre morgendliche Konferenz«, sagte Steve. »Sie sind ganz aus dem Häuschen, weil es heute Kraftfutter gibt.«

»Das könnte ich manchmal auch gut gebrauchen.« Kathy knabberte an einem Cookie. »Wann kommst du heute Abend? Soll ich uns etwas kochen?« Sie lauschte seinem Atem.

»Es kann sehr spät werden. Ich lade die Verkäufer nach dem Notartermin zum Essen ein. Das gehört sich doch so. Schließlich sind sie mir mit dem Preis sogar etwas entgegengekommen.« Er schien zu überlegen. »Soll ich trotzdem bei dir vorbeischauen? Mia schläft auf der Farm. Ich könnte also …«

»Ich lege den Schlüssel für die Hintertür unter die Fußmatte. Nur für den Fall, dass ich schon im Bett bin. Weck mich, egal, wie spät es ist«, erklärte Kathy, ohne lange nachzudenken, und verabschiedete sich rasch, als die Ladenglocke schepperte.

Die Zeit bis zur Chorprobe verging wie im Flug. Wenn sie keine Kunden bediente, arbeitete sie am Webstuhl.

Gegen Mittag schrieb ihr Claire eine WhatsApp. Pause! Suppe essen und Beine hochlegen!

Kathy befolgte ihren Rat. Vorsorglich stellte sie den Handywecker und gönnte sich eine ausgiebige Siesta auf der Couch.

An diesem Abend fand die Chorprobe in der Kirche statt. »Mann, ist das kalt hier drin.« Nora rieb die Hände aneinander. »Wann wird denn endlich die Heizung repariert?«

Jack schob sich auf die Orgelbank und ordnete die Notenblätter. Mit sorgenvoller Miene wandte er sich an die Chormitglieder. »Lasst vorsichtshalber die Jacken an. Ich habe keine Lust, euch alle mit Schnupfen und Husten in der Praxis zu sehen.« Er nickte Kathy zu und winkte sie zu sich. »Hast du schon einen Termin bei deiner Frauenärztin gemacht?«, flüsterte er ihr zu.

Sie nickte. »Freitagmorgen um neun. Ich bin schon ganz aufgeregt.«

Jack zog einige Register und stimmte einen Akkord an. »Halte mich bitte auf dem Laufenden. Lena und ich sind zu jeder Tages- und Nachtzeit für dich da. Das weißt du.«

Aus der Sakristei tönte Donnellys sonore Stimme. »Genug gequatscht. Singt euch ein und trampelt dabei auf der Stelle. Gleich wird es wärmer.« Mit einem Schraubenschlüssel in der Hand marschierte er hinter den Altar. »Dir werde ich helfen«, fluchte er und klopfte mehrmals gegen den Heizkörper. Der gab darauf gurgelnde Geräusche von sich. Dann zischte es. »Sie läuft«, verkündete der Pfarrer euphorisch. Er stopfte sich das Werkzeug in die Hosentasche und baute sich vor dem Altar auf. Kathy wollte sich schon zu den anderen Sängern stellen, da schickte er sie auf die Empore. »Du kannst dich dort oben einsingen. Wir starten direkt mit dem ›Wexford Carol‹.«

Zweimal verpatzte sie ihre Einsätze, bevor ihr das Solo gelang. »Sorry«, rief sie von oben. »Meine Zähne klappern vor Kälte.«

Dabei fror sie schon längst nicht mehr. Ungeduldig sehnte sie das Ende der Chorprobe herbei und atmete erleichtert auf, als Donnelly seine Sänger eine Stunde später nach Hause schickte. »Ab in die heiße Wanne mit euch«, sagte er.

Fergus schaute grinsend in die Runde. »Oder zu mir in den Pub. Dort ist es mollig warm.«

Angus und Mr Melony schlossen sich ihm sofort an.

»Was ist mit dir, Kathy?« Bella nahm ihr das Notenblatt aus der Hand und ordnete es zu den anderen in die Mappe. »Nora kommt auch mit. Gönnen wir uns einen Mädelsabend.«

Gähnend rieb sich Kathy die Augen. »Ich bin hundemüde. Diese Kälte hat mich vollkommen geschafft. Nächstes Mal bin ich wieder dabei.« Sie warf ihren Freundinnen einen Luftkuss zu, schlug einen Bogen um Mrs Melony, die mit hochrotem Kopf auf den Pfarrer einredete, und flitzte aus der Kirche.

Am Fuß der Treppe sah ihr Maura erwartungsvoll entgegen. »Gehen wir ein Stück zusammen?«, fragte sie und hakte sich bei ihr ein. »Auf dem Hinweg habe ich mich beinahe hingelegt. Ist ganz schön glatt heute Abend.«

»Ich bringe dich wohl besser nach Hause«, erwiderte Kathy fürsorglich. »Halte dich ruhig an meinem Arm fest.« Sie manövrierte Maura um eine gefrorene Pfütze und brachte sie sicher auf die andere Straßenseite.

»Möchtest du noch auf einen Tee mit zu mir?«, fragte die ältere Freundin vor ihrem Haus. »Ich könnte uns auch eine Fleischpastete heiß machen.«

Kathy drückte ihre Hand. »Ein anderes Mal gern, meine Liebe. Aber ich möchte noch mit Gordon und Enya telefonieren«, flunkerte sie. »Muss doch hören, wie es der werdenden Mutter geht.« So ganz gelogen war das nicht, denn sie machte sich wirklich Sorgen um ihre neue Familie. Ihr

Vetter und seine reizende Frau waren ihr inzwischen schon richtig ans Herz gewachsen. Gleich morgen würde sie in Wicklow anrufen.

»Dann sieh zu, dass du ins Warme kommst«, verabschiedete sich Maura und gab ihr einen Kuss auf die Wange. »Ach übrigens …« In der offenen Tür drehte sie sich noch einmal um. »… ich stricke gerade ein Babyjäckchen.«

»Für wen …?« Kathy schoss die Hitze ins Gesicht.

Maura schmunzelte. »Für dein Patenkind natürlich. Oder fällt dir sonst noch jemand ein, der gerade Bedarf an Kindersachen hat?«

Erleichtert atmete Kathy auf. »Da wird sich Enya sicher freuen.« Auf einmal hatte sie es eilig, nach Hause zu kommen.

Mit klopfendem Herzen schloss sie die Ladentür auf. Im Dunkeln tapste sie zum Hintereingang, öffnete die Tür einen Spalt weit und schaute sich um. Sie wartete einen Moment, bis die Nachbarn ihr Licht im Schlafzimmer gelöscht hatten. Erst als sie sicher sein konnte, dass niemand sie beobachtete, deponierte sie den Schlüssel unter der Matte.

Aus Sorge einzuschlafen, kuschelte sie sich nach dem Duschen im Schlafanzug in den Sessel und lauschte einem Hörspiel im Radio. Doch die monotone Stimme des Sprechers lullte sie ein. Immer wieder fielen ihr die Augen zu. Irgendetwas kitzelte sie an der Wange.

Im Traum hörte sie Steve sagen: »Schlaf weiter, mein Schatz.« Sie wurde emporgehoben und schwebte, landete sanft auf einer Wiese. Ein warmer, fester Körper schmiegte sich an ihren. »Ich muss dir etwas sagen.« Sie kuschelte sich in seine Arme.

»Dazu ist morgen früh auch noch Zeit«, raunte Steve in ihr Ohr. »Gib mir einen Gutenachtkuss, dann schlafen wir.«

34

Sein Bein lag über ihrem, seine Hand ruhte auf ihrem Bauch.

»Ich muss mal«, flüsterte sie und befreite sich vorsichtig aus der Umarmung.

Mit geschlossenen Augen murmelte Steve: »Aber du kommst wieder«, und streckte den Arm nach ihr aus.

Kathy küsste ihn auf die nackte Schulter. »Wie könnte ich diesem verlockenden Angebot widerstehen?« Barfuß tapste sie ins Bad und setzte sich auf die Toilette. Sie ignorierte tapfer die leichte Übelkeit und den Schwindel. Was hatte Claire ihr geraten? Sie solle etwas trockenes Toastbrot auf nüchternen Magen essen und sich gleich wieder hinlegen. Einen Versuch war es wert. Auf dem Weg in die Küche kam ihr Steve entgegen und streichelte zärtlich über ihren Po, bevor er im Bad verschwand. »Lass das Bett nicht kalt werden«, rief er durch die geschlossene Tür. »Ich muss erst um neun auf der Farm sein.«

»Wunderbar«, antwortete Kathy mit Blick auf die Uhr. »Dann haben wir noch drei Stunden Zeit.« Sie fischte sich eine Scheibe Toastbrot aus der Packung und kaute lustlos darauf herum. Ihr Magen kollerte, diese frühe Attacke schien ihm nicht zu gefallen. Aus Angst, sich wieder zu übergeben, legte sie einen Sprint ins Schlafzimmer ein und ließ sich rücklings auf das Bett plumpsen. Der Raum drehte sich ein wenig um sie. Aber bald hörte der Schwindel auf. Claires Tipp funktionierte. »Mir geht es gut«, wiederholte sie wie ein Mantra und schloss vorsichtshalber die Augen.

»Bleib so liegen«, raunte Steve und setzte sich neben sie auf die Bettkante. »Nicht blinzeln. Einfach nur genießen.« Seine Hand fuhr unter ihr Pyjamaoberteil, streichelte über den Bauch, die Brüste.

»Ich muss unbedingt mit dir reden«, seufzte Kathy und griff nach seinem Handgelenk, um ihn am Weiterstreicheln zu hindern.

»Später«, stieß er heiser hervor, beugte sich über sie und vergrub das Gesicht in ihren Locken. »Du riechst gut, Darling.«

Kathy durchströmte eine Welle der Erregung, als er an ihrem Ohrläppchen knabberte. »Mach es mir nicht so schwer, Liebster«, stöhnte sie. »Ich kann nicht länger damit warten.«

»Ich hör dir zu«, erwiderte Steve mit rauer Stimme und ließ seinen Mund über ihren Hals nach unten gleiten. Da griff sie in seine Haare, zwang ihn, den Kopf zu heben und ihr in die Augen zu sehen.

»Ich bin schwanger, Steve«, brach es aus ihr hervor. Dann schossen Tränen in ihr Gesicht.

»Bist du dir sicher?« Mit einem Ruck setzte er sich auf, dass ihre Hände von ihm abglitten. »Das kann nicht sein. Ich habe doch aufgepasst.«

In Kathy zog sich alles zusammen. »Hast du die Nacht nach meiner Geburtstagsfeier vergessen?« Sie presste die Faust auf ihren Mund und schluchzte hemmungslos. »Ich bin schuld. Ich habe dich verführt«, hörte sie sich sagen. Plötzlich war die Übelkeit wieder da. Ein bitterer Geschmack auf ihrer Zunge. »Nein«, stieß sie hervor und sprang aus dem Bett.

»Was ist mit dir?« Steve war mit zwei Schritten an ihrer Seite.

Ich schaffe es nicht mehr ins Bad, wollte sie sagen, da war es schon zu spät. Sie erbrach sich auf dem Teppich und sackte in sich zusammen.

Als sie wieder zu sich kam, lag sie auf dem Bett und fühlte sich merkwürdig leicht.

»Bleib bei mir«, drang Steves Stimme wie durch Watte an ihr Ohr. »Jack ist schon auf dem Weg.« Er streichelte ihren Kopf und tupfte mit einem feuchten Tuch über ihre Lippen.

»Aber der Teppich«, stöhnte Kathy und versuchte, sich aufzusetzen.

Steve drückte sie sanft zurück auf das Kissen. »Den habe ich in die Badewanne geworfen. Darum kümmere ich mich später.«

Ohne sie aus den Augen zu lassen, zog er sich rasch an und stürzte aus dem Zimmer, als die Türglocke schellte. Dann vernahm sie Jacks und Lenas Stimmen auf der Treppe, und kurz darauf eilte der Arzt an ihr Bett.

Ihre Freundin blieb mit besorgter Miene in der Tür stehen. »Was machst du nur für Sachen, Kathy?«

Steve drängelte sich an ihr vorbei ins Zimmer und setzte sich auf die andere Bettseite, während Jack ihren Blutdruck maß. »90 zu 60. Kein Wunder, dass du umgekippt bist«, stellte er fest. »Nicht erschrecken, ich taste deinen Bauch ab.«

Angst schnürte Kathy die Kehle zu, sie meinte, zu ersticken. »Ist etwas mit meinem Baby?«, presste sie mühsam hervor.

Erst als Steve nach ihrer Hand griff und sie fest in seiner hielt, konnte sie wieder durchatmen. »Ganz ruhig, Liebes. Unserem Kind geht es sicher gut«, murmelte er. Aber in seiner Stimme schwang Besorgnis mit.

Jack drückte sacht auf ihre Bauchdecke. »Das fühlt sich

ganz normal an. Trotzdem sollten wir auf Nummer sicher gehen. Ich rufe bei deiner Frauenärztin an und bitte sie, dich heute noch zu untersuchen. Lena kann dich begleiten.«

»Kommt gar nicht infrage. Das übernehme ich«, wandte Steve sofort ein. »Dan kann mich auf der Farm vertreten. Und Chris kümmert sich bestimmt um Mia.«

Jack nickte und zog sein Handy aus der Tasche. »Ich gehe kurz nach nebenan, um mit der Kollegin zu sprechen«, erklärte er und zog die Tür hinter sich zu.

Während sich Steve ans Fenster stellte und seinen Bruder anrief, setzte sich Lena zu Kathy auf die Bettkante und streichelte ihre Wange. »Heute übernehme ich den Laden. Wenn du vom Arzt kommst, sehen wir weiter.«

Kathy nickte nur und schaute nachdenklich zu Steve, der noch immer mit seinem Bruder telefonierte. »Wenn ich es dir doch sage, Dan. Es handelt sich um einen Notfall. Ich erkläre dir alles, wenn ich Mia heute Nachmittag abhole.« Mit entschlossener Miene stopfte er das Handy in seine Jeans, murmelte: »Ich hole den Wagen«, und verließ das Zimmer.

Kathy sah ihm verwundert nach. »Er hat meine Schwangerschaft mit keinem Wort erwähnt. Oder habe ich das überhört?«, fragte sie Lena.

Die Freundin tippte sich mit dem Zeigefinger auf die Nase. »Jetzt, wo du es sagst, fällt mir das im Nachhinein auch auf.«

In diesem Moment steckte Jack den Kopf zur Tür herein. »Dr. Gallagher erwartet dich in einer Stunde in ihrer Praxis«, verkündete er lächelnd. »Nachdem ich dir eine leichte Kreislaufspritze gegeben habe, kannst du sicher aufstehen und dich anziehen. Aber vorher trinkst du Tee und isst im Bett eine Kleinigkeit.«

»Ich mache Frühstück. Steve hat sicher auch Hunger«, bot Lena an und verschwand in der Küche. Jack setzte sich auf die Bettkante und maß erneut Kathys Blutdruck. »Sieht schon besser aus. 110 zu 70. Da können wir auf die Spritze verzichten. Ich messe nach dem Frühstück noch einmal.«

Kathy setzte sich vorsichtig auf, als Lena ein Tablett mit Rührei, Toast und Tee auf den Nachttisch stellte. »Das riecht lecker. Hoffentlich behalte ich das Frühstück auch drin.« Mit Heißhunger kostete sie eine Gabel Rührei. Dann noch eine. Nichts passierte. Die Übelkeit blieb aus. Inzwischen war auch Steve zurückgekehrt und setzte sich zu ihr auf das Bett.

»Isst du nichts?«, fragte Kathy. Sie nickte Jack und Lena zu. »Ich komme mir vor wie die Queen Mum. Mit eigenem Leibarzt und Hofstaat.«

»Dir scheint es ja schon besser zu gehen.« Jack griff nach ihrer Hand. »Dein Puls ist auch wieder normal. Also kann ich in die Praxis. Ihr kommt jetzt sicher allein zurecht.« Er nahm Lena in den Arm und küsste sie zärtlich. »Bis später, Liebes«, sagte er und winkte Kathy und Steve zu. »Meldet euch bei mir, wenn ihr zurück seid.« Er griff nach seiner Arzttasche und eilte aus dem Schlafzimmer.

Lena beugte sich zu Kathy und küsste sie auf die Wange. »Zeit, den Laden aufzumachen. Ich geh runter.« Sie nickte Steve zu und schloss die Tür hinter sich.

Eine peinliche Stille trat ein. Kathy tastete nach seiner Hand und drückte sie. »Hast du meinetwegen Ärger mit Dan?«

Steve zuckte mit den Schultern. »Er kehrt mal wieder den großen Bruder raus.« Seine Augen verfinsterten sich. »Ich denke, ich rede zuerst mit Chris, bevor ich es ihm sage.«

Kathy schluckte. Ihr fielen Dans Worte wieder ein. »Es gibt nur eine große Liebe im Leben eines Mannes.« Sicher war es genau das, was Steve bewegte. Sie legte die Gabel aus der Hand und schaute ihm in die Augen. »Ich möchte nicht, dass du dich verpflichtet fühlst«, sagte sie leise. »Es ist ganz allein meine Schuld, dass ich jetzt schwanger bin.«

»Dazu gehören immer noch zwei!« Steve sprang auf und rannte im Zimmer auf und ab. »Ich werde für dich und das Kleine sorgen. Ein O'Connor lässt eine Frau, die ein Kind von ihm erwartet, nicht im Stich.«

Mit einem Satz war Kathy vor dem Bett und stolperte auf ihn zu. »Ich hatte befürchtet, dass du genau das sagen würdest, Steve O'Connor.« Sie trommelte mit den Fäusten gegen seine Brust. »Aber das will ich nicht von dir hören. Was ist mit deinen Gefühlen?«

Er hielt ihre Handgelenke fest und zog sie an sich. »Glaubst du denn, ich ginge nur mit dir ins Bett, weil ich Lust auf eine Frau habe?«

»Dann sag es endlich«, flehte Kathy ihn an und löste sich aus seinen Armen. »Dass ich dich liebe, weißt du. Was ist mit dir?«

»Also gut«, stöhnte Steve und streckte die Arme nach ihr aus. »Ich bin verrückt nach dir, Kathy. Ich könnte vor Eifersucht wild um mich schlagen, wenn dieser Sean nur in deiner Nähe ist. Was willst du noch hören?«

Kathy legte eine Hand auf seine Brust. »Ich will hören, was dein Herz sagt«, flüsterte sie und spürte im selben Moment, wie sich sein Körper versteifte.

Steve beugte sich zu ihr und küsste sie zart auf die Lippen. »Ich komme um vor Sorge um dich und unser Kind, bitte lass uns endlich fahren.«

35

Kathys Hände klammerten sich an den Untersuchungsstuhl. Sie warf ihrer Frauenärztin einen flehenden Blick zu. »Ist alles in Ordnung?«

Dr. Lydia Gallagher nickte nur und fuhr auf ihrem Hocker zurück, um etwas in den Computer zu tippen. Dann lächelte sie. »Ziehen Sie sich bitte wieder an, meine Liebe. Ich rufe inzwischen Mr O'Connor herein. Sicher möchte er beim Ultraschall dabei sein.«

Mit zittrigen Beinen schlüpfte Kathy in ihre Jeans und stieg in die Stiefel. Dass ihre Frauenärztin nicht sehr redselig war, hatte sie bisher nie gestört. Aber heute kostete es sie den letzten Nerv. Warum redete diese drahtige, kleine Frau nicht einmal Klartext? Kathy verspannte sich derart, dass ihr Nacken schmerzte, während sie auf der Untersuchungsliege wartete.

Steve schien in der Zwischenzeit einen Marathon im Wartezimmer gelaufen zu sein. Auf seiner Stirn glänzten Schweißperlen, und die Locken standen wirr auf dem Kopf. Er stürzte zur Behandlungsliege, als gelte es, Leben zu retten.

»Langsam, langsam, Mr O'Connor«, bremste ihn Frau Dr. Gallagher aus. »Bis Mitte August werden Sie sich schon noch gedulden müssen.« Mit nachdenklicher Miene dirigierte sie ihn auf die andere Seite. »Schauen wir mal.«

Kathy griff nach Steves Hand und verdrehte den Kopf, um besser auf den Monitor sehen zu können.

»Sehr schön.« Die Ärztin reichte ihr ein Papiertuch. »Wischen Sie damit das Gleitmittel von Ihrem Bauch. Wir reden gleich.« Schon verschwand sie nach nebenan.

»Die Frau macht mich vollkommen fertig«, zischte Steve und raufte sich die Haare. »Ist sie immer so einsilbig?«

Kathy setzte zu einer Antwort an, da kam Dr. Gallagher zurück und stellte eine prall gefüllte Tragetasche neben ihren Schreibtisch. »Nehmen Sie bitte Platz.« Mit stoischer Gelassenheit putzte sie ihre Brille. »Was soll ich sagen? Alles in bester Ordnung.«

Fast gleichzeitig atmeten Kathy und Steve hörbar aus. Die Frauenärztin schmunzelte und setzte ihre Brille wieder auf. »Ich verschreibe Ihnen B6 und Folsäure. In der Tüte sind Bücher zum Thema Schwangerschaft und …« Sie lachte. »Schon mal ein paar Windeln und Breiproben.«

»Aber die Übelkeit und der Schwindel?«, hakte Kathy nach.

»Sind ein Zeichen der Hormonumstellung. Das gibt sich in ein paar Wochen. Legen Sie sich eine Packung Ingwerkekse auf den Nachttisch, und am besten …« Die Ärztin zog ihre Schreibtischschublade auf. »… trinken Sie vor dem Aufstehen eine Tasse schwarzen Tee. Das bringt den Kreislauf in Schwung. Tägliche Spaziergänge, viel Schlaf und gesundes Essen. Das können Sie alles in Ruhe nachlesen.«

Dann händigte sie Kathy den Mutterpass aus und reichte ihr die Hand. »Wir sehen uns in vier Wochen. Und nicht vergessen: Sie sind schwanger, nicht krank.«

So ganz konnte sie ihr Glück noch nicht fassen. Wie unter Trance tapste Kathy an Steves Seite aus der Praxis. »Ist das wirklich wahr?«, stieß sie hervor. »Ich bekomme ein Kind.«

»Nein!« Er lehnte die Tragetasche an die Hauswand und schlang mitten auf dem Bürgersteig die Arme um Kathy. »Wir bekommen ein Kind.« Er blieb eine ganze Weile so stehen und hielt sie fest an sich gedrückt. Passanten schlenderten grinsend vorbei, ein alter Herr mit Rollator bugsierte sein Gefährt umständlich um sie herum.

Kathy schob Steve sanft von sich. »Wir sind das reinste Verkehrshindernis. Und außerdem habe ich schon wieder Hunger. Oder soll ich besser sagen, wir haben Hunger?«

Steve kratzte sich das Kinn und schaute auf seine Armbanduhr. »Hältst du bis zu Hause durch, oder möchtest du gegenüber im Café eine Kleinigkeit essen?«

Ohne lange nachzudenken, hakte sie sich bei ihm ein. »Sicher wartet Lena schon auf mich, und du willst bestimmt so schnell wie möglich zu deinen Tieren«, überlegte sie laut. »Lass uns fahren. Im Kühlschrank habe ich noch einen Topf Stew von Claire. Den kann ich uns gleich aufwärmen.«

Steve schien mit seinen Gedanken längst wieder auf der Farm zu sein. »Einverstanden«, sagte er und marschierte schnurstracks zum Parkplatz. Er hielt Kathy die Wagentür auf und verstaute die Tragetasche auf der Rückbank. »Du bist mir nicht böse, wenn ich dich nur absetze und gleich weiterfahre?«

Lächelnd schüttelte Kathy den Kopf und streichelte mit zwei Fingern über seine Stirn. »Sehe ich dort eine Sorgenfalte?« Sie stellte sich auf die Zehenspitzen und rieb ihre Nase an seiner. »So machen das deine Alpakas auch. Nur das Brummen muss ich noch üben«, sagte sie lachend und stieg ins Auto. »Du hast heute genug Zeit für mich geopfert. Sieh zu, dass du zu Dan kommst. Ich möchte nämlich nicht, dass euer Familienfrieden meinetwegen gefährdet wird.«

Steve klemmte sich hinter das Lenkrad, zog die Nase kraus und drehte sich zu ihr um. Zärtlich strich er ihr eine vorwitzige Locke aus dem Gesicht. »Gib mir etwas Zeit, mit der neuen Situation klarzukommen. Im Moment stecke ich bis zum Hals in Arbeit. Aber ich verspreche dir, dass ich nach Weihnachten mehr Zeit für dich haben werde.«

»Apropos Weihnachten …« Kathy schluckte. »Du feierst mit deiner Familie?«

Steve ließ den Motor an. »Was? Keine Ahnung. Darüber habe ich noch nicht nachgedacht.« Er küsste sie flüchtig auf die Wange und fuhr rückwärts aus der Parklücke. »Ich kläre das, versprochen.«

Ihre Hochstimmung bekam einen Knacks. »Nicht nötig«, winkte sie ab. »Claire und Fergus richten das Gästezimmer für mich her. Ich freue mich schon auf ein gemütliches Weihnachtsfrühstück im Pyjama.«

Statt darauf zu reagieren, schaltete Steve das Radio ein. »Mit Tommy muss ich auch noch reden«, brummte er und scherte aus, um einen Bus zu überholen. »Nur noch sieben Tage, das wird verdammt knapp.«

Eine Viertelstunde später bog er auf die Hauptstraße von Busby ein und parkte mit laufendem Motor vor dem Wollmarkt. »Sorry, Schäfchen, hab's eilig.« Er küsste sie flüchtig auf den Mund, aber sie hielt ihn am Arm fest.

»Heute Abend bei dir im Cottage?«, fragte Kathy ernst. »Ich möchte unser Gespräch von heute Morgen unbedingt vertiefen.« Einen Moment lang erfreute sie sich an seinem erstaunten Blick. »Ich habe doch noch nicht zu Ende genossen«, sagte sie und zwinkerte ihm zu.

Augenblicklich huschte ein Lächeln über sein Gesicht. »Ich komme morgen Mittag zu dir. So ein kleines Nickerchen in der Pause wird uns beiden guttun. Und …« Er schaute angestrengt aus dem Fenster. »… bei dir sind wir auch ungestörter.«

Am Nachmittag saß Kathy voller Tatendrang am Webstuhl und schnitt den Teppich vom Webrahmen. Sie verknotete die Kettfäden und flocht sie zu kleinen Zöpfen. Zufrieden mit ihrer Arbeit trug sie ihr neuestes Werk in den Laden und hängte es ins Schaufenster. »Unverkäufliches Muster« schrieb sie auf ein Pappschild und heftete es gut sichtbar daran. Sie war so sehr in ihre Arbeit vertieft, dass sie beim Klang der Ladenglocke erschreckt herumfuhr.

»Schade, dass der Schäfchenteppich unverkäuflich ist«, sagte Chris zur Begrüßung. »Könntest du bis zum zwölften März zwei davon weben? Das wäre das perfekte Geburtstagsgeschenk für Sarah und Anne.«

Kathy überlegte, welche Aufträge bis dahin noch abzuarbeiten waren. »Das müsste klappen. Falls ich nicht …« Sie spürte, wie die Röte in ihr Gesicht stieg. »Was stottere ich hier herum? Du weißt es sicher längst.« Vorsichtig hob sie den Kopf und schaute Dans deutscher Frau in die Augen.

Doch Chris breitete lachend die Arme aus. »Komm her und lass dich umarmen. Ich freue mich so für dich und Steve. Aber komm bloß nicht auf die Idee, mir einen Sonderpreis zu machen. In der Familie hilft man sich.«

Kathy riss die Augen auf und fasste sich automatisch an den Bauch. Wie lange schon sehnte sie sich danach, endlich zu einer Familie zu gehören? Chris' Worte bedeuteten ihr unendlich viel. »Hast du es plumpsen gehört?« Erleichtert küsste sie Dans Frau auf die Wange. »Das war der Stein, der mir vom Herzen fiel.« Kurz entschlossen zog sie ihren Schlüssel aus der Tasche und schloss die Ladentür ab. »Feierabend für heute. Wir zwei trinken Tee, und du erzählst mir, was Steve und Dan gerade anstellen.«

»Genau deshalb bin ich hier.« Chris folgte ihr nach oben

und setzte sich an den Küchentisch, während Kathy den Tee aufgoss. »Ich dachte mir schon, dass die zwei auf Krawall gebürstet sind, deshalb habe ich sie dazu verdonnert, sich bei einem Glas Whiskey nebeneinander auf die Couch zu setzen.«

»Und dann?« Kathy bekam vor Aufregung feuchte Hände.

»Bin ich rausgegangen und habe an der Tür gelauscht. Nichts zu hören.« Chris knabberte an einem Ingwerkeks und kicherte. »Eine Viertelstunde später stürmten die zwei an mir vorbei und rannten die Treppe hinauf.«

Mit der Teekanne in der Hand blieb Kathy reglos stehen. »Nun mach es doch nicht so spannend.«

Chris nahm ihr die Kanne ab und stellte sie auf das Stövchen. »Ich bin ihnen natürlich hinterhergeschlichen. Du glaubst nicht, was die angestellt haben.«

Stöhnend ließ sich Kathy in den Sessel plumpsen und warf Chris das Nackenkissen an den Kopf. »Du treibst mich in den Wahnsinn!«

»Sie schleppten die alte Wiege vom Dachboden. In dem Teil wurden schon Generationen von O'Connors in den Schlaf geschaukelt.« Grinsend goss sie Kathy und sich Tee ein. »In dich werden ganz schön große Erwartungen gesetzt. Die Jungs gehen tatsächlich davon aus, dass du einen Stammhalter bekommst.« Sie zwinkerte Kathy zu und tätschelte ihr den Arm. »Mach dir nichts draus. Über ein Mädchen werden sie genauso aus dem Häuschen sein.«

Kathy zog einen Schmollmund. »Von wegen Stammhalter für die O'Connors. Dazu müsste Steve mich erst mal fragen, ob ich seine Frau werden will. Er redet nur davon, sich um mich und das Kind zu kümmern.«

»Das wird schon«, winkte Chris ab. »Die zwei planen …« Sie schlug sich mit der flachen Hand an die Stirn. »Ich habe doch vor lauter Quatscherei die Zeit vergessen, muss dringend nach Hause, Abendessen kochen.«

Mit einem Satz hüpfte Kathy aus dem Ohrensessel und stellte sich Chris in den Weg. »Du kommst hier nicht raus, bevor du mir sagst, was Steve und Dan vorhaben.« Sie stemmte die Fäuste in die Hüften und funkelte die um einen Kopf größere Frau an. »Oder willst du, dass ich kein Wort mehr mit dir rede?«

Dieses Versteckspiel bereitete ihr zunehmend Freude.

Chris stöhnte auf. »Du kannst ganz schön hartnäckig sein. Was sollen die Brüder schon planen? Einen zusätzlichen Stall für die Alpakas natürlich«, kam ihre Antwort wie aus der Pistole geschossen. »Der offene Unterstand bietet den Tieren, so wie ich das verstanden habe, nicht genügend Schutz vor der Winterkälte. Das Futter darf doch nicht feucht werden.« Mit sanftem Druck schob sie Kathy zur Seite, schnappte sich im Hinausgehen ihre Jacke und warf ihr eine Kusshand zu. »Pass auf dich auf«, sagte sie lachend und rannte die Treppe hinunter.

Grinsend verharrte Kathy auf der obersten Stufe.

»Schließt du mir bitte die Tür auf?«, tönte es prompt von unten. »Ich habe es wirklich eilig.«

Das beeindruckte Kathy nicht. Sie schlenderte gemütlich hinunter und kramte umständlich in der Hosentasche nach dem Schlüssel.

Chris trat unruhig von einem auf das andere Bein. »Ach, noch was. Du weißt nichts von der Wiege, dass das klar ist. Steve will dich sicher damit überraschen.« Mit glänzenden Augen strich sie Kathy über den Bauch. »Ich melde mich schon mal als Babysitterin an.« Dann eilte sie hinaus.

Belustigt schüttelte Kathy den Kopf und zählte nach. »Hast du das gehört, Kleines?«, flüsterte sie zärtlich und streichelte ihren Bauch. »Das halbe Dorf schlägt sich jetzt schon darum, dich umsorgen zu dürfen.«

Von einem auf den anderen Moment kippte jedoch ihre Stimmung. Angst kroch ihren Nacken hinauf und klammerte sich an ihr Herz. Sie musste unwillkürlich an Enya in Wicklow denken, die nach drei Fehlgeburten immer noch in Sorge um das ungeborene Kind war. »Das wirst du mir nicht antun, kleiner Mensch, auf den ich mich so sehr freue. Du bleibst bei mir«, flehte sie.

36

»Ist das etwa dein Ernst?«, empörte sich Mrs Melony und stemmte die Fäuste in die breiten Hüften. Kathy hob kurz den Kopf und schaute von ihrer Arbeit auf.

»Was meinen Sie, meine Liebe?« In aller Seelenruhe schrieb sie den letzten Buchstaben auf das Pappschild. »Geschafft. Jetzt bin ich wieder ganz Ohr.« Sie pustete über die Tinte. »Suchen Sie noch ein Weihnachtsgeschenk, Mrs Melony?«

Die Inhaberin des Lebensmittelladens schnappte nach Luft. »Das hat es bei deiner Mutter nie gegeben. Wo kämen wir denn hin, wenn jeder in Busby über die Mittagszeit Pause machen würde?«

Um nicht laut loszulachen, biss sich Kathy auf die Unterlippe. »Sie sehen blass aus. Eine Tasse Tee wird Ihnen sicher guttun. Ich habe mir gerade eine Kanne aufgebrüht.« Mit einer einladenden Handbewegung deutete sie Richtung Webstube. »Frische Blaubeermuffins gibt es auch.« Dann marschierte sie schnurstracks nach nebenan und goss zwei Tassen Tee ein. Da Mrs Melony aber immer noch wie angewurzelt vor der Theke stand und auf das neue Ladenschild starrte, trug Kathy die Becher kurzerhand in den Laden. »Einen Muffin dazu?«, fragte sie lächelnd und drückte ihr die Tasse in die Hand. Den Teller mit dem Gebäck platzierte sie in Griffnähe auf dem Tresen. Nichts war so versöhnlich und wohltuend wie eine gemeinsame Teepause, das lernte man in Irland schon als Kind. Und Kathy war jedes Mittel recht, um die alte Klatschtante bei Laune zu halten.

Auch dieses Mal verfehlte der Tee seine Wirkung nicht. Nach wenigen Schlucken schien Mrs Melonys Aufregung verflogen. »Die kleine Jeanstasche im Schaufenster wäre doch sicher ein passendes Geschenk für eine Zwölfjährige?«, fragte sie mit zuckersüßer Stimme und biss herzhaft in einen Blaubeermuffin.

Nichts geht über die irische Gastfreundschaft, dachte Kathy schmunzelnd. *Bewirte einen Fremden, und schon bald ist er ein Freund.* Mrs Melony war zwar keine Fremde für sie, aber es schadete nicht, sie gewogen zu stimmen. »Sie haben einen guten Geschmack«, lobte sie und angelte im Schaufenster nach der Tasche. »Ihre Enkelin wird ausflippen, wenn Sie ihr die unter den Weihnachtsbaum legen.«

Mrs Melony riss ihr die Jeanstasche aus der Hand, setzte ihre Lesebrille auf und prüfte mit ernster Miene jede einzelne Naht. »Solide Arbeit. Da gibt es nichts zu meckern. So kurz vor Weihnachten bekomme ich doch sicher einen kleinen Rabatt?« Energisch klappte sie ihre Brille zusammen und steckte sie in die Tasche ihres grauen Kittels.

»Selbstverständlich, meine Liebe.« Kathy griff unter die Ladentheke und förderte einen Holzstern zutage. »Diesen Christbaumanhänger bekommen Sie als Geschenk dazu.« Damit hoffte sie, die alte Dame endgültig um den Finger zu wickeln.

Mrs Melonys Wangen glühten vor Freude. »Wie lieb von dir, Kathy.« Sie stopfte sich den Rest des Muffins in den Mund und beobachtete mit vollen Backen, wie Kathy die Tasche in Weihnachtspapier wickelte. »Sehr schön machst du das«, sagte sie und fuhr herum, als die Ladenglocke schepperte.

»Nice day, ladies«, grüßte Steve und nickte Mrs Melony zu, die ihn anstarrte wie das achte Weltwunder. In seiner derben Arbeitsjeans, dem zerschlissenen Pullover und mit Holzspänen in den Haaren marschierte er an ihr vorbei. »Ich gehe besser gleich nach oben und schaue mir die Bescherung an. Mit so einem verstopften Abfluss ist nicht zu spaßen.« Im Vorübergehen zwinkerte er Kathy verschwörerisch zu und schwenkte seinen Werkzeugkoffer, dass er nur so rappelte. »In der Dusche, sagtest du?« Schon rannte er die Treppe hinauf.

»Die zweite Tür links«, rief Kathy ihm hinterher und verkniff sich das Grinsen. »Zieh bitte deine schmutzigen Schuhe aus, du versaust mir noch den Teppich im Flur.«

Mrs Melony hatte ihre Sprache wiedergefunden. »Männer!«, zischte sie und beugte sich über die Theke. »Aber gut aussehend ist er schon, dieser Steve, und was für eine reizende kleine Tochter er hat. Wenn du mich fragst ...« Sie kam mit ihrem Gesicht so nah, dass Kathy ihr Veilchenparfüm unangenehm in der Nase stach. »... fehlt dem Kind eine Mutter.«

Keine Sekunde zu früh ertönte von oben Steves Stimme: »Mist! Jetzt habe ich dein Bad unter Wasser gesetzt!«

Kathy schlug die Hände über dem Kopf zusammen. »Mach keinen Blödsinn«, schrie sie schrill und drückte Mrs Melony die Jeanstasche in den Arm. »Ich komme später bei Ihnen im Laden vorbei. Dann regeln wir das mit dem Bezahlen.« Wie eine Furie stürzte sie die Treppe hinauf, lehnte sich schnaufend an die Küchentür und wartete, bis die Ladentür hinter Mrs Melony zufiel. Pfeifend eilte sie zurück in den Laden und hängte das neue Schild an die Tür. *Mittagspause von 13.00 bis 15.00 Uhr.*

»Hast du abgeschlossen?« Steve lümmelte sich grinsend auf der Couch im Wohnzimmer und streckte die Arme nach ihr aus. »Wie war ich?«

»Fragen Männer das normalerweise nicht nach dem Sex?« Mit wiegenden Hüften schlenderte Kathy durch den Raum, vollführte kurz vor der Couch eine Kehrtwende und stolzierte Richtung Küche. »Worauf hast du Appetit, Liebling? Eintopf oder Tee und Blaubeermuffins?«

Dann lehnte sie sich betont lässig an den Türrahmen und fuhr sich mit der Zunge über die Lippen, ohne ihn dabei aus den Augen zu lassen. Mit zittrigen Fingern knöpfte sie ihre Bluse auf und streifte sie von den Schultern. Zufrieden registrierte sie, dass Steves Blick an ihr klebte und sein Atem sich beschleunigte.

»Bleib genau so liegen. Lass die Augen auf und genieße«, flüsterte sie heiser.

Es war das erste Mal, dass sie sich in dieser aufreizenden Art vor einem Mann auszog. Bisher hatte sie ihren schwarzen Spitzenbody nur getragen, wenn Peter sie darum gebeten hatte. Damals fühlte sie sich fremd in den Dessous, hatte ihm den Gefallen getan, weil sie auf eine naive Art und Weise in den Mann verschossen gewesen war. Ihre Liebe zu Steve hingegen entfesselte eine nie gekannte Leidenschaft in ihr. Ihn wollte sie betören und an sich fesseln. Und als ihr das Kleidungsstück heute Morgen in die Hände fiel, konnte sie es kaum erwarten, ihn damit zu überraschen. Die zarte Spitze schmiegte sich wie eine zweite Haut an ihren Körper und erregte sie.

Kathy warf den Kopf in den Nacken und streifte die Jeans von den Hüften. »Gefällt dir, was du siehst?«

Steve stöhnte auf. »Ich verbrenne vor Lust. Du bist so schön.« Er warf die Beine von der Couch, setzte sich auf und winkte sie zu sich. Doch Kathy zögerte den Moment hinaus, suchte seinen Blick. Dann stieg sie aus der Jeans und flog geradezu in seine Arme.

»Was ist mit deiner Übelkeit, dem Schwindel?«, stammelte er zwischen zwei Küssen.

Kathy setzte sich auf seinen Schoß und knöpfte sein Hemd auf. Sie streichelte seine Brust mit ihrer Zunge. »Das Einzige, was mich gerade quält, ist die Lust auf dich.« Ihre Hand wanderte zum Reißverschluss seiner Hose. Zufrieden stellte sie fest, dass ihr Auftritt nicht ohne Wirkung geblieben war. »Trägst du mich ins Schlafzimmer, Liebster?« Voller Ungeduld schlang sie ihre Arme um seinen Nacken und schmiegte sich an ihn.

Später, viel später kuschelte sie sich an Steve und lauschte seinen gleichmäßigen Atemzügen. »Schlaf weiter, mein Herz«, flüsterte sie und glitt vorsichtig aus dem Bett. Sie zog sich in Windeseile an und wärmte den Gemüseeintopf auf. Nachdem sie den Tisch gedeckt hatte, weckte sie Steve mit einem langen Kuss. »Zeit für eine kleine Stärkung. Die Mittagspause ist gleich vorbei.«

»Schon?« Steve rieb seine Augen und gähnte. »Ich würde am liebsten im Bett bleiben. Aber dann steinigen mich die Jungs. Tommy und Dan sind sicher längst wieder bei der Arbeit.«

»Darf ich mir den neuen Stall bald anschauen?« Kathy schnipste lächelnd einen Holzspan von ihrem Kopfkissen. »Ihr scheint ja gut voranzukommen. Chris war gestern hier und hat mir davon erzählt.«

Wie vom Blitz getroffen fuhr Steve hoch und riss die Augen auf? »Stall? Ach so. Doch ja. Natürlich.« Mit einem Satz war er auf den Beinen und rannte aus dem Schlafzimmer. »Nach Weihnachten zeige ich dir unser Werk«, rief er über die Schulter und verschwand im Bad.

Das Erschrecken in seinen Augen, der überstürzte Aufbruch, irgendetwas war faul an der Sache, und sie würde herausfinden, was.

Kathy klopfte an die Badezimmertür. »Ich könnte am Wochenende mit Lena zur Farm wandern und euch bei der Arbeit zusehen?«

Die Tür flog auf, und Steve starrte sie entsetzt an. »Das wirst du schön bleiben lassen.« Er zögerte einen Moment, schien nachzudenken. Dann hellte sich sein Gesicht auf. Zärtlich strich er ihr über die Wange und gab ihr einen Kuss auf die Nase. »Für das Wochenende sind neue Schneefälle gemeldet. Das ist viel zu kalt und rutschig für dich, dort auf der Nordweide.«

»Aber …« Kathy zog einen Schmollmund. »Ich möchte wirklich gern mal wieder die Alpakas sehen. Die kleine Kathy ist bestimmt ein ganzes Stück gewachsen. Sicher bringt Lena mich mit dem Auto hin, oder du nimmst mich einfach mit.« Aus der Nummer würde er nicht so schnell herauskommen, da war Kathy sich sicher.

Doch dann warf Steve ihr einen so flehenden Blick zu, dass sie gar nicht mehr in der Lage war, ihn länger zu quälen. Sie schmiegte sich an seine Brust und sagte leise: »Du hast ja recht, Liebster. Für einen Moment hatte ich vergessen, dass ich jetzt Verantwortung für zwei trage.«

Mit einem tiefen Seufzer schloss Steve seine Arme um sie. »Hab nur ein kleines bisschen Geduld, mein Schatz. Versprich mir, dass du vor Weihnachten keine Experimente unternimmst. Keine ausgedehnten Wanderungen in der Kälte.« Er legte einen Finger unter ihr Kinn, hob ihren Kopf ein klein wenig an und küsste sie zärtlich auf den Mund. »Und jetzt stärken wir uns für die Arbeit«, sagte er und schob sie vor sich her zum Küchentisch.

Während des Essens telefonierte Steve mit Dan. »Reg

dich nicht auf, bin gleich wieder da. Wir finden eine Lösung.«

»Probleme?«, fragte Kathy vorsichtig nach und füllte seinen Teller ein zweites Mal.

Steve nickte nur und aß weiter. Dann legte er den Löffel zur Seite. »In den nächsten Tagen werde ich es kaum schaffen, die Mittagspause mit dir zu verbringen. Aber Dienstag nach der Chorprobe haben wir wieder die ganze Nacht für uns.«

»Ich könnte …«, setzte Kathy an, da hob er die Hand.

»Im Moment brauche ich jede freie Minute für dieses wirklich wichtige Projekt, das verstehst du doch? Nach Weihnachten …«

Kathy legte zwei Finger auf seinen Mund. »Ich weiß schon, nach Weihnachten wird alles besser.« Sie begleitete Steve nach unten und schloss ihm die Hintertür auf. »Wo steht eigentlich dein Wagen?«

»Ach der.« Steve kratzte sich über die Nase und blinzelte nach draußen. »Den habe ich vorsichtshalber im alten Dorf geparkt. Nur für den Fall, dass du unser süßes Geheimnis noch eine Weile für dich behalten willst.«

»Möchtest du das denn?« Kathy knuffte ihn unsanft in die Seite. »Wie lange soll ich es deiner Meinung nach denn noch geheim halten?« Wütend stampfte sie mit dem Fuß auf. Dabei kannte sie längst die Antwort.

»Bis nach Weihnachten«, antwortete Steve und lief die Dorfstraße hinauf.

37

Amüsiert beobachtete Kathy, wie Claire sich in der Webstube umsah. »Du hast ja noch gar nichts vorbereitet.« Auf dem Tisch stapelten sich Wollknäuel, und Stühle waren auch keine aufgestellt. »War dir wieder übel?« Mit besorgter Miene nahm die mütterliche Freundin sie in den Arm. »Täusche ich mich, oder ist das ein neuer Duft?«

Lachend schob Kathy sie von sich. »Setz dich auf die Bank. Mir geht es gut, und ich habe sehr wohl schon alles vorbereitet. Lass dich überraschen.« Beim Klang der Ladenglocke drehte sie sich schwungvoll um und eilte in den angrenzenden Verkaufsbereich. Bella, Nora und Maura drängelten sich mit großem Hallo an ihr vorbei in die Webstube. Jede mit einem Korb voller Strickzeug bewaffnet.

»Wo ist der Tee? Ich brauche sofort eine Tasse, sonst werde ich nie mehr warm«, sagte Bella. Wie so oft trug sie trotz der winterlichen Temperaturen hochhackige Schuhe und einen engen Rock zur Bluse.

»Für wen hast du dich denn so schick gemacht?« Kathy nahm ihr den eleganten Mantel ab und hängte ihn sich über den Arm. »Doch wohl nicht für den Handarbeitskreis?«

Auf Bellas Wangen breiteten sich hektische Flecke aus. »Was du immer gleich denkst. Ich ziehe mich eben gern fein an.« Verstohlen strich sie sich über die Haare und zupfte eine unsichtbare Fluse von ihrem dunkelgrauen Rock. »Soll ich dir beim Tischdecken helfen?«

»Nicht nötig«, winkte Kathy ab. »Lena ist auch schon im Anmarsch. Dann können wir gleich starten.« Sie hielt ihrer deutschen Freundin die Tür auf und begrüßte sie mit einem Wangenkuss. »Trittst du mich unter dem Tisch, falls ich mich verplappern sollte?«, raunte sie ihr zu, und Lena nickte.

»Sagtest du nicht etwas von einer Überraschung heute Morgen?«

Grinsend marschierte Kathy zur Treppe und stellte sich vor die erste Stufe. »Mir war heute so weihnachtlich zumute, deshalb habe ich unseren Handarbeitstreff spontan nach oben verlegt. Darf ich bitten, Ladys?« Sie trat einen Schritt zur Seite und ließ die verdutzten Frauen an sich vorbei.

»Gute Idee von dir«, fand Nora und drängelte sich als Erste ins Wohnzimmer. »Wie das duftet, und es ist herrlich warm hier drin«, rief sie begeistert aus. »Wie festlich du den Tisch gedeckt hast!«

»Das könnten wir auch sehen, wenn du nicht in der Tür festgewachsen wärst«, beschwerte sich Maura und schob sie energisch zur Seite.

Kathy quetschte sich an ihr vorbei und eilte in die Küche. »Perfektes Timing. Der Apfelkuchen ist gerade fertig«, rief sie über die Schulter. »Ich bin schon gespannt, wie euch meine Mince Pies schmecken.« In einem Anflug von Back-Euphorie hatte sie am Vorabend zwei Stunden lang in den Schüsseln gerührt und gebacken, als gelte es, eine Hungersnot zu bekämpfen. Zu ihrer Freude war die morgendliche Übelkeit trotz Nascherei ausgeblieben. »Greift zu, meine Lieben«, forderte sie die Freundinnen auf, ließ sich in den Sessel plumpsen und schaute zufrieden in die Runde. »Wie gefällt euch meine Adventsdeko?«

»Genau so werde ich den Weihnachtstisch auch decken«, stellte Nora begeistert fest. »Kleine rote Christbaumkugeln und Stechpalmenzweige auf jedem Teller. Dazu die passenden roten Kerzen und grüne Servietten. Das sieht phantastisch aus.« Sie wischte sich mit dem Handrücken einen Kuchenkrümel von der Wange. »Du musst ja mitten in der Nacht aufgestanden sein, um das alles vorzubereiten.«

Kathy lehnte sich entspannt zurück und lächelte versonnen. »Halb so wild. Heute Morgen war nichts los im Laden. Da konnte ich in aller Ruhe hier oben werkeln.«

Claire, die neben ihr auf dem Sofa saß, zwickte ihr in die Wange und flüsterte: »Hoffentlich hast du dich nicht übernommen. Du weißt schon …«

Kathy tätschelte ihr die Hand und lächelte sie an. »Ich fühle mich sauwohl. Und jetzt erzählt mir endlich, wie weit ihr mit euren Weihnachtsvorbereitungen seid. Heute lassen wir die Stricknadeln im Korb und quatschen.« Sie warf Lena einen Luftkuss zu. »Bist du nicht traurig, das erste Mal ohne deinen Sohn zu feiern?«

Ihre Freundin, die am anderen Ende des Tisches saß, stand auf und kam zu ihr. Sie setzte sich neben sie auf die Sessellehne und legte einen Arm um sie. »Nur ein kleines bisschen. Aber ich habe ja Jack und die O'Connor-Familie. Die werden schon dafür sorgen, dass ich nicht ins Grübeln gerate.«

In Kathys Hals breitete sich ein dicker Kloß aus. Instinktiv griff sie nach Claires Hand und drückte sie. Seans Mutter schenkte ihr ein warmherziges Lächeln. »Wir sind deine Familie, Liebes. Das weißt du. Sonntag kommt Sean zurück. Dann starten wir mit den Vorbereitungen für das Festmahl. Wir werden dich und …« Bevor sie weiterreden konnte, trat Kathy ihr unter dem Tisch auf den Fuß und hustete. »… so richtig verwöhnen«, beendete Claire ihren Satz und wandte sich rasch an Bella, die neben ihr saß. »Fährst du wieder zu deinem Bruder nach Galway?«

»Sehr wahrscheinlich.« Bella tupfte sich mit der Serviette die Mundwinkel ab und quetschte sich an Nora vorbei aus der Couch. »Bin gleich wieder da.« Sie eilte ins Bad.

Nora sah ihr kopfschüttelnd hinterher. »Keine Ahnung, warum sie in letzter Zeit so verschlossen ist. Ich habe ihr schon angeboten, mit uns und der Burke-Sippe zu feiern. Aber das wollte sie nicht. Angus hingegen war ganz aus dem Häuschen, als ich ihn eingeladen habe. Der arme Kerl hat doch keine Verwandten.«

»Tja.« Claire hob ihre Tasse und prostete in die Runde. »In Irland besucht man sich noch zu Weihnachten. Keiner soll einsam sein. Und deshalb stellen wir auch am Weihnachtstag ein Licht ins Fenster. Damit einsame Reisende den Weg in unsere warmen Stuben finden.«

»Ein wunderschöner Brauch«, entgegnete Lena. »Jack hat mir erzählt, dass einige Amerika-Auswanderer jedes Jahr extra anreisen, um zum Fest bei ihrer Familie zu sein.«

»Von wegen. Lass dir nichts einreden. Die kommen nur, um zu kontrollieren, ob das Familiensilber noch im Schrank ist«, alberte Maura herum. Anscheinend hatte sie mehr als einen Schluck Whiskey in ihren Tee gegossen.

Kathy kuschelte sich gedankenverloren in ihren Sessel. »Ach ja«, seufzte sie. »Meine neue Familie in Wicklow hat mich auch eingeladen, mit ihnen zu feiern. Gordon und Enya sind wirklich reizend. Vielleicht nehme ich ihre Einladung nächstes Jahr sogar an. Ich würde gern in einer richtigen Familie feiern.« Das Glücksgefühl, das ihr heute Morgen noch den nötigen Schwung für den Tag verliehen hatte, war gerade dabei, sich zu verabschieden, da vibrierte ihr Handy in der Hosentasche.

Maura stieß sie an. »Schau ruhig nach. Vielleicht gibt es

Neuigkeiten von deiner Cousine. Das Baby muss sicher bald kommen.«

»Hoffentlich nicht«, entgegnete Kathy. »Das ist noch viel zu früh.« Hastig nestelte sie ihr Mobiltelefon aus der Tasche und rief die Nachricht auf. »Die ist nicht von Enya, die ist von Peter.« Mit zittrigen Fingern reichte sie Lena das Handy. »Bitte lies du. Mir ist vor Aufregung ganz schlecht.« Sie stützte ihren Kopf in die Hände und atmete tief ein.

Claire drückte ihr die Teetasse in die Hand und sah sie mit besorgter Miene an. »Trink einen Schluck. Wird schon nicht so schlimm sein.«

Sofort verstummten die Gespräche, und alle schauten erwartungsvoll auf Lena. »Was schreibt der Mistkerl?«, zischte Nora und hob drohend die Faust.

»Der spurt«, stellte Lena mit einem breiten Grinsen fest.

Kathy riss ihr das Handy aus der Hand. »Habe heute wie verabredet die ersten tausend Euro an dich überwiesen. Ich hoffe, du hältst dich auch an unsere Absprache. Frohe Weihnachten. Peter«, las sie laut vor. »Ich glaub es nicht. Es geschehen noch Zeichen und Wunder.« Vergessen war die Übelkeit, und ihre gute Laune kehrte augenblicklich zurück.

»Das war genau die gute Nachricht, die ich heute gebraucht habe«, erklärte sie am Abend Lena, die ihr beim Aufräumen half. »Diese ständigen Stimmungsschwankungen machen mich verrückt. Mal könnte ich jeden vor Glück knutschen, dann ist mir wieder zum Heulen zumute. Das ist doch nicht normal.«

Ihre Freundin legte das Geschirrtuch aus der Hand und zog sie mit sich auf die Couch. »Genau so ging es mir in der Schwangerschaft auch. Das sind die Hormone.«

»Ach, wenn es nur die wären«, seufzte Kathy. »Warum kapiert Steve nicht, dass ich gern mit ihm und Mia Weihnachten feiern würde? Ich glaube, er liebt mich gar nicht. Oder wie würdest du das interpretieren, wenn ein Mann zu dir sagt: ›Ich bin verrückt nach dir?‹ Nicht: ›Ich liebe dich. Ich will mit dir leben.‹« Tränen verschleierten ihren Blick. »Ich mag es nicht mehr hören, dieses ›Hab Geduld bis nach Weihnachten, dann habe ich mehr Zeit für dich‹.«

Lena griff nach ihrer Hand und hielt sie fest. »Ich verstehe, was du meinst. Wie ich das mitbekommen habe, stürzt er sich in die Arbeit, um zu vergessen. Erst neulich sagte er zu Chris, dass er Weihnachten am liebsten aus dem Kalender streichen würde.«

Kathy schnäuzte sich die Nase. »Also trauert er immer noch um Julia. Ich hatte so sehr gehofft, dass er über den Schmerz hinweg ist.«

»Hör zu.« Lena drückte sie an sich und sprach beruhigend auf sie ein. »Das, was ich dir jetzt sage, bleibt unter uns.«

Kathy nickte und zerknüllte ihr Taschentuch. Doch die Nähe der Freundin und ihre warme Stimme halfen ihr, sich zu entspannen.

»Ich liebe Jack über alles. Ich könnte mir kein Leben mehr ohne ihn vorstellen. Trotzdem wird Martin immer ein Teil meines Lebens bleiben. Ich könnte ihn nie aus meinem Herzen vertreiben. Das würde Jack auch nicht wollen.« Mit einer zärtlichen Geste wischte Lena ihr eine Träne von der Wange. »Genau so wird es Steve auch gehen. Du musst nur Geduld haben.«

»Warum darf ich Mia nicht mehr sehen? Ich würde sie gern öfter bei mir haben«, sagte Kathy.

Lena gähnte und streckte ihren Rücken. »Im Kindergarten

grassieren zurzeit die Windpocken. Bestimmt hat Steve Sorge, dass du dich anstecken könntest.«

Sofort hellte Kathys Stimmung sich auf. »Ich dumme Kuh. Das wird es sein. Er hat Angst um unser Kind.« Aus dem Augenwinkel sah sie, wie sich auf Lenas Wangen hektische Flecke ausbreiteten. »Du wirst ja ganz rot im Gesicht«, sagte sie ernst. »Das muss am Whiskey liegen, oder?«

38

Kathy klemmte sich den Schuhkarton mit ihren gesammelten Werken unter den Arm und marschierte in die Werkstatt. Mit dem festen Vorsatz, bis zum Mittag den leidigen Bürokram zu erledigen, setzte sie sich an den Tisch. Sehnsüchtig streifte ihr Blick den Webstuhl. Noch drei Reihen bis zum Farbwechsel, dann würde der nächste Schäfchenteppich Formen annehmen. Sie seufzte laut, fuhr den Laptop hoch und öffnete die Datei »Kassenbuch«. Voll konzentriert sortierte sie Rechnungen, Kassenbelege und Quittungen aus dem Karton auf vier Stapel und übertrug die einzelnen Beträge in den Computer. Eingänge links in die Spalte, Ausgaben rechts. Schon nach wenigen Einträgen meldete sich ihr Magen lautstark, und sie beschloss, dass es Zeit für eine kleine Pause sei. Allein bei dem Gedanken an Spiegeleier lief ihr das Wasser im Mund zusammen.

Kathy war schon auf dem Weg nach oben, da vernahm sie laute Männerstimmen vor ihrem Laden.

»Hätte ich mir ja denken können, dass ich dich hier treffe«, hörte sie Steve mit drohendem Unterton sagen, und ihr Puls beschleunigte sich. Er war auf dem Weg zu ihr, hatte Sehnsucht. Rasch fuhr sie sich mit den Fingern durch die Haare, steckte sich die Bluse in die Jeans.

»Aber du willst mich jetzt nicht ernsthaft davon abhalten, Kathy zu besuchen«, wetterte Sean.

»Und ob ich das werde!«, schnauzte Steve.

Kathy hatte genug gehört. Sie wirbelte herum und hetzte die Treppe hinunter, durch den Laden zur Tür. Dann stoppte sie abrupt und beobachtete durch das Schaufenster, wie die beiden Männer aufeinander zueilten und, sie traute kaum ihren Augen, die Köpfe zusammensteckten. Die besaßen tatsächlich die Frechheit, so leise miteinander zu tuscheln, dass sie kein Wort verstand.

Empört pustete Kathy eine Locke aus ihrem Gesicht und riss die Tür auf. »Darf ich vielleicht erfahren, was ihr hier treibt?« Sie stemmte die Fäuste in die Hüften und funkelte die Streithähne an. »Mrs Melony fällt gleich aus dem Fenster vor Neugier. Kommt rein, und redet drin weiter«, fauchte sie.

»Davon verstehst du nichts, Schäfchen. Warte drinnen auf mich«, entgegnete Steve mit versteinerter Miene. Er fasste Sean am Arm und zog ihn mit sich die Straße hinunter. »Ich bin gleich bei dir!«, rief er über seine Schulter und verschwand mit seinem Rivalen hinter der nächsten Häuserecke.

»Mein Gott«, stöhnte Kathy. »Die wollen sich prügeln!«

Hin- und hergerissen zwischen Neugier und der Angst, die beiden könnten sich ernsthaft verletzen, stolperte sie zurück ins Haus, riss ihren Parka vom Garderobenhaken und zog ihn im Laufen an. Mit offener Jacke eilte sie in die Gasse. Statt auf Steve und Sean traf sie dort nur auf die schwerhörige Mrs Winter, die ihren Kater an einer Hundeleine Gassi führte. Die Männer schienen wie vom Erdboden verschluckt.

»Wo seid ihr?«, brüllte Kathy gegen den eisigen Wind an. Bibbernd raffte sie ihren Parka zusammen und zog die Kapuze über den Kopf. »Das gibt ein Donnerwetter!«

Laut vor sich hin fluchend, marschierte sie zurück zum Wollmarkt. Noch immer knurrte ihr Magen, aber der Appetit war ihr längst vergangen. Statt wie beabsichtigt Eier in die Pfanne zu schlagen, kaute sie lustlos an einer Banane und setzte Teewasser auf. »Wenn die Kerle in einer halben Stunde nicht wieder auftauchen, trommle ich einen Suchtrupp zusammen«, überlegte sie laut. Da ertönte ihre Ladenglocke. »Genau so machen wir das«, hörte sie Sean sagen. Steve lachte, und gleich darauf stampften die Männer die Treppe hinauf.

Mit der festen Absicht, ihnen eine Standpauke zu halten, baute sich Kathy vor dem Küchentisch auf. »In welcher dunklen Ecke habt ihr euch vor mir versteckt?«, fauchte sie, als die Tür aufging.

Steve grinste. »Ein klärendes Gespräch unter Männern ist nichts für deine zarten Ohren.« Er lachte und schlang seine Arme um sie.

»Lass mich auch mal ran«, murrte Sean hinter ihm. »Ich habe meine Kathy jetzt eine ganze Woche nicht gesehen.« Er schob Steve schmunzelnd zur Seite und, was sie am meisten irritierte, der lächelte ihn sogar an und räumte freiwillig das Feld.

»Was wird hier gespielt?« Empört wand sie sich aus der Umarmung des Freundes und boxte ihn in die Seite.

Steve, der es sich inzwischen im Ohrensessel bequem gemacht hatte, nahm einen Apfel aus der Obstschale und biss hinein. »Erklär du es ihr«, nuschelte er mit vollen Backen.

Sean drückte ihr einen Kuss auf die Wange und schubste sie Richtung Sessel. »Setz dich zu deinem Schatz. Onkel Sean gießt inzwischen den Tee auf.«

Bevor Kathy kapiert hatte, was diese Worte bedeuteten, zog Steve sie auf seinen Schoß. »Ich habe ihm lediglich die Sachlage erklärt. Mehr war da nicht.«

»Ach ja?« Kathy bemühte sich um einen ernsten Tonfall. Da Steve jedoch an ihrem Ohrläppchen knabberte statt an seinem Apfel, hielt sich ihre Empörung in Grenzen. Sie unterdrückte ein Kichern. »Das sah für mich aber ganz anders aus. Und was heißt das überhaupt? Die Sachlage erklärt? Bin ich vielleicht eine Sache?« Halbherzig versuchte sie, sich gegen Steves Zärtlichkeiten zu wehren.

Sean räusperte sich und stellte die Teekanne auf den Tisch. »Bin mal kurz im Bad«, erklärte er lachend.

Kaum hatte er die Tür hinter sich geschlossen, lagen Steves Lippen auf ihrem Mund. »Der Kuss ist für heute«, raunte er. »Der für morgen und dieser für morgen Nacht.«

»Was soll das heißen?« Kathy nahm seinen Kopf in beide Hände, hinderte ihn am Weiterküssen und schaute ihm fest in die Augen. »Versuchst du gerade, mir zu erklären, dass du nach der Chorprobe nicht bei mir übernachtest?«

Mit gesenktem Blick erwiderte Steve: »Ich mache es wieder gut, Liebes. Nach Weihnachten!« Seufzend vergrub er sein Gesicht in ihren Locken. »So schwer es mir fällt, auf die Nacht mit dir zu verzichten – ich muss die nächsten Tage durcharbeiten.«

»Wer hat Lust auf Pancakes mit Bacon?« Sean schlenderte pfeifend in die Küche und grinste sie an.

Kathy schüttelte den Kopf und schob sich von Steves Schoß. »Mir ist der Appetit gründlich vergangen. Ich verziehe mich wieder in die Werkstatt und arbeite weiter am Kassenbuch.« Sie schlurfte Richtung Tür, da stellte sich Sean ihr in den Weg.

»Hör auf zu schmollen. Mein zukünftiges Patenkind hat Hunger.« Er lachte und legte eine Hand auf ihren Bauch. »Falls dir eher der Sinn nach etwas Süßem steht, kann ich auch Crêpes mit Orangenmarmelade zaubern.«

Gähnend trat Steve hinter sie, küsste ihren Nacken und schob sich dann an Sean vorbei. »Das klingt alles ziemlich lecker. Leider muss ich zurück auf die Baustelle.« In der offenen Tür drehte er sich um und hob drohend die Faust. »Kulinarisch darfst du sie verwöhnen, Sean. Aber lass die Finger von meiner Liebsten, verstanden!« Schon eilte er die Treppe hinunter.

Kathy sah ihm kopfschüttelnd nach. »Langsam mache ich mir Sorgen um ihn. Hast du die dunklen Schatten unter seinen Augen gesehen? Wie schmal sein Gesicht geworden ist. So kann er doch unmöglich weitermachen.«

Sean legte seine Hände auf ihre Schultern und lächelte sie an. »Da ich ja nun die offizielle Genehmigung habe, mich um dich zu kümmern, werde ich dafür sorgen, dass dir die Zeit bis Weihnachten nicht langweilig wird.«

Kathy riss die Augen auf und schüttelte seine Hände ab. »Eins kann ich dir versprechen!« Um sich abzureagieren, trat sie mit dem Fuß gegen den Küchenschrank. »Und das kannst du deinem neuen besten Freund Steve gerne weitersagen. Wenn er sich nach Weihnachten immer noch hinter seiner Arbeit versteckt, kann er mir gestohlen bleiben. Ich brauche keinen gelegentlichen Lover und schon gar keinen Versorger für mich und das Kind. Ich will eine richtige Familie.« Sie hatte sich so sehr in Rage geredet, dass ihr ganzer Körper zitterte. »Back schon deine Pancakes, oder willst du, dass ich verhungere?«, sagte sie und warf sich auf das Sofa.

»So kenne ich dich ja gar nicht.« Sean nahm die Wolldecke vom Fußende der Couch, um sie damit zuzudecken. »Es scheint dir verdammt ernst zu sein.« Zärtlich strich er über ihren Kopf. »Ich glaube, er liebt dich wirklich.«

»Hat er dir das gesagt?« Kathy zerrte die Decke von ihren Beinen und setzte sich auf.

Sean wandte ihr den Rücken zu und murmelte: »Nicht

so direkt. Was Männer eben so unter Männern reden. Hör auf, mich weiter zu bedrängen. Lass mich meine Arbeit machen.«

Kathy kannte den Freund schon zu lange, um nicht zu merken, wie schwer es ihm fiel, gelassen zu bleiben. »Entschuldige, Sean. Ich wollte dich nicht ärgern. Erzähl mir lieber, wie deine Woche mit Sandra gelaufen ist. Hattet ihr Spaß?« Sie bemerkte das Leuchten in seinen Augen, als er sich wieder zu ihr umdrehte.

»O ja! Den hatten wir.«

Während er am Herd stand und mit den Pfannen hantierte, erzählte er Kathy von seiner Zeit in Cork. »Die Versöhnung war …« Er hielt inne, um Eier aufzuschlagen. »… einfach göttlich. Die Frau ist der reinste Vulkan im Bett.« Mit einer lässigen Handbewegung wendete er den Pfannkuchen.

»So genau möchte ich es wirklich nicht wissen.« Kathy lachte und schob ihn zur Seite, um Teller aus dem Hängeschrank zu nehmen. »Wie wird es mit euch weitergehen? Ihr habt doch sicher darüber geredet. Oder seid ihr vor lauter Versöhnungssex nicht dazu gekommen?«

Sean schnitt Speck in schmale Streifen und warf sie in die heiße Pfanne. Es zischte und brutzelte, und schon bald duftete es verführerisch nach krossem Bacon. »Bis zum Sommer läuft mein Arbeitsvertrag noch. Wir treffen uns während meiner freien Wochen bei Sandra in Glasgow. Danach sehen wir weiter.«

Mit spitzen Fingern stibitzte sich Kathy ein Stück Bacon aus der Pfanne. »Ihr habt also noch nicht darüber geredet, wo ihr nach dem Sommer leben werdet?« Gierig biss sie eine Ecke vom Speck ab und verbrannte sich prompt die Zunge. »Verdammt«, sagte sie und griff zur Wasserflasche.

Hastig trank sie ein paar Schluck und ließ Sean dabei nicht aus den Augen.

Der wendete die Pfannkuchen. Nur das leichte Zucken seiner Augenlider verriet, dass ihn dieses Thema mehr beschäftigte, als er zugeben würde. »Ist doch noch so lange hin«, sagte er und deutete zum Tisch. »Setz dich, sonst werden die Pancakes kalt.«

»Onkel Sean«, versuchte Kathy ihn aus der Reserve zu locken. »Im August wird dein Patenkind geboren. Dann hast du verdammt nochmal hier in Busby zu sein.«

»Das werde ich. Das werde ich«, bekräftigte Sean eine Spur zu laut. »Was gibt es Neues aus Wicklow?«

»Netter Versuch, das Thema zu wechseln.« Kathy drang nicht weiter in ihn ein. Stattdessen berichtete sie von ihrem letzten Telefonat mit Gordon. »Stell dir vor: Es gibt schon zwei Interessenten für das Haus. Einen davon kennst du sogar. Es ist der Inhaber des kleinen Fischrestaurants vom Hafen. Er möchte das Cottage für sich und seine Frau kaufen. Sein Sohn soll die Wohnung über dem Lokal beziehen, wenn er in das Geschäft einsteigt. So wie ich meinen Cousin verstanden habe, plant dieser Pat seinen Ruhestand.«

»Das hört sich doch gut an.« Sean goss Kathy und sich Tee nach. »Vielleicht bekommt Gordon den Verkauf unter Dach und Fach, bevor ihr Kind kommt.« Nachdenklich kratzte er sich am Hinterkopf. »Hast du den beiden schon von deiner Schwangerschaft erzählt?«

Kathy nickte und klaute Sean ein Stück Pfannkuchen von seinem Teller. »Enya hat angeboten, mir alle Babysachen zu schicken, aus denen die kleine Dora bis zum Sommer rausgewachsen ist. Und besuchen wollen sie mich auch, sobald Gordon eine Aushilfe für die Farm gefunden hat. Ist das nicht toll?«

»Warum ziehst du dann so ein trauriges Gesicht?« Sean langte über den Tisch und streichelte mit dem Daumen über ihre Mundwinkel.

Kathy versuchte, zu lächeln. »Gordon und Enya haben mich mit offenen Armen aufgenommen. Aber was ist mit den O'Connors? Warum hat Dan mich nicht gebeten, Weihnachten mit ihm und seiner Familie zu feiern?«

39

Am 24. Dezember wachte Kathy ungewohnt früh auf. Kurz vor sechs saß sie mit einer Tasse Tee im Bett und ließ die letzten Tage Revue passieren. Sean hatte Wort gehalten und sich rührend um sie gekümmert. Jeden Mittag holte er sie zum Essen in den Pub ab und schickte sie dann zu einem ausgedehnten Spaziergang mit Lena und Scotty. Sie konnte gerade noch verhindern, dass er abends bei ihr auf der Couch saß und sie mit seinen neuesten Küchenkreationen vollstopfte. »Wenn ich zwei Stunden am Webstuhl gesessen habe, möchte ich nur noch mit einer Wärmflasche ins Bett«, hatte sie ihm versichert. »Telefonier lieber mit deiner Sandra und spiel eine Runde Darts mit den Jungs.«

Kathy stellte die Teetasse auf den Nachttisch und kuschelte sich wieder unter die Decke. Nur ein halbes Stündchen, mahnte sie sich und schlief ein. Im Traum tollte sie mit Mia im Garten des Cottages, und ihr Baby gluckste fröhlich im Kinderwagen unter dem Apfelbaum. In weiter Ferne klingelte ein Handy. Nicht in weiter Ferne! Kathy riss die Augen auf, versuchte, sich zu erinnern, wo sie ihr Smartphone abgelegt hatte. Sie entdeckte es schließlich unter dem Bademantel auf dem Stuhl.

»Ja?«, sagte sie gähnend und kroch wieder ins Bett.

»Kannst du heute Nachmittag im Pub beim Servieren helfen?«, erklang die muntere Stimme von Claire. »Sean braucht mich in der Küche.«

Erst allmählich tauchte Kathy aus ihrem Traum wieder

auf. »Hat er das wirklich gesagt?« Sie konnte sich beim besten Willen nicht vorstellen, dass er seine Mutter neben sich am Herd duldete. »Ist er etwa krank?«

Claire lachte. »Doch nicht mein Junge. Das letzte Mal, dass der sich mit Fieber ins Bett geschleppt hat, war er sechzehn.« Im Hintergrund grummelte Fergus. »Kommt sie jetzt oder nicht?«

»Okay«, antwortete Kathy rasch. »Verzichte ich eben auf die Mittagspause und schließe den Laden um drei. Einen Tag vor dem Fest verirrt sich sowieso keiner mehr in den Wollmarkt und …«

»Bring deine Tasche mit dem Übernachtungskram am besten gleich mit. So sparst du dir einen Weg«, unterbrach Claire sie. Bevor Kathy etwas darauf erwidern konnte, hatte Seans Mutter bereits aufgelegt.

»Das sind ja ganz neue Sitten.« Kathy schlug die Decke zurück. »Claire und Sean in der Küche, und ich zapfe Bier. Dabei wird mir schon vom Geruch übel. Das kann ja ein lustiger Vorweihnachtstag werden.« Schwungvoll schwang sie ihre Beine aus dem Bett, blieb dann aber doch einen Moment auf der Bettkante sitzen, bis der leichte Schwindel nachließ.

Als das gleichmäßige Geräusch einer Schneeschaufel erklang, schlurfte sie ans Fenster und beobachtete amüsiert, wie Sean fluchend den Neuschnee vom Bürgersteig fegte. Sie sah Lena die Straße überqueren und auf ihren Laden zueilen. Gleich darauf wurde die Ladentür aufgeschlossen, und ihre beste Freundin lief die Treppe hinauf.

»Du bist ja noch im Schlafanzug«, grüßte sie lächelnd und wuschelte ihr durch die Locken. »Ab ins Bad mit dir. Ich mache Frühstück.«

Eine halbe Stunde später saß Kathy frisch geduscht am Küchentisch und biss genüsslich in ein warmes Croissant. »Hast du die etwa selbst gebacken?«

»Wo denkst du hin? Die sind aus der Tiefkühlung vom Supermarkt. Ich hatte einfach Lust auf ein französisches Frühstück mit dir«, entgegnete Lena und reichte Kathy eine Tasse Milchkaffee. »Probier mal. Ist zwar nur instant, aber trotzdem lecker.« Sie griff neben sich und hob eine prall gefüllte Jeanstasche hoch. »Da ich keine Lust hatte, allein in meiner Werkstatt zu sitzen, habe ich mir die Arbeit mitgebracht. Beim Klappern deines Webstuhls kommen mir immer die besten Ideen für neue Taschen.«

Kathy legte den Kopf schief und versuchte, im Gesicht der Freundin zu lesen. Täuschte sie sich, oder war da Verlegenheit in Lenas Blick? Was wurde hier gespielt? »Muss dein armer Jack heute etwa allein frühstücken?«, fragte sie amüsiert.

Lena winkte ab. »Den habe ich schon mit Bacon und Eggs verwöhnt. Jack sitzt bereits an den Abrechnungen. Wir treffen uns heute Nachmittag im Pub.« Lachend streckte sie die Arme in die Luft und bog ihren Rücken über die Stuhllehne. »Ich bin schon so auf eure irische Weihnacht gespannt. Heiligabend im Pub. Als ich meiner Berliner Freundin davon erzählt habe, konnte sie es kaum glauben.«

»Na, dann mach dich mal auf was gefasst.« Kathy wischte sich mit dem Handrücken den Milchschaum vom Mund und schob den Teller zurück. »So voll hast du den ›Old Horseshoe‹ noch nie erlebt. Selbst die alte Mrs Winter steht jedes Jahr Weihnachten am Tresen und schlabbert Punsch.« Kurz entschlossen stapelte sie das schmutzige Geschirr in der Spüle und ließ heißes Wasser darüber laufen. »Wollen wir runtergehen? Ich möchte dir unbedingt zeigen, wie weit ich mit dem zweiten Schäfchenteppich bin.«

»Warte!« Lena sprang auf und schaute aus dem Fenster. »Warum packst du nicht schon mal deine Übernachtungstasche, während ich spüle?« Sie versperrte Kathy den Blick auf die Straße und drängte sie ins Schlafzimmer. »Denk an die Weihnachtsgeschenke. Ich helfe dir später auch beim Tragen.«

Kopfschüttelnd zog Kathy ihre Reisetasche unter dem Bett hervor und kramte die Geschenke aus dem Schrank. Was war heute nur los? Zuerst Claire, nun Lena. Die Freunde gaben sich wirklich alle Mühe, sie vom Grübeln abzuhalten.

»Bist du fertig?«, meldete sich Lena aus der Küche. »Jetzt können wir in die Webstube gehen.«

»Aha«, sagte Kathy und tapste hinter ihr her, die Treppe hinunter. Zu ihrer Überraschung war es schon mollig warm in der Werkstatt. Der Heizungsregler stand auf drei, obwohl sie überzeugt war, ihn am Abend heruntergedreht zu haben. »Ich glaube, ich werde langsam alt. Dabei war ich mir sicher, die Heizung gestern abgestellt zu haben.«

Lena tätschelte ihr die Wange. »Keine Angst. Du leidest nicht an Schwangerschaftsvergesslichkeit. Das war ich.« Schwungvoll schüttete sie den Inhalt ihrer Jeanstasche auf den Werkstatttisch und wühlte in Stoff- und Lederresten. Mit entschlossener Miene griff sie zur Schere und zerschnitt ein quadratisches Stück Kunstleder in schmale Streifen.

Ungläubig schüttelte Kathy den Kopf. »Darf ich erfahren, was du da treibst?«

»Für die Sommerkollektion schwebt mir eine Tasche in Flechtoptik vor. Schau mal.« Lena zog einen zusammengefalteten Zettel aus ihrer Hosentasche und reichte ihr den Entwurf. »Wie gefällt dir das?«

»In der richtigen Größe könnte ich mir die auch gut als

Weekender vorstellen«, schlug Kathy vor, rutschte in die Bank und griff zum Weberschiffchen. »Was habt ihr früher am 24. Dezember gemacht? Wie habt ihr Weihnachten in Berlin gefeiert?«, fragte sie.

Lena räusperte sich. »Martin liebte es, Heiligabend mit mir und Tobi allein zu feiern, bevor am nächsten Tag die Verwandten anrückten. Bereits am Vormittag durften wir nicht mehr ins Wohnzimmer, weil er den Baum schmückte.«

Kathy hörte aufmerksam zu, registrierte die dünner werdende Stimme der Freundin. »Möchtest du eine Tasse Tee?«, versuchte sie, die Situation zu entspannen.

Doch Lena winkte ab. »Nach dem Abendessen verschwand Martin im Wohnzimmer und zündete die Kerzen am Baum an«, erzählte sie mit belegter Stimme. »Er läutete ein Glöckchen, und Tobi und ich durften in die Weihnachtsstube. Alle Geschenke lagen …« Sie schniefte.

Kathy legte rasch das Schiffchen auf dem Rahmen ab und drehte sich um. »Das wollte ich nicht«, sagte sie. »Wie dumm von mir, dich an so einem Tag an deinen verstorbenen Mann zu erinnern.« Sie schwang die Beine über die Bank, beugte sich zur Freundin und legte ihre Arme um Lenas Schultern. »Lass uns hier zusammenpacken und zum Pub gehen. Dort kommst du sicher auf andere Gedanken.« Fürsorglich griff sie nach der Packung Taschentücher, die stets griffbereit auf der Fensterbank lag, und reichte sie Lena. »Wie würde Sean jetzt sagen? Lassen wir die Schafe fliegen«, versuchte sie, die Freundin zum Lächeln zu bewegen.

Die schnäuzte sich lautstark die Nase und verzog ihr Gesicht zu einem Grinsen. »Das gefällt mir. Fliegende Schafe, davon werde ich heute Nacht sicher träumen.«

Untergehakt bummelten sie die verschneite Hauptstraße hinunter. In den Fenstern strahlten warme Lichter, und es duftete nach Bratapfel und Zimt.

»Das kommt aus der Teestube. Sicher backt Maura noch einen Schwung Mince Pies.« Übermütig formte Kathy einen Schneeball und warf ihn im hohen Bogen über die Straße. »Danke, dass du mich heute Morgen überrascht hast.« Sie lachte und drückte Lena einen Kuss auf die Wange. »Jetzt freue ich mich schon auf Seans Stew und die legendären Lachssandwiches. Nichts wie rein in den Pub.« Mit einer einladenden Armbewegung hielt sie der Freundin die Tür auf. »Habt ihr einen Teller Eintopf und eine Scheibe Brot für zwei einsame Frauen?«, rief sie und blieb wie angewurzelt im Eingangsbereich stehen.

Statt wie erwartet Fergus scherzend hinter dem Tresen vorzufinden, starrte sie auf einen Stapel brauner Kartons. »Hattest du nicht etwas von drangvoller Enge erzählt?« Lena marschierte schnurstracks in die Ladies Lounge.

Kathy stellte ihre Reisetasche vor dem Tresen ab und stürmte in die Küche, wo sie mit Sean zusammenstieß. »Hoppla! Wen haben wir denn da? Eine kleine werdende Mama«, feixte er und drehte sich mit ihr im Kreis. »Hat dich der Duft meines delikaten Stews angelockt, oder warum bist du so früh hier?«

Scherzhaft boxte Kathy ihn in die Seite und schielte an ihm vorbei auf die diversen Töpfe auf dem Herd. »Kochst du Suppe für die irische Nationalmannschaft?« Vorsichtig hob sie den Deckel einer Kasserolle an, um einen Blick hineinzuwerfen.

Sofort klopfte Sean ihr mit dem Kochlöffel auf die Hand. »Finger weg! Setz dich zu Lena und warte, bis ich euch das Essen serviere.« Hinter ihm schwang die Tür auf.

»Mehr als zwei Leute passen wirklich nicht in die Küche«, maulte Claire. Sie hatte Mehl in den Haaren. Auf ihrer sonst blütenweißen Schürze prangten Schokoladenflecke.

Belustigt musterte Kathy die mütterliche Freundin. »Du siehst zum Anbeißen aus. Was wird das, wenn es fertig ist?« Mit dem Zeigefinger tippte sie auf Claires Wange.

»Was?« Seans Mutter rieb sich mit dem Handrücken über das Gesicht. »Ach, das meinst du. Ich backe oben in der Wohnung noch ein paar Weihnachtscookies.« Sie legte Kathy ihre Hände auf die Schultern, drehte sie um und schob sie vor sich her aus der Küche.

In der Lounge meldete sich Lena. »Setz dich zu mir und leiste mir Gesellschaft.«

Sie hatten gerade ihren Eintopf ausgelöffelt, da schleppte Fergus einen weiteren Karton zum Tresen und schob ihn neben die anderen. Amüsiert beobachtete Kathy, wie er die Kisten durchzählte. »Warum hast du die Weihnachtsgeschenke nicht hübsch verpackt?«, zog sie ihn auf.

»Von wegen Geschenke. Vor vier Wochen habe ich die Gläser bestellt. Und wann liefern die? Heute Morgen. Typisch!« Fergus raufte sich die Haare und warf Kathy einen flehenden Blick zu. »Würdest du?«

Dankbar, nicht weiter zur Untätigkeit verdammt zu sein, trug Kathy ihren Teller in die Küche und stellte sich zu ihm hinter den Tresen. »Natürlich helfen Lena und ich dir. Sollen wir die Gläser auspacken und spülen, bevor wir sie in die Regale räumen?«

Fergus drückte sie sanft an sich. »Du bist ein Schatz. Dann kann ich mich kurz in die Küche setzen und essen, bevor die Party beginnt.«

Punkt drei, wie jedes Jahr, betrat die schwerhörige Mrs

Winter als erster Gast den »Old Horseshoe«. »Wie immer«, grummelte sie laut und lehnte sich an den Tresen.

»Kommt sofort«, schrie Fergus zurück und eilte in die Küche, um ihr einen Becher Punsch zu holen. Kichernd beugte sich Kathy zu Lena und flüsterte: »Pass auf, gleich bestellt sie ein Lachssandwich mit Senf.«

Tatsächlich hob die alte Frau ihren knochigen Zeigefinger und deutete zur Küche. »Kann ich schon?«

»Aber selbstverständlich, meine Liebe«, sagte Fergus so laut, dass Kathy die Ohren klingelten. »Ein Lachssandwich für Mrs Winter«, rief er in normaler Lautstärke.

Nach und nach trudelten weitere Gäste ein. Farmer aus den Nachbarorten mit ihren Frauen und Kindern, Bauarbeiter vom Hotelneubau in Sneem. Sogar Pfarrer Donnelly schaute auf ein Guinness vorbei. Kathy flitzte zwischen Ladies Lounge und Küche hin und her. Sie servierte Eintopf, Sandwiches und brachte den Kindern Mince Pies und heiße Schokolade. Mitten im frühabendlichen Getümmel schwang die Eingangstür auf, und Tommy Burke stapfte in seiner zerschlissenen Arbeitskluft herein. »Hab ich einen Brand«, schrie er über die Köpfe der anderen Gäste und drängelte sich zur Bar.

Kathy quetschte sich an Angus und Mr Melony vorbei zu ihm. »Seid ihr fertig mit dem Stall?«, fragte sie atemlos. Tommy schob seine fleckige Baseballkappe in den Nacken und grinste sie an. »Kann man so sagen. Dan kommt auch gleich.«

»Und Steve?« Kathy reichte ihm rasch ein großes Bier, wartete, bis er den ersten kräftigen Schluck getrunken hatte.

Tommy schielte sie über den Rand seines Glases an. Hinter seiner Stirn schien es zu arbeiten. Dann strahlte er. »Steve sitzt noch über seiner Buchführung. Hat ja 'ne Menge nachzuarbeiten nach der ganzen Bauerei.« Etwas zu schnell drehte er sich von ihr weg und sprach Angus auf seinen heutigen Fang an.

Mr Melony hielt Kathy am Arm fest. Er erhob seine Stimme, um gegen das Stimmengewirr und die laute Weihnachtsmusik aus dem Radio anzukommen: »Hast du auch den Möbelwagen gesehen, der heute Morgen ins alte Dorf fuhr? Frage mich nur, zu wem der wollte.«

Fergus, der hinter dem Tresen unermüdlich Bier zapfte, stellte das Glas so schnell ab, dass es überschwappte, und warf Mr Melony einen finsteren Blick zu. »Was soll der schon hier gesucht haben?«, brummte er. »Verfahren hat er sich. Hat die Abzweigung nach Sneem verpasst, wie üblich.«

»Das passiert doch andauernd«, mischte sich sofort Tommy ein und verwickelte Mr Melony in ein Gespräch.

Jedes Mal, wenn die Tür aufschwang, spähte Kathy hoffnungsvoll zum Eingang. Inzwischen waren auch Dan und Jack zu ihnen gestoßen und prosteten sich an der Bar zu, nur ihr Steve saß noch über seinen Büchern. Frustriert schnappte sich Kathy das Tablett und sammelte die leeren Gläser in der Lounge ein.

»Mach Feierabend, mein Mädchen«, rief ihr Fergus im Vorbeigehen zu. »Sean ist in der Küche fertig. Der übernimmt jetzt hier vorn.«

Kathy nickte dankbar. »Ich verabschiede mich nur von den Freunden.«

Zehn Minuten später schlich sie mit müden Beinen am Getränkelager vorbei in die obere Etage. Selbst im Dunkeln hätte sie den Weg zum gemütlichen Gästezimmer gefunden. Hier war ihr zweites Zuhause. Gleich nebenan schlief Sean, und auf der anderen Seite hatten Claire und Fergus ihr

Schlafzimmer. Sie kuschelte sich unter die geblümte Bettdecke und las noch einmal die WhatsApp, die Steve ihr geschickt hatte. Schlaf gut, mein Schatz. Wir sehen uns morgen in der Kirche. Das wird dein großer Tag!

40

»*Nollaig Shona*«, ertönte Seans Stimme im Flur.

Kathy setzte sich im Bett auf und wuschelte durch ihre Locken. »Du kannst ruhig reinkommen. Ich bin schon wach«, antwortete sie gähnend. »Deine Mutter hat mich bereits mit Tee und Keksen geweckt.«

Der Freund steckte den Kopf zur Tür herein und grinste sie an. »Steht dir richtig gut, der Schäfchenpyjama. Lass ihn zum Frühstück bitte an. Der verbreitet gute Laune.«

Übermütig warf Kathy einen Pantoffel nach ihm, aber Sean duckte sich, und der Hausschuh donnerte gegen den Türrahmen.

»Nur weil du schwanger bist, kannst du dir noch lange nicht alles erlauben«, sagte er und stürzte sich auf sie.

»Untersteh dich, mich abzukitzeln, Onkel Sean.« Kathy hob drohend ihre Faust. Unbeeindruckt setzte er sich auf die Bettkante und kraulte sie unter dem Kinn.

Dann drückte er ihr einen Schmatzer auf die Nase und sprang auf. »Beeil dich, meine Lachstörtchen werden kalt«, rief er über die Schulter und rannte aus dem Zimmer.

Kathy sammelte ihren Pantoffel ein, schlüpfte in den Bademantel und tapste ins Wohnzimmer. Beim Anblick der weihnachtlich geschmückten Stube hatte sie einen Kloß im Hals. Im Kamin knisterte ein Feuer. Die Kerzen am Weihnachtsbaum brannten, und auf dem festlich gedeckten Tisch standen verlockende Speisen. Alles war perfekt. Und doch fehlte etwas. Ihre Sehnsucht nach Steve und Mia war so groß, dass es fast schmerzte.

Tapfer schluckte sie ihre Tränen hinunter und zwang sich zu einem Lächeln. »Frohe Weihnachten«, sagte sie leise und eilte in Fergus' offene Arme.

»Komm her, mein Mädchen«, raunte er. »Stärke dich für deinen großen Auftritt.« Sanft strich er ihr über den Rücken und führte sie zum Esstisch. »Schau nur, was Sean alles gezaubert hat.«

»Na, na. Ein bisschen was habe ich auch gemacht«, mischte sich Claire mit gespielter Entrüstung ein. »Man beachte nur die aufwendige Deko. Von meinen Weihnachtscookies ganz zu schweigen.«

»Jetzt setzt euch endlich und langt zu, bevor alles kalt wird.« Sean füllte Kathys Teller mit Kostproben seiner Leckereien. Es gab Rührei mit Trüffel, Lachspasteten und zum Nachtisch Obstsalat in einer Schale aus zartem Mürbeteig.

Abwehrend hielt sie ihre Hand über den Teller, als Sean ihr vom kalten Braten eine Scheibe auftun wollte. »Bitte nicht so viel. Sonst muss ich beim Singen rülpsen. Das will wirklich keiner hören.«

Fergus wischte sich vor Lachen die Tränen von den Wangen. »Ein rülpsender Chor. Das wäre sicher ein Spaß.«

»Du hältst dich bitte auch zurück beim Essen«, ermahnte ihn seine Frau und nahm das zweite Lachstörtchen von seinem Teller. »Schließlich singst du auch.« Mit einem warmen Lächeln legte sie eine Hand auf Kathys Unterarm und schaute ihr in die Augen. »Bist du immer noch traurig?«, fragte sie, und Kathy schüttelte den Kopf.

»Nur furchtbar nervös. Hoffentlich bekomme ich gleich auf der Empore überhaupt einen Ton heraus.«

»Tu einfach so, als würdest du in der Wanne singen«, empfahl Sean grinsend und kniff ihr in die Wange.

Nach dem Frühstück schickte Claire sie ins Bad. »Wir gehen gleich zu Fuß zur Kirche. Also zieh dir besser die festen Schuhe an. Deine Lackschuhe nehmen wir mit.«

»Was tut man nicht alles für die Show«, stöhnte Kathy. »Allein bei dem Gedanken an die zugige Kirche bekomme ich Gänsehaut. Wenn ich wenigstens meinen Aran-Sweater über der Bluse tragen dürfte.« Seufzend stopfte sie die Weihnachtsgeschenke für Steve und Mia zu ihren Schuhen in einen Leinenbeutel. Dann schlang sie den Schal um den Hals und schlüpfte in ihren Wintermantel.

Sean und seine Eltern erwarteten sie vor dem Haus.

»Die Kirchenglocken läuten schon«, sagte Claire. »Hoffentlich bekommen wir noch einen Platz.«

Fergus tätschelte ihr zärtlich die Wange und reichte ihr seinen Arm. »Keine Sorge, meine Liebe. Jack reserviert für dich und Sean Plätze in der ersten Reihe. Das hat er mir jedenfalls versprochen.«

Das ganze Dorf schien an diesem Morgen unterwegs zur Kirche zu sein. Alle hatten sich festlich herausgeputzt. Selbst Angus trug einen schwarzen Anzug. Statt der üblichen Wollmütze hatte er einen steifen Bowlerhut, ein Erbstück seines Vaters, auf dem Kopf.

»Fröhliche Weihnachten«, rief er ihnen zu und verschwand in der Sakristei.

»Ich komme gleich nach«, versprach Kathy und schaute erwartungsvoll die Hauptstraße hinauf.

Endlich bog Steves Wagen auf den Friedhofsparkplatz ein, dahinter das Auto seines Bruders. Ihr Herz klopfte bis zum Hals, als sie ihn mit Mia auf dem Arm auf sich zueilen sah. »*Nollaig Shona*«, rief er ausgelassen und setzte seine Tochter vor ihr ab.

»*Merry Christmas*, Kathy.« Die Kleine strahlte sie an. »Singst du gleich ganz allein?«

»Ja, das hatte ich jedenfalls vor.« Kathy lachte und nahm das Kind in die Arme. »Nach dem Gottesdienst gebe ich dir mein Weihnachtsgeschenk, Süße. Aber jetzt muss ich zu den anderen Sängern. Der Pfarrer wartet schon auf mich.« Sie zögerte einen Moment, dann drückte sie Steve kurz an sich. »*Nollaig Shona*, Liebster«, raunte sie und eilte in die Sakristei. Zu ihrer Überraschung warteten dort nicht nur die anderen Chormitglieder auf sie.

Lena stand mitten unter ihnen und verteilte dunkelgrüne Samtwesten. »Hier für dich, Kathy«, sagte sie. »Meine Näherinnen sind gestern erst damit fertig geworden. Ich hoffe, die Weste passt dir.«

»Ist das nicht eine Superidee von Lena, uns allen die gleichen Westen zu nähen?« Bella drehte sich vor dem schmalen Spiegel. »Die sitzt perfekt. Und sie hält wundervoll warm.«

Kathy schlüpfte rasch aus ihrem Mantel und streifte die Samtweste über. »Woher kanntest du unsere Maße?«

»Für die Frauen habe ich eine Zwischengröße gewählt, und bei den Männern musste Fergus zur Anprobe vorbeischauen. Da die Teile nicht zugeknöpft werden, passen sie eigentlich immer«, erklärte Lena und schaute zur Tür. »Na endlich, Steve. Du musst deine Weste doch auch noch anziehen«, rief sie ihm zu.

Im Hintergrund brummte Donnelly: »Würde ich auch lieber tragen statt meines Talars.« In seinem lila Festtalar stellte er sich vor den Chor und stimmte den »Wexford Carol« an. Schon summten die Sänger mit. Aus dem Kirchenschiff erklang der Eingangschoral, und sie schritten bedächtig hinter dem Pfarrer zum Altar.

Kathy entdeckte Mia zwischen Sarah und Anne in der zweiten Bankreihe. Gleich daneben Dan und Chris. Wie versprochen hatte Jack für Claire und Sean einen Platz in der ersten Reihe reserviert.

Mit einem Kopfnicken signalisierte er ihr von der Orgel aus, dass sie sich keine Sorgen machen solle. »Du schaffst das schon«, las sie von seinen Lippen ab.

Eine warme Hand streifte ihren Arm. »Alles wird gut«, flüsterte Steve in ihrem Rücken, und ein wohliger Schauder durchrieselte ihren Körper. Auf Donnellys Zeichen hin stellte sich der Chor vor dem Altar auf und stimmte das erste Weihnachtslied an.

Danach las der Pfarrer die Weihnachtsgeschichte vor. Wie abgesprochen schlich Kathy die Treppe hinauf zur Empore. Sie atmete tief durch, betete, dass ihr nicht schwindlig würde, bevor sie an die Brüstung trat und über die Köpfe schaute. Als Jack auf der Orgel den »Wexford Carol« anstimmte, schloss sie die Augen und konzentrierte sich auf ihren Einsatz. Leise begleitete sie den Chor. Sie legte eine Hand auf die Brüstung, atmete tief ein und ließ mit glockenheller Stimme den Refrain durch das Kirchenschiff erklingen. Erst nach dem letzten Ton traute sie sich, die Augen zu öffnen und hinunterzuschauen. Mia saß auf Chris' Schoß und winkte ihr zu. Kathy warf ihr eine Kusshand zu, dann faltete sie die Hände zum Schlussgebet.

Nach dem Segen wandte sich Donnelly noch einmal an seine Gemeinde. »Bitte bleibt noch einen Moment sitzen, meine Lieben. Kathy und ich haben eine kleine Überraschung für euch vorbereitet.«

Ein Raunen ging durch das Kirchenschiff. Alle Köpfe wandten sich nach oben. Der Pfarrer nickte Jack zu und eilte die Treppe hinauf. »Bist du bereit?«, fragte er leise, als er sich neben sie stellte.

»Ja«, flüsterte sie und schloss die Augen.

Im Duett sangen sie »Silent Night, Holy Night«. Erst bei der letzten Strophe setzte die Orgel ein, und der Chor begleitete sie.

Das klang so wundervoll, dass Kathy gar nicht anders konnte, als ihre Augen zu öffnen und nach unten zu schauen. Selbst von hier oben erkannte sie, wie gerührt die Zuhörer waren. Sogar Dan zückte sein Taschentuch und wischte sich damit über die Wange.

Donnelly räusperte sich. »Ja nun. Was soll ich sagen?«

So einsilbig hatte Kathy ihn noch nie erlebt. Waren das etwa Tränen in seinen Augen? »Waren Sie nicht zufrieden mit meinem Gesang?«, fragte sie vorsichtig nach.

»Ach, was soll's?« Der Pfarrer drückte sie kurz an sich. »Das war himmlisch. Fröhliche Weihnachten, Kathy.« Rasch wandte er ihr den Rücken zu, schnäuzte sich lautstark in sein Taschentuch und marschierte dann nach unten.

Kathy verharrte auf der Empore, versuchte, die Traurigkeit abzuschütteln, die sich wie ein Schleier über sie legte. Da vernahm sie Mias Stimme auf der Treppe. »Ich will auch mal runterschauen.«

Steve lachte. »Warte, Schätzchen. Ich komme mit.« Die Kleine sprang die letzte Stufe hinauf und flitzte auf Kathy zu. »Hebst du mich hoch? Ich will Sarah und Anne zuwinken.« Mit zwei Schritten war Steve bei seiner Tochter und nahm sie auf den Arm. »Kathy soll nicht schwer heben, Mia. Das hat Daddy dir doch erklärt.«

Mia kräuselte die Nase und deutete auf Kathys Bauch. »Der ist aber noch gar nicht dick. Wo ist denn das Baby?«

»Das ist noch so klein wie eine Erbse«, sagte Kathy mit rauer Stimme und streichelte dem Kind über den Kopf. Sie wich Steves Blick aus, trat von einem Bein auf das andere.

»Ich hole rasch eure Geschenke aus der Sakristei. Die Familien warten sicher schon.«

»Geschenke?« Steve schlug sich mit der flachen Hand an die Stirn. »Deins habe ich vor lauter Stress im Cottage vergessen.«

»Das macht nichts«, erwiderte sie und stolperte die Treppe hinunter, direkt in Seans Arme.

»Gerade wollte ich dich holen. Mom und Dad sind schon vorgegangen. Wir fahren gemeinsam ans Meer. Du weißt schon, unser traditioneller Weihnachtsspaziergang«, erklärte er.

Erst jetzt entdeckte sie Dan und Chris, die mit ihren Töchtern bei Jack und Lena an der Orgel standen. »Genau das hatten wir auch vor«, brummte Steves Bruder und warf ihr einen finsteren Blick zu. Mia quetschte sich an Sean und Kathy vorbei und lief zu ihren Cousinen. »Fahren wir endlich ans Meer?«

»Na, dann sehen wir uns sicher in der Bucht«, entgegnete Sean und nahm Kathys Hand. »Bis später vielleicht.«

Steve griff nach ihrer anderen Hand und zog sie zu sich. »Fahrt ihr ruhig ohne uns zur Anne's Bay. Ich möchte Kathy endlich den neuen Stall zeigen.«

»Aber …?« Dan kniff die Augen zusammen. »Spätestens zum Festessen bist du auf der Farm, Brüderchen.« Drohend hob er die Faust.

Kathy blieb wie angewurzelt zwischen Sean und Steve stehen. »Bevor ich hier den Familienfrieden gefährde, gehe ich lieber mit Sean. Den Stall kann Steve mir auch ein anderes Mal zeigen.«

»Das finde ich aber auch«, mischte sich jetzt auch noch Sean ein. »Meine Eltern sind sicher schon sauer, weil wir sie so lange warten lassen.«

»Reg dich ab«, wetterte Steve. »In spätestens zwei Stunden liefere ich Kathy wieder bei euch ab und eile zu meiner Familie.«

41

Kathy stolperte an Steves Seite aus der Kirche. Hinter sich hörte sie Dan leise fluchen. Sean rannte mit finsterer Miene an ihnen vorbei Richtung Pub. Was für ein Weihnachtsfest! Schlimmer konnte es wirklich nicht kommen. Erst im Auto machte sie ihrem Ärger Luft. »War das wirklich nötig? Jetzt haben wir nicht nur deine Familie verärgert, Fergus und Claire werden auch stinksauer sein«, schimpfte sie.

Der Mann ihrer Träume grinste nur breit, beugte sich zu ihr und küsste sie auf den Mund. »Die beruhigen sich schon wieder«, erklärte er mit funkelnden Augen. »Entspann dich, liebste Kathy.« Mit stoischer Gelassenheit steuerte er den Wagen die Hauptstraße hinauf und bog in die alte Dorfstraße ein.

Kathy stutzte. »Das ist aber nicht der Weg zur Farm?«

»Wir holen nur rasch dein Weihnachtsgeschenk«, erklärte Steve und parkte den Wagen neben dem Cottage.

»Ich warte hier«, knurrte Kathy.

Doch Steve umrundete das Auto, öffnete die Beifahrertür und strahlte sie an. »Bitte hör auf zu schmollen, Schäfchen. Komm mit. Ich möchte dir etwas zeigen.« Die Zärtlichkeit in seinem Blick ließ ihre Wut augenblicklich verrauchen.

»Ich war lange nicht mehr im Cottage«, hörte sie sich sagen.

»Das wird sich ändern«, raunte Steve und legte einen Arm um ihre Schulter.

Im Wohnzimmer schaute sich Kathy ungeduldig um. Hier war alles unverändert. Sogar ihr Adventskranz stand noch auf dem Esstisch. »Wo ist denn nun mein Weihnachtsgeschenk?«

Steve knöpfte ihren Mantel auf, zog ihn ihr aus und drängte sie zur Treppe. »Oben im Schlafzimmer, Liebes.«

»Oh. Ich verstehe.« Rasch stellte sie sich auf die erste Stufe, nahm sein Gesicht in ihre Hände und lächelte ihn an. »Ich könnte das Geschenk doch auch hier unten auspacken«, säuselte sie und kraulte seinen Nacken. »Vor dem Kamin.«

Steve seufzte laut. »Dann würde dir aber etwas entgehen.« Er legte seine Hände auf ihre Hüften, brachte sie dazu, sich umzudrehen, und schob sie vor sich her die Treppe hinauf. »Hier nicht«, sagte er und hielt sie am Arm fest, als sie das Schlafzimmer betreten wollte. »Eine Etage höher.«

Kathy blieb so abrupt stehen, dass er in sie hineinrannte. »Was suchen wir denn auf dem Dachboden?« Ihr Nacken kribbelte, in ihrem Bauch flatterten Schmetterlinge. Da fiel ihr Blick auf die frisch gestrichene Holztreppe. Sie nahm zwei Stufen auf einmal, riss die Tür zum Speicher auf und blinzelte ungläubig, als ihr die Sonne ins Gesicht lachte. »Wie kommt das Fenster ins Dach?«, japste sie und ihre Beine zitterten. Sie lehnte sich an den Türpfosten, legte den Kopf in den Nacken und schaute in den blauen Himmel. »Wo bin ich hier gelandet?« Nichts, aber auch gar nichts erinnerte mehr an den dunklen Speicher. Das hier war ein lichtdurchfluteter Raum. Die Wände in zartem Pastell gestrichen, neben einem breiten Bett standen moderne Nachttische aus hellem Holz.

»Die Handwerker, die ich beauftragt habe, sind nicht ganz fertig geworden«, erklärte Steve und deutete auf eine Tür. »Das Duschbad wird erst im neuen Jahr installiert. Solange müssen wir leider das untere Bad benutzen.«

Kathy streckte ihren Arm nach ihm aus. »Sag mir bitte, dass das kein Traum ist.« Wie in Trance ließ sie sich von ihm zu dem französischen Bett führen.

»Gefällt dir unser Schlafzimmer?«, flüsterte er heiser, drückte sie sanft in die Kissen und knöpfte ihre Bluse auf. »Darf ich mein Weihnachtsgeschenk jetzt auspacken?« Er bedeckte ihr Gesicht mit Küssen, ließ seine Hände begehrlich über ihren Körper wandern.

»Wo ist Mias Bett?« Kathy nestelte an seinem Hemd und versuchte gleichzeitig, sich umzuschauen.

»Ich zeige dir gleich alles, Liebste«, raunte Steve. »Zuerst will ich unsere Sehnsucht stillen.«

Später kuschelte sie sich an ihn und klopfte zärtlich auf seinen nackten Po. »Den würde ich dir am liebsten versohlen, mein Schatz. Was denkst du dir nur dabei, mich so an der Nase herumzuführen? Und was noch schlimmer ist …« Sie rollte sich auf ihn und kniff in seine Nase. »Ich war stinksauer auf dich, weil du nur noch Zeit und Kraft in diesen blöden Stall investiert hast. Sorgen habe ich mir um dich gemacht.« Nach einem langen, leidenschaftlichen Kuss rutschte sie von ihm herunter und setzte sich auf. »Wenn Mia jetzt ein eigenes Zimmer hat, darf ich doch sicher ab und zu bei dir übernachten?« Nachdenklich wickelte sie eine Locke um ihren Zeigefinger. »Natürlich nur, wenn ich dadurch nicht deinen guten Ruf gefährde.«

Steve schmunzelte, griff an ihr vorbei und zog die Nachttischschublade auf. »Das hätte ich fast vergessen«, sagte er ernst. »Schließ bitte die Augen und reiche mir deine linke Hand.«

Ihre Augenlider zitterten, und ihr Puls raste, als Steve ihr etwas über den Ringfinger streifte. »Bitte lass die Augen noch zu. Ich kann sonst nicht sprechen«, bat er und schluckte. »Liebste Kathy.« Er atmete schwer. »Ich möchte, dass du mit mir und Mia im Cottage lebst. Bitte zieh bei uns ein.«

Kathy riss die Augen auf und starrte auf den Ring an ihrem Finger. Es war ein echter Claddagh. Ein irischer Verlobungsring. Ein Herz gehalten von zwei Händen.

»Willst du meine Frau werden?«, fragte Steve, schlang die Arme um sie und vergrub sein Gesicht in ihren Haaren. Sie spürte seine Tränen an ihrem Hals, hörte sein leises Schluchzen.

»Bitte weine nicht, Liebster«, versuchte sie, ihn zu trösten, obwohl ihr selbst zum Heulen war. Er hatte Tag und Nacht gearbeitet, um für sie und das Baby ein Nest zu bauen. War das nicht Beweis genug für seine Liebe? Brauchte es dazu wirklich diese drei kleinen Worte? In Kathys Herz tobte ein Sturm. Sanft schob sie Steve von sich und suchte die Antwort in seinen Augen.

»Bitte sag Ja«, presste er mühsam hervor.

Kathy senkte den Blick. »Warum sollte ich das?«, rutschte ihr heraus. Im selben Moment schämte sie sich dafür.

Doch er zog sie wieder in seine Arme und raunte: »Weil ich dich liebe.« Hand in Hand erkundeten sie das Cottage. Steve zeigte ihr voller Stolz die Kinderzimmer. »Siehst du? Hier haben wir die Wand zur Abstellkammer abgerissen. Dadurch gewannen wir einen Meter Breite im Schlafzimmer. Mit einer Trennwand versehen, entstanden so die zwei Zimmer.«

»Das habt ihr alles in der kurzen Zeit geschafft?« Kathy hockte vor der alten Wiege und strich gerührt über das kleine Kopfkissen.

»Gefällt dir die Schäfchenbettwäsche?«, wollte Steve wissen. »Und was sagst du zu der Tapete?«

»Du bist dir wirklich sicher, dass wir einen Sohn bekommen.« Amüsiert deutete Kathy auf die blauen Übergardinen.

»Ach so. Nein.« Steve kratzte sich am Hinterkopf und grinste. »Natürlich können wir die auch gegen rosa Gardinen austauschen. Und«, beeilte er sich zu erklären, »die Wickelkommode und die anderen Kindermöbel suchen wir gemeinsam aus.«

Kathy bemerkte, wie er auf seine Armbanduhr schielte. »Ist schon okay für mich, wenn du zu deiner Familie fährst. Ich muss auch in den Pub. Sean ist sicher enttäuscht, wenn ich seinen gefüllten Truthahn kalt werden lasse.«

Sie legte den Kopf schief und strahlte ihn an. »Nächstes Jahr feiern wir Weihnachten mit der ganzen Familie. Und ich richte das Fest aus.«

»Genau so machen wir das, Liebling«, bestätigte Steve augenzwinkernd. »Jetzt liefere ich dich bei Sean ab, bevor er sauer wird.«

Zehn Minuten später stieg Kathy vor dem Pub aus dem Wagen. »Bis heute Abend, Liebster«, verabschiedete sie sich und warf ihm eine Kusshand zu.

Steve schüttelte den Kopf. »Ich bringe dich schnell rein, bevor ich weiterfahre. Dann bekomme ich das Donnerwetter ab, weil wir zu spät sind.« Zielstrebig eilte er auf den Eingang des »Old Horseshoe« zu.

Kathy folgte ihm kopfschüttelnd. »Du musst den Hintereingang nehmen. Heute ist Ruhetag.«

Da hatte er die Hand schon auf der Türklinke und drückte sie herunter. »Ist doch auf«, verkündete er grinsend. Von drinnen erklangen Kinderlachen und Stimmengewirr. Kathy hörte Jack und Lena reden. Irgendjemand rief: »Achtung, sie kommen!«

Dann wurde die Tür aufgerissen, und Dan stand mit offenen Armen im Eingang. »Komm an meine Brust, Schwägerin«, sagte er lachend. Hinter ihm tauchte Sean in seiner weißen Kochjacke auf und winkte mit dem Kochlöffel. »Das Verlobungs-Weihnachtsessen ist angerichtet. Kommt rein und lasst uns endlich feiern.«

Drop Scones

Irische Pfannkuchen, wie Kathy sie mag

Zutaten:
250 g Mehl
½ Teelöffel Natron
½ Teelöffel Salz
1 Teelöffel Zucker
1 großes Ei
250 ml Buttermilch

Zubereitung: Sieben Sie die trockenen Zutaten in eine Schüssel. Ei und Buttermilch verquirlen und dazu mischen. Rasch zu einem dicken Teig vermengen. Nicht schlagen, da dies das Gluten im Teig entwickelt und der Pfannkuchen dann nicht aufgeht.

Jeweils einen guten Schöpflöffel voll Teig in einer leicht gebutterten Pfanne backen.

Die Pfannkuchen heiß mit zerlassener Butter, Sirup oder Marmelade zum Tee genießen.

Liebe Leserinnen, liebe Leser,

hat Ihnen unser Ausflug in das winterliche Busby beim Lesen genau so viel Spaß gemacht wie mir beim Schreiben?

Die Weihnachtszeit in Irland ist etwas ganz Besonderes. Traditionell beginnt sie mit einem ausgiebigen Hausputz vor dem ersten Advent. Die Wohnung wird mit Efeu und Stechpalmenzweigen geschmückt. Je mehr Beeren an einem Zweig sind, desto mehr Glück bringt das neue Jahr. Über der Tür hängt ein Mistelzweig. Früher diente er dazu, die bösen Geister fernzuhalten. Doch heute küssen sich die Paare darunter, um ihre Liebe zu besiegeln.

Der irische Adventskranz hat fünf Kerzen: drei lila, eine rosa und in der Mitte eine dicke weiße Kerze.

Lila steht für Besinnung und Buße. Rosa als Zeichen der Vorfreude auf das Fest, und die weiße Kerze ist die Weihnachtskerze. Sie bringt das Licht in die Dunkelheit.

Am 24. Dezember treffen sich die meisten Iren nach dem normalen Arbeitstag im Pub. Bei Punsch und Eintopf wird fröhlich gefeiert.

Um Santa Claus ins Haus zu locken, stellt man am 24. ein Glas Whiskey oder Milch und Weihnachtsgebäck auf die Fensterbank.

Ein Licht im Fenster weist einsamen Reisenden den Weg in die gastliche Stube.

Am Morgen des 25. Dezember findet die Bescherung statt. Nach dem Weihnachtsgottesdienst geht man an den Strand, um den mutigen Weihnachtsschwimmern zuzusehen. Oder man besucht eines der traditionellen Pferderennen.

Zum großen Festessen trifft sich die ganze Familie. Oft werden dazu auch Nachbarn und Freunde eingeladen.

Am 26. Dezember ist der Stephen's Day oder auch Wren Day (Tag des Rotkehlchens). In einigen Gegenden Irlands wandern dann in Lumpen gekleidete Kinder von Haus zu Haus und sammeln für wohltätige Zwecke.

Was mir persönlich am besten an den irischen Weihnachtsbräuchen gefällt, ist der »Women's Christmas Day« am 6. Januar. An diesem Tag schmücken die Ehemänner und Kinder den Baum ab und kümmern sich um das Essen, während sich die Frauen ausruhen oder sich mit ihren Freundinnen vergnügen. Es bringt Unglück, wenn eine Frau an diesem Tag im Haushalt arbeitet.

Mit Wehmut im Herzen setzte ich den Schlusspunkt unter meinen zweiten Irlandroman. Was haben Kathy und ihre Freunde nicht alles erlebt! Dabei ist ihre Geschichte noch lange nicht zu Ende erzählt. Ich freue mich darauf, als Autorin schon bald wieder nach Busby zurückkehren zu dürfen, um nachzuschauen, was sich dort inzwischen ereignet hat. Man munkelt ja so einiges. Freuen Sie sich mit mir auf eine neue spannende Reise nach Irland.

Dem Team des Aufbau Verlags, allen voran Esther Madaler, danke ich für die wundervolle Zusammenarbeit.

Meiner Lektorin Natalie Röllig danke ich dafür, dass sie meinen Romanen den perfekten letzten Schliff verleiht.

Meinem Mann, dem Schriftsteller Udo Weinbörner, bin ich unendlich dankbar dafür, dass er nie müde wird, mich auf meinen schriftstellerischen Reisen zu begleiten. Er ist mein kritischster Leser, aber auch der beste Mentor, den ich mir wünschen kann, und dafür liebe ich ihn besonders.

Nollaig Shona (Frohe Weihnachten)
Ihre
Anne Labus